HEYNE

Das Buch

Oktober 1943: Der Zweite Weltkrieg ist in vollem Gange. Um dem sinnlosen Töten ein Ende zu setzen, plant der britische Geheimdienst *Special Operations Executive* ein Attentat auf Adolf Hitler. Ein Gruppe von vier Agenten soll mit dem Fallschirm über Ostpreußen abspringen, in das dortige Führerhauptquartier eindringen und es in die Luft sprengen. Einer dieser Agenten ist der ehemalige deutsche U-Boot-Kommandant Wolf Littke. Für ihn ist der Einsatz die letzte Chance, sein Leben zu retten.

Der Autor

Jürgen Ehlers wurde 1948 in Hamburg geboren. Nach dem Germanistik- und Geografiestudium arbeitete er als Geowissenschaftler. Jürgen Ehlers schreibt historische Kriminalromane. Für einen seiner Kurzkrimis wurde er mit dem Friedrich-Glauser-Preis ausgezeichnet. www.juergenehlers-krimi.de

JÜRGEN EHLERS

STURM IN DIE FREIHEIT

Roman

WILHELM HEYNE VERLAG
MÜNCHEN

Sollte diese Publikation Links auf Webseiten Dritter enthalten, so übernehmen wir für deren Inhalte keine Haftung, da wir uns diese nicht zu eigen machen, sondern lediglich auf deren Stand zum Zeitpunkt der Erstveröffentlichung verweisen.

MIX
Papier aus verantwortungsvollen Quellen
FSC® C014496

Penguin Random House Verlagsgruppe FSC® N001967

Originalausgabe 08/2021

Redaktion: Anu Katariina Lindemann
Printed in Germany
Umschlaggestaltung: DAS ILLUSTRAT, München,
unter Verwendung von Motiven von Lee Avison / Trevillion Images;
Roy Bishop / Arcangel und Dm_Cherry / Shutterstock
Satz: Fotosatz Amann, Memmingen
Druck und Bindung: GGP Media GmbH, Pößneck
ISBN: 978-3-453-47178-8

www.heyne.de

1

12. Oktober 1943

Gefangenenlager Grizedale Hall in Cumbria, England. Oberleutnant zur See Wolfgang Littke, vierundzwanzig Jahre alt, war in Begleitung von zwei Wachen auf dem Weg zu seiner Hinrichtung. Der Kies knirschte unter seinen Schuhen. Ein unwichtiges Detail, das sich in den Vordergrund drängte.

»Haben Sie einen letzten Wunsch?«, hatte ihn der Priester gefragt.

Wolf hatte den Kopf geschüttelt. Er hätte darum bitten können, erschossen, anstatt wie ein Lump aufgehängt zu werden. Aber er war zu stolz gewesen, den Mann um irgendetwas zu bitten. Wenn sie es richtig machten, würde der Henkersknoten ihm das Genick brechen, und er wäre sofort tot. Wenn nicht, würde er langsam ersticken, vor versammelter Mannschaft. Sie würden das ganze Lager antreten lassen, damit jeder sehen konnte, was mit einem passierte, der sich nicht an die Regeln hielt.

Keine Stunden mehr, nur noch Minuten bis zur Hinrichtung. Wolf wollte an Inge denken, aber es gelang ihm nicht. Stattdessen dachte er an den Moment, der sein Leben für immer verändert hatte. Er war wieder in seinem Unterseeboot, hundert Seemeilen vor der irischen Küste. Er starrte durch das Sehrohr. Da war der Frachter, mindestens 4000 BRT. Ein Einzelfahrer, der wahrscheinlich wegen irgendeines Defekts hinter seinem Geleitzug zurückgeblieben war. Was mochte er geladen haben? Rüstungsgüter? Munition? Die See war glatt, die Entfernung für einen Torpedoschuss ideal. »Torpedo – los!«, sagte er, und schon waren anderthalb Tonnen TNT unterwegs zu dem fremden Schiff. Die Reichweite eines Torpedos betrug sechs Kilometer, die Geschwindigkeit 80 km/h. Die Laufzeit bis zum Ziel weniger als eine Minute, mit der Stoppuhr in der Hand zu verfolgen. 30 Sekunden – 40 Sekunden – jetzt! Eine gigantische Explosion riss das Schiff auseinander.

Wolf hing am Sehrohr und sah, was nun passierte. Das Schiff sank. Weitere Explosionen an Bord. Keine Zeit mehr, Boote zu Wasser zu lassen. Wenige Minuten nur, die Wolf wie eine Ewigkeit vorkamen, dann war der Frachter verschwunden, das Meer übersät mit Wrackteilen, Menschen dazwischen, und über allem ein dünner Rauchschleier, der sich rasch auflöste. Die Schreie der Menschen, die um ihr Überleben kämpften, konnte man unter Wasser nicht hören, aber Wolf glaubte, sie zu spüren. Mord war das, was sie hier taten. Blanker Mord.

Und Wolf hatte sich aus der Erstarrung gelöst. »Auftauchen!«, hatte er befohlen. »Sofort auftauchen!«

»Einen Moment bitte!« Ein englischer Offizier trat Wolf und den beiden Wachen in den Weg.

Sie blieben stehen.

»Herr Oberleutnant, ich habe Ihnen ein Angebot zu machen.«

»Was für ein Angebot?« Wolf sah sein Gegenüber misstrauisch an.

»Ihre Hinrichtung. Das Urteil – wir können es aufheben. Oder zumindest die Vollstreckung aussetzen. Die Bedingung ist aber …«

»Ich habe alles gesagt, was gesagt werden konnte. Ich habe es allein getan, und ich stehe dazu.«

Als die Engländer Wolf aus dem Wasser gefischt hatten, hatte er geglaubt, für ihn sei der Krieg zu Ende. Aber auch hier im Lager war der Krieg noch weitergegangen. Als er mitbekommen hatte, dass sich ein Mitgefangener damit brüstete, die Luftverteidigung der Stadt Hamburg an den Feind verraten zu haben, war er eingeschritten. So etwas war ein todeswürdiges Verbrechen. Heimlich war ein dreiköpfiges »Ehrengericht« aus Gefangenen bestimmt worden, das über den Fall entschieden hatte. Der Mann hatte sterben sollen. Die Engländer hatten allerdings Wind von der Sache bekommen und die Vollstreckung des Urteils verhindert. Wolf hatten sie am Ende erwischt. Er hatte im Verhör behauptet, er allein habe das Urteil gefällt.

Der Engländer schüttelte den Kopf. »Wir wissen, dass Sie nicht alleine das Urteil über Ihren Kameraden gesprochen haben, und Sie wissen, dass wir es wissen. Aber darum geht es nicht. Kommen Sie, ich werde es Ihnen erläutern. – Sie haben doch einen Moment Zeit, oder?«

Der Mann hatte Humor.

»Ich glaube, das lässt sich einrichten«, sagte Wolf. »Wenn meine Begleiter es zulassen.«

»Das werden sie«, sagte der Engländer. »Gestatten Sie, dass ich mich vorstelle: Craig Nicholls.«

Grizedale Hall, das alte Herrenhaus, diente als Hauptquartier der Lagerverwaltung. Der Prachtbau mit seinen

40 Räumen, Türmen und Erkern hatte einmal einer Familie von reichen Kaufleuten gehört. Der letzte Besitzer war ein Direktor der Cunard Reederei, der Suez-Kanalgesellschaft und der Great Western Railway gewesen. Er würde sich im Grabe umdrehen, wenn er sehen könnte, was aus seinem Herrenhaus geworden war. Das Besprechungszimmer war offenbar einmal die Bibliothek gewesen. Die jetzigen Herren hatten die Regale mit Fotos abgeschossener deutscher Flugzeuge und sinkender U-Boote dekoriert, mit Heftzwecken in die Buchrücken gepinnt. Das Ölgemälde über dem Kamin hatte jemand mit einer Fotografie Winston Churchills überklebt. Kultur war im Augenblick kein Thema.

Craig Nicholls war vielleicht dreißig Jahre alt. Mit dem Gefangenenlager hatte der Offizier eigentlich nichts zu tun, aber er musste über beste Kontakte dort verfügen, um aus den Hunderten von Gefangenen genau den Mann herauspicken zu können, den er für seinen geplanten Einsatz haben wollte. Dass Wolf gerade zum Tode verurteilt worden war, störte ihn nicht. Nicholls gehörte zur SOE, der *Special Operations Executive*, einem britischen Geheimdienst. Der Tee, den er Wolf anbot, schmeckte lausig. Das Angebot, das er ihm machte, war nicht viel besser. Als er seine Ausführungen dazu beendet hatte, sagte Wolf: »Um es kurz zusammenzufassen, ich soll mit einer Gruppe von Agenten in das Führerhauptquartier eindringen und es in die Luft sprengen.«

»Nicht nur die Wolfsschanze. Vor allem den Führer.«

»Mehr nicht?« Auch Wolf hatte seinen Humor noch nicht verloren. Das war eine unmögliche Aufgabe.

»Es ist nicht so unmöglich, wie Sie jetzt denken«, sagte

Nicholls. »Wir haben alles durchgespielt. Aber ob es tatsächlich gelingt, lässt sich nur herausfinden, wenn man es versucht.«

Wolf schüttelte ungläubig den Kopf.

»Wenn es schiefgeht, haben Sie zumindest Ihr Leben um ein paar Wochen verlängert. Monate vielleicht. Wir schicken Sie ja schließlich nicht ohne ein umfassendes Training nach Ostpreußen. Und natürlich wollen wir, dass Sie nicht nur Ihren Auftrag ausführen, sondern dass Sie am Ende lebend zurückkommen. Sie und Ihr Team. Sie haben Glück, Herr Oberleutnant, dass wir Ihnen dieses Angebot machen.«

Glück war eine relative Sache. Wolf dachte an die toten Kameraden, die mit seinem U-Boot untergegangen waren.

»Es kommen mehrere Dinge zusammen«, fuhr Nicholls fort. »Zum einen brauchen wir einen Deutschen für dieses Projekt. Mindestens einen Deutschen. Anders kann das Team in Ostpreußen nicht überleben. Zufällig kommen Sie von dort. Wir wissen, dass Sie in Reimsdorf, sozusagen neben dem Führerhauptquartier, aufgewachsen sind.«

Wolf nahm einen Schluck von seinem Tee. »Sie sprachen von mehreren Dingen.«

»Ja. Der zweite Punkt ist, dass Sie ein Offizier sind. Jung genug, um sich einer riskanten Aufgabe zu stellen, aber nicht so jung, dass wir befürchten, dass Sie leichtsinnig sein könnten.«

Wolf hob die Augenbrauen. Es war leichtsinnig gewesen, dass er aufgetaucht war, um Überlebende zu retten. Und es gab keine Garantie dafür, dass er nicht auch in Zukunft leichtsinnig sein würde. In Zukunft. In diesem

Moment begriff Wolf, dass er an die Zukunft dachte. Es gab eine Zukunft. Eine riskante Zukunft, aber immerhin würde er weiterleben. Er wollte weiterleben. Um beinahe jeden Preis. Er würde das Angebot des Engländers annehmen. »Gibt es noch etwas?«, fragte er.

»Der dritte Punkt ist, dass Sie kein Nazi sind. Zumindest kein überzeugter.«

»Bin ich nicht? – Ich bin Offizier der Deutschen Kriegsmarine. Jahrgang 1919, Crew 39. Glauben Sie im Ernst, die Marine hätte mich zum U-Boot-Kommandanten ausgebildet, wenn ich nicht Mitglied der Partei gewesen wäre?«

Der Engländer schüttelte den Kopf. »Dass Sie in die Partei eingetreten sind, wie die meisten Ihrer Landsleute, das ist nicht entscheidend. Entscheidend ist Ihr Verhalten.«

»Was meinen Sie damit?«

»Herr Oberleutnant, als Kommandant eines Kriegsschiffes kannten Sie natürlich den Befehl, den Großadmiral Dönitz vor einem Jahr erteilt hat: *Jeglicher Rettungsversuch von Angehörigen versenkter Schiffe, also auch das Auffischen von Schwimmenden, hat zu unterbleiben. Rettung widerspricht den primitivsten Forderungen der Kriegführung*. Sie haben sich nicht daran gehalten. Sie haben Schiffbrüchige gerettet.«

»Im Zweifelsfall tue ich das, was mein Gewissen mir vorschreibt«, murmelte Wolf. Er hatte damit nicht nur gegen den Befehl des Großadmirals verstoßen, sondern auch das Boot und seine Besatzung in Gefahr gebracht.

»Schiffbrüchige aufzunehmen war klar verboten. Aber Sie haben noch mehr getan. Anstatt die Leute an Bord zu behalten, bis Sie wieder in Deutschland waren, haben Sie sie an der Küste abgesetzt. An der Küste von Wales. Sie sind ein unerhörtes Risiko eingegangen. Warum haben Sie das getan?«, fragte Nicholls und beugte sich auf seinem Stuhl vor.

»Das wissen Sie doch sowieso«, erwiderte Wolf.

»Ich möchte es aber gern von Ihnen hören, Herr Oberleutnant. Mit Ihren eigenen Worten.«

»Sie meinen die Frau mit dem Kind, die wir an Bord genommen hatten?« Wolf war sich sicher, dass es Nicholls darum ging. »Die Jüdin. Ich konnte sie doch nicht mit nach Deutschland nehmen, bei all den Schikanen, denen sie dort ausgesetzt wäre, es hätte ihren Tod bedeuten können …«

Der Engländer unterbrach ihn. »Inzwischen sind Millionen Unschuldiger gestorben, vollkommen sinnlos. Warum sollen weitere Millionen Menschen sterben, wenn nur ein Einziger sterben müsste? Derjenige, der an allem schuld ist?«

»Warum töten Sie Adolf Hitler nicht selbst? Warum haben Sie es nicht schon längst getan?«

»Weil wir nicht an ihn herankommen. Die Wolfsschanze ist außerhalb der Reichweite unserer Bomber.«

»Aber der Führer sitzt nicht ständig in der Wolfsschanze. Manchmal ist er in Berlin, manchmal macht er Urlaub in Berchtesgaden …«

Craig Nicholls lachte. »Leider teilt uns Hitler nicht mit, wann er sich wo aufhält. Aus der Ferne lässt sich das Problem nicht lösen. Jemand muss hin und ihn dort exekutieren, wo man ihn am sichersten antrifft. Und das ist nun einmal in der Wolfsschanze.«

Wolf selbst hatte einen Verräter zum Tode verurteilt. Wenn er sich auf dieses Vorhaben einließ, war er dann nicht ebenfalls ein Verräter?, fragte er sich.

Der Engländer bemerkte seine Zweifel. »Sie haben Ihre Entscheidungen bisher nach Ihrem Gewissen getroffen«, konstatierte er.

»Ja«, sagte Wolf.

»Wenn wir nicht eingeschritten wären, hätte Ihr Gewissen Ihnen sogar diktiert, einen Menschen zu töten«, fuhr Nicholls fort. »Sie haben ein Ehrengericht einberufen und einen Mitgefangenen zum Tode verurteilt.«

»Der Mann hat Einzelheiten der Luftverteidigung verraten«, sagte Wolf nun aufgebracht. »Einzelheiten der Luftverteidigung einer deutschen Großstadt. Details über die Tarnung der Stadt, über die Verteilung der Flak-Batterien, der Scheinwerferstellungen, über die Position der Sperr-Ballone rings um Hamburg …«

»Kriegswichtige Informationen also?«

»Ob kriegswichtig oder nicht spielt in diesem Fall doch gar keine Rolle«, ereiferte Wolf sich weiter. »Es ging um den Schutz der Frauen und Kinder! Er hat die Informationen für eine Handvoll Zigaretten preisgegeben!«

Wolf wusste nicht wirklich, was der Mann als Gegenleistung erhalten hatte. Viel konnte es aber nicht gewesen sein.

»Was Sie nicht wissen können, Herr Littke, ist, dass unser Angriff auf Hamburg bereits stattgefunden hat, und zwar ein paar Wochen, bevor Ihr sogenannter Verräter seine armseligen Informationen ausgeplaudert hat. Vom 24. Juli bis zum 3. August, Tag für Tag, Nacht für Nacht. Wir haben diese Informationen nicht gebraucht. Wir haben die Stadt auch so gefunden. Hamburg existiert nicht mehr«, konstatierte Nicholls lakonisch.

Wolf starrte den Engländer an. Das war ungeheuerlich. Konnte das wahr sein?

»Eine Katastrophe.« Nicholls lehnte sich in seinem Stuhl zurück. »Nicht die erste und nicht die letzte. So etwas verhindern Sie nicht, indem Sie einen einzelnen Verräter umbringen. So etwas verhindern Sie nur, wenn der Krieg aufhört. So schnell wie möglich. Töten Sie Hitler. Sprengen Sie die Wolfsschanze in die Luft!«

13. Oktober 1943

Der erste Schritt ist getan, dachte Nicholls. Aber es war wirklich nur ein erster Schritt. Nun mussten die technischen Voraussetzungen geschaffen werden, um diesen Plan des britischen Geheimdienstes zu verwirklichen. Dazu brauchte der Offizier nicht nur die Zustimmung seiner unmittelbaren Vorgesetzten in der SOE, sondern zumindest die Duldung durch die Regierung. So kam es, dass an der Lagebesprechung am Nachmittag des nächsten Tages neben verschiedenen Militärs auch ein Vertreter des Kriegskabinetts teilnahm.

Die Besprechung fand ebenfalls wieder in der Bibliothek von Grizedale Hall statt. Nicholls hatte einige der Bilder an den Wänden austauschen lassen, um die Notwendigkeit des geplanten Anschlags zu unterstreichen. Anstatt sinkender Unterseeboote hingen dort nun Aufnahmen, die nach den Angriffen auf Coventry und London gemacht worden waren. Diese Bilder waren nicht in der Presse erschienen. Sie zeigten getötete Frauen und weinende Kinder. Auf einer etwas älteren Aufnahme war ein triumphierender Adolf Hitler zu sehen.

Nicholls begrüßte die Anwesenden. »Meine Herren, Sie alle wissen, dass wir seit Langem daran arbeiten, einen Anschlag auf Adolf Hitler zu verüben, um den Krieg zu beenden. Da Hitler mehrere Hauptquartiere hat, wissen wir allerdings nie im Voraus, wann er sich wo aufhält.«

»Heißt das, die Attentatspläne werden jetzt erst einmal auf Eis gelegt?«, wollte der Minister vorschnell wissen. Die Aktivitäten des Geheimdienstes SOE unterstanden dem *Ministry of Economic Warfare*, das wegen seiner unrealistischen Einschätzung der Kriegslage von vielen als »Ministerium für Wunschdenken« bezeichnet wurde. Roundell Palmer hatte dort vor einem Jahr den glücklosen Hugh Dalton abgelöst.

»Davon kann keine Rede sein.« Nicholls schüttelte den Kopf. »Aber sprechen wir über die Hauptquartiere: Das eigentliche Zentrum der deutschen Regierung ist in Berlin. Die Reichskanzlei verfügt über alle erforderlichen Einrichtungen, um von dort die Geschicke des Reiches zu lenken. Allerdings hat sich Adolf Hitler bisher während des Krieges äußerst selten dort aufgehalten. Damit bleiben innerhalb des deutschen Einflussbereiches eigentlich nur zwei Orte, von denen er das Geschehen kontrollieren kann. Das eine ist der Berghof in Berchtesgaden, und das andere ist die Wolfsschanze in Ostpreußen.«

Craig Nicholls zeigte die Lage der beiden Orte auf einer Übersichtskarte, die seine Mitarbeiter ebenfalls an die Wand gepinnt hatten.

»Ein möglicher Anschlag auf den Berghof, das Unternehmen Foxley, ist in Vorbereitung. Drei verschiedene

Varianten sind denkbar. Variante 1: Ein Kommando unserer Leute dringt in den Berghof ein und erschießt Hitler. Variante 2: Wir unternehmen einen Anschlag auf den Sonderzug des Führers in dieses Hauptquartier. Variante 3: Scharfschützen lauern ihm beim Schloss Kleßheim auf ...«

»Was ist das für ein Schloss?«, wollte Palmer wissen.

»Schloss Kleßheim liegt in der Nähe von Salzburg. Adolf Hitler nutzt es gelegentlich für Staatsempfänge und macht dort manchmal auf seiner Reise nach Berchtesgaden Station.«

»Aber Adolf Hitler befindet sich zur Zeit nicht in Berchtesgaden, sondern in Ostpreußen, in der Wolfsschanze«, stellte Palmer fest.

Nicholls nickte. »Aus diesem Grunde haben wir parallel zur Operation Foxley einen zweiten Attentatsplan ausgearbeitet, unsere Operation Wolfsley. Unsere Agenten für diesen Plan stehen bereit. Und das ist die Lage!« Craig Nicholls wies auf die Wolfsschanze auf der Übersichtskarte. »Hier ist das Führerhauptquartier. Und hier ist England. Die Entfernung beträgt 1400 Kilometer. Die Einsatzreichweite unserer Bomber beträgt 2650 Kilometer.«

»Bestens«, bemerkte Palmer.

»Nicht wirklich«, wandte Nicholls ein. »Unser Flugzeug muss hin- und zurückkommen. Und dazu fehlen 150 Kilometer.«

»Mein Gott, die 150 Kilometer, die da fehlen, die müssen sich doch irgendwie rausholen lassen! Durch langsameres Fliegen vielleicht, was weiß ich! Ich bin kein Flieger«, polterte Palmer.

»Nein, die paar Kilometer, wie Sie es nennen, lassen sich nirgendwo rausholen. Hinzu kommt, dass wir nicht den kürzesten Weg benutzen können. Wir fliegen über Jütland und dann, so weit es geht, über die Ostsee, um der deutschen Flak aus dem Weg zu gehen. Und den deutschen Nachtjägern.«

Einer der Offiziere studierte die Karte aus der Nähe, maß die Entfernungen mit einem Zollstock ab. »Von Moskau wären es nur tausend Kilometer«, stellte er nüchtern fest.

»Richtig«, erwiderte Craig Nicholls knapp. Alle Anwesenden waren sich allerdings der Tatsache bewusst, dass ein Einsatz britischer Bomber von Russland aus nicht zur Diskussion stand. Die Amerikaner hatten in dieser Angelegenheit bei Stalin vorgefühlt, aber die Sowjetunion hatte sich in dieser Hinsicht bisher als äußerst unkooperativ erwiesen.

Der Minister verlor endgültig die Geduld. Er sprang auf und rief: »Meine Herrschaften, das ist alles unergiebig, was wir hier diskutieren. Fest steht, dass wir Flugzeuge haben, die von hier bis zur Wolfsschanze fliegen können. Also werden wir den Einsatz unserer Agenten wie geplant durchziehen. Wie Sie es anstellen, dass Sie obendrein die Maschine wieder heil nach England zurückbringen, das sind technische Details, die ich gar nicht wissen will. Dafür sind Sie zuständig!«

Damit hatte Nicholls völlig freie Hand! »Danke«, sagte er. »Genau das wollte ich von Ihnen hören.«

»Muss Churchill eingeschaltet werden?«, fragte einer der Offiziere. Nicholls warf ihm einen ärgerlichen Blick zu. Es konnte nur Probleme geben, wenn eine Geheimdienst-Operation wie diese auf der politischen Ebene diskutiert würde.

Der Mann aus dem Kriegskabinett lächelte. »Er sollte eingeschaltet werden«, sagte er. »Wenn ich ihn heute Nachmittag beim Tennis sehe, werde ich ihn auf unser Vorhaben ansprechen.«

Das war eine gute Antwort. Craig Nicholls war sich ziemlich sicher, dass der britische Premierminister keinen Tennisplatz betreten würde.

Am Ende der Besprechung nahm Nicholls den Minister zur Seite. »Ich habe noch eine Frage, die die Rückkehr unserer Agenten betrifft. Wir haben die Absicht, sie mit einem Unterseeboot aus der Ostsee abzuholen. Aber es gibt da ein kleines Problem ...«

»Sie meinen das U-Boot-Netz der Deutschen?«

Nicholls nickte. Im Grunde waren es mehrere U-Boot-Netze, die die Durchfahrt durch die dänischen Meerengen versperrten. Entscheidend war aber das Netz im Öresund, das die Deutsche Kriegsmarine mit stillschweigender Duldung der Schweden im Jahre 1940 verlegt hatte. Es reichte bis weit in die schwedischen Hoheitsgewässer hinein. »Das Netz ist eine klare Verletzung der Neutralität. Bei der jetzigen Kriegslage sollten wir darauf dringen, dass es entfernt wird.«

»Erwarten Sie bitte keine Wunder«, entgegnete Palmer. »Vordringlich ist für uns zunächst einmal, dass die Lieferung von schwedischem Eisenerz und von Kugellagern nach Deutschland gestoppt wird. Wir werden uns zu gegebener Zeit um die Netze kümmern. Mehr kann ich nicht versprechen.«

Das reicht nicht aus, dachte Nicholls.

17. Oktober 1943

Der erste Teil der Agentenausbildung erfolgte in der *Special Training School 5* in Wanborough Manor bei Guildford. Der vollständige Kurs dauerte normalerweise vier Wochen, die Kandidaten, die als Agenten ungeeignet erschienen, wurden währenddessen ausgesiebt. Diesmal wurde der Lehrgang abgekürzt, da diejenigen, die den Anschlag auf die Wolfsschanze verüben würden, bereits feststanden.

Für den Einsatz in Ostpreußen kamen nur wenige Personen in Frage. Sie alle mussten über besondere Fähigkeiten verfügen. Inzwischen wusste Wolf, wer seine Partner sein würden. Sie waren zu viert. Der Weißrusse Igor Danilowitsch war mit seinen einundvierzig Jahren der älteste von ihnen, siebzehn Jahre älter als Wolf. Er machte einen verschlossenen Eindruck. Seine Aufgabe bestand darin, Kontakt zu den Partisanen in den Wäldern südöstlich von Rastenburg aufzunehmen und sie möglichst in das Vorhaben einzuspannen. Igor war der Einzige von ihnen, der kein Deutsch sprach. Leszek Dolecki, der Pole, vierundzwanzig Jahre, sah am wenigsten so aus, wie Wolf sich einen Attentäter vorstellte: Er machte einen eher gemütlichen und etwas unsportlichen Eindruck. Angeblich hatte er Verwandte in der polnischen Untergrundarmee, die ihnen im Notfall weiterhelfen konnten. Aaron, einunddreißig Jahre alt, ein schwedischer Jude, brannte darauf, sich an Hitler zu rächen. Die Nazis hatten seine Zwillingsschwestern, die in Deutschland lebten, ins KZ gesteckt. Er war der Einzige, der Wolf mit offenem Misstrauen begegnete. Er war bei Nicholls vorstellig geworden und hatte darum gebeten, das Unternehmen leiten zu dürfen. Ohne Erfolg. Aaron sprach zwar fließend Deutsch, aber er war Journalist und verfügte über keine militärische Ausbildung.

Ob Igor oder Leszek in militärischen Dingen erfahren waren, wusste Wolf nicht. Es war letzten Endes nicht entscheidend. Alles, was sie für ihren Auftrag wissen und können mussten, würde man ihnen bei ihrer Agentenausbildung beibringen. Wie Igor sprachen die meisten Ausbilder kein Deutsch, sondern nur Englisch.

Jetzt saßen sie zusammen in ihrer Unterkunft, einer schlichten Hütte, deren Fachwerk aus Betonpfeilern mit einer einfachen Lage von Ziegeln vermauert war. Die Stimmung war gedrückt. Leszek war derjenige, der es direkt aussprach: »Wir sind sehr unterschiedlich«, sagte er. »Im normalen Leben wären wir uns wahrscheinlich nie begegnet. Wir kommen aus verschiedenen Ländern, aus verschiedenen Kulturen. Der eine glaubt an Gott, der andere an Jahwe, wieder ein anderer an Stalin oder vielleicht auch an gar nichts. Das müssen wir vergessen. Wir müssen alles vergessen, was uns trennt. Nur wenn wir bedingungslos zusammenarbeiten, können wir unseren Auftrag erfüllen.«

»Bist du Soldat gewesen?«, fragte Igor.

Leszek nickte. »Ich habe meine Heimat gegen die Deutschen verteidigt.«

Wolf war beeindruckt, Igor scheinbar nicht. »Wo?«, fragte er knapp.

»Bei Bydgoszcz. Nördlich der Stadt. Von dort haben wir den Angriff der Deutschen – ich meine, den Angriff der Faschisten – zurückgeschlagen. Aber dann sind sie weiter im Süden durchgebrochen, und wir mussten zurück. Am Ende sind wir in Gefangenschaft geraten.«

Aaron wurde hellhörig. »Du warst in deutscher Kriegsgefangenschaft?«

Leszek nickte. »Oflag XA in Itzehoe. Nördlich von Hamburg ist das.«

»Und wie kommt es, dass du jetzt hier bist?«, fragte Aaron misstrauisch.

»Ich bin geflüchtet.«

»Einfach so?«

»Nicht ›einfach so‹! Aber besonders schwierig war es auch nicht. Ende Oktober 1939 hatten ja alle geglaubt, dass der Krieg vorbei ist. Unsere Freunde in England und Frankreich hatten uns im Stich gelassen. Niemand hat einen Finger gerührt, als Hitlers Truppen in Polen eingefallen sind. Und dann war Polen vom Feind besetzt. Die sogenannte *polnische Frage* war in Hitlers Sinne gelöst, Danzig war wieder deutsch. Weitere Gebietsansprüche gab es nicht. Wozu jetzt noch Krieg führen? Die meisten von uns dachten, dass man uns jetzt freilassen würde. Sie glaubten, sie brauchten nur abzuwarten, und dann würde alles gut. Ich habe nicht abgewartet. Unser Lager war zwar mit Stacheldraht umzäunt, es gab Wachtürme und Posten mit Maschinengewehren, aber die Kontrollen waren nicht allzu streng. Ich bin nachts unter dem Zaun durch und dann ab in Richtung Dänemark. Dänemark war ja noch nicht besetzt. Von dort dann mit einem Dampfer nach England.«

Aaron schüttelte den Kopf. Er glaubte die Geschichte nicht. Das klang zu einfach.

»Natürlich war meine Situation besser als die der meisten meiner Kameraden«, ergänzte Leszek. »Ich stamme ja aus dem Teil Polens, der früher zu Deutschland gehört hat. Westpreußen. Bydgoszcz hieß früher Bromberg. Ich habe eine deutsche Schule besucht, weil meine Eltern glaubten, dass die besser sei als die polnische. Vielleicht war sie das. – Hat jemand mal Feuer?«

Wolf reichte Leszek seine Streichhölzer. Niemand sagte etwas. Leszek sah ein, dass er noch mehr erzählen musste. Er rauchte ein paar Züge und fuhr dann fort: »Das größte Problem nach der Flucht aus dem Lager war die Kleidung. Wir trugen ja noch die polnische Uniform, und darauf war ein rotes Dreieck aufgenäht. Das hätte ich leicht abtrennen können, aber es blieb die polnische Uniform, und mit der konnte ich mich nicht sehen lassen. Was habe ich also gemacht? Nach meiner Flucht aus dem Lager bin ich nachts nach Itzehoe in die Innenstadt gegangen und habe Namensschilder an den Türen studiert. Und – das wird dich jetzt interessieren, Aaron! – als ich einen jüdisch klingenden Namen ausgemacht hatte, habe ich die Leute aus dem Bett geklingelt. Sie haben mir weitergeholfen. Die Klamotten, die mir der Mann gegeben hat, passten zwar nicht besonders gut, aber doch immerhin gut genug, dass ich damit nicht auffiel.«

»Und der Mann hatte keine Angst?«, fragte Aaron.

»Todesangst hatte er. Er und seine Familie. Aber sie haben mir trotzdem weitergeholfen.«

»Aber am nächsten Morgen muss deine Flucht aus dem Lager doch aufgefallen sein. Die Deutschen werden Himmel und Hölle in Bewegung gesetzt haben, um dich wieder einzufangen«, vermutete Igor.

»Nichts in der Art. Die Kontrollen waren unglaublich

lasch. Nur einmal im Monat gab es eine sogenannte Stempelkontrolle, bei der wir mit unserem Ausweis antreten mussten und überprüft wurde, ob der Mann auf dem Foto im Ausweis tatsächlich noch vorhanden war. Ich bin direkt nach so einer Kontrolle geflohen.«

»Und wie bist du über die Grenze nach Dänemark gekommen?«

»Mit einem Güterzug. Ich hing unter einem der Waggons.«

Aaron schien mit den Antworten zufrieden. Er wandte sich jetzt an Wolf: »Und du, Wolfgang?«

»U-Boot-Kommandant«, sagte Wolf. »Das wisst ihr ja. Mein Boot ist versenkt worden. Die Engländer haben mich gefangen genommen.«

Wolfs Boot war beim Angriff auf einen Geleitzug versenkt worden. Der *Schwarze Mai 1943* war das Ende des erfolgreichen U-Boot-Krieges gewesen. Wie Wolf inzwischen wusste, hatte Dönitz die Atlantikschlacht danach wegen zu hoher Verluste abgebrochen.

»Wie viele Besatzungsmitglieder hat so ein U-Boot?«, fragte Aaron.

»Ungefähr 50. Wir waren 48 an Bord. Wieso fragst du?«

»Und wie viele davon sind in Gefangenschaft geraten?«

»Vier Mann.«

»Das ist nicht viel!«, sagte Aaron. Er machte eine Pause, dann fügte er hinzu: »Heißt es nicht: Der Kapitän geht als Letzter von Bord?«

Wolfs Augen verengten sich zu Schlitzen. »Was willst du damit sagen?«, zischte er. »Willst du behaupten, dass ich aus Feigheit gerettet worden bin?«

»Ruhig, Wolf!«, beschwichtigte Igor ihn. »Ganz ruhig!«

Wolf achtete nicht auf ihn. »Ich will dir sagen, wie das gewesen ist! Wir sind aufgetaucht gefahren, um zu dem Geleitzug aufzuschließen. Bei Tag, sonst hätten wir es sowieso nicht geschafft. ONS5, ein Geleit aus langsam fahrenden Frachtern und Tankern. Das Flugzeug haben wir nicht sehen können, weil es uns genau aus der Sonne angegriffen hat. Das Metox-Gerät und die Bali-Antenne, dieses wunderschöne Spielzeug, das uns vor Ortung aus der Luft warnen sollte, hat uns nicht gewarnt. Wahrscheinlich haben die Engländer ein neues, verbessertes Ortungssystem eingesetzt, das unsere hohen Herrschaften noch nicht kannten. Ich habe Alarmtauchen befohlen, aber es war viel zu spät. Gleich die erste Bombe hat unser Boot direkt getroffen. Am Heck, kurz hinter dem Turm. Das Boot ist abgesackt wie ein Stein. Wir standen zu zweit oben, und bevor wir irgendetwas machen konnten, lagen wir auch schon im Wasser. Zwei weitere Männer sind noch rausgekommen, der Rest nicht. Ein englisches Kriegsschiff hat uns aufgefischt. So ist das gewesen!«

»Ruhig, Wolf!«, wiederholte Igor. Er legte ihm die Hand auf die Schulter. »Niemand macht dir einen Vorwurf, alles ist gut.«

»Ich wollte dich nicht angreifen oder beleidigen«, verteidigte Aaron sich. »Aber was wir vorhaben, ist lebensgefährlich. Ich muss wissen, mit wem ich es zu tun habe.«

»Nun weißt du es«, sagte Igor. »Wolf ist kein Feigling. Das haben wir eigentlich natürlich auch schon vorher gewusst, nicht wahr?«

»Und du? Was motiviert dich, an dieser Mission teilzunehmen«, fragte Wolf, noch immer erzürnt, zurück. Er war es nicht gewohnt, dass man ihm mit Misstrauen begegnete. Aaron war ihm unheimlich. Er war sich ganz sicher, falls er einen Fehler machte, würde Aaron versuchen, ihm die Leitung der Gruppe aus der Hand zu nehmen. Er sprach perfekt Deutsch, und er war älter und erfahrener als Wolf.

Aaron sah ihm direkt in die Augen. »Ich denke, das ist doch wohl offensichtlich. Hitler ermordet die Juden. Ich bin Jude. Ich ermorde Hitler.«

»Wer sagt, dass Hitler die Juden ermordet? Das ist doch bolschewistische Gräuelpropaganda. Die Juden müssen arbeiten. Dazu gibt es die Konzentrationslager, aber ...«

»Wolfgang hat keine Ahnung, Aaron«, unterbrach Igor Wolf und hob beschwichtigend die Hände. »Bevor du jetzt wieder in die Luft gehst, Wolf, nimm bitte zur Kenntnis: Die Juden werden in den Konzentrationslagern ermordet. Tausende. Hunderttausende. Zigeuner auch. Und Kommunisten, nebenbei bemerkt. Ich bin Kommunist. Da hast du mein Motiv, warum ich an diesem Selbstmordkommando teilnehme.«

Wolf schüttelte den Kopf. »Blanker Unsinn«, sagte er. Natürlich hatte er von dem Gerücht gehört: Kameraden in der Marine hatten sogar darüber gemunkelt, dass die Seife aus toten Juden hergestellt würde und dass die Aufschrift RIF, die sich auf jedem Seifenstück fand, eigentlich »Ruhe in Frieden« oder gar »Reines Juden-Fett« bedeutete. In Wahrheit stand RIF für »Reichsstelle für industrielle Fette«.

»Bist du einmal in einem Konzentrationslager gewesen, Wolfgang?«, fragte Aaron.

»Nein, natürlich nicht. – Aber du?«

»Ich auch nicht«, gab Aaron zu. »Aber ich habe mit

jemandem gesprochen, der dort gearbeitet hat.« Er griff in seine Jackentasche und legte eine Ausweiskarte auf den Tisch. *Ausweis Nr. 514* stand da. *Der SS-Unterscharführer Hans Geschke, SS-Nr. 277432, geb. 4.6.1914, ist Angehöriger der Wachkompanie des Konzentrationslagers Auschwitz. Er ist berechtigt, Waffen zu tragen. Alle Behörden werden ersucht, ihm nötigenfalls Schutz und Hilfe zu gewähren. Der Lagerkommandant.* Das Foto zeigte einen Mann in SS-Uniform.

»Wie kommst du an den Ausweis von diesem Geschke?«, fragte Wolf.

»Wie du sicher weißt, bin ich schwedischer Staatsbürger«, sagte Aaron. »Und ich bin Journalist. Als Vertreter der neutralen Presse konnte ich mich relativ frei innerhalb Deutschlands bewegen. Ich habe bis vor einem Jahr in den schwedischen Zeitungen über die Dinge berichtet, über die ich schreiben durfte, ohne dass sie von der deutschen Zensur gestrichen wurden. Oder von der schwedischen Zensur, die gab es auch. Also nichts über Nazi-Verbrechen, nichts über die KZs. Aber bei einer Fahrt nach Polen, ins Generalgouvernement, wie das heute heißt, habe ich etwas mehr erfahren können. Mir saß im Schnellzug von Berlin nach Warschau ein Mann in SS-Uniform gegenüber. Das war dieser Geschke. Er hat mir einiges über die mörderischen Vorgänge in Auschwitz erzählt und über das, was die Nazis inzwischen als *Endlösung der Judenfrage* bezeichnen.«

»Er hat dir erzählt, dass Juden ermordet werden?« Wolf konnte es nicht glauben.

Aaron schüttelte den Kopf. »So weit ist er nicht gegangen«, sagte er. »Aber ich habe genug gehört. Jedenfalls habe ich am Ende dem Herrn Geschke den Ausweis abgenommen. Er brauchte ihn nämlich nicht mehr. Tote brauchen keine Ausweise.«

»Du hast ihn umgebracht?«, fragte Leszek ungläubig.

»Das ist das Einzige, was gegen Nazis hilft«, erwiderte Aaron ungerührt.

»Du hast ihn einfach ermordet, nur weil er ein Nazi ist?«

Aaron seufzte. »Wir sind im Krieg. Dies ist kein Cricket-Spiel oder sonst irgendeine faire sportliche Auseinandersetzung, sondern ein Kampf auf Leben und Tod. Wir hatten eine heftige verbale Auseinandersetzung. Wir waren nicht allein im Abteil, aber die anderen Fahrgäste haben so getan, als ob sie das alles nichts anginge. Als dieser Geschke schließlich aufstand und zum Klo gehen wollte, bin ich ihm nach. Auf dem Gang stand niemand. Als er die Klotür aufmachte, habe ich mich mit ihm zusammen hineingedrängt. Er dachte, ihm könne nichts passieren. Er dachte, er sei stärker als ich. Er hat sich getäuscht.«

»Das bleibt ein Mord«, wiederholte Leszek.

»Was starrt ihr mich so an? Wir sind im Krieg, begreift ihr das nicht? Wolf, du bist Soldat, du hast geschossen, um zu töten. Dasselbe gilt auch für dich, Leszek. Du hast im September 1939 bei Bydgoszcz auf die Deutschen geschossen. Du hast geschossen, um zu töten. Und jetzt wollen wir Hitler töten. Ihn und seine Komplizen. So viele wie möglich. Ist das Mord? Nein, meine Freunde, das ist Krieg. Und wer dazu nicht bereit ist, der sollte besser zu Hause bleiben.«

1. November 1943

Seit ihrem Gespräch in der Unterkunft waren zwei Wochen vergangen. Sie hatten nie wieder über dieses Thema gesprochen, aber Wolf gingen Aarons Behauptungen noch immer durch den Kopf. Er konnte nicht glauben, dass die Geschichte stimmte. Wahrscheinlich hatte dieser Geschke in seiner Todesangst alles zugegeben, was Aaron hören wollte. Aber es hatte ihm nichts genützt; der Jude hatte ihn trotzdem umgebracht. Aaron wurde ihm immer unheimlicher.

Nach dem Einzelkämpfertraining ging es in das schottische Hochland. Sie waren in Arisaig House untergebracht, einem alten Herrenhaus, das die Armee bei Kriegsbeginn beschlagnahmt hatte. Es lag inmitten der Einsamkeit. Bonnie Prince Charlie hatte sich hier bei seiner Flucht durch das Hochland versteckt. Und hier sollten die Agenten zeigen, dass auch sie in der Wildnis überleben konnten.

Wolf stellte fest, dass es in der Tat sehr schwierig war, sich nur mit Hilfe einer Karte in einer ihm völlig fremden Landschaft zurechtzufinden, die so ganz anders aussah als seine ostpreußische Heimat. Hier gab es keinen Wald, keine Häuser und keine Straßen. Nur Berge, und die sahen alle gleich aus.

Er hatte gedacht, wenn es mit dem Training ernst würde, würde der Jude als Erster ausfallen. Er hatte sich geirrt. Der hagere Journalist war ein zäher Bursche, und er war der Einzige aus der Gruppe, der sich im lautlosen Kampf Mann gegen Mann mit Wolf messen konnte.

Leszek schien etwas schwerfällig. Sicher lag das zum Teil daran, dass er größer war als alle anderen, wodurch seine Bewegungen eine Spur unbeholfen wirkten. Außerdem hatte er mehr Gewicht mit sich herumzutragen.

Igor war mit seinen einundvierzig Jahren der Älteste. Er war zugleich auch der Besonnenste. Er trug einen Ring, war demnach verheiratet, aber über seine Familie redete er nicht. Leszek hatte ihn einmal direkt gefragt, aber der Weißrusse hatte nicht geantwortet.

9. November 1943

Die abschließende Geländeübung begann damit, dass sie mit dem Auto etwa hundert Kilometer weit gefahren und dann einzeln irgendwo in der Wildnis ausgesetzt wurden. Sie sollten innerhalb von drei Tagen zum Lager zurückmarschieren – jeder für sich allein. Sie durften keine fremde Hilfe suchen oder annehmen, und sie sollten den Kontakt zu den Kameraden meiden. Trotz aller Bemühungen ließ es sich nicht vermeiden, dass man sich auf dem langen Weg irgendwo traf. Der erste Kamerad, dem Wolf begegnete, war Aaron. Es war am frühen Nachmittag des ersten Tages. Der Jude lag flach auf dem Boden auf einer kleinen Felskuppe und beobachtete mit dem Fernglas irgendetwas, das Wolf von seinem Standort aus nicht sehen konnte. Wolf stieg zu ihm nach oben.

Aaron hatte ihn längst bemerkt. »Guck mal!«, sagte er.

Unten im Tal lag eine einsame Hütte, und auf der kleinen Weide, die der Bauer von Felsbrocken befreit hatte, saß eine blonde junge Frau auf einem Melkschemel und molk eine Kuh.

Neben ihr saß Igor, der Weißrusse, aber was er tat, konnte Wolf mit bloßem Auge nicht erkennen.

»Er hilft ihr, die Kuh zu melken«, sagte Aaron. Er reichte Wolf das Fernglas.

Igor hatte seine Hände nicht an der Kuh, sondern an der jungen Frau, und die hatte ganz offensichtlich nichts dagegen.

»Der lässt ja mal nichts anbrennen«, murmelte Wolf. »Wenn allerdings jetzt der Bauer kommt, hat unser Freund Probleme.«

Aaron schüttelte den Kopf. »Der Bauer kommt nicht«, sagte er. »Das ist ein *sheeling*, so etwas wie eine Almhütte. Die Kühe auf der Alm zu hüten ist Frauenarbeit. Normalerweise eine ziemlich langweilige Tätigkeit.«

»Heute ganz offensichtlich nicht«, sagte Wolf. »Wir müssen weiter. Kommst du mit?«

Aaron schüttelte den Kopf. Vielleicht war ihm Wolf ebenfalls nicht ganz geheuer. Aber vielleicht wollte er auch nur allein sein.

12. November 1943

Wolf hatte nicht geglaubt, dass sie es alle schaffen würden, ihre Unterkunft Arisaig House innerhalb von drei Tagen zu erreichen. Er hatte sich geirrt. Leszek war tatsächlich als Erster eingetroffen, mit keuchendem Atem und hochrotem Kopf. Er hatte es allen zeigen wollen, dass er fitter war, als sie glaubten. Er war den letzten Kilometer gerannt, weil er dachte, Aaron sei direkt hinter ihm. Es war aber Wolf gewesen, der eine Viertelstunde nach dem Polen im Lager eintraf. Aaron kam kurz danach.

Igor traf erst wenige Minuten vor Mitternacht ein. Offenbar hatte er seinen Aufenthalt in der Almhütte so lange wie irgend möglich ausgedehnt. Wolf betrachtete es als seine Pflicht, wach zu bleiben, bis auch der letzte Kamerad eingetroffen war. »Da bist du ja endlich«, flüsterte er. Im nächsten Moment war er eingeschlafen.

Auch der Weißrusse schlief sofort ein. Wenig später fuhr Igor erschrocken aus dem Schlaf hoch. Jemand hatte geschrien! Igor sprang aus dem Bett und machte Licht. Es war Wolf gewesen. Er murmelte irgendetwas, das der Weißrusse nicht verstand. Igor legte dem Deutschen die Hand auf die Schulter. Wolf seufzte tief, drehte sich auf die andere Seite und schlief weiter.

Keiner der anderen war wach geworden. Igor löschte das Licht.

15. November 1943

Für die Ausbildung zum Fallschirmspringer wurde die Gruppe auf den Flugplatz Ringway bei Manchester verlegt, auf dem auch das Fallschirmtraining der Royal Air Force stattfand. Die Unterkünfte der Gruppe waren genauso primitiv wie im Gefangenenlager. Wolf war besorgt, weil sie direkt auf dem Flugplatzgelände wohnten. Der Ausbilder lachte ihn aus: Die Deutsche Luftwaffe hatte Machester zuletzt im Juni 1941 angegriffen, und auch damals nur die Stadt, keine militärischen Ziele.

Die Ausbildung zum Fallschirmspringer begann mit endlosen gymnastischen Übungen.

»Wir wollen nicht zum Ballett!«, bemerkte Wolf, dem der alberne Sport am vierten Tag zum Hals raushing.

»Eure Beinmuskeln müssen gestärkt werden«, erwiderte der Ausbilder. »Es wäre wenig förderlich, wenn ihr mit dem Fallschirm in Feindesland abspringt und euch gleich bei der Landung ein Bein brecht. Oder auch nur den Fuß verstaucht. Ihr wäret geliefert.«

Eine Woche lang quälten sie sich mit der Gymnastik, dann wurde es ernst. Der erste Sprung erfolgte in einer leeren Flugzeughalle von einem Gerüst, an dessen oberem Ende sich eine Art Plattform befand. Wolf schätzte die Höhe auf 25 Meter. Sie wurden an einem Stahlseil befestigt. Beim Sprung sollte eine Bremsvorrichtung greifen, die den Aufprall auf den Betonboden etwa auf die gleiche Geschwindigkeit wie beim Fallschirmsprung herunterbremste. Wolf war als Erster an der Reihe. Er zögerte eine Sekunde. »Jetzt springst du in den Tod«, dachte er. Aber dann sprang er doch. Die Bremse funktionierte.

Es folgten Trainingssprünge von einem Fesselballon und schließlich von einem Whitley-Bomber. Das schwierigste war die Landung. Der Aufprall entsprach in etwa einem Sprung aus drei bis vier Metern Höhe. Gelandet wurde mit dem Wind im Rücken. Sieben Trainingssprünge hatte jeder von ihnen zu absolvieren, einen davon in der Nacht.

Anschließend wurden sie nach Beaulieu in Südengland verlegt, wo weiteres Agententraining folgte.

1. Dezember 1943

Beaulieu war ein romantischer kleiner Ort am südöstlichen Rand des New Forest, südlich von Southampton. Sie waren zwar nicht im Palace House, dem noblen Herrenhaus von Beaulieu, untergebracht, sondern in kleineren Häusern in der Umgebung. Aber jedes dieser Häuser wirkte wie ein Palast im Vergleich zu den Quartieren, die sie bisher erlebt hatten.

Ein junger englischer Major, der nur noch einen Arm hatte, projizierte Fotos der Personen auf eine Leinwand, mit denen sie in der Wolfsschanze zu rechnen hatten. »Am wichtigsten ist natürlich Adolf Hitler«, sagte er. »Der Führer ist aufgrund seines ungewöhnlichen Schnauzbartes leicht zu identifizieren.«

Wolf fragte sich, ob sie auf den Arm genommen werden sollten. Jeder von ihnen wusste, wie der Führer aussah, und es war absolut sicher, dass jeder ihn erkennen würde, wenn er ihm begegnete.

»Der Führer hat einen großen Schäferhund namens Blondie. Solch ein Tier braucht natürlich Bewegung. Hitler legt großen Wert darauf, den Hund selbst spazieren zu führen. Das ist einer seiner Schwachpunkte. Und eine der Gelegenheiten, wo man den Mann ohne große Begleitung erwischen kann.«

Wolf warf einen Blick zur Seite. Leszek neben ihm schrieb eifrig mit.

»Was machen wir mit dem Tier?«, wollte Igor wissen.

»Wir wissen nicht, ob der Hund scharf ist. Erschießen Sie zuerst den Hund, dann den Führer.«

Theorie, dachte Wolf. Alles Theorie. Er rechnete nicht damit, Adolf Hitler und Blondie irgendwo in den Wäldern Ostpreußens allein anzutreffen. Es würde alles ganz, ganz anders sein.

Auf der Leinwand war ein Foto von Hermann Göring zu sehen. »Hier sehen Sie den zweitmächtigsten Mann in Nazi-Deutschland, den Oberbefehlshaber der deutschen Luftwaffe und Stellvertreter des Führers«, erklärte der

Major. »Im Weltkrieg war er ein erfolgreicher Jagdflieger.«

Das Bild zeigte Göring in seiner Marschallsuniform.

»Der dritte Mann, auf den Sie achten müssen, ist der Minister für Volksaufklärung und Propaganda.« Joseph Goebbels hielt auf dem Foto offenbar eine Rundfunkansprache. »Was Sie hier nicht sehen können, ist sein Klumpfuß.«

Davon hatte Wolf bisher nur gerüchteweise gehört. Ob die daraus resultierende Behinderung beim Gehen in Erscheinung trat, wusste der Engländer nicht.

»Kommen wir nun zum vierten Mann der Führungsriege Nazideutschlands, zu Heinrich Himmler …«

Wolfs Gedanken schweiften ab. Würde es ihm tatsächlich gelingen, mit seiner kleinen Truppe von Desperados ein Mitglied oder mehrere Mitglieder dieser Mannschaft in die Luft zu sprengen? Nach außen hin bemühte er sich zwar, den Eindruck zu erwecken, dass sie das selbstverständlich schaffen würden, aber er hatte erhebliche Zweifel.

Er warf einen Blick auf seine Mitstreiter. Wie sah es mit ihrem Optimismus aus? Das ließ sich schwer beurteilen. Sie alle lauschten scheinbar konzentriert den Worten des Offiziers. »Sie kennen wahrscheinlich aus der Großwildjagd den Begriff der ›Big Five‹, der Großen Fünf also. Damit sind die eindrucksvollsten Tiere gemeint, die man in Afrika jagen kann. Der Löwe, der Elefant, das Nashorn, der Leopard und der Büffel. In unserem Fall ist der Löwe ohne Zweifel Adolf Hitler, der Elefant selbstverständlich Hermann Göring …«

Leszek lachte. Wolfgang bemerkte jetzt, dass der Pole

gar nicht mitschrieb, wie er gedacht hatte, sondern dass er die Nazigrößen zeichnete. Gerade war er dabei, Adolf Hitler eine Löwenmähne zu verpassen.

»Der Leopard ist Joseph Goebbels, das Nashorn Heinrich Himmler. Aber wer ist der Büffel?«

»Der Ochse – pardon, ich meine den Büffel –, das ist Ribbentrop«, sagte Wolf. »Er ist bedeutungslos. Warum steht er mit auf dieser Liste?«

»Weil er sich genau wie die anderen hohen Tiere ein eigenes Hauptquartier in der Nähe der Wolfsschanze hat einrichten lassen«, sagte der Offizier. »Er residiert im Schloss Steinort, 15 Kilometer vom Führerhauptquartier entfernt. Am besten wäre es natürlich, Sie würden alle auf einen Streich erledigen. Ribbentrop ist übrigens nicht so bedeutungslos, wie Sie glauben. Sein Außenministerium hat kürzlich auf drei verschiedenen Wegen Friedensfühler ausgestreckt, zum Glück auf eine völlig amateurhafte Weise, die keiner Antwort bedurfte, aber man muss ihn im Auge behalten.«

Leszek zeichnete einen Ochsen mit riesigen Hörnern.

»Dann gibt es noch eine sechste Person, die Sie nicht außer Acht lassen dürfen: Walter Schellenberg. Wir haben kein Foto von diesem Mann, nur eine sehr vage Beschreibung. Schellenberg ist dreiunddreißig Jahre alt, schlank, mittelgroß, hellgraue Augen. Schachspieler. Er ist der jüngste General der SS. Er hat direkte Beziehungen zu Heinrich Himmler, arbeitet im Bereich Spionageabwehr und ist aufgrund seiner hohen Intelligenz und seiner Skrupellosigkeit Ihr wichtigster direkter Gegenspieler. Sein Arbeitsplatz ist im Reichssicherheitshauptamt in Berlin, Prinz-Albrecht-Straße 9. Er ahnt bisher nichts von unserem Vorhaben. Aber seine Aufgabe ist es, Dinge wie unseren geplanten Anschlag auf das Führerhauptquartier rechtzeitig zu entdecken und zu verhindern.«

25. Dezember 1943

Weihnachten schien die Sonne. Der Lunch unterschied sich in nichts von den übrigen Mittagsmahlzeiten. Jetzt saß Wolf in einer windgeschützten Ecke hinter ihrer Unterkunft und betrachtete das Foto von Inge. Es war nur ein ganz gewöhnliches Passbild, inzwischen ziemlich abgegriffen, und Inge sah ernster aus als im wirklichen Leben. Ernster und älter. Sie trug ihre BDM-Uniform, die weiße Bluse und das schwarze Halstuch mit dem Lederknoten.

»Darf ich?« David Norton setzte sich neben Wolf. Einer der netteren Ausbilder. »Ein hübsches Mädchen«, sagte er.

»Ja. Sie heißt Inge.« Inge Nikoleit.

Auf einem Dorffest hatten sie sich kennengelernt, auf Wolfs letztem Heimaturlaub. Einen halben Tag und eine Nacht hatten sie zusammen verbracht. Am Morgen danach hatte Wolf ihr so gut es ging das Stroh aus den Haaren gesucht. Sie hatte ganz stillgesessen und es sich gefallen lassen. Am Ende hatte Wolf ihr ein Foto gegeben, das ihn als Marineoffizier zeigte. Ob sie überhaupt noch an ihn dachte? Vielleicht nicht. Er hätte ihr schreiben sollen, aber die Post wäre zensiert worden, und wenn sie überhaupt angekommen wäre, dann bei Inges Eltern, und die wussten nichts von seiner Existenz.

»Das ist ein gefährlicher Auftrag, auf den du dich da eingelassen hast«, sagte Norton. »Zu gefährlich.«

»Was meinst du damit?«

»Hast du mal etwas von Schiller gehört?«

»Schiller? Ja, klar, und von Goethe auch.«

»Ich meine nicht den Dichter. Ich meine Siegmund Schiller, den Agenten. Den haben wir auch hier ausgebildet, genau wie dich. Er sollte für einen Spionageauftrag mit dem Fallschirm über Deutschland abspringen. Das hat er auch gemacht. Aber der Fallschirm hat sich nicht geöffnet.«

»Nicht geöffnet?«, fragte Wolf. »Warum?«

»Der Fallschirm ist manipuliert worden.«

»Wie das?« Wolf starrte David Norton an. »Das verstehe ich nicht. Ein toter Agent nützt doch niemandem etwas!«

»Das stimmt nicht, Wolf. Ein toter Agent kann ziemlich nützlich sein. Die Leiche wird gefunden, der Fallschirm, das Funkgerät, und die Deutschen wissen sofort: Hier ist ein Fallschirmagent abgestürzt.«

Wolf sah den Sinn noch immer nicht.

»Die Deutschen werden denken, dass dieser Schiller nur einer von vielen Agenten ist, die wir im Laufe der letzten Monate über Deutschland abgesetzt haben. Darauf deuten auch die Unterlagen hin, die wir ihm mitgegeben haben. Und damit hat er seinen Zweck erfüllt.«

Wolf schwieg. Er hatte nicht erwartet, dass SOE mit fairen Mitteln kämpfte. Aber dass seine Auftraggeber so weit gehen würden, hätte er nicht gedacht. »Warum erzählst du mir das?«, fragte er.

»Schiller habe ich es nicht erzählt. Das war falsch«, sagte Norton.

Wolf konnte sich nicht vorstellen, dass man ihn und

seine ganze Gruppe von Agenten sinnlos opfern würde. »Was willst du mir sagen?«

»Steig aus!«, sagte der Mann leise.

Wolf schüttelte den Kopf. »Ich kann nicht!«, erwiderte er. »Ich habe mein Todesurteil in der Hand gehalten. Es ist nicht widerrufen worden, nur ausgesetzt. Dieser Auftrag ist meine einzige Chance.«

3. Januar 1944

»So, nun zeig uns einmal, wie es aussieht, dieses Führerhauptquartier!« Der englische Offizier hatte eine Karte mitgebracht, die er jetzt auf dem Tisch ausbreitete.

Wolf erschrak. Er war zwar in der Nähe aufgewachsen, aber bezüglich der genauen Lage hatte er nur eine sehr vage Vorstellung. Er riss sich zusammen. Es ging um seine Fähigkeit, das Kommando anzuführen. Die Karte, die der Engländer mitgebracht hatte, war zum Glück lediglich eine Übersichtskarte. »Großblatt 30a Rastenburg – Lötzen – Arys« stand darauf. »Karte des Deutschen Reiches 1:100 000«. Die Karte war in Schwarz-Weiß gedruckt, und Wolf sah auf den ersten Blick gar nichts. Anstelle von Höhenlinien enthielt sie sogenannte Schraffen, durch die das Kartenbild beinahe einheitlich grau wirkte. »Hier ist Rastenburg«, sagte er. Zum Glück hatte er den Ort nach kurzem Suchen am linken Blattrand entdeckt.

»Und hier ist Reimsdorf. Hier bin ich geboren.« Er zeigte auf einen kleinen Ort südlich von Rastenburg.

»Ja, aber wo ist das Führerhauptquartier?«, fragte der Engländer.

»Genau hier«, behauptete Wolf. Inzwischen hatte er

sich auf der Karte orientiert. Er war sich sicher, dass die Wolfsschanze an einer Bahnlinie lag. Davon gab es östlich von Rastenburg nur zwei. Die eine ging nach Süden, in Richtung Arys. Sie führte durch offenes Gelände. Das Hauptquartier würde aber aus Gründen der Tarnung mit Sicherheit im Wald liegen, also kam nur die andere Bahnlinie in Frage. Wolf deutete auf ein ausgedehntes Forstgebiet, das auf der Karte als »die Görlitz« bezeichnet wurde.

Der Offizier schaute ihn fragend an, und Wolf begriff, dass er es genauer wissen wollte. Ohne zu zögern, zeichnete er mit dem Finger einen Kreis im zentralen Teil des Waldes, rings um den Bahnhof Görlitz-Kurhaus. »Hier ist es«, sagte er.

Der Engländer schien zufrieden.

Zur Sicherheit fügte Wolf noch hinzu: »Das Ganze ist natürlich durch einen hohen Zaun mit Stacheldraht gesichert, und auf der Innenseite gehen schwer bewaffnete Posten ständig auf und ab. Aber wenn man den Plan kennt, den jeweiligen Dienstplan, meine ich, dann kann man sich sehr gut darauf einstellen und ohne besondere Schwierigkeiten in das Gelände eindringen.«

Das war glatt gelogen. Wolf hatte keine Ahnung, wie das Führerhauptquartier gesichert war. Aber wenn sie einmal dort waren, würde er es schon herausfinden.

»Wir sind uns darüber im Klaren, dass Sie eine sehr schwierige Aufgabe vor sich haben«, erklärte der Engländer. »Aber sie müssen nicht auf gut Glück blind mit dem Fallschirm über feindlichem Gebiet abspringen. Wir haben unsere Leute vor Ort, die Sie in Empfang nehmen und Ihnen weiterhelfen werden.«

Davon war bisher noch nicht die Rede gewesen. »Wer soll das sein?«, fragte Wolf.

»Der Mann unseres Vertrauens in Königsberg ist ein gewisser Bernd Nitz. Ein ausgewiesener Nazi-Gegner, der über hervorragende Verbindungen verfügt und alles organisieren kann, was für einen erfolgreichen Ausgang der Mission erforderlich ist.«

Was für ein Zufall, Bernd Nitz, ausgerechnet! Wolf kannte Bernd Nitz gut. Sie hatten zusammen die Oberschule besucht und gemeinsam allerlei dumme Streiche ausgeheckt. Nitz war immer der Anführer gewesen, aber er war auch ein Angeber und hatte am Ende immer seine Überlegenheit zu deutlich zur Schau gestellt. Mit zunehmendem Alter hatte Wolf begriffen, dass die Aktionen, die Bernd vorschlug, oft auch eine Portion Bosheit enthielten, und das passte Wolf nicht. Und als dann noch die Geschichte mit Edda passiert war, hatte Wolf sich von Bernd Nitz abgewandt.

»Sie sind skeptisch?«, fragte der Engländer.

»Nein«, behauptete Wolf. »Aber Königsberg ist von Rastenburg ziemlich weit entfernt. Vor Ort kenne ich mich auf jeden Fall besser aus als dieser Bernd Nitz.«

»Er wird Sie aber in Empfang nehmen.«

»Ich brauche kein Empfangskomitee. Je mehr Leute in unser Vorhaben eingeweiht sind, desto größer ist die Gefahr, dass irgendjemand zufällig etwas ausplaudert«, sagte Wolf bestimmt.

»Ich möchte aber darauf hinweisen, dass eine Landung ohne Empfangskomitee problematisch ist. Das Empfangskomitee besteht aus mindestens vier Mann. Drei davon markieren das Dreieck, in dem die Agenten landen sollen, durch farbige Lichter. Die werden eingeschaltet, wenn das Flugzeug auf Hörweite herangekommen ist. Der vierte Mann ist der Fahrer, der das Fluchtfahrzeug bereithält. Bitte vergessen Sie nicht, die Landung ist der gefährlichste Augenblick der ganzen Unternehmung. Das Empfangskomitee stellt sicher, dass es keine unerwünschten Zuschauer gibt. Und es sorgt außerdem für den Transport zu einer sicheren Unterkunft.«

»Kein Empfangskomitee!«, wiederholte Wolf. Dabei blieb er.

5. Januar 1944

Eine der schrecklichsten Unterrichtsstunden war die Unterweisung in der Wirkungsweise von Luftangriffen.

»Sie können jederzeit in einen Luftangriff geraten«, erklärte der Referent.

Ja, vielleicht. Aber das war unwahrscheinlich. Wolf sah, wie die verschiedenen Sprengbombentypen an die Leinwand projiziert wurden. Die Wirkung der Bomben war beeindruckend und erschütternd zugleich. Der junge Offizier, der sie unterrichtete, zeigte nicht nur Aufnahmen von einem Testgelände, sondern auch Bilder, die Aufklärungsflugzeuge nach dem Angriff auf Köln aufgenommen hatten. Von den meisten Häusern in der Innenstadt standen nur noch die Außenmauern.

»Sprengbomben verursachen erhebliche Schäden. Es ist möglich, mit einer solchen Bombe einen ganzen Wohnblock in Trümmer zu legen«, dozierte der Referent. »Die eigentliche Aufgabe der Sprengbomben ist jedoch eine andere. Durch ihre Explosion sollen Dächer abgedeckt und

Fenster zerstört werden, um den Weg für die nachfolgenden Brandbomben zu bereiten. Die Schäden, die Sie hier auf den Fotos aus Köln sehen, sind im Wesentlichen ein Ergebnis der Brandbomben.«

Das war nichts Neues. Bis zu diesem Punkt war Wolf mit der Theorie des Bombenkrieges vertraut.

»Wenn ihr das Pech habt, von einer Sprengbombe getroffen zu werden oder wenn eine solche Bombe in eurer Nähe detoniert, dann seid ihr schlicht und ergreifend tot. Ob das ein Pech ist oder ein Glück, das wage ich persönlich nicht zu beurteilen, denn – wie gesagt – nach den Sprengbomben kommen die Brandbomben. Und wenn man zufällig dasteht, wo die herunterkommen, dann sieht das so aus.«

Wolf riss entsetzt die Augen auf. Das Bild auf der Leinwand zeigte zwei Menschen, die auf einer Straße am Boden lagen. Der eine war tot und vollkommen verkohlt, der andere stand in Flammen. Das nächste Bild machte deutlich, dass der Mann noch lebte. Er wälzte sich ganz offensichtlich am Boden, aber das hatte keine Wirkung auf die Flammen. Auf der dritten Aufnahme lag er wie tot auf dem Rücken und brannte immer noch.

»Das ist die Wirkung von Phosphor. Ich zeige euch das, damit ihr wisst, was zu tun ist, wenn ihr mit Brandbomben in Berührung kommt. Der erste und wichtigste Punkt, den ihr nicht vergessen dürft, ist, dass sich Phosphor an der Luft von selbst entzündet. Wenn ihr also das Feuer einfach nur ausschlagt, dann brennt es im nächsten Moment erneut los. Um Schlimmeres zu verhüten, ist es absolut notwendig, sofort die Kleidung von den betroffenen Körperpartien zu entfernen. Wenn Phosphorteilchen auf die Haut gelangt sind, müssen sie vorsichtig abgebürstet werden. Am besten mit Wasser, in der Badewanne oder in einem Teich. Wenn kein Wasser zur Verfügung steht, hilft energisches Abreiben mit Sand. Bei stärkeren Verbrennungen muss der Verletzte sofort ins Krankenhaus. Während des Transports sollte man auf jeden Fall genügend Wasser dabeihaben, um eventuell neu auftretende Brände löschen zu können.«

Einfacher gesagt als getan, dachte Wolf. Wo sollte nach einem Bombenangriff ein intaktes Krankenhaus sein?

»Ich habe eine Frage«, sagte Igor, »warum zeigen Sie uns das? Ich meine, da, wo wir eingesetzt werden, besteht doch kaum die Gefahr, dass wir mit Brandbomben in Berührung kommen. Unser Einsatzgebiet liegt in Ostpreußen, und bis dahin fliegen unsere Bomber sowieso nicht.«

»Es ist eine reine Vorsichtsmaßnahme«, sagte der Offizier. »Man weiß nie, was im Laufe eines Einsatzes alles passieren kann.«

Igor schüttelte ungläubig den Kopf.

»Die weitere Behandlung sieht dann so aus, dass verbrannte Hautfetzen abgetragen werden. Dasselbe gilt auch für sogenannte Nekrosen. Das sind abgestorbene Gewebepartien, so ähnlich wie Frostbeulen. Die bilden sich nicht nur bei extremer Kälte, sondern auch bei extremer Hitze. Sie erschweren die Wundheilung. Unter der toten Oberfläche kann es zu Bakterienwachstum kommen und im schlimmsten Fall zu einer Blutvergiftung.«

»Das sind ja üble Aussichten«, sagte Leszek.

Es war kurz nach Mitternacht. Die Tür zu ihrer Baracke flog auf. Wolf schreckte aus dem Schlaf hoch. Jemand machte Licht. Es war Sergeant Milford Neil, einer ihrer Ausbilder. Er zerrte Leszek hinter sich her.

»Das ist das Ende Ihrer Karriere als SOE-Agent«, fuhr der Sergeant Leszek an.

Wolf sprang aus dem Bett. »Was soll das?«

»Sehen Sie das nicht? Der Mann ist sturzbetrunken. Hat sich vom Gelände geschlichen und sich im nächstbesten Pub volllaufen lassen. Der Wirt hat uns angerufen …«

Leszek sagte gar nichts. Er ließ sich auf sein Bett fallen und starrte mit ausdruckslosem Gesicht an die Decke.

»Wir mussten ihn aus Holbury abholen. Er hat Ärger gemacht. Ging nicht, als der Wirt den Pub schließen wollte. Für derartige Exzesse ist während der Agentenausbildung kein Platz. Wer sich nicht zusammenreißen kann, der muss sich einen anderen Job suchen. Der Mann kann schon mal seine Sachen packen. Morgen geht es ab nach Hause.«

Wolf schüttelte den Kopf. »Der Mann fährt nicht nach Hause. Ist es nicht verständlich, dass jemand sein letztes Bier trinken will, bevor er auf eine Mission geht, von der niemand wissen kann, ob er lebend zurückkommt?«

Leszek rülpste.

Neil widersprach: »Wenn es bei einem Bier geblieben wäre vielleicht. Aber …«

»Es ist egal, wie viele Biere er getrunken hat. Wenn er das Gelände nicht verlassen durfte, und er hat es trotzdem getan, dann liegt die Schuld unter anderem bei denjenigen, die unser Lager bewachen. Leszek ist ein guter Mann. Er wird nicht nach Hause geschickt …«

»Das haben Sie nicht zu entscheiden, Herr Oberleutnant!«

»Sie irren sich, Sergeant. Ich bin für mein Team verantwortlich. Die Aufgabe, die man uns zugewiesen hat, kann nur durchgeführt werden, wenn ich genau die Mannschaft zur Verfügung habe, die in monatelangem Training vorbereitet worden ist. Wenn Leszek nicht mitkommt, geht keiner von uns.«

»Das werden wir ja sehen!«, erwiderte der Sergeant, aber Wolf war sich sicher, dass er sich durchgesetzt hatte. Der Engländer verließ das Zimmer und knallte die Tür hinter sich zu.

Leszek richtete sich halb auf und sah Wolf an. »Danke«, murmelte er. Dann beugte er sich zur Seite und kotzte auf den Fußboden.

28. Januar 1944

Wolf und alle anderen Beteiligten an der Operation Wolfsley, wie das Vorhaben inzwischen hieß, saßen im großen Besprechungsraum in der Kommandobaracke in Beaulieu. Es war inzwischen Ende Januar.

Craig Nicholls blickte jeden der Männer einzeln an und sagte dann: »Meine Herrschaften, ich habe Sie zusammengerufen, weil es an der Zeit ist, dass wir den genauen Ablauf der geplanten Operation durchsprechen.«

An der Tafel hingen verschiedene Blätter der Übersichtskarte Europa (Luft). Es war eine gewöhnliche topografische Karte, auf der zusätzlich all das farblich hervorgehoben war, was für die Flieger von Bedeutung war. Wolf sah sie sich aus der Nähe an. Die Besatzung des Bombers, der sie nach Ostpreußen bringen sollte, kannte diese Karten natürlich. Die Wälder, die auf Grund ihrer charakteristischen Form und Größe die Orientierung aus der Luft wesentlich erleichterten, waren dunkelgrün. Die Standorte der Luftverteidigung waren mit violett gefärbten Kreisen markiert.

»Sie sehen, dass die Flugabwehr des Deutschen Reiches im Norden wesentlich schwächer ist als weiter südlich.« Nicholls wies auf das Ruhrgebiet, das beinahe flächendeckend mit violetten Kreisen und Ovalen bedeckt war. »Wenn wir eine Route sehr weit nördlich wählen, dann haben wir mit der Flak kaum Probleme.«

»Aber mit den Jägern«, brummte Aaron.

Nicholls schüttelte den Kopf. »Dieses Problem werden wir dadurch umgehen, dass wir noch weiter nördlich fliegen, und zwar hier.« Er wies auf einen Punkt irgendwo in Jütland. »So sind wir bereits früher vorgegangen, bei unserem Angriff auf die Raketenversuchsstation Peenemünde, und wir sind gut damit gefahren.«

Der Mann in der Fliegeruniform neben Wolf räusperte sich. Vielleicht war man doch nicht ganz so gut damit gefahren, wie der Vortragende sie glauben machen wollte.

»Wir werden diese Aktion noch besser vorbereiten als den Angriff auf Peenemünde«, fuhr Nicholls fort. »Wir werden nicht nur einen Störangriff von Mosquito-Schnellbombern auf Berlin fliegen und dadurch hoffentlich die gesamte deutsche Flugabwehr in Atem halten, sondern wir haben obendrein mit den Russen abgesprochen, dass sie zeitgleich mit unserer Aktion einen Luftangriff auf Königsberg starten. Unser Vorhaben wird auf diese Weise hervorragend getarnt.«

»Was ist das für eine Absprache mit den Russen?«, wollte Leszek wissen. »Soweit ich weiß, ist die Sowjetunion bisher nicht besonders stark in Erscheinung getreten, wenn es um die Bombardierung von Zielen in Deutschland ging.«

»Dieses Thema haben wir natürlich zur Sprache gebracht. Unsere sowjetischen Verbündeten haben daraufhin erklärt, dass sie Königsberg 1941 und 1942 wiederholt bombardiert haben, und auch im April 1943.«

»Mit wie viel Bombern?«, fragte Leszek.

»Darüber liegen mir keine Informationen vor«, erwiderte Nicholls. »Und das ist in unserem Zusammenhang auch völlig bedeutungslos. Im Augenblick geht es nur darum, dass die Russen den Eindruck erwecken sollen, dass das fremde Flugzeug nachts am Himmel über Ostpreußen ein russischer Bomber auf dem Rückweg von Königsberg ist.«

Leszek kommentierte diese Aussage nicht, aber es war ganz offensichtlich, dass er nicht an die russischen Bomber glaubte. Soweit er wusste, hatten bisher nur die Engländer und Amerikaner Bombenangriffe auf Ziele in Deutschland geflogen.

»Was ist mit Jagdschutz?«, fragte ein anderer Teilnehmer, der ebenfalls eine Uniform der Royal Air Force trug.

»Leider nein.«

»Warum fliegen wir nicht bei Tag?«, wollte Leszek wissen.

Der Air-Force-Mann neben Wolf schüttelte den Kopf.

»Zu gefährlich«, sagte Craig Nicholls knapp. »Unsere einzige Chance, heil nach Ostpreußen und zurück zu gelangen, besteht darin, dass wir diese Aktion in der Nacht ausführen. Die reine Flugzeit hin und zurück beträgt mindestens zehn Stunden. Hinzu kommt natürlich noch eine gute halbe Stunde für das Auftanken.«

»Auftanken?«, fragte Wolf.

»Ja. Wir können diese Entfernung nicht in einem Stück zurücklegen. Das Flugzeug muss unterwegs aufgetankt werden. Dazu gibt es nur eine einzige Möglichkeit: Sie werden in Schweden zwischenlanden ...«

»Das ist verboten«, sagte der Flieger der Air Force.

Nicholls ignorierte den Einwurf. »Sie werden in Schweden zwischenlanden, und zwar auf dem Hinflug. Natürlich steht Ihnen dafür kein regulärer Flugplatz zur Verfügung. Sie werden sich mit einem Acker oder einer Wiese zufriedengeben müssen.«

»Ein Acker oder eine Wiese! Sie wissen ja nicht, wovon Sie reden!« Der Mann in der Fliegeruniform war aufgesprungen. »Die Whitley wiegt unbeladen etwa 9000 kg. Die landen Sie nicht mal so eben irgendwo auf einer Wiese! Und wieder starten soll sie ja schließlich auch noch. Wir brauchen eine solide Start- und Landebahn von tausend Metern Länge. Mindestens.«

»Sie werden sich mit dem zufriedengeben müssen, was wir haben. Unsere Bomber sind in Afrika und in Burma unter ganz anderen Bedingungen gestartet und gelandet. Es muss gehen, und es wird gehen. Ich habe mit den Technikern der Flugzeugwerke gesprochen. Die haben mir versichert, dass es geht.«

»Die brauchen ja auch nicht mitzufliegen«, empörte sich der Pilot.

Nicholls ließ sich dadurch nicht beeindrucken. »Meine Herrschaften, in dieser Angelegenheit können Sie ruhig auf das Urteil der Experten vertrauen. Sie werden in Schweden landen, und Sie werden von dort auch wieder starten. Ohne die geringsten Schwierigkeiten.«

Nicholls fliegt auch nicht mit, dachte Wolf. Ihn interessierte vor allem etwas anderes: »Haben wir ein Luftbild der Wolfsschanze?«

»Leider nein. Das Führerhauptquartier liegt außerhalb der Reichweite unserer Aufklärer. Sie werden sich vor Ort selbst orientieren müssen. Aber das Empfangskomitee wird natürlich ...«

»Wir haben kein Empfangskomitee«, sagte Wolf.

»Oh!«, sagte der Pilot überrascht. »Wie sollen wir dann den Landeplatz finden?«

»Funkpeilung«, bemerkte Wolf.

Der Pilot runzelte die Stirn. Offenbar waren die Möglichkeiten der Funkpeilung nicht so großartig, wie Wolf angenommen hatte.

»Warum haben wir kein Empfangskomitee?«, wollte Leszek wissen.

Wolf wiederholte die Argumente, die er schon am 3. Januar vorgebracht hatte, als Nicholls ihn über das Führerhauptquartier ausgefragt hatte. Dass er darüber hinaus starke Einwände gegen ihren vorgesehenen Kontaktmann hatte, diesen Bernd Nitz, sagte er nicht.

Die theoretische Vorbereitung des bevorstehenden Einsatzes hatte Wolf nicht gerade mit Zuversicht erfüllt, aber als es an die Praxis ging, wurde er ernsthaft böse. Auf dem Tisch lag eine blaue Uniform.

»Das soll eine deutsche Marineuniform sein?«, ereiferte sich Wolf. »Da stimmt ja nichts! Der Stoff ist falsch, die Kragen sind nicht richtig, und diese Knöpfe – nein, meine Herrschaften, das ist absurd. Für einen Maskenball irgendwo hier in England mag das ja ausreichen, aber wenn ich damit in Deutschland als Offizier auftreten soll, dann muss das alles stimmen!«

»Es ist das Beste, was unsere Schneiderei liefern konnte!« Der englische Soldat, der ihm die Uniform verpassen sollte, war rot geworden.

»Es ist nicht gut genug«, entschied Wolf.

»Etwas Besseres haben wir nicht.«

»Doch, das haben Sie! Ich bin ja schließlich nicht nackt in Gefangenschaft geraten, sondern in Uniform. Und genau diese Uniform brauche ich jetzt, um damit nach Deutschland zurückzukehren.«

»Ich weiß nicht, wo Ihre Sachen damals ...«

»Dann finden Sie es bitte heraus, und besorgen Sie mir den Kram!«

2

27. Februar 1944

Der abschließende Kursus in der sogenannten *Finishing School* hatte sich bis Mitte Februar hingezogen. Anschließend waren sie nach Schottland verlegt worden, zum Flugplatz *East Fortune* östlich von Edinburgh. Der Platz wurde gewöhnlich für die Ausbildung von Piloten genutzt. Für den vorgesehenen Flug nach Schweden war es der ideale Ausgangspunkt. Nicholls war mit ihnen noch einmal alle Einzelheiten des Plans durchgegangen, und sie waren gemeinsam mit ihm in der Halle gewesen, in der die Fallschirme überprüft und zusammengefaltet wurden. Wolf hatte sich von der Luftwaffenhelferin genau erklären lassen, was sie überprüft hatte und warum sie sich ganz sicher sein konnte, dass der Fallschirm auch funktionierte. Alles schien in Ordnung.

Auch an den Rückweg hatten die Engländer gedacht. Nach der erfolgreichen Operation würden sie sich per Funk melden und anschließend von einem Unterseeboot aus der Ostsee geholt. Für den Fall, dass vorher etwas schiefgehen sollte, hatte jeder von ihnen eine deutsche Streichholzschachtel mit doppeltem Boden bekommen. Sie enthielt eine Adresse in der Schweiz, bei der sie sich melden konnten. Zur Sicherheit hatte jeder eine andere Kontaktadresse bekommen.

»Und hier noch zwei Kleinigkeiten für Ihre medizinische Versorgung«, hatte Nicholls abschließend bemerkt.

»Pillen.« Es war offensichtlich, dass Igor nichts von Pillen hielt.

Nicholls ließ sich dadurch nicht irritieren. »Das eine ist Benzedrin. Damit können Sie wach bleiben, wenn Sie wach bleiben müssen. Und die andere Pille, die bewirkt das genaue Gegenteil. Die L-Tablette ist eine Selbstmordpille. Wenn Sie die zerbeißen, sind Sie innerhalb weniger Sekunden tot. – Aber ich gehe davon aus, dass Sie die nicht brauchen werden.«

Jetzt saßen die vier Agenten vor ihrer Baracke und warteten. Sie trugen die Springerkombination über ihrer normalen Kleidung, einen tarnfarbenen Overall mit doppeltem Reißverschluss, dazu einen sogenannten Springerhelm, der nichts anderes war als ein englischer Stahlhelm mit kräftigem Kinnriemen. Sie alle hatten sich schon den Kompass ans Handgelenk gebunden, die Stengun, die Maschinenpistole, lag bereit. Die Stimmung war schlecht. Wolf hatte seine Uniform bekommen, bis auf die Stiefel, die waren weg. Sie hatten ihm Wehrmachtsstiefel als Ersatz gegeben. Er hatte, als er um seine eigene Uniform gebeten hatte, nicht bedacht, dass er bei der Gefangennahme natürlich das sogenannte U-Boot-Päckchen getragen hatte, eine inoffizielle Uniform, die lediglich an Bord der Unterseeboote verwendet wurde. Wenn er sich damit in Ostpreußen zeigte, würde er ziemlich stark auffallen. Aber das musste in Kauf genommen werden; verhaften würde man ihn deswegen nicht.

Leszek warf mit kleinen Steinchen auf eine leere Konservendose. Die meisten Würfe gingen daneben. Die Minuten schlichen dahin. Zweimal schon hatten sie sich auf den Abflug vorbereitet. Zweimal hatten sie alle Sachen gepackt, beide Male war der Flug im letzten Moment abgeblasen worden. Wahrscheinlich würde es ihnen heute genauso ergehen.

Je länger sich der Flug nach Ostpreußen verzögerte, desto nervöser wurde Wolf. Er murrte, wenn sie nicht bald loskämen, würde es schwierig mit der Zwischenlandung in Schweden. Sie brauchten gefrorenen Boden. Aber die Engländer ließen sich nicht drängen.

»Jetzt ist die beste Zeit«, sagten sie.

Nun, sie würden sehen.

»Igor«, sagte Wolf. »Erzähl uns etwas aus deinem Leben!«

»Da gibt es nicht viel zu erzählen«, sagte der Weißrusse. Über ihn wussten sie eigentlich nur, dass er im Herbst 1938 im Auftrag der Kommunistischen Internationale nach Dänemark geschickt worden war. Als Agent der *Komintern* war er natürlich nach dem Einmarsch der Deutschen Wehrmacht 1940 extrem gefährdet gewesen, und da die Wege nach Osten versperrt waren, hatte er sich mit einem Fischkutter nach England übersetzen lassen.

»Was hast du in Dänemark gemacht?«, wollte Wolf wissen.

»Nichts. Es gab keinen besonderen Auftrag. Die meiste Zeit habe ich auf der Hafenmole gesessen und geangelt«, behauptete Igor. Aber das konnte nicht stimmen. Die Agenten der *Komintern* waren ziemlich aktiv gewesen, soweit Wolf wusste. Und Igor war niemand, der einfach nur am Hafen saß und angelte.

»Wie hast du dich als Agent der *Komintern* gefühlt, als

plötzlich dein großer Chef Stalin mit Hitler gemeinsame Sache gemacht hat?«

»Beschissen«, sagte Igor. »Aber Stalin war nie Chef der *Komintern*.«

Wolf ließ nicht locker. »Dennoch habt ihr nach dem Überfall auf Polen erklärt, es handle sich keineswegs um einen Angriffskrieg durch Deutschland und Russland, sondern um einen imperialistischen Krieg, und die Hauptschuld liege bei England und Frankreich.«

Aaron griff ein. »Streitet euch nicht«, sagte er. »Das ist alles Vergangenheit. Igor ist hier bei uns, und wir stehen auf derselben Seite, und unser gemeinsames Ziel ist es, Hitler zu töten und damit den Weltkrieg zu beenden.«

Bevor Wolf antworten konnte, sagte Leszek: »Seid mal ruhig, ihr beiden! Ich höre ein Motorengeräusch. Ich glaube, sie machen unser Flugzeug startklar.«

Es war fast 20 Uhr, als endlich der Befehl zum Abflug kam. Nicholls kam, um sie persönlich zu verabschieden. »So, meine Herrschaften«, sagte er, »es geht los. Unsere Schnellbomber sind gestartet und auf dem Weg nach Berlin. Die *Mosquitos* haben also einen kleinen Vorsprung. Den werden sie auch brauchen, um die Aufmerksamkeit der deutschen Luftabwehr auf sich zu ziehen. Jetzt seid ihr dran. Viel Glück!«

Sie kletterten an Bord; die Luke wurde geschlossen, und schon liefen die Motoren auf vollen Touren. Für Wolf, der genau wie die anderen Agenten bisher wenige Flugzeugstarts miterlebt hatte, war es faszinierend zu erleben, wie der schwere Vogel sich in Bewegung setzte, von der Kraft seiner zwei Propeller immer schneller und mit beängstigendem Rütteln über die Startbahn gezogen wurde und schließlich abhob. Das Rütteln hörte auf, und der alte Bomber hob sich schwerfällig in die Luft.

Die Besatzung der Whitley bestand aus fünf Personen. Pilot, Navigator, Funker, Frontschütze und Heckschütze. Aaron war neugierig. »Wozu brauchen wir einen Navigator?«, fragte er. »Weiß der Pilot nicht, wo er hinfliegen soll?«

Der Navigator lachte. »Der Pilot sorgt dafür, dass das Flugzeug fliegt«, sagte er. »Ich sorge dafür, dass es am Ziel ankommt. Ich berechne die Flugroute unter Berücksichtigung der Windrichtung und Windgeschwindigkeit, und wenn wir jetzt nicht gleich die schwedische Küste erreichen, dann weiß ich, dass der Gegenwind stärker ist, als die Jungs am Boden vorausgesagt haben.«

»Da vorn ist Schweden!«, rief der Pilot endlich. Sie waren jetzt seit mehr als drei Stunden in der Luft.

»Wir sind zu weit westlich«, stellte der Navigator fest. Er drehte sich zu den vier Agenten um und wies nach vorn.

Wolf bemühte sich, irgendetwas im Dunkel voraus zu erkennen, aber er sah nichts.

Sie hatten Jütland und die dänischen Inseln im Tiefflug überquert, ohne von deutscher Flak beschossen zu werden, und da auch keiner der Nachtjäger aus Schleswig aufgetaucht war, hoffte der Pilot, dass sie nicht von den deutschen Funkmessgeräten erfasst worden waren. Jetzt kam die Suche nach dem Landeplatz.

Was der Pilot über den vereinbarten Behelfsflugplatz wusste, war nur, dass er nordöstlich von Ystad lag, unmittelbar an einer Straße, die zwei Dörfer miteinander verband. Die Straße selbst, die natürlich den besten Untergrund hatte, war aber zu meiden, da sie auf beiden Seiten von Chausseebäumen gesäumt wurde. Der vorgesehene Landeplatz war ein Feld südlich der Straße, ein Kreuz auf einer Flugkarte.

Diese Karte war allerdings von zweifelhaftem Wert. Sie zeigte Ortschaften und Wälder, aber in Südschweden gab es nur sehr wenige Wälder und noch weniger größere Ortschaften, die man nachts aus der Luft erkennen konnte. Das da unten, das musste Ystad sein. Der Pilot hatte sich die entscheidenden Merkmale der Stadt eingeprägt. Ein unregelmäßiger alter Stadtkern, ein paar Neubaugebiete mit rechtwinkligen Straßen, eine Bahnlinie, die an der Küste entlangführte und die Stadt vom zugehörigen Hafen trennte, das war alles. Wahrscheinlich würde er am ehesten den Hafen erkennen. Er bestand aus zwei schräg aufeinander zulaufenden Molen, jeweils knapp 200 Meter lang.

Während der Pilot aufmerksam nach draußen spähte, drehte sich Wolf zu Igor um, der neben ihm im Innenraum des Flugzeuges hockte. Der Weißrusse umfasste seine angezogenen Knie mit den Händen. An seiner Hand fehlte der Ring, der Wolf zuvor aufgefallen war.

»Wo hast du den Ring gelassen?«, fragte Wolf.

»In Schottland«, sagte Igor. »Ich habe eine junge Frau kennengelernt, und der habe ich den Ring gegeben.«

Wolf sah ihn ungläubig an. »Das war doch dein Trauring«, sagte er.

Igor nickte. »Ja, das war mein Trauring. Die Schottin und ich – wir haben uns verlobt. Dolidh heißt sie. Zugegeben, das war ziemlich spontan, aber du weißt ja, dass wir wenig Zeit hatten. Wir haben uns gesehen, wir haben uns auf den ersten Blick gemocht, wir haben uns geliebt, und wir haben uns verlobt. Und wenn ich lebend von dieser Mission zurückkomme, dann heiraten wir.«

»Aber – ihr kennt euch doch nur wenige Stunden!«, sagte Wolf verblüfft.

Igor schüttelte den Kopf. »Zwei Tage.«

»Was?« Das war unmöglich!

Der Weißrusse grinste. »Dolidhs Vater hat einen Wagen. Er hat mich zum Lager gefahren. ›Gott schütze Sie‹, hat er zum Abschied gesagt. Ob das auch hilft, wenn man Kommunist ist?«

»Wir werden heil zurückkommen«, versprach Wolf. »Ich werde alles dafür tun, dass wir heil zurückkommen.«

Igor lachte. »Das liegt nicht in unserer Hand«, sagte er. »Meine Erfahrung ist, dass man im Leben einen Wunsch frei hat. Und wenn dieser Wunsch ist, Hitler zu töten, dann geht er in Erfüllung. Unglücklicherweise ist es aber so, dass die Menschen immer zu viel wollen, das gilt auch für mich. Und dann fangen sie an, Wünsche zu kombinieren. Ich will Hitler töten und lebend zurückkommen und diese Frau heiraten – das sind schon drei Wünsche. Zwei Wünsche zu viel.«

Wolf schwieg einen Moment, dann sagte er: »Igor, du hast deinen Trauring weggegeben. Ich habe immer gedacht, du bist verheiratet?«

»Ich bin verheiratet. Ich war verheiratet«, sagte Igor bitter. »Wir haben in einem kleinen Dorf gewohnt, in der Nähe von Baranoviči. Meine Familie hat mir nach Dänemark geschrieben. Aber dann ist der Krieg gekommen, und die Deutsche Wehrmacht hat das Dorf abgebrannt, wie ich gehört habe, und da lebt jetzt niemand mehr. Ich weiß es nicht sicher, aber ich gehe davon aus, dass sie alle tot sind. Unser kleines Mädchen war noch keine drei Jahre alt.«

Wolf schwieg bestürzt.

»Da unten ist es!«, rief der Pilot plötzlich.

Die provisorische Landebahn war durch eine Doppelreihe von Lichtern markiert, und der Pilot hatte sie gleich im ersten Anlauf gefunden. Ärgerlich war nur, dass sie kürzer war, als er erwartet hatte. Aber runter mussten sie. Er nahm Gas weg, stellte die Landeklappen auf 60 Grad und bemühte sich, das Flugzeug so zu steuern, dass es bei der ersten Laterne den Boden berührte. Das gelang.

Der kritische Moment kam allerdings unmittelbar nach dem Aufsetzen. Die Whitley besaß außer den beiden Hauptfahrwerken unter den Tragflächen ein Spornrad am Heck. Die Kunst bestand darin, das Flugzeug so zu landen, dass alle drei Räder gleichzeitig den Boden berührten. Wenn der Pilot die Maschine zu rasch und zu stark abbremste, würde das Flugzeug nach vorn kippen, und sich im Extremfall überschlagen.

Aber nichts dergleichen geschah: Die Maschine kam wenige Meter hinter den letzten Laternen zum Stehen. Der Pilot schaltete die Triebwerke aus, und plötzlich herrschte angenehme Ruhe.

»Ihr bleibt alle im Flugzeug«, ordnete der Pilot an. »Ich sehe nach, was los ist.« Er verschwand nach draußen.

Wolf blieb im Flugzeug. »Könnten wir doch einfach hierbleiben!«, sagte jemand neben ihm. Der Heckschütze war nach vorn gekommen und starrte mit ihnen zusammen nach draußen, wo außer den Laternen nicht viel zu erkennen war.

»Der Pilot wird nicht hierbleiben wollen«, erwiderte der Navigator.

»In den letzten 30 Einsätzen hat unsere Staffel 29 Besatzungen verloren. Von denen, die damals zusammen angefangen haben, bin ich der Letzte, der übrig geblieben ist. Ich will leben«, murmelte der Heckschütze.

»Das wollen wir alle.«

»Dann tut etwas dafür! Da draußen ist Schweden, keine fünf Meter von uns entfernt. Wir brauchen nur aus der Maschine auszusteigen, und schon sind wir in Sicherheit. In einem neutralen Land. Wir werden interniert, und der Krieg ist für uns vorbei. Das wäre doch herrlich! Ein paar Jahre in Schweden, keine Sorgen mehr, keine Angst, beim nächsten Flug nicht mehr nach Hause zu kommen, und stattdessen in jedem Arm ein blondes Mädchen ...«

»Du träumst!«, sagte der Navigator.

Aaron tippte Wolf an: »Nur für den Fall, dass du auch solche Träume hast«, sagte er, »solltest du wissen, dass sie sich für dich nicht verwirklichen lassen.

»Ich habe keine Träume«, behauptete Wolf. Natürlich hatte er mit demselben Gedanken gespielt. Aber es ging nicht. Schweden war zwar ein neutrales Land, aber von lauter Feinden umgeben. In Norwegen, Dänemark, Finnland, im Baltikum, in Polen – überall standen die Soldaten der Deutschen Wehrmacht. Hitler brauchte das schwedische Eisenerz, und wenn er das auf andere Weise nicht bekommen konnte, würde er Schweden besetzen lassen. Die schwedische Regierung musste sich daher sehr genau überlegen, was sie tat, und was sie nicht tat. Sie durfte Hitler nicht verärgern. Deshalb wurden geflüchtete deutsche Soldaten umgehend nach Deutschland zurückgeschickt.

»Deutsche Juden werden übrigens auch zurückgeschickt«, fügte Aaron hinzu. »Die schwedische SÄPO, die *Säkerhetspolisen*, ist sehr deutschfreundlich und hilft Hitler gern. Wir nennen unsere Sicherheitspolizei die ›schwedische Gestapo‹.«

Leszek deutete nach draußen: »Der Treibstoff.« Ja, da kam ein Tanklastwagen in langsamer Fahrt über den Acker gerollt. »Endlich.«

»Bis jetzt ist alles gut gegangen«, sagte Wolf.

»Bis jetzt«, bestätigte Leszek.

Aber genau in diesem Augenblick sah Wolf, dass zwei Männer auf Fahrrädern auftauchten. Dunkelblaue Uniform, einreihiger Mantel. Militär?

»Schwedische Polizei«, sagte Aaron.

Der Pilot hatte die Männer auch bemerkt. Unsicher sah er sich zum Flugzeug um, dann ging er langsam auf die beiden Polizisten zu.

»So wird das nichts«, sagte Aaron. »Lasst mich mal durch!«

»Was hast du vor?«, fragte Wolf.

»Ich kann Schwedisch, ich kann mit ihnen reden.«

»Was willst du ihnen denn erzählen?«

»Gar nichts«, antwortete Aaron. »Es geht einfach nur darum, Zeit zu gewinnen. Die Polizisten sind neugierig, wie alle Polizisten, ich erzähle ihnen irgendwas.« Er kletterte aus der Maschine.

»Ich muss mal pinkeln«, murmelte der Heckschütze und ging ebenfalls nach draußen.

Aaron war jetzt bei der kleinen Gruppe an der Straße

angekommen. Der Pilot nickte ihm zu und ging langsamen Schrittes zurück zur Maschine. Er wechselte ein paar Worte mit den Männern, die das Flugzeug betankten, dann sah er zu Wolf herüber. Hören konnte Wolf ihn nicht. Der Pilot zeigte einmal zehn Finger und einmal fünf. Noch eine Viertelstunde.

Aaron stand bei den Polizisten, die aber offenbar gerade zurück ins Dorf fahren wollten, um ihre vorgesetzte Dienststelle anzurufen. Das würde einige Zeit in Anspruch nehmen, aber trotzdem wurde Wolf unruhig. Aaron verwickelte die beiden Polizisten in ein Gespräch.

Der Pilot stieg zurück ins Flugzeug. »Herrgott noch mal, warum dauert das so lange«, murmelte er.

Die Polizisten machten sich schließlich auf den Weg.

Endlich waren die Männer mit dem Betanken des Flugzeugs fertig. »Wir können starten«, sagte der Pilot.

»Unser Heckschütze fehlt«, stellte der Navigator fest.

Als der Heckschütze nach weiteren fünf Minuten noch immer nicht zurück war, war klar, dass der Mann sich abgesetzt hatte. »Länger können wir nicht warten«, erklärte der Pilot. »Herr Oberleutnant, ich habe eine Aufgabe für Sie!«

Wolf konnte sich nicht gut weigern. Bei den Schießübungen hatte er stets die besten Ergebnisse erzielt. Allerdings war das unter wesentlich einfacheren Bedingungen gewesen.

»Bist du bereit?«, fragte der Navigator.

Wolf nickte. Jede Sekunde, die sie unnütz hier herumstanden, vergrößerte die Gefahr, dass sie am Ende doch noch aufgehalten wurden. Wolf kletterte ganz nach hinten in den Heckstand. Die Motoren wurden angeworfen, und das Flugzeug setzte sich in Bewegung. Der Pilot drehte die Whitley gegen den Wind, gab mehr Gas, und das Holpern wurde stärker. Wolf hielt sich fest, so gut es ging, wurde aber trotzdem hin und her geschüttelt, und schließlich hob die Maschine ab.

Hatte Wolf vorher damit gehadert, dass er im Inneren des Rumpfes eingesperrt war und von dem Flug gar nichts sah, so sah er jetzt viel zu viel. An allen Seiten und vor allem schräg unter ihm nichts als eine dünne Scheibe aus Plexiglas, die ihn von der Außenwelt trennte. Die Maschine legte sich in eine Rechtskurve. Wolf hatte geglaubt, durch seinen Dienst bei den U-Booten wäre er an die Seekrankheit gewöhnt, aber jetzt musste er sich sehr stark konzentrieren, dass ihm nicht schlecht wurde.

»Gleich wird es besser«, versprach der Navigator. Er war zu Wolf nach hinten geklettert und wies ihn in seine Pflichten als neuer Bordschütze ein. Sie waren jetzt über der Ostsee.

»Dass wir dich hier nach hinten gesetzt haben, ist nur eine Sicherheitsmaßnahme. Wir rechnen nicht damit, dass wir angegriffen werden. Jedenfalls nicht auf dem Hinflug. Der Rückflug – das wird dann eine andere Geschichte.«

»Gut.« Für den Rückflug war er nicht zuständig.

»Dreh mal den MG-Stand!« Der Navigator zeigte ihm, wie das funktionierte. »Der Turm wird hydraulisch bewegt; es geht also ganz einfach. – So, jetzt einmal zur anderen Seite, und jetzt nach oben, schräg nach oben, ja! Und jetzt: Feuer!«

Wolf drückte ab, und seine vier Maschinengewehre spuckten Feuer.

»Stopp! – Das reicht. So, nun weißt du, wie das funktioniert. Von jetzt ab musst du nur noch darauf achten, dass uns kein Jerry verfolgt. Und wenn doch ein deutscher Jäger kommen sollte: Voll draufhalten. Denk daran, die Whitley ist der am besten gegen Angriffe von hinten geschützte Bomber auf der ganzen Welt.«

Der Navigator kletterte wieder nach vorn, und Wolf war allein auf seinem einsamen Wachposten. Er starrte hinaus in die Nacht. Allmählich gewöhnte er sich an die Dunkelheit, und als schließlich die Wolkendecke aufriss, konnte er unter sich das Meer erkennen. Das Wasser glänzte silbrig im Licht der schmalen Sichel des zunehmenden Mondes.

Wolf schreckte hoch. War er wirklich kurz eingenickt? Es dauerte einen Moment, bis er begriff, wo er war, und was seine Aufgabe war, und es dauerte noch ein paar weitere Sekunden, bis er erkannte, dass der schwarze Punkt gerade vor ihm kein Dreck auf der Scheibe war, sondern ein unbekanntes Flugzeug, das rasch näher kam.

»Achtung!«, rief er, »Feind von hinten!«

Im selben Moment ging der Pilot in eine scharfe Rechtskurve, steuerte schräg nach unten, und das fremde Flugzeug schoss über sie hinweg. Durch die unerwartete Bewegung hatte Wolf die Maschine aus dem Fadenkreuz verloren. Seine Maschinengewehre zeigten ins Leere. Wolf begriff, dass der Pilot auf Gegenkurs gegangen war und durch den steil abwärts gerichteten Sinkflug an Geschwindigkeit gewann, aber das war nur ein momentaner Vorteil: Im nächsten Moment saß das Jagdflugzeug wieder hinter ihnen.

Der Pilot zog die Whitley steil nach rechts oben. Der Jäger folgte, aber diesmal hatte Wolf den Verfolger sofort im Fadenkreuz. Er schoss. Dass der Gegner zurückschoss, bemerkte er erst, als ein paar Kugeln die dünne Wand der Kabine durchschlugen. Jemand schrie. Igor? War er getroffen worden? Keine Zeit, sich darum zu kümmern. Wolf sah, wie die Leuchtspurgeschosse aus seinem Browning-Vierlings-MG ihr Ziel fanden. Der Jäger scherte nach rechts aus, um dem tödlichen Kugelhagel zu entgehen, und für eine Sekunde sah Wolf ganz klar die Balkenkreuze der deutschen Luftwaffe an der Unterseite beider Tragflächen. Wolf schwenkte die Kuppel mit, aber er war zu langsam, und schon war der Feind aus seinem Blickfeld verschwunden.

»Glückwunsch!«, schrie der Navigator.

»Ist er weg?«, fragte Wolf.

»Ja, er ist weg. Den hast du voll erwischt.«

Wolf starrte noch immer nach draußen, rechnete damit, dass das feindliche Flugzeug jeden Moment wiederauftauchen würde. Als der Pilot erneut auf östlichen Kurs ging und keine Ausweichmanöver mehr flog, begriff Wolf schließlich, dass die Gefahr überstanden war. Für den Augenblick jedenfalls.

Er drehte sich zu dem Navigator um. Der Mann war dabei, sich den rechten Arm zu verbinden. »Nur eine Schramme«, sagte er. »Guck wieder nach draußen!«

Nur eine Schramme. Hoffentlich stimmte das.

Der Pilot flog jetzt deutlich tiefer. Wolf sah, wie sie einen schmalen Dünengürtel überquerten. Das musste die Frische Nehrung sein. Aus der Flugplanung wusste er, dass sie irgendwo zwischen Königsberg und Danzig auf die Küste des Festlandes treffen würden. Auf der Karte waren in Ostpreußen fast gar keine violetten Kreise eingezeichnet. Hoffentlich gab es hier wirklich keine Flak. In der geringeren Höhe wären sie eine leichte Beute. Wo waren sie überhaupt? Von oben hatte Wolf seine Heimat noch nie gesehen. Er versuchte, sich an den Wäldern zu orientieren, die er im schwachen Mondlicht erkennen konnte, aber es war aussichtslos.

»Gleich ist es so weit«, sagte Aaron. Er war zu ihm nach hinten geklettert.

Wolf befreite sich aus seinem Sitz in der MG-Kuppel. Der Funker nahm seinen Platz ein. Der Navigator lag am Boden und stöhnte leise.

Der Pilot drosselte die Geschwindigkeit und führte die Whitley für den Fallschirmabsprung hinunter auf die geplante Höhe von gut 300 Meter. Wolf wusste, dass der Absprung aus Sicherheitsgründen durch den Bombenschacht erfolgen musste. So bestand keine Gefahr, dass die Fallschirmspringer etwa mit dem ausladenden Leitwerk der Whitley kollidierten.

»Fertig machen zum Sprung!«, rief der Pilot. Wolf sah, wie sich die Klappen des Bombenschachtes hydraulisch öffneten. Jetzt kam es darauf an.

»Senkrecht springen!«, erinnerte ihn Leszek. »Wie beim Fußsprung vom Ein-Meter-Brett.« Wolf nickte. Der Pole war nach ihm als Zweiter an der Reihe. Das grüne Licht leuchtete auf.

»Jetzt!«

Wolf sprang. Ein heftiger Ruck, der Fallschirm öffnete sich. Es war ein berauschendes Gefühl, so durch die Luft zu schweben. Sacht glitt er dem Boden entgegen. Über ihm die schwarze Kuppel des Fallschirms. Wolf zog an den Leinen, drehte sich um seine Achse, aber er konnte die anderen in der Dunkelheit nicht entdecken. Einen Augenblick befiel ihn Panik. Sie hatten ihn allein springen lassen, waren längst auf dem Rückweg nach England. Nein, das war natürlich Unsinn.

Da war schon der Boden. Kein Waldstück, wie er befürchtet hatte, sondern ein gepflügter Acker. Wolf ließ sich nach vorn fallen, nicht ganz so elegant, wie es ihm bei Tag während der meisten Übungssprünge gelungen war, aber immer noch gut genug. Er rappelte sich auf, warf sich über den Fallschirm, raffte die Seide zusammen, dann befreite er sich von den Gurten. Alles in Ordnung. Gott sei Dank kein Schnee, und der Boden war nicht gefroren.

Wo waren die anderen? Sie mussten ganz in der Nähe gelandet sein. Wolf hörte, dass jemand auf ihn zukam. Es war Aaron. Er war als Dritter gesprungen.

»Wo ist Leszek?«, rief Wolf.

»Hier!« Der Pole kämpfte noch mit den Gurten.

Wenige Augenblicke später traf auch Igor ein. Wolf war erleichtert. Alles gut gegangen, niemand hatte sich verletzt. Die Stelle, an der sie gelandet waren, schien im Niemandsland zu liegen. Keine Häuser in Sicht, und auch keine Straße. Die einzelnen Gutshöfe lagen hier in Ostpreußen weit auseinander. Von Reimsdorf, wo Wolf aufgewachsen war, waren es an die zwei Kilometer bis zum nächsten Gut. Weit gucken konnte man auch bei Tag nicht; dazu war das Gelände zu hügelig.

Sie machten sich auf die Suche nach dem Behälter mit den Ausrüstungsgegenständen. Er war hinter dem nächsten Hügel gelandet. Jetzt mussten sie alles loswerden, was sie als Fallschirmagenten verraten konnte. Die Fallschirme, die englischen Overalls, das Funkgerät, die Waffen, der Sprengstoff und alles, was sie sonst mitgebracht hatten, musste vergraben werden, und zwar an einer Stelle, an der sie es auch wiederfinden konnten. »Eingraben! Da drüben am Waldrand!«, befahl Wolf.

Sie arbeiteten schweigend. Es war mühsam mit den Klappspaten. Sie wechselten sich ab: Während drei von ihnen gruben, hielt einer Wache. Es geschah nichts. Niemand kam und suchte nach ihnen. Offenbar war der Absprung tatsächlich unbemerkt geblieben. Als der Boden wieder so gut wie möglich eingeebnet war, wurde es langsam hell. Die vier Männer hockten unter den Bäumen, rauchten und froren. Erst bei Tagesanbruch konnten sie es wagen, sich offen zu bewegen.

Wolf warf einen skeptischen Blick auf seine Begleiter. Er selbst trug seine Marineuniform, und sein gefälschter Urlaubsschein sollte einer oberflächlichen Überprüfung standhalten. Für seine drei Begleiter war die Lage schwieriger. Wolf ärgerte sich: Er hatte es versäumt, sich persönlich um die Einkleidung der Männer zu kümmern. Jetzt sah er, dass sie viel zu gut gekleidet waren. Ostpreußen war ein Agrarland. Niemand, der in der Landwirtschaft tätig war, lief so herum.

»Bleibt erst einmal hier«, sagte Wolf, als es endlich Tag wurde. »Ich gehe vor und erkunde die Lage. Wenn die Luft rein ist, hole ich euch nach.«

Es gab nämlich noch ein kleines Problem, das Wolf bisher verdrängt hatte. Er hatte behauptet, sie könnten auf dem Bauernhof seiner Familie unterkommen. Jetzt musste er Farbe bekennen. Die Familie Littke besaß keinen Bauernhof. Reimsdorf war auch kein Dorf im eigentlichen Sinne, sondern eine Domäne, ein großer Gutshof, auf dem seine Eltern arbeiteten. Und dass sie bereit waren, die Gruppe aufzunehmen, bezweifelte er.

3

28. Februar 1944

Es war schon hell, als Wolf schließlich in Reimsdorf ankam. Das herrschaftliche Gutshaus befand sich in schlechterem Zustand, als er es in Erinnerung hatte. Es war zwar noch immer ein imposantes Gebäude, aber die Fassade hätte dringend gestrichen werden müssen, und Wolf hatte das Gefühl, dass inzwischen längst nicht mehr alle Zimmer bewohnt waren. Der Pächter gab sich sicher alle Mühe, aber ein derartig großes Haus ließ sich nur mit genügend Personal in Ordnung halten, und daran mangelte es nicht erst jetzt, sondern eigentlich schon seit dreißig Jahren.

Die Littkes wohnten in einem von sechs völlig gleich gebauten Häuschen, in denen jeweils zwei Familien untergebracht waren. Drei der Häuser befanden sich auf der linken Seite, drei auf der rechten eines Faustballfelds, jetzt ohne Netz. Alle, die hier hätten Faustball spielen können, waren längst zum Wehrdienst eingezogen. Wolfs Elternhaus war vom Gutshaus aus gesehen das erste Haus von links. In der rechten Hälfte wohnten die Sorges mit ihren vielen Kindern, in der linken Hälfte seine Eltern.

Wolf klopfte zaghaft. Seine Mutter öffnete. »Nein! Das ist nicht wahr!«, rief sie.

»Doch«, sagte Wolf, »ich bin es.«

»Mein Gott, Wolfgang. Als dieser Brief von der Marine

kam, dass du vermisst wirst, da haben wir geglaubt – da habe ich geglaubt ...«

Sie schloss ihren Sohn in die Arme.

»Wer ist denn da?« Das war die Stimme von Wolfs Vater.

»Komm schnell, Heinrich, Wolfgang ist hier!«

»Wolfgang!«, freute sich sein Vater. »Du lebst! Nach diesem Schreiben, das wir gekriegt haben, waren wir uns sicher, dass du tot bist.«

»Ja, ich lebe«, sagte Wolf und lächelte zaghaft. Er fühlte sich unbehaglich. Seine Eltern glaubten bestimmt, dass er wieder auf Urlaub sei. Wie sollte er es ihnen sagen? Vielleicht gar nicht?

»Als dieser Brief gekommen ist, ich wäre am liebsten losgelaufen und hätte diesen Hitler erschossen! Wie kommt dieser Schweinekerl dazu, solch einen wahnsinnigen Krieg anzufangen und all unsere Kinder in den Tod zu schicken!«

Wolfs Vater war in seinem Redeschwall kaum zu bremsen.

»Bis jetzt ist niemand tot«, korrigierte Wolfs Mutter. »Jedenfalls niemand aus unserer Familie.«

»Wie geht es Friedrich?«, fragte Wolf.

»Dein Bruder ist immer noch bei der Eisenbahn. Er ist jetzt in Weißrussland. Gott sei Dank ist er nicht als Soldat eingezogen worden.«

»Seine Arbeit ist gefährlich genug«, warf Wolfs Vater ein. »Die Partisanen ...«

»Bei den Sorges sind die beiden Ältesten gefallen«, fuhr Wolfs Mutter fort. »Herbert und Klaus. Herbert ist in Russland gefallen, das war ganz kurz nachdem du zuletzt hier warst. Und Klaus, der war ja bei den Panzern, auch in Russland. Eine Mine. Da ist keiner mehr lebend rausgekommen aus dem Fahrzeug. Und den kleinen Uwe, den haben sie jetzt auch eingezogen, obwohl der doch so schlecht sehen kann. Wenn das so weitergeht, werden sie Papa am Ende auch noch holen …«

Wolf legte seiner Mutter beruhigend beide Hände auf die Schultern.

»Können wir nach drinnen gehen?«, fragte er. »Ich muss euch was sagen.«

Seine Mutter sah ihn erstaunt an. »Hast du dich verlobt?«

»Nein.«

Sie gingen ins Wohnzimmer.

»Nein, es ist was Ernstes«, sagte sein Vater, »das sehe ich.«

»Sehr ernst«, sagte Wolf. »Setzt euch.«

Dann erzählte er, wie er in Gefangenschaft geraten und auf welche Weise er nach Deutschland zurückgekommen war.

Eine Weile sagte niemand etwas.

Sein Vater schüttelte den Kopf und seufzte tief. Schließlich sagte er: »Das hättest du nicht tun dürfen, Wolfgang. Das hättest du dir nicht antun dürfen, und uns auch nicht. Hast du denn gar nicht an deine Mutter gedacht? Ich bin ein alter Mann und habe den größten Teil meines Lebens hinter mir, aber Else, die ist doch noch keine fünfzig! Hast du dir denn gar nicht ausgemalt, wie das sein wird, wenn die Gestapo kommt und uns mitnimmt?«

Wolf hatte seinen Vater noch nie so mutlos gesehen.

Seine Mutter sah ihn lange an und sagte dann: »Es gibt

immer einen Weg. Wenn du jetzt gleich das Fahrrad nimmst und zur Polizei fährst und denen alles erzählst …«

»Das ist Blödsinn!«, rief Wolf verärgert. »Was glaubt ihr, was dann passiert? Wenn ich mich selbst anzeige, dann hängt ihr genauso mit drin. Und du, Papa, du hast gerade eben noch gesagt, du hättest am liebsten diesen Hitler erschossen. Genau das werden wir jetzt tun, meine Kameraden und ich. Wir erschießen Hitler.«

Heinrich Littke schüttelte erneut den Kopf. »Das ist Wahnsinn, Wolfgang. Das ist vollkommener Wahnsinn.«

»Ist es nicht. Wir sind bestens vorbereitet. Aber natürlich brauchen wir ein Quartier. Wir haben gedacht, dass wir fürs Erste bei euch unterkommen könnten …«

»Nein. Das kommt überhaupt nicht in Frage«, fiel sein Vater ihm ins Wort.

»Für ein paar Wochen. Oder für ein paar Tage wenigstens, bis wir was Besseres gefunden haben, bitte, Papa. Wir brauchen außerdem neue Kleidung und natürlich was zu essen. Wir haben zwar unsere Notverpflegung dabei, aber die ist wirklich nur für den Notfall …«

»Nein.«

Else versuchte zu vermitteln. »Direkt auf die Straße setzen können wir unser Kind aber nicht, Heinrich!«

»Du weißt nicht, was du redest«, murmelte ihr Mann.

Wolf wusste, dass sein Vater ihn trotz allem nicht im Stich lassen würde. Seine Mutter bot an, Wolf und seine Kameraden fürs Erste mit Wolldecken und Essen zu versorgen, außerdem wollte sie sich erkundigen, ob die Nachbarin ihr vielleicht ein paar Kleidungsstücke ihrer toten Söhne überlassen könnte. Für Bekannte aus Hamburg würde sie sagen, die ausgebombt worden waren.

»Wie sieht es in Hamburg aus?«, fragte Wolf.

»Ich habe gleich nach den Angriffen mit deinem Onkel telefoniert.« Seine Mutter seufzte. »Die Stadt steht noch, aber die Schäden sind gewaltig. Einige Stadtteile sind fast völlig zerstört. Barmbek, Hammerbrook, Rothenburgsort ...«

Wolf war erleichtert. Craig Nicholls hatte übertrieben. Hamburg gab es noch. Es konnte keine Rede davon sein, dass von der Stadt nichts mehr übrig geblieben war.

Was jetzt? Wolf hatte gedacht, dass er viele Freunde hätte, die ihn unterstützen könnten. Das Problem war nur, dass sie alle ungefähr in seinem Alter waren, und dementsprechend waren sie jetzt fast alle Soldat. Bernd Nitz? Der war offensichtlich noch nicht eingezogen, sonst hätte SOE ihn nicht als Kontaktadresse angegeben. Aber der saß in Königsberg, fast hundert Kilometer von Reimsdorf entfernt. Und wenn es irgend möglich war, wollte er Bernd nicht kontaktieren.

Inge Nikoleit, dachte Wolf. Das war die einzige Möglichkeit. Inge wohnte in Rastenburg. Wolf dachte an das Fest und daran, wie sie zusammen getanzt hatten. Als das Fest endete, hatte er Inge nicht nach Hause gebracht, sondern sie waren schwimmen gegangen, in der Badeanstalt am Oberteich. Sie waren über den Zaun geklettert, hatten sich ausgezogen und waren nackt in den See gesprungen. Den Rest der Nacht hatten sie im Stroh in einer Scheune verbracht. Das jedenfalls würden sie heute nicht wiederholen, es war immerhin erst Ende Februar, aber alles andere war möglich.

Wolf wusste, wo Inge wohnte. Er hatte sie schließlich

im Morgengrauen nach Hause begleitet und war dann schnell verschwunden, ehe Inges Mutter oder gar ihr Vater die Tür öffnete. »Er ist sehr streng«, hatte sie gesagt, »aber ich werde schon mit ihm fertig!«

Als Erstes suchte er seine Kameraden am Waldrand auf. Er berichtete mit knappen Worten, was er erlebt hatte. Igor warf ihm einen finsteren Blick zu, enthielt sich aber jeden Kommentars. Wolf hatte Wolldecken mitgebracht, damit sie nicht zu frieren brauchten, außerdem Brot und eine Feldflasche voll Milch. Er würde sie am frühen Abend ins Haus lassen, wenn es dunkel war und niemand genau sehen konnte, wer da zu Besuch kam. Leszek sah Wolf besorgt an, aber der gab sich zuversichtlich. »Es klappt«, behauptete er. »Ihr werdet sehen, es klappt alles!«

In Wirklichkeit hatte Wolfs Zuversicht durch die Begegnung mit seinen Eltern einen gewaltigen Dämpfer erlitten. Wie oft hatten sie zu Hause auf Hitler und die verdammten Nazis geschimpft, aber nun, wo es ernst wurde, waren die Eltern nicht bereit, alles zu riskieren, um ihren Sohn zu unterstützen. Sie waren nicht so draufgängerisch wie er. Das hätte ihm eigentlich klar sein müssen.

Wolf war zu ungeduldig, um auf die Kleinbahn zu warten. Bis Rastenburg war es nur eine gute Stunde zu Fuß. Es war zwar empfindlich kühl, aber seine Mutter hatte ihm seinen alten Wintermantel aufgedrängt, den er jetzt über seiner Marineuniform trug. So war es ihm eher zu warm als zu kalt.

Der Fußweg tat ihm gut. Die Sonne schien, und mit der Sonne kam auch sein Optimismus zurück. In Neuendorf traf er eine alte Frau, die entfernt mit ihm verwandt war. Er grüßte freundlich, und sie grüßte zurück. Bis zu ihr hatte es sich offensichtlich noch nicht herumgesprochen, dass er viele Monate lang vermisst gewesen war.

Da waren schon die ersten Häuser von Rastenburg. Er marschierte die Hindenburgstraße entlang und kam bei der Bäckerei Kiaulehn vorbei. Sollte er Inge etwas Kuchen mitbringen? Ja, das war keine schlechte Idee. Ein Blumenstrauß wäre noch besser, aber Wolf glaubte nicht, dass er im Februar irgendwelche Blumen bekommen würde.

Die Frau hinter dem Tresen begrüßte ihn freudig. »Ach, Herr Überleutnant, das ist aber schön, dass Sie einmal wieder nach Hause gekommen sind! Was darf es denn sein?«

Wolf wählte zwei Stücke Apfelkuchen aus, die die Frau ihm sorgfältig einpackte. »Damit er auf dem Weg nicht kaputtgeht«, sagte sie. »Es ist ja so weit bis zu Ihnen nach Reimsdorf!«

Wolf wunderte sich, dass die Frau wusste, wo er wohnte. Vielleicht hätte er doch nicht in den Laden gehen sollen. Er zückte den Bogen mit den Lebensmittelmarken. »Was brauchen Sie für den Kuchen?«

»Marken für Weißbrot, Zucker und Margarine!«

Wolf reichte der Frau den Bogen. *Reichskarte für Urlauber* stand darauf, *gültig im ganzen Reichsgebiet.* Das war der Vorteil, wenn man Wehrmachtsangehöriger auf Urlaub war, man bekam seine Lebensmittel überall.

Die Frau warf einen Blick auf den Bogen, dann sah sie Wolf an. Bestürzt, wie es ihm schien. Sie gab ihm die Marken zurück. »Ach, Herr Überleutnant«, sagte sie, »lassen Sie man! Heute machen wir das mal ohne Marken. Es ist schön, dass Sie wieder da sind. – Und passen Sie gut auf sich auf!«

Wolf bedankte sich. Er war froh, dass er allein im Laden

gewesen war, und er war doppelt froh, dass die Frau nicht sofort die Polizei alarmiert hatte. Irgendetwas stimmte nicht mit den Marken. Wahrscheinlich waren sie genauso schlecht gefälscht wie sein Urlaubsschein. Er musste sehen, dass er möglichst rasch andere bekam.

Vor Inges Haus öffnete Wolf den Mantel und korrigierte den Sitz seiner Uniform. Sie hätte gebügelt werden müssen, aber dazu war es jetzt zu spät; es würde auch so gehen. Er läutete.

Es dauerte eine Weile, bis jemand an die Tür kam. Und es war nicht Inge, sondern offenbar ihr Vater. Er starrte Wolf hasserfüllt an.

»Ich bin Wolfgang Littke«, sagte Wolf.

»Ich weiß«, sagte Adam Nikoleit. »Auf dich habe ich schon lange gewartet!«

Die drei Fallschirmagenten standen am Waldrand und traten unruhig von einem Bein aufs andere. »Er hat uns angelogen«, sagte Aaron. Es klang resigniert.

Leszek zuckte mit den Achseln. »Er wird schon eine Lösung finden.«

»Das ist nicht der Punkt«, beharrte Aaron. »Entscheidend ist, dass er uns angelogen hat. Und wenn er uns dabei angelogen hat, dann vermutlich auch bei anderen Dingen. Ich wette, er kennt sich überhaupt nicht mit der Wolfsschanze aus.«

»Das werden wir sehen«, sagte Igor. »Fest steht jedenfalls, dass wir an der richtigen Stelle gelandet sind. Und das ist keine Selbstverständlichkeit. Die Landung ist geglückt, und wir leben noch. Das ist zunächst einmal die Hauptsache.«

»Für mich nicht«, widersprach Aaron. »Für mich ist nicht die Hauptsache, dass wir jetzt am Leben sind, sondern dass wir am Leben bleiben, dass wir nicht in Gefangenschaft geraten und dass wir unseren Plan durchführen können. Aber jetzt sitzen wir hier in diesem verdammten Wald in Ostpreußen und sind vollständig davon abhängig, dass uns irgendein unzuverlässiger Deutscher aus dieser misslichen Situation befreit.«

»Du übertreibst«, sagte Igor ruhig.

»Ich übertreibe nicht. Es ist durchaus möglich, dass Wolf Littke nicht zurückkommt. Oder dass er mit der Polizei zurückkommt. Was machen wir dann?«

Igor war sich sicher: »Er kommt nicht mit der Polizei zurück.«

»Ja, ich weiß, ihr vertraut ihm alle, er ist ein großartiger Kumpel, der Leszek nicht im Stich gelassen hat, als der stinkbesoffen nach Hause gekommen ist und eigentlich aus dem Kurs fliegen sollte, und der Igor nicht verpfiffen hat, als er auf dem Orientierungsmarsch nicht den Weg nach Hause, sondern den Weg in das Bett einer schönen Frau gesucht hat ...«

»Willst du mich beleidigen?«, fragte Igor erbost.

Aaron riss sich zusammen. »Ich will niemanden beleidigen«, sagte er. »Ich will ganz einfach am Leben bleiben. Kapiert ihr das nicht?«

»Das wollen wir alle«, brummte Leszek.

»Gut. Dann sind wir uns in diesem Punkt einig. Aber wenn wir am Leben bleiben wollen, dann reicht es nicht aus, dass wir hier in der Kälte herumhocken. Dann müssen wir einen Plan haben, was wir tun, wenn die Polizei kommt.«

»Das tun wir«, sagte Igor. Er machte mit den Fingern die Geste des Kehledurchschneidens.

»Das können wir versuchen, wenn es nur ein einzelner Polizist ist«, erklärte Aaron. »Aber selbst dann wäre es falsch. Denn dann haben wir hinterher einen Toten, nach dem gesucht wird. Am Ende werden wir eingekreist und abgeknallt, und das war's dann.«

»Das kann uns ohnehin passieren«, meinte Leszek.

»Genau deshalb sollten wir nicht hierbleiben, sondern nach da drüben umziehen«, Aaron wies mit dem Kopf in die Richtung der anderen Waldecke. »Von dort aus können wir alles überblicken, was hier passiert. Und wenn es nur Wolf ist, der zurückkommt, dann ist das in Ordnung. Aber wenn stattdessen die Polizei kommt, dann machen wir uns still und leise aus dem Staub.«

»Wohin?«, fragte Igor. »Hast du dir darüber Gedanken gemacht?«

»Nach Westen«, erwiderte Aaron. »Nach Königsberg. Das ist eine große Stadt, da können wir uns viel besser verstecken als hier auf dem Land.«

Der Mann, der so lange auf Wolf gewartet hatte, polterte nun erst richtig los.

»Du Lump! Unser Mädchen hast du verführt, unsere liebe kleine Inge, hast sie geschwängert und dich dann aus dem Staub gemacht!«

Geschwängert? Er, Wolfgang Littke, war Vater geworden? Das war ja großartig! »Wie konnte ich das wissen? Ich habe nie wieder etwas von Inge gehört. Ich hätte mich nie aus dem Staub gemacht«, erwiderte Wolf. »Jedenfalls bin ich jetzt hier.«

»Zu spät«, entschied Nikoleit. »Viel zu spät.«

»Und was sagt Inge dazu? Kann ich bitte einmal mit Inge sprechen?«

»Kommt überhaupt nicht in Frage!«

»Wenn Inge ein Kind bekommen hat, dann ist es auch mein Kind«, sagte Wolf so sanft wie möglich. Im Geiste hatte er inzwischen nachgerechnet. Mehr als neun Monate seit jener Nacht im Mai. Das Kind musste inzwischen geboren sein.

»Zu spät«, wiederholte Nikoleit. »Diese Schande! Meine Frau und ich haben dafür gesorgt, dass Inge noch rasch einen jungen Soldaten heiraten konnte. Die heiratsfähigen Männer werden ja allmählich knapp. Der Michael hatte auch schon den Marschbefehl nach Russland in der Tasche. Anfang Dezember ist das Kind dann gekommen. Viel zu früh ...«

»Wo ist die Mutter, und wo ist das Kind?«, unterbrach ihn Wolf beunruhigt.

»Wo die Inge ist, wirst du nie erfahren.« Bevor Wolf noch irgendetwas sagen konnte, hatte Adam Nikoleit bereits die Haustür vor ihm zugeknallt.

Wolf war nach Reimsdorf zurückgekehrt. Er würde Inge suchen. Er würde Inge finden. Aber erst einmal musste er ein Quartier für seine Kameraden suchen; das hatte Vorrang. Morgen würde er nach Königsberg fahren und doch Kontakt mit Bernd Nitz aufnehmen; heute war es dafür zu spät. Nach Einbruch der Dunkelheit hatte Wolf seine Kameraden im Wald abholen wollen und zunächst einen Riesenschreck bekommen, als er sie nicht dort antraf, wo er sie am Morgen zurückgelassen hatte. Aber er hatte nur wenige Minuten warten müssen, bis sie sich bemerkbar machten. Er hatte sie zu seinen Eltern gebracht. Dort hatten sie sich aufgewärmt, gegessen, und jetzt schliefen sie in der Kammer, in der früher Wolf und sein Bruder gewohnt hatten.

»Hast du einen Moment Zeit?«, fragte Wolfs Vater.

Wolf nickte. Die Atmosphäre nach seiner Rückkehr schien entspannt, aber er ließ sich nicht täuschen.

»Komm«, sagte Heinrich Littke, »wir gehen ein Stück nach draußen. Da stören wir die anderen nicht beim Schlafen.«

Vor der Tür blickte Wolf automatisch nach oben, wie immer, wenn er nachts in Ostpreußen ins Freie trat. Aber der überwältigende Sternenhimmel fern jeder großen Stadt hatte sich hinter Wolken verborgen.

»Ich habe noch einmal über deinen Auftrag nachgedacht«, sagte Wolfs Vater, »Du musst zur Polizei gehen. Alles andere ist Wahnsinn.«

Wolf schüttelte den Kopf.

Sein Vater ließ sich nicht beirren. »Du kannst ja behaupten, dass du nur zum Schein auf das englische Angebot eingegangen bist, um diesen törichten Anschlag zu verhindern. Und wenn die Polizei auf diese Weise drei ausländische Agenten verhaften kann, dann kann ich mir nicht vorstellen, dass du irgendetwas zu befürchten hast.«

»Der Anschlag ist nicht töricht«, sagte Wolf. »Aber selbst wenn er töricht wäre, so könnte ich jetzt nicht mehr zurück. Ich habe mein Wort gegeben, und ich werde mein Wort halten. Ich wäre ein Schwein, wenn ich meine Kameraden verraten würde. Glaubst du wirklich, dass dein Sohn ein Schwein ist?«

»Große Worte.« Heinrich Littke blieb stehen und blickte seinen Sohn eindringlich an. »Das sind große Worte, Wolf. Aber ein Schwein sein – was heißt das schon? Das höchste Gut, das man hat auf der Erde, das ist das eigene Leben. Und wenn man ein Schwein sein muss, um am Leben zu bleiben, dann ist das eben so. Ein lebendes Schwein ist mehr wert als ein toter Held.«

Wolf widersprach. »Das höchste Gut ist für mich nicht das eigene Leben. Das höchste Gut ist der Anstand. Mein Gewissen. Ich gebe zu, im ersten Moment, als mir dieser englische Offizier den Vorschlag gemacht hat, einen Anschlag auf die Wolfsschanze durchzuführen, da habe ich nur daran gedacht, mein Leben zu retten. Aber dann habe ich begriffen, dass ich auf diese Weise viel mehr Menschen das Leben retten kann. Und wenn ich bei diesem Vorhaben mein eigenes Leben verlieren sollte, dann ist das Ganze dennoch den Einsatz wert.«

»Dein Einsatz, den du für so wertvoll und wichtig hältst, dass du dafür dein Leben aufs Spiel setzt, ist ein Mord, Wolfgang!«

»Wenn man einen Mörder nur durch Mord aufhalten kann, dann halte ich das für gerechtfertigt.«

»Wirklich? Ich meine mich zu erinnern, dass du seit deiner Konfirmation eine Kette mit einem kleinen silbernen Kreuz um den Hals trägst. Heißt es nicht in der Bibel: Du sollst nicht töten?«

»Ich trage das silberne Kreuz nicht mehr«, sagte Wolf.

Heinrich Littke wusste nicht, was er noch sagen sollte. Er hatte das Gefühl, dass alle weiteren Einwände vergeblich waren. Hätte er einwenden sollen: ›Du machst es dir zu leicht?‹ Das stimmte nicht. Er war sich sicher, dass sein

Sohn sich die Entscheidung nicht leicht gemacht hatte. Aber er hatte sich entschieden. »Gott steh dir bei!«, sagte Heinrich Littke schließlich und ging alleine zurück ins Haus.

29. Februar 1944

Wolf war früh aufgestanden, aber auch Igor war schon wach. »Bevor du jetzt nach Königsberg fährst«, sagte er, »möchte ich dich gerne etwas fragen. Wenn du noch einen Moment Zeit hast.«

»Frag mich einfach.« Wolf war nervös. Er wusste nicht genau, wann die Züge von Rastenburg nach Königsberg fuhren. Aber das war das kleinste Problem. Er wusste auch nicht, wie Bernd Nitz überhaupt auf ihn reagieren würde, schließlich hatte Wolf ihm sozusagen vor vielen Jahren die Freundschaft gekündigt.

Genau zu diesem Punkt verlangte Igor jetzt Auskunft. »Was hat es mit diesem Bernd Nitz auf sich?«, fragte er.

»Ein ehemaliger Schulkamerad«, erwiderte Wolf ausweichend.

»Und du magst ihn nicht?«

»Wie kommst du darauf?«

»Ich habe mich damals schon gewundert, dass du drauf bestanden hast, dass wir kein Empfangskomitee haben sollten. Ich habe Craig Nicholls gefragt, und er hat gesagt, er glaube, dass du mit diesem Bernd Nitz nichts zu tun haben wolltest. Stimmt das?«

Wolf nickte. Er erzählte Igor von seiner Beziehung zu Bernd und dass ihm das großspurige Verhalten seines Freundes mehr und mehr missfallen hatte. Und dann kam das mit Edda. Seine erste große Liebe in der Oberstufe. Sie war eine Klasse unter ihm gewesen. Wolf hatte sich nicht getraut, sie anzusprechen. Er hatte Angst gehabt, dass sie ihn zurückweisen würde. Und dann hatte er Bernd von seiner heimlichen Liebe erzählt. Das war ein Fehler gewesen. Bernd hatte ein Verhältnis mit ihr angefangen, um Wolf zu beweisen, wie leicht er jedes Mädchen herumkriegen konnte. Er hatte sie im Bett gehabt. Und dann hatte er sie fallengelassen wie eine heiße Kartoffel. Seitdem sei sein Verhältnis zu Bernd Nitz gestört gewesen.

»Und was ist aus Edda geworden?«, fragte Igor.

Wolf wusste es nicht.

»Du hättest sie immer noch ansprechen können«, meinte der Weißrusse.

»Ja, vielleicht.« Aber dazu war es nicht gekommen. Sie hatten sich aus den Augen verloren. Und jetzt war es sowieso zu spät.

Wolf wusste nicht, wo sein früherer Schulkamerad wohnte, aber das *Einwohnerbuch von Königsberg und den Vororten* half ihm weiter. Es gab darin nur einen Bernd Nitz. Als Beruf war »Geschäftsmann« angegeben. Ja, das passte. Bernd hatte schon immer gern Geschäfte gemacht. Und er wohnte standesgemäß in einer schmucken Villa in Amalienau, westlich des Stadtzentrums. Wolf fuhr mit der Straßenbahn hin.

Es war inzwischen nach Mittag, aber Bernd Nitz war tatsächlich zu Hause. »Wolfgang Littke, nach all den Jahren!«, rief er aus, als er Wolf vor der Tür stehen sah. »Wie lange ist es her, seit wir uns zuletzt gesehen haben?«

»Ziemlich lange«, sagte Wolf wenig freundlich.

»Komm rein, komm rein!« Bernd lotste ihn ins Wohnzimmer. Dann rief er: »Edda, guck mal, wer hier ist! – Das ist Edda, meine Frau«, erläuterte er überflüssigerweise.

Wolf erschrak. Und dann kam Edda aus der Küche. Sie trug eine Schürze über dem Kleid und war ganz offensichtlich gerade dabei gewesen, den mittäglichen Abwasch zu machen. In der Wohnung roch es nach angebranntem Rotkohl.

»Erinnerst du dich noch an Wolf Littke?«, fragte Bernd. »Ihr seid zusammen zur Schule gegangen. Er war in derselben Klasse wie ich.«

»Ich weiß nicht«, behauptete Edda. Sie gab Wolf artig die Hand, aber sah ihn dabei kaum an. Wusste sie überhaupt, dass Wolf sie damals angehimmelt hatte? Wahrscheinlich nicht.

Im Gegensatz zu dem übergewichtigen und raumgreifenden Bernd war Edda schmal und schüchtern. Sie hatte sich verändert, seit Wolf sie zuletzt gesehen hatte. Es schien ihm, als sei sie nur noch ein Schatten ihrer selbst.

»Ich habe gar nicht gewusst, dass ihr geheiratet habt«, sagte Wolf.

»Daran sieht man, wie lange wir uns nicht gesehen haben«, lachte Bernd. »Wir sind schon seit gut zwei Jahren verheiratet. Stimmt's, Edda?«

Edda nickte. »Der Abwasch«, sagte sie abrupt, und dann verschwand sie wieder in der Küche.

»Wie – wie ist es dazu gekommen, dass ihr wieder zusammen seid?«, fragte Wolf leise. »Ich dachte, ihr hättet euch getrennt damals.«

»Haben wir auch«, sagte Bernd. »Wir haben uns sogar

ein paar Jahre lang nicht gesehen. Aber dann haben wir uns doch schließlich wieder getroffen. Das ist eine ganz verrückte Geschichte. Die muss ich dir mal abends beim Bier erzählen.«

Also wollte er nicht darüber reden. Wolf sagte: »Übrigens soll ich dir schöne Grüße aus London ausrichten.«

Bernd erstarrte. »Aus London?«

Wolf nickte. »Du bist mir als Kontaktmann genannt worden«, sagte er.

»Als Kontaktmann – ja, klar.« Bernd schien unangenehm überrascht.

»Warum hast du deinen Besuch nicht angekündigt?«, fragte er.

»Aus Gründen der Geheimhaltung. Je weniger Leute im Voraus informiert sind, desto besser.« Als Wolf begann, seinen Auftrag anzudeuten, unterbrach ihn Bernd Nitz: »Nicht hier. Komm mit, wir machen einen Bootsausflug! Auf dem Wasser sind wir ungestört.«

Bernd Nitz fuhr einen schwarzen Mercedes neuer Bauart. Während der Fahrt nach Pillau erzählte Bernd Wolf allerlei belangloses Zeug über die Vorzüge seines Autos. Dabei überlegte er die ganze Zeit, wie es jetzt weitergehen sollte. Warum zum Teufel hatte London ihn nicht im Voraus informiert?

Bernd hatte vor einiger Zeit im Rahmen seiner geschäftlichen Beziehungen nach Schweden angefangen, ein kleines bisschen zu spionieren. Seine deutschen Auftraggeber hatten nach Einzelheiten über die schwedische Landesverteidigung gefragt, und er hatte ein Spionagenetz aufgebaut, um die gewünschten Informationen zu beschaffen.

Leider hatte sich dann herausgestellt, dass der schwedische Funker, dem er blind vertraut hatte, in Wirklichkeit längst umgedreht war und für die Engländer arbeitete, und die hatten Nitz dann ein Angebot gemacht, das er nicht ablehnen konnte. Jedenfalls nicht, wenn er am Leben bleiben wollte. Die beiden Agenten, die ihn in seinem Hotelzimmer in Stockholm aufgesucht hatten, hatten daran keinen Zweifel gelassen. Bernd hatte zugestimmt.

Die Tätigkeit eines Doppelagenten bestand zu 90 Prozent aus Warten. Bernd Nitz hatte gewartet und brav all die Informationen, die SOE ihm aus Schweden übermittelt hatte, an die deutsche Abwehr weitergeleitet. Natürlich konnte er den Wahrheitsgehalt dieser Meldungen nicht überprüfen, aber die Engländer hatten ihm klargemacht, dass zunächst einmal alle Wünsche aus Berlin erfüllt würden, soweit diese durch die »deutschen Agenten« in Schweden theoretisch erfüllt werden konnten. Die deutsche Spionageabwehr sollte in Sicherheit gewiegt werden.

Gleichzeitig war Bernd Nitz für SOE »unser Mann in Königsberg«. Über sein Funkgerät stand er zu festgelegten Zeiten in Kontakt mit einem Funker von SOE in Schweden, der wiederum den Kontakt zu England aufrechterhielt.

Die Fahrt nach Pillau dauerte über eine Stunde. Bernd ging mit Wolf zusammen am Kai entlang. Das auffälligste Schiff, das im Hafen lag, war das KdF-Schiff *Robert Ley*. Bernd erläuterte, dass das frühere Passagierschiff zurzeit als schwimmendes Ausbildungslager für U-Boot Besatzungen diente. Die U-Boote selbst waren in Danzig und Gotenhafen stationiert.

»Und das ist mein Boot«, sagte Bernd Nitz. »Die *Sturm* ist etwas kleiner als die *Ley*, aber auch nicht schlecht.«

Wolf machte große Augen. Er hatte mit einem kleinen Segelboot gerechnet, aber das Schiff, das hier lag, war eine seetüchtige Motoryacht.

»Um ehrlich zu sein«, erklärte Bernd, »dies ist gar nicht mein Boot. Es gehört in Wirklichkeit dem Gauleiter Koch. Aber wir kennen uns gut, verstehen uns prächtig, und wenn er das Schiff gerade nicht selbst braucht, kann ich es benutzen.«

Da war es wieder, dieses ungute Gefühl, das Wolf im Hinblick auf Bernd von früher kannte: Bernd war ein Opportunist, dem es vor allem um den eigenen Vorteil ging. Er war keineswegs ein Nazi-Gegner, wie man bei SOE glaubte.

Sie gingen an Bord, Bernd machte die Leinen los, und dann fuhren sie durch das Pillauer Tief hinaus in die Ostsee. Unmittelbar außerhalb der Hafenausfahrt drehte Bernd scharf nach Backbord und fuhr in unmittelbarer Nähe zum Strand weiter, um die deutschen Minenfelder zu vermeiden, die die Hafeneinfahrt sicherten. Es war offensichtlich, dass er diese Route nicht zum ersten Mal fuhr.

Wolf sah Bernd an. »Eigentlich wundert es mich ein bisschen, dass du dich so stark für den Untergrund exponierst. Früher warst du doch eher unpolitisch.«

Bernd zuckte mit den Achseln. »Ich bin noch immer eher unpolitisch. Ich sage ›Heil Hitler!‹, wenn das erforderlich ist, aber ich bin kein Nazi. Ich bin in erster Linie Geschäftsmann. Ich handle mit allem, was gut und teuer und schlecht zu kriegen ist. Von einem echten Rubens bis zu echtem Rauschgift kann ich dir alles besorgen. Gegen die entsprechende Gebühr natürlich. Alles hat seinen Preis.«

Wolf schüttelte den Kopf. »Das würde ich nicht sagen.«

Bernd lachte. »Um ehrlich zu sein: Die Zusammenarbeit mit England ist finanziell nicht besonders lukrativ. Aber sie ist meine Lebensversicherung. Für den Fall, dass das Dritte Reich doch keine tausend Jahre dauert, würde ich es begrüßen, wenn man mich am Ende nicht einfach aufhängt, sondern als Geschäftsmann und Partner in das neue System übernimmt. Was immer dieses System dann auch sein mag. Kommunismus oder Kapitalismus – das ist letzten Endes egal. Geschäfte werden überall gemacht, und wenn man nicht allzu viele moralische Bedenken hat, dann kann man unter jedem System gut leben.«

»Du hast schon immer ein riskantes Spiel gespielt«, sagte Wolf.

»Du auch, Wolf! In diesem Punkte sind wir uns absolut gleich. Immerhin warst du draufgängerisch genug, das Auto des Schuldirektors zu klauen und in den Graben zu fahren.«

Das mit dem Auto hatte eine Art Scherz sein sollen. Ein Streich, den sie als Primaner ihrem Schulleiter spielen wollten. Die Sache war schiefgegangen. Zwar hatte Wolf ohne Schwierigkeiten den Horch kurzschließen können, und sie waren damit losgefahren, aber er hatte seine Fähigkeiten überschätzt. Er war im Dunkeln von der Straße abgekommen und im Graben gelandet, und sie konnten von Glück sagen, dass sich keiner von ihnen verletzt hatte. Auch der Horch hatte das Unglück allem Anschein nach beinahe unbeschadet überstanden, nur dass er jetzt eben im Graben feststeckte.

Der Direktor hatte getobt. Er hatte die ganze Schule antreten lassen und der versammelten Schülerschaft eine Standpauke gehalten. Er war davon überzeugt gewesen, dass einer von ihnen das Auto entwendet hatte. Er hatte seine Schüler richtig eingeschätzt, aber das half ihm nicht weiter. Und auch die Polizei, die er schließlich eingeschaltet hatte, konnte ihm nicht helfen. Die Sache verlief im Sande.

Bernd sagte: »Du warst immer ein mutiger Bursche. Tollkühn bisweilen. Das bin ich nicht. Ich bin, wenn du so willst, ein Spieler, der ein paar Tricks kennt und der dafür sorgt, dass es ihm gut geht und dass seine Taschen immer gefüllt sind. Aber verlange bitte nichts von mir, wobei ich mein Leben aufs Spiel setzen müsste. Da hört für mich der Spaß auf.«

»Vielleicht sollte ich dir als Erstes mal erzählen, wie es überhaupt dazu gekommen ist, dass ich jetzt nicht in einem englischen Gefangenenlager sitze, sondern dass ich hier mit dir auf dieser Yacht auf die Ostsee hinausfahre ...«

Bernd winkte ab. »Das will ich gar nicht wissen«, sagte er. »Was ich nicht weiß, kann ich nicht ausplaudern. Weder im Suff noch unter der Folter der Gestapo. Sag einfach, was ich konkret für dich tun kann.«

»Kannst du Papiere besorgen?«, fragte Wolf.

»Das kommt darauf an. Ausweise, Urlaubsscheine, Reisedokumente und so etwas, das ist kein Problem. Ich kenne Leute in der Verwaltung, die diese Dinge für mich ausstellen. Das sind dann echte Papiere, und damit kommst du durch jede Kontrolle. Wenn du dagegen militärische Papiere brauchst, ein Soldbuch zum Beispiel, dann ist das etwas schwieriger.«

»Aber möglich wäre auch das?«

Bernd nickte. »Es gibt ja bei der jetzigen Kriegslage immer mehr Leute, die ihr Soldbuch nicht mehr brauchen. Das Foto kann ich austauschen lassen, das ist möglich.«

»Für mehrere Personen?«

»Wie viele Leute seid ihr denn?«

»Wir sind zu viert.«

»Kein Problem. – Das dauert nur etwas länger, und außerdem wird es natürlich teurer. Aber vermutlich spielt Geld keine Rolle, oder?«

»Nein«, behauptete Wolf. SOE war allerdings nicht allzu großzügig gewesen. Notfalls würde er auf seine eigenen Ersparnisse zurückgreifen müssen.

»Dollar hast du nicht zufällig?«, forschte Bernd.

Wolf schüttelte den Kopf. Seine englischen Auftraggeber hatten ihm deutsches Geld mitgegeben. Alles andere wäre zu gefährlich gewesen.

»Schade. – Aber mach dir deswegen keine Gedanken. Das kriegen wir alles hin. Zur Not kannst du bei mir anschreiben lassen und bezahlst dann später. Weiter. Was brauchst du noch?«

»Eine Unterkunft in Königsberg.«

»Wäre es nicht einfacher, bei deinen Eltern zu wohnen? Draußen in Reimsdorf? Da kennt man dich jedenfalls, da fällst du nicht auf.«

»Das geht nicht. Meinem Vater behagt es überhaupt nicht, dass ich für die Engländer arbeite. Und bei Inge, bei der ich es gestern auch versucht habe, wird es auch nicht gehen. Ihr Vater hat mich schon an der Tür abgewiesen.«

»Wer ist Inge? Deine Liebste?«

»Ja. Aber sie weiß nicht, dass ich wieder hier bin. Und

ich weiß auch gar nicht, wo sie steckt. Das hat ihr Vater mir nicht verraten.«

»Wahrscheinlich ist das gut so«, sagte Bernd. »Wolf, du hast inzwischen schon mit zu vielen Leuten geredet. Das ist gefährlich, das solltest du unterlassen. Von jetzt an bin ich deine einzige Kontaktperson nach außen. Ich versorge dich mit allem, was du brauchst. Und du, du tauchst erst einmal unter. Deine Truppe natürlich auch. Ich habe eine passende Wohnung für euch. Draußen in Maraunenhof. Weißt du, wo das ist?«

»Ja, natürlich.«

»Gut. Da ist eine hübsche alte Villa, die ich sehr günstig gekriegt habe. Da hat ein Jude drin gesessen, der wollte dann plötzlich ganz schnell ins Ausland. Ob das noch geklappt hat, weiß ich nicht. Aber jedenfalls habe ich die Villa gekriegt, zu einem Spottpreis. Oben wohnt ein älteres Ehepaar, aber das Erdgeschoss steht zur Zeit leer. Da könnt ihr sofort einziehen. Ist alles möbliert, vom Feinsten natürlich. Ihr müsst nur darauf achten, dass ihr nicht auffallt. Wenn mich jemand fragt, die Polizei etwa, dann weiß ich von nichts.«

Mit so viel Entgegenkommen hatte Wolf nicht gerechnet. Diese Art der Hilfe für feindliche Agenten war absolut lebensgefährlich; es würde Bernd nichts nützen, wenn er behauptete, er habe davon nichts gewusst …

»Habt ihr Lebensmittelmarken?«, erkundigte sich Bernd.

Wolf zeigte ihm seine *Reichskarte für Urlauber*, mit der er in der Bäckerei in Rastenburg Schiffbruch erlitten hatte.

Bernd schüttelte den Kopf. »Damit wirst du nichts mehr bekommen«, sagte er. »Die ist veraltet. Wir sind inzwischen bei der fünften Ausgabe. Und das Papier – hm! – also, das Papier ist auch nicht richtig. Ich besorge euch neue Karten. Das ist kein Problem. Bis ihr die Karten und die Ausweise habt, bleibt bitte in eurer Wohnung und rührt euch nicht vom Fleck. Geht nicht in den Garten, zeigt euch nicht am Fenster. Ich werde euch versorgen, ihr werdet nicht verhungern.«

Bernd lenkte die *Sturm* weiter in Richtung Südwesten, parallel zur Küste. Auf der linken Seite sah Wolf die Frische Nehrung. Der Strandhafer leuchtete in der Sonne, und die Ostsee war spiegelglatt. Wie im tiefsten Frieden, dachte er.

Bernd schien seine Gedanken erraten zu haben. Er sagte: »Auch wenn du jetzt wenig davon siehst: Der Krieg ist nicht weit weg. Hinter den Dünen liegt der Seefliegerhorst. In Pillau ist eine Minensuchflottille stationiert. Und das Schiff da draußen, das du vielleicht für einen Fischdampfer hältst, das ist eins unserer Vorpostenboote.«

»Was würde passieren, wenn wir jetzt einfach quer über die Ostsee nach Schweden fahren?«, fragte Wolf, einer plötzlichen Eingebung folgend.

Bernd lachte. »Das sind schätzungsweise 300 Kilometer«, sagte er. »Etwas mehr vielleicht. Jetzt, am helllichten Tag, hätten wir keine Chance. Unser Boot macht 14 Knoten. Also etwa 26 km/h. Da wären wir zwölf Stunden unterwegs. Das ist viel zu lange. Die Kriegsmarine würde uns einfangen und nach Pillau zurückbringen.«

»Und bei Nacht?«

Bernd schüttelte den Kopf. »Wenn du lieber nach Schweden willst, solltest du jetzt aussteigen. Wir haben ein kleines schwarzes Schlauchboot dabei, damit kannst du zur anderen Seite paddeln. Das sind dann schätzungsweise 100 Stunden.«

»Keine Angst, ich bleibe lieber an Bord«, versicherte Wolf, und nachdem er eine Weile auf das Meer geblickt hatte, fragte er: »Lässt du mich mal ans Ruder?«

Bernd war skeptisch. »Kannst du mit solch einem Boot umgehen?«

»Na hör mal, ich bin der Kommandant eines Unterseebootes, ich werde doch wohl mit deinem kleinen Spielzeugschiff fertigwerden.«

»Na gut. Aber bitte nicht tauchen. Sonst bekomme ich Ärger mit dem Gauleiter.« Bernd zwinkerte Wolf zu.

Wolf lachte. Vielleicht hatte er seinem Freund unrecht getan. Er war doch kein bisschen boshaft.

Sein Freund überließ ihm das Ruder, und Wolf probierte aus, wie schnell die *Sturm* tatsächlich fahren konnte. Sie fuhr sehr schnell. Schneller als ein Unterseeboot? Das war die Frage. Wolfs U-Boot hatte über Wasser eine Geschwindigkeit von 30 km/h geschafft. So schnell war die Motoryacht des Gauleiters nicht. Wenn man Vollgas gab, schaffte sie vielleicht 28 km/h, mehr nicht.

Wolf ließ Bernd wieder ans Ruder.

»Kann ich dir sonst noch etwas vorführen?«, wollte sein Freund wissen.

»Ja. Das Führerhauptquartier. Ich möchte gern die Wolfsschanze von innen sehen.«

Bernd schenkte ihm ein spöttisches Lächeln.

»Und lebend zurückkommen«, sagte Wolf.

»Nun leg mal die Karten auf den Tisch. Um was geht es überhaupt? Mord?«

Wolf nickte.

»An wem? Dem Führer?« Bernd lachte.

Wolf nickte wieder.

Bernd starrte ihn an. Einen Augenblick lang sagte er gar nichts. Dann schüttelte er den Kopf. »Du willst mich auf den Arm nehmen«, sagte er leise.

Wolf schüttelte den Kopf.

»Blödsinn!« Bernd lachte. »Das ist ein Spaß. Heute diskutieren wir, wie wir das mit Hitler machen, und morgen überlegen wir uns, wie wir Churchill um die Ecke bringen. Und dann Roosevelt. Und Stalin. Aber heute ist erst einmal Hitler dran. – Was willst du von mir wissen?«

»Wie ich an ihn rankomme.«

Bernd lächelte. »Das ist ganz einfach«, sagte er.

22. März 1944

Es dauerte ein paar Wochen, aber dann war Wolf tatsächlich auf dem Weg zum Führerhauptquartier, um die Lage zu erkunden. Es war geradezu lächerlich einfach. Einmal in der Woche wurde das Kasino in der Wolfsschanze mit Lebensmitteln beliefert. Zuständig dafür war die Firma Rohmann aus Rastenburg. Bernd hatte es arrangiert, dass der normale Beifahrer sich am Tag vorher krankgemeldet hatte, und Wolf war als Ersatzmann eingesprungen.

Der Fahrer hieß Erwin Pröll. Er hatte Wolf zunächst misstrauisch beäugt, aber nachdem Wolf ihm eine Zigarette angeboten hatte, war das Eis zwischen ihnen schnell geschmolzen. Sie fuhren auf der Reichsstraße 135 nach Osten und bogen dann in Karlshof links ab.

Erwin wies auf einen stattlichen Gebäudekomplex: »Die Irrenanstalt«, sagte er.

»Sieht aus wie eine Kaserne«, bemerkte Wolf.

»Ist auch eine Kaserne heute«, bestätigte Erwin. »Vorher war es die Irrenanstalt. Jetzt liegt da die Leibstandarte Adolf Hitler. SS. Aber wir sagen immer noch Irrenanstalt dazu. Hat sich nicht viel geändert.«

Wolf lachte. Dann fragte er: »Und die Irren? Was ist mit ihnen passiert?«

Der Fahrer zuckte mit den Achseln. »Weg«, sagte er. »1940 sind die alle abtransportiert worden. Mit einem Güterzug. Nach Polen.«

Wolf sah den Mann an. Sein Gesicht verriet keine Regung.

Jenseits von Karlshof führte der Weg wieder durch Wiesen und Felder. Es war eine echte Landstraße. Und das Dorf Schwarzstein, durch das sie als Nächstes kamen, sah aus wie jedes beliebige Dorf irgendwo in Deutschland. Niemand hätte vermuten können, dass man hier wenige Kilometer vom Machtzentrum des Dritten Reiches entfernt war.

Wolf fühlte sich unbehaglich. Bernd hatte zwar behauptet, es würde überhaupt keine Schwierigkeiten geben, aber er war sich nicht sicher. Der Fahrer hatte natürlich einen gültigen Ausweis, der ihn zum Betreten des Sperrgebiets berechtigte. Aber Wolf hatte nur seine normale Kennkarte. Er konnte ja hier unmöglich als Marineoffizier auftreten. Wer allerdings einen Blick auf die Eintragungen in seinem Ausweis warf, der musste sich sofort die Frage stellen, warum dieser junge Mann nicht Soldat war.

»Wenn jemand fragt: Du hast Probleme mit der Hüfte«, hatte Bernd vorgeschlagen. Vielleicht würde man ihm das glauben.

Jenseits von Schwarzstein verlief die Straße parallel zur Eisenbahnlinie. Eine eingleisige Strecke. Der dünne Rostschleier auf den Schienen verriet, dass sie nicht allzu häufig befahren wurde. Sie passierten die Landenge zwischen dem Zeiser See im Süden und dem viel größeren Moysee im Norden, und dann kam der Wald.

»Die Görlitz«, sagte Erwin.

Wolf sah ihn fragend an.

»Der Rastenburger Stadtwald. Vor dem Krieg war das ein großes Erholungsgebiet mit einem eigenen Bahnhof und einem eigenen Kurhaus. Jetzt ist das alles abgesperrt.«

Ja, jetzt war alles abgeriegelt.

»Und das da vorn, das war früher die Försterei.« Direkt hinter dem Haus mit dem Hirschgeweih am Giebel versperrte ein Schlagbaum die Straße. Erwin hielt an, und ein Posten mit Stahlhelm trat an die Fahrerkabine heran. Bewaffnet war er lediglich mit einer Pistole. »Das Übliche«, sagte Erwin. »Lebensmittel fürs Kasino.« Er zeigte seinen Ausweis. Ein zweiter Posten sah mit mäßigem Interesse aus größerer Entfernung zu.

»Und der hier?«, sagte der Posten. Er deutete auf Wolf.

»Der ist nur Vertretung«, sagte Erwin gleichmütig. »Er braucht einen Tagesausweis.«

»Für den Sperrkreis II? – Das geht nicht. Oder habt ihr das vorher beantragt?«

Nein, hatten sie nicht.

»Sonst müsst ihr draußen vor dem Tor abladen«, sagte der Posten gelangweilt. Er öffnete den Schlagbaum, grüßte lässig, was aussah wie die Parodie eines militärischen Grußes. Erwin grüßte zurück, und dann fuhr er los.

Wolf hatte registriert, dass die äußere Umgrenzung der

Anlage aus einem Maschendrahtzaun bestand, der am oberen Ende durch zwei Reihen Stacheldraht verstärkt worden war. Außen vor dem Zaun lagen zwei weitere Sperren aus Stacheldraht. Das war kein unüberwindbares Hindernis, aber wahrscheinlich gab es Posten, die auf der Innenseite patrouillierten.

Wolf hatte vorher gewusst, dass das Gelände der Wolfsschanze groß war. Dass es aber so riesig war, hatte er nicht gedacht. Links und rechts der Straße und vor ihnen gab es nichts als Wald. Überwiegend Fichten, aber auch eingestreute Laubbäume und eine Menge Unterwuchs. Die Büsche und Sträucher wären nützlich, wenn man sich hier verbergen wollte. Die Straße war leer. Kein Mensch zu sehen.

»Ist hier immer so wenig los?«, wollte Wolf wissen.

»Ja«, erwiderte Erwin knapp. Wolf hatte sich inzwischen daran gewöhnt, dass der Mann nicht unnötig viele Worte machte.

Das Gelände war leicht hügelig. Einmal, als sie eine Brandschneise passierten, sah Wolf auf der linken Seite in einiger Entfernung wieder die Bahnlinie. Erst als sie knapp einen Kilometer durch das Waldgebiet gefahren waren, tauchte vor ihnen rechts eine Umzäunung auf; dahinter standen einige Baracken.

»Sperrkreis II«, erläuterte Erwin.

Die Absperrung am Eingang zum Sperrkreis II war noch weniger eindrucksvoll als der Eingang zum äußeren Sperrkreis. Hier gab es nicht einmal eine Schranke. Erwin verringerte das Tempo, hielt seinen Ausweis und ein zweites Stück Papier in Richtung des Postens, sodass der den Eindruck gewinnen musste, es wären zwei Ausweise. Der

Mann sah gar nicht hin. Er nickte nur und winkte Erwin durch die Sperre.

»So viel zum Thema Sicherheit«, sagte Wolf.

»Sicherheit stört bei der Arbeit«, erklärte Erwin. »Das sieht zwar im Augenblick nicht so aus, aber hier im Führerhauptquartier wird ungeheuer viel gearbeitet. Alle Bunker sollen verstärkt werden. Das gilt natürlich besonders für den Sperrkreis I, aber hier ist auch jede Menge los. Dauernd wollen irgendwelche Leute von der Organisation Todt rein oder raus, und da hat keiner Lust, jedes Mal die Papiere zu kontrollieren.«

»Du hättest mich draußen vor dem Tor stehen lassen können«, sagte Wolf. Das wäre ihm lieber gewesen, dann hätte er sich dort in Ruhe umsehen können.

»Und wer hilft mir dann beim Ausladen?«, bemerkte Erwin. »Nein, das kommt nicht in Frage. – Das da vorn, das ist übrigens das Kasino.«

Sie hielten direkt vor einem imposanten, wenn auch ein wenig vernachlässigten Gebäude. Das Kasino war ursprünglich das Kurhaus der Görlitz gewesen. Erwin und Wolf stiegen aus und packten die Lebensmittel auf einen bereitstehenden Karren, der dann vom Personal des Kasinos ins Innere des Gebäudes geschafft wurde.

»Was ist in den Baracken?«, wollte Wolf wissen.

»Wehrmacht.«

Das Ausladen dauerte wenig mehr als eine Viertelstunde. Kaum hatten sie den Sperrkreis II wieder verlassen, da sagte Wolf: »Halt mal an, ich muss mal.«

Er stieg aus. Sie waren jetzt am westlichen Ende des kleinen Bahnhofs, den Wolf schon auf dem Hinweg gesehen hatte. Er sah sich um. Alles klar. Von der Wache zum

Sperrgebiet II aus konnte man nicht sehen, dass sie hier angehalten hatten. Und kein Mensch in Sicht. Kurz entschlossen überquerte Wolf die Schienen und ging auf der gegenüberliegenden Seite ein kleines Stück weit in den Wald hinein.

Es war, wie Wolf erwartet hatte. Hier gab es nichts. Nichts als Wald. Hier könnte man sich wunderbar verbergen. Er hatte gesehen, was er sehen wollte und ging zum Lastwagen zurück.

»Ich hatte schon gedacht, du wärst im Sumpf stecken geblieben«, brummte Erwin.

»Sumpf?«

Erwin nickte. »Nördlich vom Bahnhof, das ist alles Sumpf. Da kommt man nicht durch. Das weiß ich noch von früher, bevor hier das Führerhauptquartier gebaut worden ist.«

»Und der Führer?«, fragte Wolf so uninteressiert wie möglich. »Kann man den hier irgendwo sehen?«

Erwin lachte. »Wenn du gute Augen hast, vielleicht. Aber dann brauchst du wirklich sehr gute Augen. Dann musst du über tausend Kilometer weit gucken. Der Führer ist nämlich am 14. März abgereist. Der sitzt jetzt in seinem Berghof in Berchtesgaden.«

4

24. März 1944

Aaron, Leszek, Igor und Wolf saßen in ihrer Unterkunft in Maraunenhof. Die Villa war ein angenehmes Quartier und ein krasser Unterschied zu dem ärmlichen Häuschen von Wolfs Eltern, von den Baracken in Grizedale ganz zu schweigen. Die Wohnung war nicht nur nobel eingerichtet, sondern die früheren Besitzer hatten sogar ihr Geschirr zurückgelassen. So tranken die Agenten jetzt den Ersatzkaffee aus Meißner Porzellan und Ponarther Bier aus böhmischen Bleikristallgläsern.

Wolf mochte vor allem das Bibliothekszimmer mit seinen Hunderten von Büchern. Einige der Namen kannte er. Gustav Freytag zum Beispiel, und natürlich Felix Dahn. Den *Kampf um Rom* hatte er sich aus der Schulbibliothek ausgeliehen und in einer Woche durchgelesen. Aber hier fanden sich auch ganz andere Bücher, wie zum Beispiel *Der Steppenwolf* des unerwünschten Autors Hermann Hesse und die Werke verbotener Autoren, so zum Beispiel Heinrich Manns *Der Untertan*, in dem Wolf zumindest geblättert hatte. Er wünschte, er hätte die Muße, dies alles zu lesen. Zu Aaron, mit dem er wieder einmal wie so oft im Bibliothekszimmer saß, sagte er: »Wem auch immer dies alles gehört hat, ich denke, es muss ihm sehr schwergefallen sein, es hier zurückzulassen.«

»Du glaubst, hier hat ein einzelner Mann gewohnt?«

Wolf nickte. Zumindest hatte er Bernd so verstanden. Er hatte immer nur von »dem Besitzer« geredet, der ihm das Haus günstig überlassen habe, als er in die USA emigriert sei.

»Es war eine ganze Familie«, behauptete Aaron.

»Wie kommst du darauf?«

Der Jude zog ein dünnes Buch aus dem Regal, das Wolf bisher übersehen hatte. Es war ein Fotoalbum. »Guck mal«, sagte er.

Das Album enthielt zahlreiche Familienbilder. Einige davon zeigten Vater, Mutter und drei kleine Kinder, vermutlich mit Stativ und Selbstauslöser fotografiert. Manche Fotos waren offensichtlich im Urlaub an der Nordsee aufgenommen. Die Kinder spielten zwischen Sandburgen, die mit kleinen Hakenkreuzfähnchen verziert waren. Die meisten Aufnahmen waren im Garten der Villa entstanden.

»Was sagst du dazu?«, wollte Aaron wissen.

»Was soll ich dazu sagen? Das scheint eine glückliche Familie gewesen zu sein, die hier gewohnt hat. – Ich verstehe allerdings nicht, warum sie das Album nicht mitgenommen haben.« Ein solches Erinnerungsstück hätte Wolf bestimmt nicht zurückgelassen.

»Du glaubst also, sie sind 1938 nach Amerika ausgewandert?«

»Ja. Oder spätestens 1939. Das war sicher die letzte Gelegenheit.«

»Ja, das wäre wohl die letzte Gelegenheit gewesen. Aber sie haben sie nicht genutzt.«

»Wie kommst du darauf?«

»Ich bin Journalist, Wolf. Journalisten sind neugierig. Und selbst wenn ich im Augenblick nicht für irgendeine Zeitung arbeite, so bin ich doch immer daran interessiert, den Dingen auf den Grund zu gehen. Und ich habe mir den Sekretär vorgenommen. Einige der Schubladen sind leer. Andere enthalten Schreibutensilien. Darunter lag auch ein Brief, der angefangen, aber ganz offensichtlich nicht mehr abgeschickt worden ist.«

Aaron öffnete den Sekretär und holte den Brief aus der Schublade. »Es ist ein etwas längeres Schreiben. Vieles davon ist belanglos, aber das hier nicht.« Er deutete auf eine Textpassage in der Mitte der zweiten Seite.

Wolf las: »... bin ich ja zum Glück durch meine kriegswichtigen Arbeiten für die Gauleitung bis auf Weiteres geschützt, sodass mir und meiner Familie wohl nichts passieren kann. Und jetzt, wo die Amerikaner in Sizilien gelandet sind ...«

»Du weißt, was das heißt?«

Wolf nickte.

»Dieser Briefentwurf ist zwar nicht datiert, aber die Invasion der Amerikaner in Sizilien war im Juli 1943. Das heißt, dass der Text aus dem Sommer oder Herbst vorigen Jahres stammt. Und das wiederum heißt, dass der Besitzer dieser Villa letzten Endes doch verhaftet und ins KZ gesteckt worden ist. Guck sie dir an, die liebevollen Eltern, die niedlichen Kinder. Wie alt mag dieses Mädchen hier sein? Drei Jahre? Oder vielleicht vier? Jetzt sind sie alle tot.«

Das war unmöglich. »Niemand würde diesen Menschen etwas tun«, davon war Wolf überzeugt. »Nicht hier. Nicht bei uns in Deutschland.«

26. März 1944

Aaron genoss den Aufenthalt in der Villa. Der Krieg war weit weg, und sie lebten hier wie im Urlaub. Das einzige Ärgernis war, dass sie sich nicht frei in der Stadt bewegen konnten; Wolf hielt das für zu gefährlich. Aber war es das wirklich? Adolf Hitler war nicht da, und sie saßen nun schon seit Wochen in dieser Villa, tranken Bier, spielten Karten und taten nichts. Leszek hatte ein Bild gezeichnet; Aaron war sich nicht sicher, ob das nun die Landschaft bei Reimsdorf sein sollte oder vielleicht die Umgebung von Bydgoszcz, wo Leszek geboren war. Leszek konnte gut zeichnen, aber nicht sehr gut. Er wollte nach dem Krieg Kunst studieren. Aaron hatte das nicht kommentiert; er glaubte nicht, dass Leszek damit Erfolg haben würde.

Wolf war ihr Anführer. So war das in England bestimmt worden. Aber mussten sie sich in jeder Kleinigkeit nach seinen Vorstellungen richten? Aaron zum Beispiel sprach fließend Deutsch. Er hatte lange genug in Deutschland gelebt, und niemandem würde auffallen, dass er ein schwedischer Staatsbürger war. Und dass er ein Jude war, das sah man auch nicht. Er selbst konnte jedenfalls keinen Unterschied zwischen sich und den Deutschen erkennen, mit denen er es bisher zu tun gehabt hatte. Aaron nahm einen Schluck von dem Bier, das Wolf besorgt hatte.

Wolf war nicht da. Eine gute Gelegenheit, ein paar grundsätzliche Dinge zur Sprache zu bringen.

»Ich habe allmählich die Schnauze voll«, sagte Aaron unvermittelt. »Ich will endlich etwas tun!«

Dieser Satz kam so plötzlich, dass Leszek erschrocken hochfuhr.

Igor sah den Juden abschätzend an. »Wir können nichts tun. Wir sind hier, weil wir den Führer in die Luft sprengen wollen«, sagte er ruhig, als gäbe es im Leben keine andere Aufgabe. »Aber Hitler ist nicht da. Also müssen wir warten.«

»Ja«, nickte Leszek. »Und wenn ich dich richtig verstanden habe, Aaron, dann hast du als Jude den überzeugendsten Grund von uns allen, dieses Attentat auszuführen.«

»So scheint es«, erwiderte Aaron. »Und selbstverständlich bin ich mit ganzem Herzen bei der Sache und werde alles tun, damit der Anschlag gelingt und damit dieser Krieg so rasch wie möglich zu Ende ist. Andererseits leben meine beiden jüngeren Schwestern in Deutschland. Zumindest haben sie in Deutschland gelebt. In Halle, um genau zu sein. Sie sind Zwillingsschwestern. Die eine, Maria, war mit einem Klempner verheiratet. Er war Reserveoffizier und ist gleich zu Beginn des Krieges eingezogen worden. Er ist 1940 in Narvik gefallen.«

»Er hätte nicht für Hitler in den Krieg gehen sollen«, urteilte Leszek.

Das war eine ziemlich dumme Bemerkung, aber bevor Aaron darauf reagieren konnte, sagte Igor: »Manchmal hat man keine Wahl, Leszek.«

Der Pole zuckte mit den Achseln.

Aaron sagte: »Igor hat recht, aber in diesem Fall war es sowieso anders, als ihr denkt. Mein Schwager wollte desertieren. Die Engländer hatten den Erzhafen für kurze Zeit zurückerobert, und die deutschen Truppen mussten sich in die Berge zurückziehen. Mein Schwager war nur einen Steinwurf weit von der schwedischen Grenze entfernt gewesen. Er wusste, dass er bei mir willkommen gewesen wäre. Wenn nötig, hätte ich ihn versteckt. Aber dazu kam es nicht. Einer seiner Kameraden schoss ihm in den Rücken.«

Einen Augenblick lang sagte niemand etwas. »Und seitdem bist du kein Freund der Deutschen mehr«, bemerkte Igor schließlich.

»Nicht nur deshalb. Als ihr Mann tot war, war Maria plötzlich eine alleinstehende Jüdin mitten in Deutschland. Die Schwestern zogen wieder zusammen und schrieben mir, dass sie versuchen wollten, das Land zu verlassen. Aber es war zu spät. Sie wurden verhaftet und in ein Konzentrationslager gesteckt. Maria und Rahel sind jetzt fünfundzwanzig Jahre alt. Wenn sie noch leben, hole ich sie da raus.«

Leszek sah Aaron skeptisch an.

»Ich hole meine Schwestern da raus, und dann sprenge ich Hitler in die Luft«, versicherte der.

Igor schüttelte den Kopf. »So viele Wünsche«, sagte er. »Jeder davon ist lebensgefährlich. Jeder davon ist so gut wie unerfüllbar.«

»Ich werde es versuchen«, versicherte Aaron. Hatte er nicht mit eigenen Händen einen SS-Mann in der Toilette des Schnellzuges Berlin-Warschau erwürgt? Das war gewesen, als er noch nichts von der Verhaftung seiner Schwestern gewusst hatte. Das war gewesen, unmittelbar bevor er selbst aus Deutschland ausgewiesen worden war. Der Ausweis, den er im D-Zug erbeutet hatte, war jetzt natürlich nichts mehr wert. Damit könnte er nicht ins KZ eindringen.

»Ich habe keine Verwandten, denen ich helfen könnte

oder müsste«, sagte Leszek. »Aber natürlich denke ich viel an meine Landsleute. Es gibt eine polnische Untergrundbewegung ...«

»Die *Armia Krajova*, die polnische Heimatarmee«, warf Igor ein.

»Ja, genau. Wenn es irgend möglich ist, will ich mit den Leuten Kontakt aufnehmen und mithelfen, Polen von der ausländischen Besatzung zu befreien.«

»Von den Deutschen«, ergänzte Aaron.

»Von allen ausländischen Besatzern«, widersprach Leszek, aber er sah Igor dabei nicht an.

Igor lächelte müde.

Aaron ahnte, dass Leszek den Weißrussen im weiteren Sinne auch zu den Russen zählte, die 1939 nach Absprache mit den deutschen Nazis der polnischen Armee in den Rücken gefallen waren. Das Verhältnis zwischen Polen und Russland war seit langer Zeit belastet. Und dass sie jetzt gemeinsam gegen Nazideutschland kämpften, bedeutete noch lange nicht, dass die Gegensätze zwischen ihren beiden Ländern vergessen waren. Aaron ließ nicht locker.

»Warum hast du damals behauptet, dass du Kontakt zur Heimatarmee hast?«, fragte er Leszek.

»Weil ich es satthatte, in England herumzusitzen und auf das Ende des Krieges zu warten. Ich wollte einfach nach Hause.«

»Bydgoszcz ist weit weg«, sagte Igor. »Über 300 Kilometer. Du wirst nicht so schnell nach Hause können.«

»Ich weiß.«

»Und du, Igor?«, wollte Aaron wissen.

»Ich will nichts weiter, als den Führer in die Luft sprengen«, behauptete Igor.

»Dann bist du außer Wolf der Einzige, der sich voll und ganz auf unser Vorhaben konzentriert«, stellte Aaron fest.

Igor schüttelte den Kopf. »Wolf hat momentan ein anderes Ziel«, sagte er. »Im Augenblick streift er gerade durch Königsberg und sucht nach seiner Inge.«

Aber in dieser Beziehung irrte sich Igor. Wolf suchte nicht nach seiner Inge. Er hatte sie gefunden.

Nachdem Adam Nikoleit ihm erzählt hatte, dass er seine Tochter aus dem Haus gejagt habe, war Wolf sich ziemlich sicher gewesen, dass sie nach Königsberg gegangen war. So, wie er Inge kannte, hätte sie es auf keinen Fall ertragen, mit diesem tyrannischen Vater noch länger in einer Kleinstadt wie Rastenburg zu leben, wo die Gefahr bestand, dass man sich täglich über den Weg lief.

Hatte Inge eine Arbeit? Am Wochenende würde sich die junge Mutter wahrscheinlich um ihr Baby kümmern. Vielleicht würde sie an einem sonnigen Frühlingstag wie diesem mit dem Kind einen Spaziergang unternehmen. Nicht in der Innenstadt; die Geschäfte hatten heute am Sonntag ja sowieso geschlossen, sondern wahrscheinlich draußen im Grünen. Als Erstes fiel ihm der Schlossteich ein.

Überraschenderweise fand er Inge sofort. Sie saß auf einer der Bänke am Seeufer, hatte die Augen halb geschlossen und schaukelte mit der rechten Hand ganz sachte den Kinderwagen, in dem ihr Baby lag. Sie hatte Wolf nicht bemerkt.

»Entschuldigung, ist der Platz neben Ihnen noch frei?«, fragte er.

Inge riss die Augen auf. »Wolfgang! – Mein Gott, Wolfgang, du lebst?«

Inge und Wolf saßen lange nebeneinander auf der Bank. Es gab so viel zu erzählen, aber es gab auch manches, worüber Inge nicht reden wollte. Sie war unendlich froh, dass Wolf noch am Leben war. Sie hatte ein paar fürchterliche Monate hinter sich. Ihr Vater war regelrecht explodiert, als sie ihm hatte beichten müssen, dass sie schwanger war. Er kannte Wolfgang nur von dem Foto, das sie ihm schließlich gezeigt hatte, aber in seinen Augen war dieser Mann ganz offensichtlich eine Art Monstrum, das seine zarte und behütete Tochter verführt hatte.

Adam Nikoleit hatte sich sofort mit großem Einsatz darum bemüht, Inge unter die Haube zu bringen. Der einzige Heiratskandidat weit und breit, der in Frage kam, war Michael Stache. Michael hatte schon lange ein Auge auf Inge geworfen, und er hatte sich sofort bereiterklärt, sie zu heiraten – ganz egal, ob mit oder ohne Kind. Und jetzt? Sie konnte ihn doch nicht einfach fallenlassen, nur weil auf einmal Wolfgang wiederaufgetaucht war. Sie war verheiratet.

Es war eine bescheidene Hochzeit gewesen, nicht zuletzt wegen des Krieges. Eine Feier im engsten Familienkreis. Kurz danach war Michael eingezogen worden. Inzwischen war er an der Ostfront. Er hatte das Baby bisher noch nicht gesehen. Inge hatte seit mehr als einem Monat nichts mehr von Michael gehört. Lebte er noch? Die Lage an der Ostfront hatte sich in letzter Zeit deutlich verschlechtert.

Michael hatte dafür gesorgt, dass sie eine kleine Einzimmerwohnung in der Königsberger Innenstadt zur Untermiete bekamen, und seine Eltern kamen für die Kosten auf Darüber hinaus wurden Inge und ihr kleiner Sohn natürlich durch das Hilfswerk *Mutter und Kind* betreut, dessen freiwillige Helferinnen mit sehr viel Einsatz für junge Familien sorgten – besonders, wenn der Vater an der Front war. Der Kleine entwickelte sich prächtig. Sie hatte ihn Ingo genannt. Inge und Ingo – sie gehörten zusammen.

Sie hatte es sich bisher nicht eingestanden, aber es machte das Leben leichter, wenn Michael nicht da war. Er war einer dieser Männer, die sehr viel Wert auf die traditionelle Rollenverteilung legten. Natürlich war nichts dagegen einzuwenden, dass er sich mit großer Energie darum kümmerte, dass sie die Dinge bekamen, die man zum Leben brauchte, zum Beispiel den schönen Kinderwagen. Aber es hatte Inge gestört, dass Michael allein losgezogen war, um den Wagen zu kaufen. Außerdem ließ es sich nicht leugnen, dass er abgesehen von solchen spontanen Aktivitäten einen Hang zur Bequemlichkeit hatte, und damit konnte sich Inge nur schwer abfinden.

Michael war weit weg, und im Augenblick sprach nichts dagegen, sich mit dem Urlauber und Oberleutnant der Kriegsmarine Wolfgang Littke zu Spaziergängen und Theaterbesuchen zu verabreden. Vielleicht auch zu mehr. Er war nicht ihr Mann, aber er war der Vater ihres Kindes. Warum nur war er nicht eher zurückgekommen?

12. April 1944

Seit dem 1. März wohnten sie nun in ihrer Villa in Maraunenhof. Igor blieb misstrauisch. Die anfänglichen Schwierigkeiten ihrer Mission in Ostpreußen waren echt gewesen, daran gab es keinen Zweifel. Aber jetzt, nach ihrem

Umzug nach Königsberg, regelte sich alles wie von selbst. Sie hatten eine hervorragende Unterkunft bekommen, hatten jetzt neue, echte Ausweise, und Lebensmittel und Bier wurden ihnen frei Haus geliefert. Wolf war sogar schon in der Wolfsschanze gewesen. Bei allem, was ihre Verpflegung und Unterkunft betraf, hatte Bernd Nitz seine Finger im Spiel. Dieser geheimnisvolle Mann, den bisher niemand gesehen hatte. Außer Wolfgang, und der bestand darauf, dass der Kontakt nur über ihn laufen sollte.

Das klang vernünftig, aber es widersprach doch Igors Vorstellungen. Jetzt, nachdem sie ihre Ausweise bekommen hatten, sah er keinen Grund mehr, in der Unterkunft zu bleiben. Er wollte selbst sehen, mit wem er es zu tun hatte, und er wollte selbst beurteilen, ob möglicherweise Gefahr drohte oder nicht. Als Wolf heute früh das Haus verließ, wartete Igor eine Minute, dann ging er ihm nach.

Es war nicht besonders schwierig, Wolf zu folgen. Er ging zunächst durch den kleinen Park am westlichen Ufer des Oberteiches, vorbei an der Badeanstalt, die zu dieser Jahreszeit natürlich noch geschlossen war. Er bog schließlich auf der Wallstraße nach rechts ab und folgte der ehemaligen Stadtbefestigung bis zum Nordbahnhof. Vom Adolf-Hitler-Platz aus wandte er sich dann in Richtung Süden, und es sah zunächst so aus, als ginge er planlos im Zickzack durch die Innenstadt von Königsberg. Eine Vorsichtsmaßnahme, um eventuelle Verfolger abzuschütteln? Hatte er Igor entdeckt? Der Weißrusse vergrößerte den Abstand, lief jetzt aber Gefahr, seinen Mann zu verlieren.

Einmal glaubte er schon, er hätte ihn verloren, aber Wolf war nur unvermutet nach links abgebogen und erreichte jetzt schließlich den Paradeplatz mitten in Königsberg. Hier standen das Hauptgebäude der Universität, das Opernhaus und das Denkmal für den berühmtesten Sohn der Stadt, den Philosophen Immanuel Kant. Und in unmittelbarer Nachbarschaft stand auch das Gebäude der Gauleitung der NSDAP. Große Schlossteichstraße 7. In diesem verschwand Wolf.

Igor wartete. Wolf kam nicht wieder heraus. Igor umrundete das Kant-Denkmal. Die Statue erschien ihm überlebensgroß. Noch größer als das Denkmal des Philosophen war allerdings das Reiterstandbild des preußischen Königs Friedrich Wilhelms III., der offensichtlich im Befreiungskrieg gegen Napoleon geglänzt hatte.

Diese Deutschen waren alle größenwahnsinnig! Allein der Sockel dieses unglaublichen Monuments hatte eine Höhe von etwa sechs Metern. Daran lehnten sechs überlebensgroße Frauenfiguren, deren Sinn Igor nicht enträtseln konnte. Eine könnte vielleicht die Frömmigkeit symbolisieren, eine andere trug Speer und Helm. War sie womöglich die Tapferkeit? Igor fragte sich, ob man ihm zu Ehren genau solch ein Denkmal errichten würde, wenn es ihm tatsächlich gelingen sollte, Deutschland von Hitler zu befreien. Wahrscheinlich nicht.

Wolf war noch immer nicht zurück. Wenn er tatsächlich seinen Schulfreund aufgesucht hatte, wie er heute beim Frühstück gesagt hatte, dann stand jedenfalls fest, dass dieser Bernd Nitz an einer entscheidenden Stelle innerhalb der ostpreußischen NSDAP agierte. Aber ob er diese Tätigkeit nun zum Nutzen oder zum Schaden der

Nazis ausübte, ließ sich natürlich von außen nicht feststellen.

Igor wurde allmählich ungeduldig. Wahrscheinlich würde Wolf stundenlang mit Bernd Nitz zusammenhocken, und sie würden entweder den Anschlag auf die Wolfsschanze planen oder über die alten Zeiten reden. Die beiden waren ja schließlich zusammen zur Schule gegangen. Unschlüssig ging Igor den Abhang in Richtung Schlossteich hinunter. Bevor er links in die Burgstraße einbog, drehte er sich noch einmal um, um zu sehen, ob Wolf nicht doch noch aus dem Gebäude der Gauleitung wieder herauskam, und im nächsten Moment rempelte ihn ein entgegenkommender Passant an.

»Осторожно, идиот!«, rief Igor unwillkürlich. Im nächsten Moment wurde ihm bewusst, dass er kein Russisch sprechen durfte, aber es war schon zu spät.

»Was hast du gesagt?«, fragte der Mann lauernd.

Igor murmelte irgendetwas Unverständliches, was seiner Meinung nach so klang wie eine Entschuldigung, aber das half ihm nicht weiter.

»Kannst du kein Deutsch, Freundchen?«

Igor ignorierte den Mann und wandte sich zum Gehen, aber der Fremde hielt ihn am Arm fest: »So kommst du mir nicht davon!«

Igor riss sich los, und als der andere ihn erneut packen wollte, schlug er zu. Der Fremde taumelte zurück. Aber er war fast einen Kopf größer als Igor, und mit einem Wutschrei stürzte er sich auf seinen Gegner. Igor schlug heftiger zu. Der Mann fiel zu Boden, Igor rannte los.

»Polizei!«, rief jemand. »Polizei!«

Igor rannte, so schnell er konnte. Was nützte ihm jetzt

der deutsche Ausweis, wenn er kein Deutsch sprach? Er stieß eine Frau zur Seite, erreichte den Theaterplatz. Dort fuhr gerade eine Straßenbahn an. Igor schaffte es gerade noch aufzuspringen.

Wolf stand im Garten und rauchte. Aaron gesellte sich zu ihm. Er zögerte einen Augenblick, dann sagte er: »Es ist vielleicht dumm, wenn ich das jetzt sage, und ich will auch ganz bestimmt nicht petzen, aber es gibt etwas, was du wissen solltest: Igor ist dir heute Morgen heimlich nachgegangen.«

»Ich weiß.« Wolf hatte bemerkt, dass er verfolgt wurde, und außerdem hatte Igor ihm gleich nach seiner Rückkehr von seinem Missgeschick berichtet. »Alles gut gegangen.«

»Ja, so sieht es aus.«

»Aber?«

»Als wir uns bei der Agentenausbildung vorgestellt haben, da hat Igor nicht die Wahrheit gesagt.«

»Wie kommst du darauf?«, fragte Wolf erstaunt.

»Er hat gesagt, er habe im Auftrag der *Komintern* in Dänemark gearbeitet. Die Zentrale der Kommunistischen Internationale ist allerdings in Moskau gewesen. Die Russen haben zwar einerseits versucht, alles zu steuern und zu kontrollieren, aber andererseits haben sie großen Wert darauf gelegt, dass die Mitarbeiter der *Komintern* immer genau aus dem Land stammten, in dem sie gearbeitet haben, damit nach außen zumindest der Anschein gewahrt blieb, dass die Arbeit wirklich international sei und nicht von Moskau gesteuert wurde.«

»Wenn ich Igor richtig verstanden habe«, erwiderte

Wolf, »dann ist er im Auftrag der *Komintern* nach Dänemark geschickt worden, als Kurier wahrscheinlich ...«

»Ja, 1938. Und drei Jahre später, als Deutschland die Sowjetunion angegriffen hat, 1941, da saß er immer noch dort. Ist das nicht merkwürdig?«

Wolf zuckte mit den Achseln. »Für dieses Problem gibt es eine ganz einfache Lösung«, sagte er. »Ich frage Igor.«

Es gab sowieso einen Punkt, den Wolf mit Igor klären wollte. Als Wolf ihn nach dem Mittagessen zu einem Gespräch unter vier Augen bat, wusste der Weißrusse, was kommen würde. »Du hast es also herausgefunden«, sagte er. Auf dem Tisch lag *Andrees Handatlas*, aufgeschlagen auf Seite 46/47: Polen und Litauen mit dem Memelland.

»Baranoviči gehört zu Polen«, stellte Wolf fest. »Du sagst, du kommst aus einem Dorf bei Baranoviči. Also bist du gar kein Weißrusse, sondern ein Pole.«

»Nein, das ist nicht richtig«, widersprach Igor. »Als ich geboren wurde, das war 1902, lange vor dem Weltkrieg, da gehörte Radibno zu Russland. Und als der Weltkrieg zu Ende war, da gehörte es immer noch zu Russland. Aber jetzt war Polen unabhängig geworden. Die Grenzen nach Westen hatten die Siegermächte relativ klar definiert, aber im Osten sah die Sache anders aus. Russland, die frisch entstandene Sowjetunion, war damals ein sehr schwaches und vom Bürgerkrieg zerrissenes Land. Polen glaubte, die Gelegenheit sei günstig, alle Gebiete zurückzuerobern, die früher einmal zu Polen gehört hatten, auch wenn dort die polnische Bevölkerung in der Minderheit war. Zu diesen Gebieten gehörte Weißrussland.«

Diese Dinge waren Wolf in groben Zügen bekannt.

Schließlich war er ja in Ostpreußen aufgewachsen. Aber in der Schule hatte immer die Entwicklung der deutschen Gebiete im Vordergrund gestanden. Von der polnischen Geschichte war bei ihm im Unterricht nur hängen geblieben, dass sie ziemlich chaotisch verlaufen war.

»Im März 1918, als die deutschen Truppen sich aufgrund des Friedensvertrages von Brest-Litowsk von der Ostfront zurückzogen, haben die Polen das sofort ausgenutzt. Weißrussland geriet unter polnische Kontrolle. Ich war sechzehn Jahre alt. Ich bin von zu Hause weggelaufen, zur Roten Armee. Ich wollte mithelfen, meine Heimat von den polnischen Besatzern zu befreien. Im Juli 1920 haben wir Minsk zurückerobert. Dann sind wir weiter vorgerückt, Tag für Tag, jeweils 30 km, Schritt für Schritt zurück in meine Heimat. Am 1. August haben wir Brest-Litowsk erobert. Und dann sind wir weitermarschiert in Richtung Warschau. Nichts und niemand konnte uns aufhalten. Jedenfalls haben wir das damals geglaubt.«

»Aber es kam anders«, wusste Wolf.

»Es kam anders«, bestätigte Igor. »Wir haben Warschau nicht einnehmen können. Unsere Truppen sind geschlagen worden. Im Sommer waren wir noch so rasant vorgerückt, jetzt waren die Polen an der Reihe. Am 18. Oktober war Minsk wieder in polnischer Hand. Im März 1921 war der Krieg zu Ende. Polen konnte Weißrussland behalten.«

»Und da bist du in Russland geblieben«, vermutete Wolf.

»Was hätte ich sonst tun sollen? Ich habe angefangen, für die Komintern zu arbeiten. Wir brauchten jemanden, der helfen konnte, die Kommunisten in Dänemark zu unterstützen. Ich habe Dänisch gelernt. Ich habe als Kurier der Komintern Geld und Funkgeräte nach Kopenhagen gebracht. 1938 war das.«

»Und als der Krieg ausbrach, da bist du einfach in Kopenhagen geblieben?«

Igor schüttelte den Kopf. »Da war ich längst wieder in Russland. Als klar war, dass es Krieg geben würde, und als klar war, dass die Sowjetunion 1939 nach dem Sieg über Polen all das Land zurückbekommen würde, das wir 1921 verloren hatten, da war ich selbstverständlich mit dabei. Ich bin mit den ersten russischen Truppen nach Baranoviči einmarschiert. Wir kamen als Befreier, aber der Jubel war nur mäßig.«

»Du hast also zweimal als russischer Soldat gegen Polen Krieg geführt?«

Igor nickte. »Im Prinzip ja. Gekämpft haben wir allerdings nicht 1939. Als wir einmarschiert sind, hatte Polen den Krieg gegen Deutschland längst verloren, und die polnischen Truppen hatten die Anweisung bekommen, keinen Widerstand zu leisten, sondern sich nach Möglichkeit in das befreundete Ausland zurückzuziehen. Nach Rumänien zum Beispiel. Natürlich haben wir dann sofort damit begonnen, die wirtschaftliche Struktur der befreiten Gebiete nach dem Vorbild der Sowjetunion zu verbessern. Das hat nicht funktioniert. Wir haben Gewalt anwenden müssen, sowohl gegen die polnischen Großgrundbesitzer als auch gegen die jüdischen Kapitalisten. Was ich damals gesehen habe, war nicht schön. Ich habe mich damit herausgeredet, dass das ja schließlich nur ein Übergang sei, eine kurze Phase, in der man einfach ohne Gewalt nicht auskommen konnte. Aber es hat mir nicht gefallen.«

»Dann bist du erneut nach Dänemark gegangen?«

»Es war ein großer Zufall. Die Komintern hat mich noch einmal nach Kopenhagen geschickt, und kaum war ich dort, im Frühjahr 1940, da hat die deutsche Wehrmacht Dänemark besetzt, und ich konnte nicht mehr zurück. Wir Kommunisten standen natürlich über Funk mit der Zentrale in Moskau in Verbindung, wir hatten den Auftrag, die Schiffsbewegungen zu erfassen. Aber es gab nicht mehr viele Schiffsbewegungen. Die deutsche Kriegsmarine hatte die Durchfahrt in die Ostsee gesperrt. Ich wollte zurück nach Russland, aber das war unter den gegebenen Umständen nicht möglich. Alle Länder, durch die ich hätte fahren können, waren mit der Sowjetunion verfeindet. Und als dann schließlich im Sommer 1941 die Deutsche Wehrmacht Russland angegriffen hat, da ging gar nichts mehr. Da habe ich mich auf den Weg nach England gemacht.«

»Schön, dass du jetzt hier bist«, sagte Wolf.

»Ich bin gern hier«, gab Igor zu. »Aber ich muss mich stark zusammennehmen. Der deutsche Überfall 1941 hat dazu geführt, dass Weißrussland jetzt wieder zu Polen gehört. Polen ist zwar kein unabhängiger Staat mehr, und Polen hat den Krieg verloren, aber trotzdem hat es Weißrussland geschenkt bekommen. Und ich weiß nicht, ob wir es jemals wieder zurückkriegen werden. Was ich jetzt sage, das sage ich nur dir, Wolf, und es ist meine rein persönliche Auffassung. Ich hasse die Polen. Ich hasse jeden Einzelnen von ihnen.«

Wolf schwieg bestürzt. Es schien ihm unbegreiflich, dass irgendjemand den gutmütigen Leszek hassen konnte.

»Es war falsch, dass du verhindert hast, dass Leszek aus dem Agentenlehrgang fliegt. Er gehört hier nicht her. Er hat gelogen, er hat gar keine Verbindung zur polnischen Heimatarmee …«

Wolf unterbrach ihn: »Es ist müßig, darüber zu diskutieren. Leszek ist hier und bleibt hier. Trotz aller persönlichen Gegensätze, die wir haben mögen, in einem Punkt sind wir uns doch alle einig: Hitler muss weg. Wir werden gemeinsam handeln, und wir werden gemeinsam Erfolg haben.«

»Du hast recht, Hitler muss weg«, bestätigte Igor. »Alles andere dann später.«

Bernd hatte sich mit Wolf zu einem nächtlichen Spaziergang am Ufer der Pregel verabredet. Hier konnten sie sich ungestört unterhalten, ohne befürchten zu müssen, dass Fremde mithörten. Auf dem Weg zum Ufer hatten sie zunächst über belanglose Dinge gesprochen. Dann hatte Wolf gefragt: »Wie war das denn nun mit Edda?«

»Kurios«, sagte Bernd. »Du weißt ja, dass Edda und ich schon in der Schulzeit ein kleines Techtelmechtel hatten …«

So nannte er das also, dachte Wolf bitter. Bernd hatte ihm Edda ausgespannt.

»So 1937 muss das gewesen sein. Oder 1936. Danach hatten wir uns aus den Augen verloren. Später habe ich erfahren, dass Edda Mathematik studierte, hier an der Universität. Sie stand kurz vor ihrer Doktorprüfung, als sie plötzlich verhaftet wurde. Sie war Kommunistin, und sie machte keinen Hehl daraus. Das hat die Gestapo natürlich spitzbekommen. Sie haben sie ins Gefängnis gesteckt.«

»Und dann hast du sie befreit?« Warum hatte er das gemacht, fragte sich Wolf. Aus Liebe?

Darüber gab Bernd keine Auskunft. »Ich habe meine Beziehungen spielen lassen«, sagte er. »Mit Hilfe des Gauleiters war es erstaunlich einfach, sie da rauszuholen. Und dann haben wir geheiratet.«

»Liebt ihr euch denn?«

»Liebe? Du glaubst an so etwas wie Liebe?« Bernd sah Wolfgang überrascht an. »Solch einen großartigen Ausdruck würde ich nicht verwenden. Ich mag Edda. Wir kommen gut miteinander aus. Und ich habe sie aus dem Gefängnis geholt. Ist das nicht Beweis genug für meine Gefühle?«

Wolf schwieg. Er fragte sich, ob er sich nicht auch hätte anpassen sollen, mit dem Strom schwimmen. In seiner jetzigen Position war er nicht in der Lage, irgendjemanden aus dem Gefängnis zu befreien. Er war zu stolz gewesen, um sich bei der Partei einzuschleimen.

Bernd riss ihn aus seinen Gedanken: »Weißt du eigentlich, dass ihr mit eurem Attentatsplan nicht die Einzigen seid? Ihr habt eine ernst zu nehmende Konkurrenz.«

Wolf wusste von keiner Konkurrenz.

»Eine Gruppe von Offizieren der Deutschen Wehrmacht plant ebenfalls einen Anschlag auf Adolf Hitler.«

»Weißt du Näheres? Kannst du mir irgendeinen Ansprechpartner nennen?«, fragte Wolf überrascht.

»Ich halte mich fern von diesen Leuten«, behauptete Bernd.

»Warum?«

»Einerseits ist das eine Frage der Sicherheit. Ich möchte ungern in diese Geschichte mit hineingezogen werden. Im Gegensatz zu dem Vorhaben von SOE handelt es sich nämlich um eine regelrechte Verschwörung mit zahlreichen Beteiligten. Das Ziel ist es nicht allein, Hitler zu beseitigen, sondern diese Leute wollen selbst die Macht ergreifen.«

»Aber das klingt doch interessant«, sagte Wolf.

Bernd zuckte mit den Achseln. »Es ist nicht im Interesse von SOE, mit diesen Leuten zusammenzuarbeiten«, sagte er.

»Warum nicht?«

»Weil der englische Geheimdienst schlechte Erfahrungen mit angeblichen Umsturzplänen deutscher Militärs gemacht hat. Du erinnerst dich vielleicht an den Venlo-Zwischenfall?«

Wolf wusste nichts von einem Venlo-Zwischenfall.

»Im November 1939 ist das gewesen. Da haben Deutsche, die sich als Wehrmachtsoffiziere ausgegeben haben, mit englischen Geheimdienstoffizieren Kontakt aufgenommen. Sie planten angeblich einen Umsturz und wollten sich mit den Engländern abstimmen. Nach einigem Hin und Her sind die Engländer auf dieses Angebot eingegangen, und zwei hochrangige Vertreter ihres Geheimdienstes haben sich mit den Deutschen in einem Café in Venlo verabredet. Dieses Café liegt direkt an der niederländisch-deutschen Grenze, auf der holländischen Seite. Doch zum vereinbarten Zeitpunkt kamen keine deutschen Militärs, sondern SS, und die haben die beiden Engländer kurzerhand abtransportiert. Einen holländischen Polizisten, der das verhindern sollte, haben sie erschossen. England hat natürlich protestiert. Aber das hat nichts genützt. Die beiden Geheimdienstler sind im KZ gelandet. Keiner weiß, was sie den Deutschen verraten haben. Man musste vom Schlimmsten ausgehen. Da die entführten

Offiziere alles über die englische Spionage in Deutschland wussten, wurde so das gesamte Spionage-Netzwerk des Vereinigten Königreichs auf einen Streich wertlos. Seitdem reagieren die Engländer äußerst zurückhaltend auf irgendwelche Gesprächsangebote von deutschen Militärs.«

»Aber das war doch gar kein Militär, das war doch SS.«

»Ja, aber die Engländer hatten geglaubt, dass es Militär sei. Wer sagt ihnen, dass die jetzigen Verschwörer nicht auch in Wirklichkeit von der SS sind?«

»Sind sie das denn?«

Bernd schüttelte den Kopf. »Nein, das sind sie nicht. Ich kenne Heinrich Graf von Lehndorff etwas näher, einen Offizier hier aus der Gegend. Aus Steinort. Ein außerordentlich anständiger Mann. Über jeden Verdacht erhaben. Wenn du das wirklich willst, kann ich den Kontakt für dich herstellen. Aber ich würde dir empfehlen, Abstand zu halten.«

»Warum?«

»Abgesehen davon, dass, wie gesagt, SOE mit diesen Leuten wegen des Venlo-Zwischenfalls nichts zu tun haben möchte, gibt es zwei gewichtige Gründe. Zum einen ist das Projekt zwangsläufig sehr breit angelegt. Wer einen Staatsstreich durchführen will, der braucht dafür viele Beteiligte. Dadurch gibt es viel zu viele Mitwisser. Zweitens sind diese Verschwörer wirklich hochanständige Menschen. Das mag im normalen Leben von Vorteil sein, aber wenn man einen Diktator stürzen will, ist eine gewisse Skrupellosigkeit erforderlich, und die vermisse ich bei diesen Leuten.«

Wolf schwieg.

»Jedenfalls besteht jederzeit die Gefahr, dass die SS von

der Geschichte Wind bekommt. Der Mann, der damals für den Venlo-Zwischenfall verantwortlich war, ist übrigens Walter Schellenberg. Ein eiskalter Bursche. Wer weiß, ob der nicht längst seine Leute in das Netzwerk dieser Verschwörer eingeschleust hat.«

Wolf sagte: »Schellenberg. Den Namen hat man uns in England genannt. Unsere Ausbilder haben gesagt, das sei unser großer Gegenspieler.«

»So ist es.« Bernd erwähnte mit keinem Wort, dass Walter Schellenberg gewissermaßen sein eigener Vorgesetzter war. Nitz hätte Schellenberg längst vom *Projekt Wolfsley* unterrichten müssen. Aber er zögerte seinen Anruf im Reichssicherheitshauptamt immer wieder hinaus. Bernd Nitz hatte Angst vor Schellenberg.

13. April 1944

Seit fast einem Monat waren sie jetzt schon in Königsberg. Es wurde Zeit, dass Wolf sich per Funk bei SOE meldete. Leszek und er hatten den Sender im Wald bei Reimsdorf ausgegraben und nach Königsberg gebracht. Das Gerät war einsatzbereit.

»Funken? Nicht von meinem Haus aus«, hatte Bernd Nitz abgewehrt. »Das ist viel zu gefährlich. Aber ich weiß, von wo ihr senden könnt.«

Der verlassene Schrebergarten, den Bernd ihnen als geeigneten Ort genannt hatte, um das Funkgerät aufzubauen, lag einige Kilometer außerhalb der Stadt. Das kleine Holzhäuschen war verfallen und wurde wahrscheinlich schon seit Jahren nicht mehr genutzt. Von den Nachbargrundstücken aus konnte man den verwilderten Obstgarten nicht einsehen. Außerdem war jetzt, mitten in der Woche, sowieso niemand hier draußen in einem dieser Gärten. Ein idealer Platz, um die Antenne aufzubauen.

Das Funkgerät war zwar klein, leicht zu transportieren und leicht zu verstecken, aber die Antenne von knapp 20 Meter Länge wäre in der Stadt sofort aufgefallen. Hier ließ sich der Draht einfach von Baum zu Baum spannen, und wer nicht wusste, wonach er suchte, würde ihn aller Wahrscheinlichkeit nach nicht entdecken.

Es dauerte eine halbe Stunde, bis alles aufgebaut war. Wolf sah auf die Uhr. Bis zur festgelegten Sendezeit um 15:00 Uhr war noch genügend Zeit, eine Zigarette zu rauchen. Leszek und Igor standen an der Straße Wache. Im Falle von Gefahr würden sie die beiden anderen warnen, die an dem Funkgerät waren. Wolf legte die Kladde bereit, in der er den verschlüsselten Funkspruch notiert hatte und in der er die Antwort aufzeichnen würde.

Der Sender besaß angeblich eine Reichweite von 800 Kilometern. Die Entfernung von Ostpreußen bis nach England war aber wesentlich größer. Daher konnte Wolf sich nicht auf direktem Wege mit der Zentrale in Verbindung setzen. SOE hatte eine Funkbrücke eingerichtet. Wolf sandte seine Meldungen an eine geheime Funkstation in Schweden, nahe der norwegischen Grenze, und von dort wurden seine Botschaften an SOE in Schottland weitergeleitet. Die Antwort erfolgte in umgekehrter Richtung auf demselben Weg. Theoretisch bestand dadurch jederzeit eine beinahe direkte Verbindung zur Zentrale, sodass etwaige Probleme oder neue Entwicklungen quasi sofort durchgegeben werden konnten.

In Wirklichkeit war die Lage nicht ganz so gut. Da der

Sender leicht eingepeilt werden konnte, musste von wechselnden Orten und zu unterschiedlichen, vorher mit London abgestimmten Zeiten gesendet werden. Gesendet wurde natürlich nicht im Klartext, sondern die Funksprüche wurden nach dem Doppelwürfelverfahren verschlüsselt. Das bedeutete, dass eine Nachricht aus England in Ostpreußen zunächst einmal entschlüsselt werden musste, bevor Wolf darauf antworten konnte. Sowohl das Entschlüsseln als auch das Verschlüsseln der Texte nahm erhebliche Zeit in Anspruch. Da das Funkgerät niemals länger als eine Viertelstunde eingeschaltet sein sollte, war es nicht möglich, Frage und Antwort während desselben Zeitfensters zu übermitteln. In der Regel musste man bis zum nächsten vereinbarten Sendetermin auf die Antwort warten.

Aaron warf einen Blick auf den verschlüsselten Text. Er wusste, dass Wolf an die Zentrale durchgeben würde, dass sie im Operationsgebiet angekommen seien und das Gelände erkundeten. Aus den Buchstaben, die Wolf notiert hatte, hätte er das allerdings nicht ableiten können. Dennoch sagte er: »Diese Art der Verschlüsselung ist nicht besonders sicher.«

»Ich habe sie mir nicht ausgesucht«, knurrte Wolf. Nach dem Doppelwürfelverfahren wurden zwar die Buchstaben der Nachricht kräftig durchgemischt, aber es waren am Ende immer noch dieselben Buchstaben. »Ich hätte auch lieber eine Typex-Schlüsselmaschine, aber zum einen ist die für den Einsatz im Gelände zu unhandlich, und zum anderen ist das Risiko zu groß, dass sie dem Feind in die Hände fällt.«

Jetzt war es so weit. Wolf setzte die Kopfhörer auf und

schaltete das Funkgerät ein. Aaron vernahm einen leisen Pfeifton. Wolf suchte die richtige Frequenz. Als er sie hatte, gab er die Nachricht durch, und die Gegenstation bestätigte den Empfang. Es war verblüffend, wie gut alles funktionierte. Schweden war klar zu empfangen, obwohl die Gegenstation doch über 700 Kilometer von ihrem Standort entfernt war. Die Verbindung war besser, als das jemals bei den Übungen in England der Fall gewesen war, und dort war über wesentlich geringere Entfernungen gesendet worden. Die Gegenstation hatte zurzeit keine Meldungen für Wolf. Er schaltete das Funkgerät aus.

14. April 1944

Walter Schellenberg war als Leiter der Spionageabwehr für die Bekämpfung ausländischer Agenten zuständig. Was dieser Bernd Nitz aus Königsberg ihm am Telefon geschildert hatte, war ganz offensichtlich eine vom britischen Geheimdienst SOE inszenierte Aktion. Wie man damit umging, das ließ sich nicht am Telefon besprechen. Schellenberg hatte daher Nitz nach Berlin kommen lassen.

»Heil Hitler!«, rief Bernd Nitz, als er das Zimmer betrat und den rechten Arm zum deutschen Gruß erhob.

Schellenberg erwiderte den Gruß lässig. »Bitte nehmen Sie doch Platz.« Dabei wies er auf den Besucherstuhl auf der anderen Seite seines Schreibtisches.

Nitz setzte sich. Schellenberg registrierte amüsiert, dass dem Mann der ungewöhnliche Wandschmuck seines Arbeitszimmers nicht entgangen war. Neben den üblichen Bildern von Adolf Hitler und Heinrich Himmler, die hinter ihm an der Wand hingen, prangten auf der Gegenseite Porträts von Stalin, Roosevelt und Churchill. Schellenberg wollte seine Gegenspieler immer im Blick behalten.

Bernd Nitz war unsicher. Von der höhergestellten Position seines Gesprächspartners eingeschüchtert, redete er zu viel und zu schnell, sodass Schellenberg ihn mehrfach unterbrechen und nachfragen musste, um zu verstehen, worum es eigentlich ging.

Schellenberg war ein intelligenter Mann. Er wusste, dass es inzwischen allerhöchste Zeit war, in Friedensverhandlungen einzutreten. Allerdings stieß er damit bei Heinrich Himmler auf taube Ohren. Es war ihm nicht einmal gelungen, die Ablösung des Außenministers Ribbentrop durch einen unbelasteten Politiker durchzusetzen. Und jetzt kam dieser Bernd Nitz aus Königsberg zu ihm und erzählte ihm, dass eine Handvoll britischer Agenten im Begriff stand, die gesamte Führungsmannschaft des Dritten Reiches auf einen Streich zu beseitigen.

»Das ist ein ehrgeiziges Projekt«, sagte Schellenberg.

»Es ist für mich eine Nummer zu groß«, bekannte Nitz. »Ich will nicht allein dafür verantwortlich sein, diesen Anschlag zu verhindern.« Walter Schellenberg fragte sich, ob das Verhindern des geplanten Anschlags überhaupt in seinem Sinne war. Aber es verstand sich von selbst, dass er diesen Punkt nicht mit Bernd Nitz diskutieren konnte.

»Die Idee Ihres Amtsvorgängers, Admiral Canaris, war ja von Anfang an, dass ich mit dem englischen Geheimdienst und den deutschen Oppositionellen lediglich Kontakt halte, um eventuelle Attentatspläne auf den Führer rechtzeitig zu erfahren. Mit einer anschließenden Operation sollte ich nichts zu tun haben.«

Schellenberg nickte. Er spielte kurz mit dem Gedanken, diesen übergewichtigen Doppelagenten und die vier Mann, die SOE geschickt hatte, kurzerhand festzunehmen. Das war die einfachste Lösung Aber er entschied sich dagegen. Er wollte sich alle Optionen offenhalten.

»Ich habe aber natürlich alles unter Kontrolle«, behauptete Bernd Nitz jetzt. »Der Funkverkehr der Agenten läuft über Schweden. Ich habe mich in ihre Funkbrücke eingeschaltet. Jede Nachricht, die aus England kommt, erreicht mich zuerst, und ich leite sie dann an die Agenten weiter. Umgekehrt geht jeder Funkspruch, den die Agenten rausschicken, zunächst einmal an mich, und ich sende ihn dann über Schweden nach England – wenn ich das für sinnvoll halte.«

»Sind denn diese Funksprüche nicht verschlüsselt?«

»Doch, natürlich. Aber das Schlüsselverfahren, mit dem die Engländer arbeiten, ist sehr unsicher. Es lässt sich leicht knacken. Eine Mathematikerin erledigt das für mich. Wenn Sie wollen, kann ich Ihnen die Einzelheiten gern einmal aufzeichnen …«

Schellenberg winkte ab. »Ersparen Sie mir die Details. Wenn Sie sagen, dass Sie das können, dann bin ich damit vollauf zufrieden.«

Er war auch sonst höchst zufrieden. Wenn dieser Nitz es nicht schaffte, seine Agenten unter Kontrolle zu halten, und wenn diese womöglich nach der Rückkehr des Führers in die Wolfsschanze ihren Anschlag ausführten, dann wäre mindestens ein Hindernis auf dem Weg zum Frieden beseitigt. Dann würde sich hoffentlich der ewig zaudernde Heinrich Himmler dazu durchringen, die erforderlichen Schritte zu unternehmen.

»Und was ist mit diesen – wie haben Sie das genannt? – diesen deutschen Oppositionellen?«, erkundigte sich Schellenberg.

Nitz behauptete: »Ich habe Kontakte zu verschiedenen Mitgliedern dieser Gruppe. Es ist eine sehr lockere Vereinigung. Es wird viel geredet, aber soweit ich das erkennen kann, gibt es bisher keine konkreten Anschlagspläne.«

»Solange sich der Führer auf dem Obersalzberg befindet«, sagte Schellenberg, »besteht für ihn sowieso keine unmittelbare Gefahr. Aber halten Sie die Augen offen. Entscheidend für alles Weitere ist, dass Sie wirklich auf dem Laufenden bleiben, und dass Sie mich rechtzeitig informieren, wenn ernsthafte Gefahr droht.«

»Das ist selbstverständlich.«

»Dass Sie *mich* informieren«, wiederholte Schellenberg. »Nicht irgendwelche untergeordneten Mitarbeiter. Mich persönlich! Und keine Eigenmächtigkeiten! Darauf kommt es an.«

Als Bernd Nitz gegangen war, fiel Schellenbergs Blick auf das Schachbrett, das er auf einem kleinen Beistelltischchen aufgebaut hatte. Die Figuren waren handgeschnitzt. Schwarz waren SS-Männer; der König trug eine Brille und sah aus wie Heinrich Himmler. Weiß waren die Engländer, und der dicke König war ganz offensichtlich Churchill, auch wenn Schellenberg die charakteristische Zigarre versehentlich abgebrochen hatte. Schwarz befand sich anscheinend in einer aussichtslosen Lage. Aber das täuschte. Wer gewann und wer verlor, das entschied derjenige, der die Figuren bewegte, und das war in diesem Fall er allein.

16. April 1944

Bernd Nitz hatte die Fallschirmagenten am Sonntag zu einem gemeinsamen Abendessen eingeladen. Am einfachsten wäre es natürlich gewesen, wenn sie alle zu ihm nach Hause gekommen wären, aber das ging nicht. Edda war keine gute Köchin, eine warme Mahlzeit für vier zusätzliche Gäste auf den Tisch zu bringen hätte sie vollkommen überfordert. Daher hatte Bernd sie alle in das Lokal *Zur alten Hammermühle* in Amalienau eingeladen. Wolf hatte zugestimmt, aber hatte große Bedenken. Einerseits wusste er natürlich, dass seine Mitstreiter nicht länger in ihrer Villa eingesperrt bleiben wollten und dass sie außerdem den unbekannten Gönner kennenlernen wollten, der sie bisher so großzügig mit allen Dingen versorgt hatte, die sie zum täglichen Leben brauchten. Andererseits sprach Igor nur Englisch, Dänisch und Russisch, und sollte daher nach Möglichkeit nicht in der Öffentlichkeit reden. Aber Bernd hatte die ganze Veranda des Restaurants für den Abend gemietet, sodass sie zumindest unter sich blieben.

Die *Alte Hammermühle* war ein wunderschön gelegenes Lokal am Ufer der Zwillingsteiche. Bernd und Edda begrüßten ihre Gäste mit einem Glas Sekt. Bernd hatte sich in einen Anzug gezwängt, der ihm vielleicht einmal gepasst hatte, und Edda trug ein bezauberndes rotes Kleid, das nur leider für eine kräftigere Figur geschneidert worden war. Sie hatte es in letzter Minute noch eine Spur enger gemacht. Bernd sah, dass sie an der Nähmaschine nicht besser als am Kochherd war.

Während sie darüber leicht unglücklich wirkte, war Bernd bester Stimmung. Er unterhielt sie alle während der Mahlzeit mit launigen Sprüchen, und da er außerdem dafür sorgte, dass die Weingläser niemals leer wurden, sammelte er zumindest bei Leszek einige Pluspunkte. Wolf war leicht erkältet und deshalb nicht sehr gesprächig. Igor schwieg während des ganzen Essens. Er hatte eine randlose Brille aufgesetzt, die Bernd vorher noch nie an ihm gesehen hatte. Auch Aaron lächelte lediglich höflich zu den Anekdoten, die der Gastgeber von sich gab, und konzentrierte sich ansonsten ebenfalls auf das Essen.

Wolf dachte schon, dass der Abend ohne irgendwelche Komplikationen vorüberging, aber gerade als Bernd eine Anekdote zum Besten gegeben hatte, über die er selbst am lautesten lachte, wurde die Tür zum Schankraum geöffnet, und jemand rief: »Die Stimme kenne ich doch!« In der Tür stand ein kleiner Mann mit einem Hitlerbart. Es war der Gauleiter.

»Erich, altes Haus, das ist eine Überraschung! Komm rein, und setz dich zu uns!«, rief Bernd, er hatte inzwischen eine Menge getrunken.

Wolf hielt den Atem an. Wenn Erich Koch diese Einladung tatsächlich annahm, dann waren sie in den größten Schwierigkeiten. Zwar hatten sie alle andere Namen und eine genau ausgearbeitete Legende bekommen, an die sie sich bei ihrem Einsatz in Deutschland halten sollten, aber die war im Moment völlig wertlos. Wolf war angeblich ein Gutsinspektor, Aaron ein Arzt aus Schneidemühl, Leszek war ein Hafenarbeiter aus Hamburg, der zurzeit seine

Verwandten besuchte, und Igor war ein Schmied aus Allenstein. Wie sollte Bernd erklären, warum er diese seltsame Gruppe von Leuten zum Abendessen eingeladen hatte?

»Ich will nicht stören«, sagte der Gauleiter. »Ich habe selbst eine Verabredung mit ein paar alten Parteigenossen. Aber ich wollte dir sagen, dass wir Erfolg gehabt haben. Der Führer hat dem Bau des Ostwalls praktisch zugestimmt. Ich komme bald auf dich zu wegen deiner Verbindungen zur Bauindustrie – aber jetzt will ich …«

Doch so einfach ließ Bernd Nitz den Mann nicht davonkommen. »Mensch, Erich, für ein Glas Sekt wirst du doch Zeit haben!«

»Für ein Glas Sekt? Ja, das nehme ich gerne an.« Und während Edda auf ein Zeichen von Bernd hin dafür sorgte, dass die Serviererin mit einem neuen Glas für den Gauleiter kam, fragte Erich Koch: »Willst du mir deine Freunde nicht vorstellen?«

»Doch, natürlich. Das sind meine Schulkameraden aus dem Gymnasium in Rastenburg. Wir haben uns zufällig gestern hier in der Stadt getroffen, und da haben wir spontan beschlossen, dass wir gemeinsam essen gehen.«

»Deine Schulfreunde?« Der Blick des Gauleiters fiel auf Igor, der ganz offensichtlich zu alt war, um als Klassenkamerad von Bernd Nitz durchgehen zu können.

»Ja. Und der Franz-Ferdinand, das war unser Sportlehrer.«

Der angebliche Franz-Ferdinand lächelte und schwieg.

»Und dich brauche ich natürlich gar nicht vorzustellen«, sagte Bernd. Er tat es dann aber doch: »Das hier, das ist Erich. Erich Koch, unser verehrter Gauleiter.«

Edda war inzwischen mit der Serviererin zurückgekommen, und der Gauleiter bekam sein Glas Sekt. Bernd stieß mit ihm an und fragte ihn nach dem Stand der Getreideernte. Edda nutzte diesen unbeobachteten Moment und drückte Wolf rasch einen kleinen Zettel in die Hand. Wolf sah sie fragend an. Edda legte kurz den Zeigefinger auf die Lippen. Wolf blickte auf den Zettel und steckte ihn dann ein.

»Was habt ihr denn für Heimlichkeiten?«, fragte Leszek.

»Sei still!«, erwiderte Wolf.

»Sie ist eine wunderschöne Frau«, murmelte der Pole. Er schenkte sich ein weiteres Glas Rotwein ein.

Bernd sah aus dem Augenwinkel, dass Leszek auf der Serviette eine Skizze von Edda gezeichnet hatte. Sie sah darauf erheblich erotischer aus als im wirklichen Leben.

Jetzt wurde der Nachtisch serviert, und zum Glück nahm Erich Koch das zum Anlass, sein Glas auszutrinken und sich zu verabschieden. Die Gefahr war überstanden.

Alle konzentrierten sich jetzt auf ihren Grießpudding mit Himbeersoße. »Wünschen die Herrschaften noch einen Weinbrand?«, fragte die Bedienung.

»Nein, danke«, erwiderte Wolf rasch.

Leszek warf ihm einen missbilligenden Blick zu. Aber da Bernd keinen Einspruch erhob, blieb es bei dieser Entscheidung. Leszek erhob sich schwankend, faltete die Serviette zusammen und steckte sie ein.

»Das war ein wunderbarer Abend«, sagte Wolf und stand ebenfalls auf, um sich von Bernd zu verabschieden. Der nahm ihn zur Seite und raunte ihm zu: »Jetzt hätte ich fast vergessen, was ich dir sagen wollte. Ich weiß jetzt, wie ihr mit dem Sprengstoff in das Führerhauptquartier hineinkommt.«

Wolf nickte. *Gefahr* stand auf dem Zettel, den Edda ihm zugesteckt hatte.

17. April 1944

Am nächsten Tag, als Bernd wieder nüchtern war, suchte er die Agenten in ihrer Villa auf. Er brachte Lebensmittel und drei Flaschen Wein, und er erläuterte, was er mit seiner geheimnisvollen Andeutung gemeint hatte.

»Es ist ganz einfach«, sagte er. »Der Führer ist im Augenblick nicht da. Infolgedessen wird die Wolfsschanze ziemlich nachlässig bewacht. Eine strenge Kontrolle ist auch gar nicht möglich, weil einfach zu viel gebaut wird. Die Organisation Todt ist damit beauftragt, alle Bunker zu verbessern und auch die bisherigen Holzbaracken mit einer Hülle aus Beton zu versehen, damit sie gegen Luftangriffe gesichert sind. Dafür werden Tausende von Arbeitskräften gebraucht. Arbeitskräfte sind in Deutschland aber ungeheuer knapp. Allein zur Beseitigung der Bombenschäden und zum Bau von Notunterkünften sind weit mehr als 100 000 Arbeiter erforderlich. Im Vergleich dazu ist die Baustelle hier im Führerhauptquartier ziemlich klein, aber es sind doch immerhin deutlich über 2000 Mann, die hier zum Bunkerbau eingesetzt sind.«

»Du meinst also, dass man mit diesen Arbeitskräften irgendwie unauffällig auf das Gelände kommen könnte?«, fragte Wolf.

Bernd schüttelte den Kopf. »Viel einfacher«, sagte er. »Leszek ist doch Pole. Und er spricht perfekt Deutsch. Damit ist er der ideale Kandidat, um sich bei der Organisation Todt für Arbeiten in der Wolfsschanze zu bewerben. Ich garantiere dir, dass er sofort eingestellt wird. Und wenn er sich über das Bauunternehmen Walter Kaiser in Rastenburg anwerben lässt, dann kriegt er sogar 0,98 Reichsmark pro Stunde. Gearbeitet wird 12 Stunden am Tag, das heißt also, er kriegt mehr als 70 Reichsmark pro Woche.«

»Um lausige 98 Pfennige pro Stunde zu verdienen, geht es ja nun nicht«, sagte Wolf.

»Natürlich nicht«, Bernd hob beschwichtigend die Hände. »Der entscheidende Punkt ist doch, dass einer von euch auf diese Weise völlig problemlos in sämtliche Sperrgebiete innerhalb des Führerhauptquartiers hineinkommt. Und wieder heraus. Natürlich ist die Freiheit etwas eingeschränkt; die Arbeiter der Organisation Todt sind in Baracken innerhalb der Wolfsschanze untergebracht. Aber ihnen steht Urlaub zu, und wenn Leszek sich den geschickt einteilt, dann kann er im Grunde machen, was er will.«

Wolf nickte zustimmend, und auch Leszek war von dem Plan angetan. »Das klingt gut«, sagte er. »Das klingt sogar sehr gut.«

»Wenn ihr wollt, stelle ich direkt die Verbindung zur Firma Kaiser her. Ich sage, ich habe hier einen sehr guten Mann, der bisher für mich gearbeitet hat und der ausgebildeter Maurer ist …«

»Ich bin Elektriker, kein Maurer«, widersprach Leszek.

»Das macht nichts«, behauptete Bernd. »Du hast schon

mal auf dem Bau gearbeitet, du weißt, wie das geht, das genügt.«

Bernd wollte sich auf den Weg machen. Hier in der Villa in Maraunenhof gab es kein Telefon. Er würde gleich von zu Hause aus bei der Baufirma in Rastenburg anrufen und alles in die Wege leiten.

Als er gegangen war, sagte Wolf: »Das ist unsere Chance. Leszek, du nimmst den Plastiksprengstoff mit auf die Baustelle. Dieses Zeugs, dieses *Nobel 808*, lässt sich ideal am Körper verstecken. Zehn Kilo müssten ausreichen. Und Zündkapsel Nummer 8. Schaffst du das?«

Leszek nickte. »Kein Problem. Und wo soll die Bombe hin?«

»Unter den Bahnsteig, genau in der Mitte. Das ist die Stelle, an der der Führer ein- und aussteigt, wenn er mit dem Zug kommt oder abfährt. Wenn jemand fragt, sagst du einfach, dass du eine neue Telefonleitung zum Bahnsteig baust.«

»Und wie soll die Bombe gezündet werden?«, wollte Igor wissen.

»Ich habe mir das Gelände angesehen. Ein Säurezünder kommt nicht in Frage, da wir ja nicht wissen, wann genau der Führer auf dem Bahnsteig eintrifft. Ein elektrischer Zünder hätte den Vorteil, dass man den richtigen Augenblick abwarten kann, um die Bombe zu zünden. Aber er hat den Nachteil, dass die Flucht hinterher nahezu ausgeschlossen ist, da der Attentäter aufgrund des unübersichtlichen Geländes sich sehr nahe am Bahnsteig aufhalten muss. Daher kommt eigentlich nur eine normale Zündschnur infrage. *Time Fuse No 11*, würde ich vorschlagen. Die ist ziemlich schnell, aber nicht so schnell, dass der Attentäter nicht mehr rechtzeitig verschwinden kann.«

»Großartig«, sagte Igor. »Jetzt fehlt nur noch eine winzige Kleinigkeit: der Führer.«

5

14. Mai 1944

Der Führer schien nicht die Absicht zu haben, seinen Berghof jemals wieder zu verlassen. Jedenfalls gab es keinerlei Anzeichen dafür. Die Folge war, dass Wolf sehr viel freie Zeit hatte. Inge und er hatten sich am heutigen Muttertag, wie so oft in den letzten Wochen, am späten Vormittag auf dem Schlossplatz getroffen. Sie waren gerade mit dem Kinderwagen um den Schlossteich herumgewandert und standen am oberen Ende, wo das Wasser des Oberteichs über Kaskaden zum Schlossteich hinunterlief. Wolf deutete auf die Eva-Skulptur. Das kleine Mädchen sah aus, als würde es im nächsten Moment in das Wasser springen.

»Das erinnert mich an unsere Nacht im Schwimmbad«, sagte er. »Und inzwischen haben wir einen kleinen Sohn.«

»Und? Wie gefällt dir das?«

»Es ist großartig, Inge.«

»Ja, es ist großartig.«

Wolf sah sie fragend an: »Bereust du, was wir getan haben?«

»Nein.«

Nein, Wolf bereute es auch nicht. Jedenfalls behauptete er das. Aber der Zauber jener Nacht war geschwunden, und er ließ sich auch nicht wieder herbeiwünschen. Inge war nicht mehr »seine« Inge. Sie war verheiratet. Auch wenn sie nicht darüber sprachen, so war das doch eine Tatsache, die sie akzeptieren mussten.

Eine Weile schwiegen sie beide. Inge blickte über den Schlossteich in Richtung Innenstadt. Königsberg war eine wunderbare Stadt, und im Gegensatz zu den meisten großen Städten im Deutschen Reich vom Bombenkrieg bisher fast vollständig verschont geblieben. Die Russen hatten ein paar Flugzeuge geschickt, aber die hatten nicht viel Schaden angerichtet.

»Wolf, ich muss dich etwas fragen«, sagte Inge.

Wolf wusste, was jetzt kommen würde. Er hatte versucht, diesen Moment so lange wie möglich hinauszuzögern. Er hatte die Freude über ihr Wiedersehen nicht zerstören wollen, jedenfalls redete er sich das ein. Aber es war auch ein Element von Feigheit darin gewesen, dass er seiner lieben Inge wichtige Dinge vorenthalten hatte. »Du kannst mich alles fragen«, sagte er.

»Du hast Geheimnisse vor mir«, stellte Inge fest.

»Was meinst du damit?«

»Du bist jetzt schon seit mehr als zwei Monaten im Urlaub. Du gehst nur noch selten in deiner Marineuniform herum, die meiste Zeit trägst du Zivil. Du hast mir bisher noch gar nichts über deine Zeit als U-Boot-Kommandant erzählt, und du hast mir auch nicht gesagt, wann du wieder zurückmusst.«

Wolf seufzte. »Ich rede nicht gern über meine Erlebnisse in der Marine. Was man als U-Boot-Kommandant zu tun hat, ist nicht heldenhaft. Das ist einfach furchtbar. Wir haben Schiffe versenkt, und es sind Menschen gestorben, und ich habe es nicht verhindern können.«

Inge schwieg.

»Ich habe auch versucht, Menschen zu retten«, fügte Wolf hinzu. »Das war verboten. Ich habe es trotzdem getan. Es ist gut gegangen. Niemand hat mich verpetzt. Aber das Risiko war hoch.«

»Das kann ich mir vorstellen«, sagte Inge. Aber mit dieser spärlichen Information war sie natürlich nicht zufrieden.

»Es gibt andere Dinge, die sind schwerer zu erklären. Und es fällt mir sehr, sehr schwer, darüber zu sprechen.«

»Bist du desertiert?«, fragte Inge leise.

Wolf schüttelte den Kopf.

»Was ist es dann? Warum musst du nicht wieder zurück zu deinem U-Boot?«

»Mein U-Boot existiert nicht mehr«, sagte er. »Wir sind versenkt worden. Ich stand gerade auf dem Turm, deshalb habe ich überlebt. Die meisten anderen hatten weniger Glück. Sie sind elendig ertrunken, wenn die Bombe des Fliegers sie nicht vorher zerfetzt hat.«

Inge schwieg. Der kleine Ingo war soeben aufgewacht und sah seinen Vater aus großen Augen an. Wolf strich dem Kind ganz leicht über die Wange, und der Junge lachte.

»Das war also das Ende der Geschichte«, sagte Inge schließlich.

Wolf widersprach: »Nein, das war der Anfang der Geschichte. Die Engländer haben mich aufgefischt. Ich war in Kriegsgefangenschaft ...«

»Und du bist ausgebrochen aus dem Gefangenenlager?«, fragte Inge hoffnungsvoll.

Wolf schüttelte den Kopf. »Ich bin gefragt worden, ob ich für die Engländer arbeiten würde. Ich habe Ja gesagt.«

Inge starrte ihn mit weit geöffneten Augen an.

»Ich bin also ein Verräter. Die Engländer haben mich gefragt, ob ich bereit bin, Hitler umzubringen. Ja, ich bin bereit dazu. Sie haben mich zum Agenten ausgebildet, und ich bin im Februar mit dem Fallschirm über Ostpreußen abgesprungen. Und jetzt bin ich hier. – Nun weißt du es.«

Inge war sichtlich schockiert und schwieg.

Das hielt Wolf nicht lange aus. Er sagte: »Die Frage ist jetzt: Bist du auf meiner Seite oder nicht?«

Inge sagte noch immer nichts.

Sie überquerten die Frankenstraße und gingen am Dohnaturm vorbei am westlichen Ufer des Oberteichs entlang, bis sie an eine Stelle kamen, wo sie allein waren. Ihr Sohn war inzwischen wieder eingeschlafen. Wolfgang sah Inge fragend an.

Sie schüttelte den Kopf. »Das ist Wahnsinn, Wolf«, sagte sie.

»Es muss getan werden«, behauptete Wolf. »Und es kann getan werden. Ich habe inzwischen das Gelände erkundet …«

»Das will ich gar nicht hören«, fiel ihm Inge ins Wort.

Wolf wusste nicht, was er sagen sollte. Er hatte auch keine Ahnung, was Inge von den Nazis hielt. Ja, natürlich, sie war im BDM gewesen, aber das sagte gar nichts.

»Ich habe mich nie viel um Politik gekümmert«, sagte Inge. »Das Einzige, was mich stört, das ist der Krieg. Wenn der Krieg aufhört, dann bin ich zufrieden, und dann ist es mir völlig egal, wer Deutschland regiert.«

»Der Krieg kann nur aufhören, wenn Hitler nicht mehr da ist«, sagte Wolf.

»Stimmt das denn?«, Inge sah Wolf fragend an. »Haben die Engländer gesagt, dass der Krieg aufhört, wenn Hitler nicht mehr da ist? Haben die Russen das gesagt? Die Amerikaner?«

»Nein«, musste Wolf zugeben, »aber …«

»Und die Deutschen?« Inge ließ ihn nicht zu Wort kommen. »Haben die Deutschen das gesagt? Was passiert denn, wenn Hitler weg ist? Dann kommt doch der nächste Obernazi an die Reihe. Göring wahrscheinlich. Oder Himmler oder Goebbels, was weiß ich. Glaubst du, dass einer von denen Frieden will?«

»Wenn wir nichts tun, dann passiert gar nichts. Dann geht mit Sicherheit alles so weiter, wie es bisher gelaufen ist, bis Deutschland vollständig zerstört ist und wir alle tot sind.«

Inge sah auf den Boden und schüttelte den Kopf. »Ich bin keine Heldin, Wolf. Ich bin nur eine junge Mutter mit einem kleinen Baby, und ich will einfach nur leben, sonst gar nichts. Ich will dafür sorgen, dass mein Ingo heil und glücklich aufwächst, und wenn ich wirklich mein Leben für irgendetwas geben müsste, dann wäre es, um Ingo zu schützen. Das ist das Einzige, was zählt auf der Welt.«

»Aber das will ich doch auch«, rief Wolf verzweifelt. »Ich will ihn und dich und uns alle schützen, indem ich Hitler aus dem Weg räume.«

»Nein, Wolf, das ist mir zu weit hergeholt. Und nach allem, was du mir jetzt erzählt hast, bist du kein Schutz für uns, sondern du bist eine große Gefahr für unser Leben. Ich müsste jetzt eigentlich sofort zur Polizei gehen und dich anzeigen. Aber ich kann das nicht. Ich bin keine Verräterin. Aber wir dürfen uns nicht mehr sehen, Wolf.«

»Bitte, hör mich doch an …«

»Nein, Wolf. Mehr will ich gar nicht hören. Ich werde dich nicht mehr sehen, und ich habe dich auch noch nie gesehen. Der Vater meines Kindes ist ein deutscher Soldat, und der ist in Russland an der Front. Das ist die offizielle Version, und dabei bleibt es.«

Wolf schwieg.

Inge sagte: »Ich gehe jetzt weiter um den Oberteich herum, und du gehst zurück dahin, von wo du gekommen bist. Und du besuchst mich nicht mehr zu Hause. Und wenn wir uns zufällig auf der Straße treffen sollten, dann gehen wir aneinander vorbei und kennen uns nicht. Leb wohl, Wolf.«

Ehe Wolf noch etwas sagen konnte, setzte sich Inge in Bewegung und schob den Kinderwagen mit ihrem Sohn vor sich her. Sie ging so lange mit forschen Schritten weiter, bis sie sich sicher war, dass Wolf sie nicht mehr sehen konnte. Dann fiel auf einmal alle Entschlossenheit von ihr ab. Sie setzte sich auf eine der weiß gestrichenen Bänke und heulte. Sie heulte, bis ihr kleiner Sohn aufwachte und protestierte.

Wolf war nicht direkt nach Hause gegangen. Er war auf der anderen Seite ein Stück weit am Ufer des Oberteichs entlanggelaufen. Jetzt saß er auf einer Bank und rauchte. Er war erschüttert. Er hatte mit lebhaften Diskussionen gerechnet, aber nicht damit, dass Inge ihn regelrecht verstoßen würde. Dabei war Ingo doch nicht nur ihr Kind, er war auch sein Sohn.

Andererseits hatte Inge natürlich recht. Wolf brachte sie und das Kind in große Gefahr. Und wenn er sich auch von seiner Frau gewünscht hätte, dass sie mit ihm notfalls bis zur Hölle und zurück gehen würde, so war dies doch vielleicht etwas zu viel verlangt. Es war etwas anderes, ob man nachts über den Zaun zur Badeanstalt stieg und in den See sprang, oder ob man mit einem Mann gemeinsame Sache machte, der ein Attentat plante.

Wenn die Geschichte schiefging, dann hatte Inge auf jeden Fall die richtige Entscheidung getroffen, und dann brauchte er sich auch um ihre gemeinsame Zukunft keine Gedanken mehr zu machen. Dann war er schlicht und ergreifend tot. Aber der Anschlag würde gelingen. Und dann – weiter hatte er noch nicht gedacht. Das Wichtigste war zunächst einmal, dass er am Leben blieb.

19. Mai 1944

Wolf war wieder einmal in der Gauleitung, um sich mit Bernd Nitz zu treffen. Als er aus dem Zimmer seines Schulfreundes trat, stand draußen auf dem Flur ein Mann in einer SS-Uniform. Wartete er etwa auf ihn? Wolf war sich ziemlich sicher, diesen Mann hier schon einmal gesehen zu haben. Wenn er sich nicht irrte, trug er die Uniform eines Obergruppenführers. Das entsprach einem General der Wehrmacht. Ein hohes Tier also.

»Entschuldigung, hätten Sie vielleicht etwas Zeit für mich?«

»Ja, natürlich«, sagte Wolf.

Der Mann führte ihn den Flur entlang und ließ ihn in einen kleinen Besprechungsraum eintreten.

»Ich komme gerade von einem Gespräch mit dem Gauleiter. Ich habe mit Erich Koch Fragen der Korruption diskutiert. In sehr allgemeiner Form natürlich. Wir haben ein überaus offenes Gespräch miteinander geführt.«

Was wollte dieser Mann von ihm?

»Stört es Sie, wenn ich rauche?«

Wolf versicherte, dass das nicht der Fall war.

»Hm.« Der Mann zog eine Schachtel Zigaretten aus der Innentasche seiner Uniformjacke, suchte nach Streichhölzern. »Haben Sie vielleicht …«

Wolf nickte. Er hatte immer Streichhölzer dabei.

»Danke.«

Der Mann entnahm ein Streichholz, zündete seine Zigarette an und rauchte ein paar Züge. »Ich bin ein SS-Richter«, erklärte er. Wolf erschrak.

»Sie brauchen keine Angst vor mir zu haben. Sie gehören ja zur Wehrmacht. Zur Kriegsmarine. Die Wehrmacht hat ihre eigenen Gerichte. Ich bin dagegen für die Untersuchung von Verbrechen zuständig, die innerhalb der SS verübt werden.«

Wolf nickte. Das war ein heikles Thema, das er lieber vermeiden wollte.

Aber der Mann ließ sich nicht bremsen. »Ich bearbeite gegenwärtig einen Fall, der mir große Kopfschmerzen bereitet. Wenn Sie gestatten, würde ich Ihnen gern ein bisschen darüber erzählen. Darf ich?«

»Ja, gern«, log Wolf.

Der Mann öffnete seine Aktentasche und entnahm ihr ein relativ kleines, längliches Paket, das ganz offensichtlich mit der Feldpost verschickt worden war. »Hier, nehmen Sie mal«, sagte er.

Wolf nahm das Paket in die Hand. Er hätte es fast fallen gelassen, denn es war viel schwerer, als er erwartet hatte. »Was ist denn da drin?«, fragte er.

»Machen Sie es auf«, sagte der Richter.

Das Paket war schon einmal geöffnet worden. Es enthielt drei unterschiedlich große Klumpen eines schweren Metalls. »Gold?«

Der Richter nickte.

»Wie viel ist das wert?«, wollte Wolf wissen.

Der Mann lächelte. »Das ist die falsche Frage«, sagte er.

»Und was ist die richtige Frage?«

»Wo kommt das Gold her?«, sagte der Richter.

»Und? Wo kommt es her?«, wollte Wolf wissen.

»Es kommt aus dem Konzentrationslager Auschwitz«, sagte sein Gegenüber.

Wolf starrte ihn an. Ganz offensichtlich wartete der Mann darauf, dass Wolf ihm wieder eine Frage stellte, und nach kurzem Nachdenken begriff er, was die entscheidende Frage war: »Wieso gibt es in dem Konzentrationslager so viel Gold?«

»Ja, das ist die Frage«, sagte der Mann. »Die Antwort lautet, dass es sich um Zahngold handelt. Das sehen Sie daran, dass das Material auf sehr primitive Art zu diesen Klumpen zusammengeschmolzen worden ist. Es sind vorher also keine Münzen oder Goldbarren gewesen. Es ist Zahngold von Menschen, die gestorben sind. In der Tat ist es so, dass es ja auch in den Konzentrationslagern gelegentlich Todesfälle gibt. Und es gibt die Anweisung, dass eventuell vorhandenes Zahngold nicht mit den Toten verbrannt oder begraben wird, sondern es wird eingesammelt und dem Deutschen Reich zur Verfügung gestellt.

Dieses Gold hier ist allerdings nicht der Reichsregierung zur Verfügung gestellt worden, sondern irgendjemand hat es für private Zwecke abgezweigt. Und ich denke, es ist auf den ersten Blick erkennbar, dass es sich hier nicht um eine Bagatelle handelt, sondern um sehr viel Geld.«

Wolf nickte. Das Paket wog mit Sicherheit mehrere Kilo.

»Ich bin unterwegs nach Auschwitz, um herausfinden, wer dieses Gold auf die Seite geschafft hat und wie es sein kann, dass sich überhaupt diese ungeheure Menge Gold angesammelt hat.«

»Es hat sicher im Laufe der Jahre eine ganze Reihe von Todesfällen gegeben«, mutmaßte Wolf.

»Eine ganze Reihe von Todesfällen, ja, so muss es gewesen sein«, sagte der Richter. »Sie haben vielleicht keine genaue Vorstellung davon, wie viel Gold in so einer Zahnfüllung normalerweise verwendet wird? Es sind wenige Gramm. Das heißt also, dass dieses Gold aus den Zähnen von mehreren Tausend Menschen stammen dürfte. – Haben Sie Goldfüllungen?«

Wolf schüttelte den Kopf. »Nein, das kann ich mir nicht leisten«, sagte er.

»Da sind Sie nicht der Einzige«, bestätigte der Richter. »Ich kann sie mir auch nicht leisten. Ist Ihnen klar, was das bedeutet?«

»Mehr als tausend Tote«, sagte Wolf.

»Viel mehr als tausend Tote. Wahrscheinlich hat nur jeder Zwanzigste oder jeder Fünfzigste oder sogar nur jeder Hundertste Mensch auch nur eine einzige Goldkrone. Und wenn das stimmt, denn repräsentiert dieses kleine unscheinbare Päckchen 20 000, 50 000 oder gar 100 000 Tote. Außerdem kann ich mir nicht vorstellen, dass, wer auch immer in Auschwitz für die Verwertung des Goldes zuständig ist, alles Gold verschwinden lässt. Das würde ja zwangsläufig auffallen. Ich nehme an, was wir hier vor uns sehen, ist höchstens die Hälfte des Goldes, das dort eingesammelt worden ist. Und damit sind wir schon bei 200 000 Toten. Ihnen ist klar, was das heißt?«

Wolf nickte. »Es sind zu viele Tote«, sagte er.

»Genau. Das Konzentrationslager Auschwitz ist Ende April 1940 auf Anweisung von Heinrich Himmler eingerichtet worden. Jetzt haben wir 1944. Eine so große Zahl von Menschen kann nicht innerhalb von vier Jahren auf natürliche Weise gestorben sein. Mit anderen Worten: Diese Menschen sind ermordet worden.«

»Wahrscheinlich wissen Sie, dass es Gerüchte gibt …«, sagte Wolf zögernd.

»Ja, aber Gerüchte sind nichts wert«, fiel ihm der Richter ins Wort. »Dies ist ein sehr, sehr starkes Indiz. Ich könnte mir die Sache leicht machen. Eingeschaltet worden bin ich wegen des Goldes. Ich weiß bereits, wer das Gold verschickt hat. Ich könnte den Mann verhaften und vor Gericht stellen lassen. Aber das reicht mir nicht aus. Jetzt will ich es wirklich wissen. Ich fahre nach Auschwitz und sehe mir die Geschichte an.«

Wolf schwieg. Er hätte nicht gedacht, dass es einen SS-Mann, einen Richter noch dazu, in dieser Weise drängen würde, etwas aufzuklären, von dem die meisten Menschen lieber gar nichts wissen wollten. Und eines stand fest: Es war sehr gefährlich, in dieser Richtung zu ermitteln.

»Wenn ich Pech habe, werde ich Auschwitz nicht mehr lebend verlassen«, sagte der Mann. »Deshalb habe ich mit Ihnen gesprochen. Deshalb habe ich Ihnen die Geschichte erzählt. Damit jedenfalls am Ende noch einer da ist, der berichten kann, was ich herausgefunden habe.«

Wolf sagte: »Ich danke Ihnen für Ihr Vertrauen. Ich weiß aber nicht, ob es am Ende sehr viel nützt, dass ich etwas von dieser Geschichte weiß. Ich bin nur ein einfacher U-Boot-Kommandant ohne U-Boot, und wenn ich davon rede, was ich gehört, aber nicht gesehen habe, dann hört mir wahrscheinlich niemand zu.«

»Herr Littke, Sie unterschätzen sich und Ihre Möglichkeiten«, sagte der Richter.

Wolf fiel aus allen Wolken. »Woher kennen Sie meinen Namen?«

»Ich habe nachgefragt, wer der junge Mann ist, der gerade in das Zimmer von Bernd Nitz gegangen ist. Daher weiß ich, dass Sie Oberleutnant zur See Wolfgang Littke sind. Mein Name ist übrigens Morgen. Konrad Morgen.«

»Angenehm«, murmelte Wolf. Dabei wurde ihm diese Begegnung mehr und mehr unheimlich.

Wolf wollte dem Richter das Paket zurückgeben, dabei fiel sein Blick zum ersten Mal auf die Adresse des Empfängers. Das Paket war an Bernd Nitz in Königsberg gerichtet. Wolf erschrak. Der Richter ermittelte nicht nur gegen irgendwelche SS-Leute in Auschwitz, sondern er ermittelte auch gegen diejenigen, die von ihren Kontakten zur SS in Auschwitz profitierten. Gegen Bernd Nitz zum Beispiel.

Morgen sah Wolf Littke an. »Übrigens habe ich den Eindruck gewonnen, dass Sie auch kein Feigling sind«, sagte er.

»Wie kommen Sie darauf? Ich bin im Gegenteil ein gewaltiger Feigling.«

Morgen lächelte. »Das ist jetzt glatt gelogen. Ich möchte Ihnen ein ungewöhnliches Angebot machen. Wären Sie bereit, mich nach Auschwitz zu begleiten?«

Wolf erschrak. »Das wird nicht gehen«, sagte er. »Soweit ich weiß, ist der Zutritt zu den Konzentrationslagern für Wehrmachtsangehörige verboten.«

»Sie haben ungefähr meine Größe«, sagte Morgen. »Ich habe eine zweite Uniform dabei. Ich nehme auf meine Reisen immer eine zweite Uniform mit. Es kann zu leicht passieren, dass eine fleckig wird, und dann braucht man Ersatz.«

Wolf Littkes Gedanken rasten. Das kann nicht sein, dachte er. Das kann unmöglich sein, dass ein SS-Richter mir vorschlägt, mich heimlich mit in ein Konzentrationslager zu nehmen. Das ist eine Falle. Oder doch nicht? Der Mann machte einen ehrlichen Eindruck. Aber er war von der SS.

»Wie ist es?«, fragte Morgen. Es klang ganz entspannt, so als ginge es um eine Einladung zum Abendessen.

»Die Uniform allein wird nicht ausreichen«, wandte Wolf ein. »Ich nehme an, dass auch unsere Papiere kontrolliert werden.«

»Ja, natürlich. Darauf bin ich vorbereitet. Ich habe immer einen Blankoausweis dabei. Machen Sie mit?«

»Kann ich den Ausweis bitte sehen?«, fragte Wolf. Ihm war bewusst, dass er jetzt kaum noch zurückkonnte.

Morgen zeigte ihm den Ausweis. *Schutzstaffel der NSDAP* stand da. *SS-Führerausweis.* »Die meisten Angaben werden per Schreibmaschine eingetragen. Bei Ihrem jugendlichen Alter kann ich Sie wahrscheinlich nur zum Obersturmführer machen. Das entspricht dem Oberleutnant zur See. Wissen Sie Ihre Partei-Mitglieds-Nummer auswendig?«

Wolf schüttelte den Kopf.

»Macht nichts«, sagte Morgen. »Bleibt nur noch die Fotografie. Die wird nur eingeklebt. Haben Sie ein Passfoto dabei?«

Nein, er hatte kein Foto dabei.

»Dann gehen Sie zum Fotografen, und lassen Sie sich ein Passbild machen.«

Wolfs Herz klopfte. Er verstand immer noch nicht, warum Morgen ausgerechnet ihn angesprochen hatte. Aber immerhin hätte er so die einmalige Gelegenheit, in ein Konzentrationslager hinein und hoffentlich auch lebend wieder herauszukommen. Er könnte sich selbst überzeugen, was dort passierte. Es würde nicht lange dauern. Momentan konnte er sowieso nichts tun außer abwarten. Außerdem bot dieser Besuch in Auschwitz zumindest die Chance herauszufinden, ob Aarons Schwestern noch lebten. Wahrscheinlich würde alles gut gehen. Und wenn nicht …

»Wenn es schiefgeht, sind wir übermorgen beide tot«, sagte Wolf.

Morgen lächelte. »Lieber Herr Littke, so schnell geht das nicht. Sie haben eine völlig falsche Vorstellung von unserer Arbeit. Bei der SS, der Schutzstaffel der NSDAP, wird niemand einfach so erschossen. Wenn wir wirklich festgenommen werden sollten, dann ist das noch lange nicht das Ende. Dann habe ich Sie zu diesem kleinen Abenteuer überredet, und dann ist es meine Aufgabe, mich und Sie wieder aus der Geschichte herauszureden. Ich habe Beziehungen. Ohne Beziehungen könnte ich als SS-Richter nicht überleben. Immerhin hat mich Heinrich Himmler persönlich zum SS-Chefrichter in Krakau ernannt. Ich bin für Auschwitz zuständig.«

Solche hohen Freunde habe ich nicht, dachte Wolf. »Ich hoffe, dass Ihre Beziehungen für uns beide ausreichen«, sagte er.

Als Wolf seinen Kameraden von dem geplanten Besuch im KZ erzählte, schüttelte Leszek nur mit dem Kopf, und Igor sagte: »Wahnsinn. Du bringst uns alle in Gefahr. Und wofür? Nur weil du einmal ein KZ von innen sehen möchtest?«

Lediglich Aaron gab keinen Kommentar ab. Er wäre jetzt gern an Wolfs Stelle gewesen.

Wolf ließ sich nicht bremsen. Drei Tage später fuhr er zusammen mit Konrad Morgen nach Auschwitz.

23. Mai 1944

Sie hatten sich im Hotelzimmer des Richters umgezogen. Wolf störte die Uniform. Sie passte zwar, aber er fühlte sich darin eingezwängt wie in einer Ritterrüstung. Ihr Wagen wartete bereits. Als sie durch Auschwitz fuhren, dachte Wolf an eine aufstrebende deutsche Kleinstadt. Die SS hatte gewaltig in die Infrastruktur investiert, und Morgen erzählte, dass es noch viel weitreichendere Pläne gab.

Nach kurzer Fahrt erreichten sie das Konzentrationslager. Morgen zeigte seinen Ausweis. »Zur Lagerleitung!«, verlangte er.

Der Posten schlug die Hacken zusammen, salutierte, und sie durften passieren. Auch Wolf hatte seinen falschen SS-Ausweis hingehalten, aber der Posten hatte keinen Blick darauf geworfen. Ihre SS-Uniformen, besonders die des Richters, waren Ausweis genug.

Wenig später standen sie dem Lagerleiter gegenüber. Obersturmbannführer Rudolf Höß war vollkommen anders, als Wolf sich den Leiter eines Konzentrationslagers vorgestellt hatte. Er wirkte besonnen, vollkommen sachlich und frei von jedem Fanatismus. Wolf war sich nicht sicher, ob der SS-Richter den Mann von früher kannte, oder ob er sich nur gut auf diese Begegnung vorbereitet hatte. Jedenfalls unterhielt er sich mit ihm so, als ob sie Arbeitskollegen im Finanzamt oder in einer anderen langweiligen Dienststelle wären. Nach ein paar allgemeinen Floskeln sagte Morgen: »Das ist keine leichte Aufgabe, die Sie hier haben.«

»Das kann man wohl sagen«, erwiderte Höß. »Nicht jeder hat die erforderliche Charakterfestigkeit, um so etwas durchzustehen.«

»Deswegen sind Sie aus Berlin zurückgerufen worden? Sie waren Leiter des SS-Wirtschafts- und Verwaltungsamtes in Berlin.«

Höß nickte. »Ja. Aber als jetzt der Regierungswechsel in Ungarn kam, und als mein Nachfolger mit dem ungeheuren Antransport der Juden und Zigeuner nicht mehr fertiggeworden ist, da hat man mich zurückgeholt. Am 2. Mai ging das los. Und gleichzeitig wird ja auch noch das Ghetto von Lodz geräumt. Jetzt sind es drei bis vier Güterzüge pro Nacht, die wir kriegen, jeweils über 3000 neue Häftlinge. Um das alles im Griff zu behalten, braucht man einen kühlen Kopf. Und seit ich wieder hier bin, läuft alles reibungslos. Sehen Sie sich gern in aller Ruhe um.«

Wolf hatte einen Moment lang die Illusion, dass all die Schreckensbilder, die er sich auf der Bahnfahrt ausgemalt hatte, völlig aus der Luft gegriffen seien. Am Ende war dies doch ein ganz normales Lager, in dem nichts weiter getan wurde, als dass die Insassen für die Rüstungsindustrie arbeiteten.

»Wie wollen Sie vorgehen?«, fragte Höß.

»Wir brauchen zunächst einmal einen Überblick über das ganze Lager«, verlangte Morgen.

Höß warf einen Blick auf den Dienstplan, griff zum Telefon, und wenig später kam ein Hauptsturmführer herein. Höß gab dem Mann die Anweisung: »Damaschke, führen Sie unsere Besucher im Lager herum, und zeigen Sie ihnen alles, was sie zu sehen wünschen.«

»Fahren Sie uns zunächst einmal zu der Rampe in Birkenau«, verlangte Morgen. Der Dienstgrad eines Hauptsturmführers entsprach einem Kapitänleutnant zur See. Wolf und dieser Damaschke waren also gleichgestellt.

Sie stiegen in den bereitstehenden Wagen. »Birkenau?«, wollte Wolf wissen. »Ich denke, es geht um Auschwitz.«

Damaschke erläuterte: »Auschwitz – das ist so eine Sammelbezeichnung für drei verschiedene Konzentrationslager, die unmittelbar benachbart sind. Auschwitz I etwa ist das sogenannte Stammlager. Das ist bereits 1940 eingerichtet worden. Es liegt verkehrstechnisch besonders günstig, direkt an der Bahnlinie Wien – Krakau. Dadurch wird der Transport der Juden sehr vereinfacht. Wir sind jetzt hier in Auschwitz I, und wir fahren weiter nach Auschwitz II, ungefähr drei Kilometer entfernt. Das ist das Lager Birkenau. Das ist die Endstation für die meisten Häftlinge.«

Da Wolf hinten saß, konnte ihr Fahrer nicht direkt sehen, dass er ihn fassungslos anstarrte. Bis gestern hatte er die Tötung der Juden für eine Propagandalüge gehalten. Gestern, als der Richter ihm seine Indizien präsentiert hatte, hatte er begriffen, dass die Behauptung zumindest zum Teil wahr sein musste, und hier redete dieser SS-Mann, der sie im Lager herumführte, ganz offen über die »Endstation für die Juden«, ohne jede Hemmung.

Morgen hakte nach: »In diesem Lager werden, wenn ich das richtig verstanden habe, Menschen getötet?«

»Ja, natürlich. Juden und Zigeuner in erster Linie. Auch russische Kriegsgefangene. – Außer diesen beiden Lagern gibt es auch noch das Lager Auschwitz III, das Arbeitslager Monowitz. Das ist ein Konzentrationslager, das wir in Zusammenarbeit mit der IG Farben betreiben. Wir stellen die Zwangsarbeiter für die Produktion von synthetischem Kautschuk, der in den Buna-Werken hergestellt wird. Das Lager ist sechs Kilometer von hier entfernt und hat mit den anderen beiden Lagern relativ wenig zu tun.«

Sie waren inzwischen an der Rampe in Birkenau angelangt. Sie stiegen aus. Die Rampe sah genauso aus wie jede Verladerampe an irgendeinem beliebigen Güterbahnhof. Sonst gab es nichts zu sehen. Keine besonderen Absperrungen, gar nichts.

»Was passiert hier denn nun, wenn ein Transport eintrifft?«, wollte Morgen wissen.

»Wenn ein Transport kommt, dann erfahren wir das kurz vor der Ankunft. Dann wird unsere Wache in Alarmbereitschaft versetzt, und die sorgt dafür, dass die Gleise und die Rampe abgesperrt werden. Dann kommt der Zug an. Das sind ganz normale Güterwagen, in denen die Juden hergebracht werden, manchmal bis zu 70 in einem Waggon, das ist normal.«

Das war überhaupt nicht normal, aber für Hauptsturmführer Damaschke schien es die gewöhnlichste Sache von der Welt zu sein.

»Dann werden die Türen aufgemacht, und dann müssen die Leute raus aus dem Zug, und all das Gepäck, das sie mitgebracht haben, müssen sie gleich hier auf der Rampe absetzen. Das brauchen sie ja nicht mehr. Dann werden sie von den Lagerärzten in zwei Gruppen eingeteilt. Die eine, das sind die arbeitsfähigen Männer und Frauen. Von denen werden die Personalien aufgenommen, und dann geht es zu Fuß ab ins Lager.«

»Und was passiert mit den anderen?«, fragte Morgen.

»Die, die wir nicht gebrauchen können, werden direkt mit dem Lastwagen ins Lager Birkenau transportiert.«

Morgen nickte.

Offenbar hatte der Hauptsturmführer den Eindruck, dass der Richter bereits in groben Zügen mit dieser Prozedur vertraut war und dass er keine Einwände hatte. So entschloss er sich, noch eine Anekdote zum Besten zu geben: »Manchmal, wenn zu viele Transporte ankommen, oder wenn die Ärzte gerade anderweitig beschäftigt sind, dann findet die Selektion nach einem vereinfachten Verfahren statt. Wir erzählen den Ankömmlingen, dass das Lager einige Kilometer entfernt ist, aber dass all diejenigen, die zu krank oder zu schwach sind, um dahin zu marschieren, gern die bereitstehenden Lastwagen benutzen können. Das gibt dann immer einen gewaltigen Andrang!«

Er lachte. »Sie haben natürlich keine Ahnung, dass sie sich gerade für den Tod entschieden haben.«

Morgen lächelte. Auch Wolf zwang sich zu einem Lächeln.

»Aber das ist nicht das normale Verfahren?«, fragte Morgen nach.

»Nein. Normalerweise werden gesunde Männer und Jungen über vierzehn Jahre als Arbeitskräfte aussortiert. Mädchen über sechzehn und Frauen unter vierzig auch.«

»Was ist mit dem Rest? Mit den Kindern zum Beispiel?«

»Die können wir nicht gebrauchen. Wenn junge Frauen kleine Kinder dabeihaben, dann bitten wir sie, die Kinder den alten Frauen mitzugeben. Das ist die einfachste Lösung. Aber das geschieht alles freiwillig. Wenn sie ihre Kinder nicht hergeben, dann gehen sie gemeinsam zur Gruppe der nicht Arbeitsfähigen. Und dann geht es weiter nach Birkenau.«

Sie fuhren weiter zum Lager Birkenau. Auch dort gab es auf den ersten Blick nichts Besonderes zu sehen. Das Lager umgab ein hoher Stacheldrahtzaun, und es gab Wachtürme und Wachposten, die auf der Innenseite des Zaunes patrouillierten. Es sah aus wie ein ganz normales Barackenlager. Es unterschied sich äußerlich nicht von dem Gefangenenlager, in dem Wolf in England gesessen hatte, außer vielleicht durch den etwas süßlichen Geruch, der in der Luft lag.

Einzelne Lagerbereiche waren durch besonders hohe Stacheldrahtzäune voneinander getrennt. Wolf bemerkte jetzt zum ersten Mal die kleinen Hinweisschilder mit der Aufschrift: *Vorsicht Hochspannung Lebensgefahr.*

Damaschke zeigte ihnen zunächst den sogenannten Lagerbereich Kanada, wo die Dinge, die die Juden mitgebracht hatten, inspiziert und für die weitere Verwendung, wie zum Beispiel den Versand nach Deutschland, sortiert wurden. Neben aufgebrochenen Koffern und Aktentaschen lagen Wäsche, Kleidungsstücke und andere Dinge, von denen die Juden geglaubt hatten, dass sie sie für ihr neues Leben nach der angeblichen Umsiedlung in den Osten gebrauchen könnten. Schmuck und Uhren wurden gesondert erfasst. Es gab 30 derartige Lagerhallen.

Ihr Führer brachte sie nun in ein größeres Gebäude. »Das sind die Umkleideräume«, sagte er. Mit ihren Holzbänken und den Kleiderhaken sahen sie aus wie jeder beliebige Umkleideraum einer Turnhalle. »Jeder dieser Kleiderhaken hat eine Nummer. Wir sagen den Leuten dann, dass sie jetzt geduscht und desinfiziert werden sollen. Jeder soll sein Zeug an einen Haken hängen und sich die Nummer gut merken, damit er nachher seine Sachen wiederfindet. Aber das ist natürlich alles nur Theater. Und dann geht es hier in den Duschraum.«

Der Hauptsturmführer öffnete eine schwere Eisentür, und dahinter lag ein völlig leerer Raum mit einem Zementfußboden. In der Decke gab es ein Loch mit einem Gitter. Der Führer wies auf diese Öffnung: »Da schütten wir das Gas hinein«, erläuterte er. »Wir verwenden Zyklon B, es besteht aus kleinen Kristallen, die dann das Gas absondern. Es funktioniert sehr gut. Es ist eigentlich ein Schädlingsbekämpfungsmittel, und dafür verwenden wir es auch, aber bei Menschen wirkt es noch viel besser. In anderen Konzentrationslagern wird zum Teil mit Kohlenmonoxid gearbeitet, aber davon halten wir nicht viel. Das ist einfach zu umständlich.«

»Und dann haben Sie eine Menge Leichen«, stellte Morgen nüchtern fest.

»Ja, das ist ein Problem. Die müssen schnell entsorgt werden. Aber man kann natürlich nicht einfach in diese sogenannten Duschräume hineingehen; dann würde man ja auf der Stelle tot umfallen. Das geht nur mit Gasmaske, und das machen aus Sicherheitsgründen nicht unsere eigenen Leute, sondern dafür haben wir ein Sonderkommando aus Häftlingen.«

»Und anschließend werden die Leichen verbrannt«, mutmaßte Morgen.

»Nein, nicht sofort«, widersprach der Hauptsturmführer. »Erst mal müssen ja noch die Goldzähne geborgen werden. Das wäre ja schade, wenn wir die mit verbrennen würden.«

Morgen nickte. »Da kommen also unsere Goldzähne ins Spiel«, sagte er.

Damaschke sagte: »Ich zeige Ihnen als Nächstes die Krematorien.«

Die Lagerverwaltung war die letzte Station auf ihrem Rundgang. Wolf sagte: »Das muss doch ungeheuer schwierig sein, nicht den Überblick zu verlieren.«

»Wir haben das alles im Griff«, behauptete der SS-Mann.

Wolf äußerte seine Zweifel.

»Kommen Sie, ich zeige es Ihnen!«

Jetzt standen sie in dem Raum, in dem die Unterlagen verwaltet wurden. Wolf sah auf den ersten Blick: Tausende und Abertausende von Gefangenen hatten im Laufe der letzten Jahre die Aufnahme im Lager Auschwitz durchlaufen; die meisten von ihnen lebten nicht mehr. Der Schreiber gehörte nicht zur SS. Er war einer der politischen Gefangenen. Es war klar, dass seine Sonderstellung ihn vor der Gaskammer schützte. Er zeigte das Buch, in dem alle Namen registriert wurden. Wer inzwischen nicht mehr am Leben war, wurde durchgestrichen.

Wolf schüttelte den Kopf. »Das ist doch ein ungeheurer Aufwand«, sagte er. »Wenn hier jemand vor zwei Jahren ins Lager gekommen ist und jetzt plötzlich – stirbt, wie wollen Sie den in Ihren Büchern finden?«

Der Schreiber lächelte. »Das ist ganz einfach. Wir haben für jeden Häftling einen Erfassungsbogen, auf dem seine genauen Daten vermerkt sind. Die Bögen sind alphabetisch sortiert, sodass es keine Schwierigkeiten bereitet, irgendeine beliebige Person zu finden. Nennen Sie mir einfach nur den Namen …«

»Lindenberg«, sagte Wolf rasch.

Morgen warf ihm einen fragenden Blick zu.

Der Schreiber holte den entsprechenden Ordner. Er blätterte einen Augenblick in den Unterlagen. Schließlich sagte er: »Ich habe hier zwei Einträge. Zwei Frauen mit dem Namen Lindenberg. Zwillingsschwestern. Die eine, Maria Lindenberg, die war verheiratet, aber wir führen sie hier unter dem Geburtsnamen.«

»Und was ist mit ihr?«, fragte Wolf.

»Was soll mir ihr sein?«, erwiderte der Schreiber. »Eine Jüdin. Sie war ursprünglich in Buchenwald, genau wie ihre Schwester, und sie ist dann im März 1943 hier eingeliefert worden. Inzwischen ist sie natürlich längst tot.«

Wolf beugte sich über den Ordner. Ja, die Seite für Maria Lindenberg war säuberlich durchgestrichen. Hier herrscht Ordnung, dachte Wolf erbittert. Er blätterte weiter. Rahel Lindenberg war gleichzeitig mit ihrer Schwester eingeliefert worden, aber die Seite war nicht durchgestrichen. »Und diese hier«, fragte Wolf, »die ist ja nicht durchgestrichen. Haben Sie die vergessen?«

»Nein, hier wird niemand vergessen. Die hat ja den Sperrvermerk.« Der Häftling wies auf einen Stempel, den Wolf bisher nicht wahrgenommen hatte.

»Und was bedeutet das?«, erkundigte sich Wolf.

»Die brauchen wir für medizinische Versuche«, sagte der Schreiber. »Dafür werden gern Zwillinge genommen.«

Der Hauptsturmführer erläuterte: »Hier im Lager werden auch medizinische Versuche durchgeführt. Es ist eine einmalige Gelegenheit, neue Behandlungsmethoden und neue Medikamente auszuprobieren. Davon machen die Pharmaunternehmen reichlich Gebrauch. Man spart die langwierigen Tierversuche, bei uns hier kann man die Erprobung direkt am Menschen ausführen. Auch wissenschaftliche Untersuchungen können hier ohne störende Einschränkungen durchgeführt werden. Doktor Mengele ist unser Spezialist. Er wird sich nach dem Krieg mit den Ergebnissen seiner Arbeiten habilitieren.«

Morgen und Wolf waren zum Abendessen ins *Haus der Waffen-SS* eingeladen, ein beliebtes Lokal am Auschwitzer Bahnhofsplatz. Ihr Gastgeber Höß bestellte für alle. Es gab ein halbes Hähnchen mit Kartoffeln und Rotkohl, dazu ein ausgezeichnetes Bier. Das Lokal war gut besucht;

sie saßen gemeinsam mit mehreren anderen SS-Offizieren am Tisch. Der Mann, neben dem Wolf zu sitzen kam, war ein gut aussehender junger Mann in einer SS-Uniform.

»Das ist übrigens Doktor Mengele«, sagte Damaschke. »Der Arzt, von dem vorhin die Rede war. Unser Wissenschaftler.«

Mengele nickte freundlich.

»Er ist ein Spezialist für Zwillingsforschung.«

»Nicht nur«, widersprach Mengele. Er sah sich ganz offensichtlich genötigt, ein paar weitere Erläuterungen abzugeben. »Ich komme vom *Kaiser-Wilhelm-Institut für Anthropologie, menschliche Erblehre und Eugenik* aus Berlin. Ich bin ein Schüler von Professor Verschuer. Otmar Freiherr von Verschuer ist ja einer unserer herausragenden Erbbiologen. Und als hier in Auschwitz der Lagerarzt des Zigeunerlagers schwer erkrankt ist, da hat er vorgeschlagen, dass ich seine Nachfolge antrete. Er hat mir gesagt, dass hier geradezu unbegrenzte Möglichkeiten für die Erbforschung bestehen, und er hatte recht. Allein schon durch die Selektionen habe ich die Möglichkeit, mir die Häftlinge herauszusuchen ...«

»Bei den Selektionen entscheidet er, wer am Leben bleibt und wer direkt ins Gas geht«, warf Damaschke ein.

»... die Häftlinge herauszusuchen, mit denen ich weiterarbeiten will. Zum Beispiel die Zwillinge. Ich versuche, alle Zwillinge herauszupicken, die wir mit den Transporten bekommen. Das sind in erster Linie Kinder, denn erwachsene Zwillinge werden ja selten gleichzeitig eingeliefert. Mit denen kann ich dann meine Versuche durchführen.«

»Er macht viele, viele Überstunden«, sagte Höß. »Er

arbeitet wie ein Besessener. Ein Wissenschaftler mit Leib und Seele.«

»Manche sagen, dass Mengele Versuche durchführt, von denen andere Forscher bereits festgestellt haben, dass sie sinnlos sind«, warf ein anderer SS-Mann ein. Er war ganz offensichtlich kein großer Verehrer des Doktors.

Der ließ sich dadurch nicht beirren. »Es gibt keine sinnlosen Versuche«, verteidigte er sich. »Und was andere Forscher festgestellt haben, das interessiert mich wenig. Als Kolumbus seinerzeit aufgebrochen ist, war es allgemeiner Konsens unter den Wissenschaftlern, dass die Erde eine Scheibe sei. Kolumbus hat sich dadurch nicht beirren lassen. Er wollte selbst feststellen, ob das stimmt oder nicht. Und er hatte Erfolg.«

»Es gibt Kritiker, die behaupten, dass Sie nur Daten sammeln, dass Sie sie aber gar nicht auswerten.«

Mengele blieb höflich. »Sie haben recht, in erster Linie sammle ich im Augenblick die Daten. Die Auswertung meiner Versuche kann warten. Vergessen Sie bitte nicht, dass wir in einer glücklichen Situation sind, wie sie so schnell nicht wiederkehren wird. Wenn ich die Zwillinge jetzt nicht einsammle und untersuche, dann kann ich das vielleicht nie mehr tun. Die ungarischen Juden kommen zu Tausenden in unser Lager. Und die Zigeuner. Ob wir danach jemals wieder eine solche Menge an Menschenmaterial bekommen werden, das weiß niemand.«

»Wir sollten uns jetzt ganz auf das vorzügliche Essen konzentrieren«, schlug Höß vor. Das Essen war in der Tat hervorragend. »Und hinterher gibt es Vanilleeis als Nachtisch.«

Wolf war erschüttert. Hier passierten die ungeheuerlichsten Dinge, und gleichzeitig war alles so erschreckend normal.

Nach dem Abendessen zog Josef Mengele sich in sein Privatquartier zurück. Er schrieb einen Brief an seine Frau.

Liebes Schlingele,

In Gedanken war er noch immer bei der Diskussion beim Abendessen und bei den kaum versteckten Vorwürfen, die dieser junge SS-Offizier erhoben hatte. Vollkommen unberechtigte Vorwürfe. Er war Wissenschaftler, und als Wissenschaftler musste man eine gewisse Professionalität wahren. Dazu gehörte auch der Umgang mit seinen Versuchskaninchen. Er hatte dafür gesorgt, dass die Zwillinge in Block 14 des Lagers F in Birkenau in einer speziellen Unterkunft untergebracht und sorgsam gehütet wurden. Ihre Ernährung war viel besser als die der übrigen Gefangenen. Sie bekamen gute Betten, hervorragende Kleidung, hatten Spielsachen, und die Mädchen trugen Schleifen im Haar. Er brachte ihnen Süßigkeiten und Schokolade.

Für ihn waren seine Kinder Objekte von unschätzbarem Wert. In ihren Körpern lag ein Geheimnis, das er, Mengele, entschlüsseln würde. Er würde die identischen Merkmale jedes Zwillingspaares von denjenigen unterscheiden, die voneinander abwichen. Die identischen Merkmale wurden vererbt, alle anderen erwarb der Körper erst durch Einflüsse seiner Umwelt. Wenn man diesen Mechanismus enträtselt hatte, konnte man in den Ablauf der Vererbung eingreifen und die gesamte Bevölkerung kontrolliert zu genetisch perfekten Menschen machen.

Sobald die Gesundheit seiner Versuchskaninchen vollständig wiederhergestellt war, begann die wichtigste Phase seiner Arbeit, die »in vivo«-Phase. Die war ungeheuer wichtig, denn Forschungsergebnisse, die im Labor, also »in vitro«, erzielt wurden, ließen sich unter den komplexeren Bedingungen im wirklichen Leben oft nicht bestätigen. Es war daher zweckmäßig, von vornherein am lebenden Menschen zu arbeiten. Und was ließ sich nicht alles am lebendigen Menschen ausprobieren! Bluttransfusionen von einem Zwillingspaar zum anderen zum Beispiel. Oder die Infektion mit Typhus. Würden die Zwillinge genau gleich reagieren? Und was passierte zum Beispiel bei Amputationen? All diese Dinge mussten untersucht und geklärt werden, solange es noch möglich war, solange diese hervorragenden Forschungsbedingungen Bestand hatten.

Aber darüber wollte er jetzt nicht nachdenken. Jetzt ging es um alltäglichere Dinge. Er schrieb:

Liebes Schlingele, kannst du mir bitte eine Dose Schuhcreme schicken? Es ist nicht wegen des Hochglanzes, sondern wegen der Nähte. Die platzen ohne Pflege! – So und nun zum Schluss will ich Dir noch ganz schnell sagen, dass ich Dich ganz unverschämt furchtbar lieb habe! Ja! Du mich auch?

Also nun viele tausend Küsse
von Deinem Butz.

24. Mai 1944

»Das war das«, sagte Morgen. Sie saßen zusammen im Zug.

Wolf nickte. Er war entsetzt über all das, was er gesehen hatte. Dabei hatte er in Wirklichkeit gar nichts gesehen, lediglich den Mechanismus der Vernichtung hatte man ihm vorgeführt. Wie das Ganze aussah, wenn dieses Gelände mit Menschen gefüllt war, blieb seiner Vorstellungskraft überlassen. »Was machen Sie jetzt damit?«, fragte er sein Gegenüber.

»Mehrere Dinge. Das Erste und Wichtigste ist, dass ich alles aufschreibe. Dann werde ich meinen Vorgesetzten Meldung machen über das, was ich vorgefunden habe. Ich bin mir allerdings sicher, dass ich dadurch nichts ändern kann. Die Ermordung der Juden ist sicher durch Hitler und Himmler angeordnet worden. Einen konkreten Befehl dazu habe ich allerdings nicht gesehen. Ich werde mich an den Chef der Gestapo wenden, Obergruppenführer Müller, aber auch das wird nichts bringen. Das Einzige, was ich tun kann, und was ich gnadenlos tun werde, ist, dass ich gegen die Leute vorgehe, die über den von oben angeordneten Massenmord hinaus private Verbrechen begehen.«

Wolf schüttelte den Kopf. »Verbrechen, die über den Massenmord hinausgehen? Das ist absurd. Das kann es nicht geben.«

»Doch, das gibt es. Bagatellen, wenn Sie so wollen, aber es sind Punkte, an denen die Mörder angreifbar sind. Und die Nutznießer dieses Systems.«

Nach allem, was Wolf jetzt gehört und gesehen hatte, konnte er sich wirklich nur schwer vorstellen, dass ein einzelner Richter innerhalb der SS irgendetwas gegen relativ hochgestellte Mörder und sonstige Verbrecher bewirken könnte.

Morgen zuckte mit den Achseln. »Ich versuche es«, sagte er. »Mehr kann ich nicht tun. Ich habe anonyme

Briefe bekommen, in denen ich mit dem Tode bedroht worden bin. Man hat mir zugetragen, dass angeblich der Haftbefehl für mich schon ausgestellt sei. Ich mache trotzdem weiter.«

»Das nenne ich mutig«, sagte Wolf.

»Es muss getan werden«, erwiderte Morgen. »Es ist riskant, aber es ist nicht halb so riskant wie das, was Sie tun.«

»Ich?« Wolf blieb fast das Herz stehen.

Morgen verzog keine Miene. »Die Streichholzschachtel«, sagte er. »Sie sollten sie nicht mehr benutzen. Ich kenne diese Streichholzschachteln, und ich bin nicht der Einzige, der weiß, was es damit auf sich hat.«

Wolf wusste nicht, was er sagen sollte. Er starrte den Richter an.

»Die Spionageabwehr hat einige dieser Schachteln erbeutet. Britische Agenten werden damit losgeschickt. Die Schachteln haben einen doppelten Boden. Sehr auffällig. Nicht der doppelte Boden, sondern die Schachteln selber. Die Etiketten der *Welthölzer* der *Deutschen Zündwaren-Monopolgesellschaft* haben nämlich normalerweise einen 2 mm breiten weißen Rand. Der Rand bei Ihrer Schachtel ist zu schmal.«

»Das – das kann ich mir nicht erklären …«

»Versuchen Sie es gar nicht erst. Was ich Ihnen sagen will, ist nur so viel: Seien Sie vorsichtig, Wolfgang Littke!«

Morgen war froh, als er seinen Begleiter endlich los war. Dieser Ausflug war Schellenbergs Idee gewesen. Heute war es schon zu spät, aber morgen früh würde er seinem Auftraggeber Bericht erstatten. Walter Schellenberg spielte ein gefährliches Spiel. Einerseits war er einer der höchsten

Mitarbeiter von Heinrich Himmler, andererseits flirtete er mit der Opposition. Viele seiner Aktivitäten könnte man als Hochverrat deuten, wenn man denn wollte. Er hatte genügend Konkurrenten im Reichssicherheitshauptamt, die ihn liebend gern dessen bezichtigen würden, aber Schellenberg stand unter dem Schutz von Heinrich Himmler, und dagegen kam niemand an.

Walter Schellenberg hatte die erstaunlichsten Dinge gemacht. Er hatte Morgen bei einem Glas Wein eingeweiht. Schellenberg hatte heimlich Kontakt mit den Engländern aufgenommen, um einen Separatfrieden zwischen England und Deutschland auszuhandeln. Der Weg war über Frankreich gegangen, über die Modedesignerin Coco Chanel. Die hatte wiederum persönliche Beziehungen zu Winston Churchill, dem britischen Premierminister, und sie war bereit gewesen, einen Brief Schellenbergs über die britische Botschaft in Madrid nach England weiterzuleiten.

Morgen konnte sich nur schwer vorstellen, dass Churchill auf dieses Angebot einging. Aber darum ging es überhaupt nicht. Es ging Schellenberg darum, nachweisbar den Versuch gemacht zu haben, einen Verhandlungsfrieden zu erreichen und auf diese Weise den verheerenden Krieg zu beenden. Dies war eindeutig ein Pluspunkt in seiner Lebensgeschichte, und falls er nach Kriegsende wegen seiner Tätigkeiten für die SS zur Rechenschaft gezogen werden sollte, dann hatte er Pluspunkte bitter nötig. Den Venlo-Zwischenfall würden ihm die Engländer so leicht nicht verzeihen. Das war ein schwerer Schlag für den englischen Geheimdienst gewesen, und es war Blut geflossen.

Schellenberg hatte Wind davon bekommen, dass in Ostpreußen eine Gruppe englischer Agenten gelandet war, die den Führer in die Luft sprengen wollten. Er hatte deshalb Morgen beauftragt, in Königsberg Nachforschungen anzustellen. Das abgefangene Paket mit dem Zahngold hatte Schellenberg ihm mitgegeben. Der Richter sollte Bernd Nitz, den Empfänger dieses Paketes, ein bisschen unter Druck setzen und über ihn Kontakt zu den Agenten aufnehmen, die der Mann unter seine Fittiche genommen hatte.

Konrad Morgen war nach Königsberg gefahren, hatte sich mit Bernd Nitz unterhalten, dabei eine Menge Informationen über die Machenschaften der Gauleitung erfahren und vor allen Dingen den Kontakt zu Wolf Littke hergestellt, dem Anführer des Kommandos, das die Wolfsschanze angreifen sollte. Morgen wusste nicht, wie weit Schellenberg gehen würde. Ob er es tatsächlich zulassen würde, dass der Anschlag ausgeführt wurde, oder nicht.

Aber es gab einen anderen Punkt, auf den Schellenberg den größten Wert gelegt hatte. Littke hatte unmittelbaren Funkkontakt nach England. Es war deshalb wichtig, dass dieser Mann mit Schellenbergs Hilfe Zugang zu einem Konzentrationslager bekam und mit eigenen Augen sehen konnte, was dort vorging und das nach England berichtete. Allem Anschein nach wussten die Engländer noch immer nicht, wie es in den Lagern zuging. Wenn sie es mit Littkes Hilfe erführen, wäre dies selbstverständlich auch in Morgens Sinne. Auch er würde nach der Niederlage des Deutschen Reiches dringend Pluspunkte brauchen.

Bei dem Ausflug mit Wolf Littke hatte Morgen zwei Dinge festgestellt. Zum einen hatte dieser Littke genau wie der überwiegende Teil der deutschen Bevölkerung ganz offensichtlich keine Ahnung gehabt, was in Auschwitz wirklich geschah. Zum anderen hatte er großes persönliches Interesse an dem Namen eines bestimmten Zwillingspaars gezeigt. In welchem Verhältnis stand er zu den Frauen?

6

24. Mai 1944, abends

Als Wolf nach Hause kam, war Aaron gerade dabei, Kartoffeln zu schälen.

»Rahel lebt«, sagte Wolf. »Man hat mich in Auschwitz Dokumente einsehen lassen, die das belegen.«

Aaron schüttelte den Kopf.

»Maria ist tot, aber Rahel lebt«, sagte Wolf jetzt mit Nachdruck.

Aaron glaubte Wolf kein Wort. Auch als der ihm seine Erlebnisse geschildert hatte, blieb er skeptisch.

»Ich habe noch niemals gehört, dass es einen Juristen bei der SS gibt, der tatsächlich irgendwelche Verfehlungen verfolgt.«

»Ich hab dir ja gesagt, wie es ist«, erwiderte Wolf. »Er kann nur kleinere Delikte verfolgen.«

Aaron seufzte. Er hatte sich inzwischen daran gewöhnt, als Widerstandskämpfer ohne besondere Aufgaben in einer hübschen Villa in Königsberg zu sitzen und zu faulenzen. Das Leben war schön, und der Krieg war weit weg.

Aber das schöne Leben war jetzt vorbei. Er würde Rahel dort herausholen, koste es, was es wolle, und er würde sich diesen Arzt vorknöpfen, diesen wahnsinnigen Arzt, der die Menschenversuche machte. Was hatte Wolf gesagt, wie der Mann hieß? Doktor Mengele.

25. Mai 1944

Wolf saß auf einer Bank am Schlossteich und dachte nach über die Dinge, die er bisher erreicht hatte. Die Resultate waren mager. Leszek arbeitete inzwischen für die Organisation Todt und war auf diese Weise in das Führerhauptquartier eingedrungen. Er hatte 10 Kilo *Nobel 808* mitgenommen. Aber Wolf wusste nicht, ob es Leszek inzwischen gelungen war, die Sprengladung unter dem Bahnsteig zu deponieren, wie sie es abgesprochen hatten. Offenbar war es schwieriger als erwartet, Urlaub zu bekommen, und daher bestand zurzeit keine Verbindung zu dem Polen.

Igor drängte darauf, nach Baranoviči zu reisen und den Kontakt zu den Partisanen aufzunehmen. Wolf hatte bisher gezögert, aber wahrscheinlich müsste er den Weißrussen in den nächsten Tagen ziehen lassen. Es gab keinen konkreten Grund, warum er hier in Königsberg herumsitzen sollte.

Aaron wollte versuchen, seine Schwester aus dem KZ zu befreien. Dieses Vorhaben stand in direktem Widerspruch zu ihrem eigentlichen Auftrag. Es war eine extrem riskante Aktion, und der Plan, den der Jude sich ausgedacht hatte, erforderte, dass Wolf ihn begleitete. Er hatte zugesagt. Er hatte bereits mit Bernd Nitz gesprochen, und der hatte versprochen, ein ziviles Auto und genügend Benzingutscheine für die Fahrt zu organisieren. Außerdem hatte er die entsprechenden Messtischblätter besorgt, und Wolf hatte sich mit der Umgebung des Lagers vertraut gemacht. Das KZ selbst war auf den Karten nicht eingezeichnet, auch nicht der Gleisanschluss.

Wolf hatte seinen Freund informiert, dass das Paket mit

dem Gold aus dem KZ abgefangen worden sei, und dass er mit Schwierigkeiten rechnen müsse. Bernd hatte ihn ausgelacht. Er hatte behauptet, das sei eine Bagatelle. Er habe Freunde so hoch oben in der Nazi Hierarchie, dass ihm absolut nichts passieren könne. Und bis jetzt war ihm nichts passiert. Offenbar war der SS-Richter auch in diesem Fall sehr rasch an seine Grenzen gestoßen.

Ein anderer Punkt bereitete Wolf ebenfalls Unbehagen. Er hatte gleich nach seiner Rückkehr in einem längeren Funkspruch nach England durchgegeben, was er in Auschwitz gesehen hatte. Es konnte kein Zweifel daran bestehen, dass Hunderttausende von Juden systematisch ermordet wurden. Aber davon wollte London offenbar gar nichts wissen.

26. Mai 1944

»Es gibt da noch ein kleines Problem«, sagte Aaron.

»Eines?« Wolf lächelte müde. Wenn Aaron wirklich seine Schwester aus dem Konzentrationslager befreien wollte, dann gab es haufenweise Probleme.

»Rahel hat bestimmt keine Haare mehr. Nach meinen Informationen sind die Häftlinge alle kahl geschoren.«

»Wir binden ihr einfach ein Kopftuch um«, entgegnete Wolf. »Das ist überhaupt kein Problem.«

Aaron blickte skeptisch. Er war zwar nicht besonders oft durch Königsberg gegangen, aber immer mit wachen Augen. Es gab nicht viele Frauen, die mit Kopftüchern herumliefen. Marktfrauen und Fischweiber vielleicht, aber der Rest trug überwiegend Hüte oder gar keine Kopfbedeckung.

»Na schön«, sagte Wolf. »Es mag ja sein, dass die vornehmen Damen in der Stadt keine Kopftücher tragen. Aber all die Frauen, die vom Lande kommen. Wir sagen einfach, dass Rahel vom Lande kommt.«

»Wolf, du machst dir die Geschichte etwas zu leicht«, erwiderte Aaron. »Ich weiß nicht, ob du einmal ein Kopftuch umgebunden hast, aber wenn du das tust, dann wirst du feststellen, dass damit nicht alle Haare bedeckt sind. Irgendeine Locke ist normalerweise zu sehen. Wenn das nicht der Fall ist, dann fällt das auf.«

»Du meinst also, wir brauchen eine Locke?«

Aaron nickte.

»Eine blonde Locke von einer Frau?«

»Ja, das wäre am besten.«

»Ich weiß, was wir machen«, sagte Wolf.

Inge öffnete die Tür. »Du?« Mit Wolf hatte sie nicht gerechnet. »Ich habe dir doch klipp und klar gesagt, dass ich mit dir nichts mehr zu tun haben will. Wir dürfen uns nicht mehr treffen.«

Wolf seufzte. »Kann ich bitte reinkommen?«

»Nein«, sagte Inge.

»Bitte. Es ist doch viel auffälliger, wenn wir uns hier im Treppenhaus unterhalten.«

»Es ist überhaupt nicht auffällig«, widersprach Inge. »Ganz im Gegenteil. Ich mache jetzt nämlich die Tür zu, und damit ist dieser Besuch beendet.«

So einfach ging es allerdings nicht, denn Wolf hatte inzwischen einen Fuß in die Tür gestellt. Er sagte: »Lass mich rein. Ich muss unbedingt mit dir reden. Nur dieses eine Mal, und danach sehen wir uns niemals wieder.«

»Na schön«, sagte Inge. Sie öffnete die Tür, und Wolf schlüpfte in die Wohnung.

Inge seufzte tief und sagte: »Also gut. Ich sage dir jetzt etwas, was dir wahrscheinlich sehr wehtut, aber ganz offensichtlich geht es nicht anders. Mein Mann lebt. Michael hat mir geschrieben. Es geht ihm ganz prächtig. Und – was du bisher noch nicht weißt – Michael ist der Vater meines Kindes. Du und ich, wir haben vor einem Jahr ein bisschen Spaß miteinander gehabt, eine aufregende Nacht in Rastenburg, aber das ist alles.«

Wolf schluckte. War das wahr? Hatte Inge wirklich nur mit ihm gespielt? Warum hatte sich ihr Vater dann damals so aufgeregt, als er unerwartet vor der Tür gestanden hatte? Wolf wusste nicht mehr, woran er war. Umso entschlossener war er, sein jetziges Vorhaben durchzusetzen. Und umso plausibler erschien es plötzlich. »Ich möchte eine Erinnerung an dich haben«, sagte er.

»Du spinnst!«

Wolf ließ sich nicht beirren. »Das, was wir zusammen erlebt haben, das bedeutet mir ungeheuer viel. Und ich möchte es auf keinen Fall vergessen. Deswegen hätte ich gern eine Locke von dir.«

»Eine Locke von mir?« Inge lachte. Sie hatte zwar keine Zöpfe mehr wie auf dem Foto, das Wolf noch immer in seiner Brieftasche mit sich herumtrug, aber sie hatte lange, lockige, blonde Haare. »Wenn es weiter nichts ist! Die kannst du haben.«

Sie brachte eine große Papierschere.

»Darf ich?«, fragte Wolf.

»Bitte.« Sie gab ihm die Schere und hielt ihm mit ihrer rechten Hand eine ihrer Locken hin, sodass er ein sehr kleines Stück davon abschneiden konnte. Aber ehe sie sichs versah, hatte sich Wolf schon eine andere Locke gegriffen und sie radikal abgeschnitten.

Inge kreischte. »Was fällt dir ein!«

»Es ist doch nur eine Locke«, sagte Wolf. »Die wächst wieder nach.«

»Du bist wahnsinnig! Wie kannst du nur?« Das würde eine Ewigkeit dauern, bis diese Haarsträhne wieder aussah wie die anderen.

»Du kannst gern auch eine Strähne von meinem Haar haben«, schlug Wolf vor.

Inge verpasste ihm eine kräftige Ohrfeige. Im Nebenzimmer begann das Baby zu schreien. Wolf machte sich aus dem Staub.

28. Mai 1944

An dem Abend vor dem Aufbruch nach Auschwitz saßen Aaron und Wolf allein im Wohnzimmer. Wolf wirkte noch ernster als sonst. Leszek schlief; Igor war in der Küche damit beschäftigt, Spiegeleier zu braten. Aaron dachte über sein Verhältnis zu Wolf nach. Kein Zweifel, er hatte Wolf Littke falsch eingeschätzt. Das hatte er im Grunde begriffen, als er zusammen mit den anderen für eine Nacht in dem kleinen Häuschen von Wolfs Eltern untergekommen war. Wolf hatte sich bemüht, ein Gefühl der Harmonie herzustellen, und es war ihm beinahe geglückt. Alle waren freundlich gewesen, aber Aaron war sich sicher, dass Wolfs Eltern todunglücklich über diesen unwillkommenen Besuch waren und dass sie Angst um ihr Leben hatten. Und um Wolfs Leben.

Der Blickfang in dem kleinen und bescheiden eingerichteten Wohnzimmer war ein Bild in einem vergoldeten Rahmen. Der Druck eines romantischen Gemäldes von einem R. A. Höger aus Wien, den Aaron nicht kannte. Das Bild zeigte eine junge Frau, die in einem Salon neben dem Flügel saß, ganz offensichtlich in die Musik vertieft, die ein junger Mann für sie spielte. Ein Leuchter verbreitete warmes Licht. Durch die offene Balkontür blickte man hinaus in die abendliche Landschaft, und man sah die Sterne am Himmel.

Aaron stellte sich vor, dass Wolfs Mutter dieses Bild gekauft hatte und dass diese Szene ihren Traum darstellte, ihr unerreichbares Ziel. Sie blieb die Frau eines Landarbeiters, und sie würde nie etwas anderes sein.

Wolf dagegen war viel zu ehrgeizig, um wie sein Vater auf dem Gut zu arbeiten. Er hatte die höhere Schule besucht, aber ein Studium kam bei den bescheidenen Mitteln seiner Eltern nicht in Frage. So hatte er den Weg in die Marine gefunden, und wahrscheinlich hatte er geglaubt, dass das ein Weg in die Freiheit sei. Erst im Krieg hatte er begriffen, dass dem nicht so war.

Er räusperte sich. »Wolf«, sagte er, »ich möchte mich bei dir entschuldigen.«

»Wofür?«

»Für mein Misstrauen.«

Wolf zuckte mit den Achseln. »Es war dein gutes Recht, misstrauisch zu sein. Was wir tun, ist lebensgefährlich.«

»Jedenfalls habe ich mich geirrt. Und da ist noch etwas, was ich dir sagen möchte. Es kann gut sein, dass ich von meinem Ausflug nach Auschwitz nicht lebend zurückkomme …«

»Unsinn!«, fiel ihm Wolf ins Wort.

»Lass mich ausreden. Ich möchte dich bitten, für Rahel zu sorgen. Und falls ihr beide nach dem Anschlag auf die Wolfsschanze noch am Leben und in Freiheit seid, könnt ihr gern in mein kleines Haus in Schweden ziehen. Es liegt in Stojby, nördlich von Växjö. In Småland ist das. Wenn du in Stojby nach mir fragst, kann dir jeder den Weg zu meinem Haus zeigen. Ein kleines Haus an einem großen See. Es ist niemand dort. Die Tür ist nicht abgeschlossen …«

Wolf schüttelte den Kopf. »Es wird alles gut gehen, und wir werden nach dem Krieg zusammen zu deinem Haus in Schweden fahren!«

Aaron nickte, aber er wusste, dass es nicht so sein würde.

29. Mai 1944

Wolf hatte Aaron nach Auschwitz gefahren. Ein möglicher Weg in das Lager hinein führte über das Gut Harmense.

Harmense war eines der Güter, die die SS in der Umgebung des Lagers eingerichtet hatte. Mobile Arbeitskommandos aus dem Lager marschierten morgens zum Gut und abends wieder zurück. Die Entfernung betrug sieben Kilometer. Harmense war im Unterschied zum KZ nicht durch unüberwindliche Sperrzäune gesichert. Für die Bewachung wurden seit Kurzem außer der SS auch frontuntaugliche Wehrmachtsoldaten eingesetzt.

Wolf hatte Aaron mit dem Opel, den Bernd ihm besorgt hatte, so dicht an das Gut herangefahren, wie er glaubte, es verantworten zu können. Wahrscheinlich war er übervorsichtig gewesen.

Das Eindringen in das Gut war nicht ohne Risiko, denn Harmense lag im sogenannten SS-Interessengebiet rings um das KZ. Die polnische Bevölkerung war ausgesiedelt worden, und die SS hatte hier einen landwirtschaftlichen Musterbetrieb eingerichtet. Auch außerhalb des Gutes patrouillierte die SS in unregelmäßigen Abständen, und wenn die Aaron entdeckt hätte, hätte sie kurzen Prozess mit ihm gemacht. Aber das war nicht passiert. Er hatte die Nacht in der Scheune verbracht, und jetzt saß er hinter Strohballen versteckt und wartete auf seine Chance.

Es war heller Tag, und Aaron war sich sicher, dass das Arbeitskommando aus Auschwitz-Birkenau längst draußen auf dem Feld bei der Arbeit war, aber nichts geschah. Er ging davon aus, dass irgendwann jemand in die Scheune kommen würde, um irgendein Gerät zu holen oder ganz einfach nur um heimlich zu rauchen. Er wartete und wartete. Niemand kam. Aaron begann zu zweifeln. Vielleicht taugte sein Plan nichts. Vielleicht kam heute gar kein Arbeitskommando. Aber dann öffnete sich schließlich doch die Scheunentür einen Spalt weit, und jemand schlüpfte herein. Selbst im Halbdunkel des Innenraumes konnte Aaron deutlich erkennen, dass der Mann die typische blau-weiß gestreifte Kleidung der KZ-Häftlinge trug. Er räusperte sich.

Der Mann erschrak.

Aaron legte einen Finger auf die Lippen, dann sagte er: »Keine Angst. Ich will nur mit dir reden.«

Der Mann schüttelte den Kopf.

»Du brauchst wirklich keine Angst zu haben. Ich habe

nur ein paar Fragen, verstehst du? Ich will mit dir reden.«

Aber so sehr Aaron sich auch mühte, der Mann reagierte nicht. Er schüttelte nur noch einmal energisch den Kopf, nahm einen Spaten, der an der Wand lehnte, und verschwand wieder nach draußen. Wahrscheinlich verstand er kein Deutsch. Außerdem schien er Aaron zu furchtsam für das, was er vorhatte. Er brauchte einen mutigen Menschen. Aber vielleicht war das zu viel verlangt. Vielleicht gab es hier keine mutigen Menschen mehr. Wer mehrere Wochen oder gar Monate als Häftling in einem Konzentrationslager zugebracht hatte, der hatte wahrscheinlich längst allen Mut verloren.

Der nächste Mann, der die Scheune betrat, wirkte wesentlich entschlossener. Offenbar hatte der andere Häftling ihm von seiner Begegnung erzählt. Er schien jedenfalls gewillt zu sein, den größtmöglichen Nutzen aus diesem Treffen zu ziehen. Und der Mann sprach Deutsch. Das Erste, was er sagte, war: »Hast du 'ne Zigarette?«

Aaron gab ihm eine Zigarette, und er gab ihm Feuer. Natürlich war es leichtsinnig, hier in der Scheune zu rauchen, zwischen all dem Stroh, aber das war im Augenblick Aarons kleinste Sorge.

»Bist du aus dem Konzentrationslager?«, fragte er den Mann.

»Sieht man das nicht?«, erwiderte der Fremde.

Aaron nickte. Selbst wenn der Mann nicht diese schlecht passende Häftlingskleidung getragen hätte, wäre es kaum zu übersehen gewesen, dass er ein Gefangener war. Er war abgemagert, und es war offensichtlich, dass sein Kopf unter der Häftlingskappe kahl geschoren war.

»Ich will da rein«, sagte Aaron.

Der Häftling schüttelte den Kopf. »Du bist verrückt.«

»Meine Schwester ist da drin, und ich muss sie rausholen«, erwiderte Aaron.

»Du kannst ihr nicht helfen«, erwiderte der Mann. »Wenn du reingehst, wirst du auch mit vergast, das ist das Einzige, was du erreichst.«

»Ich will es wenigstens versuchen.« Aaron überlegte, ob er dem Mann die Pistole mit dem Schalldämpfer zeigen sollte. Er entschied sich dagegen.

»Vergiss es.« Der Häftling zog heftig an seiner Zigarette.

»Wie wäre es, wenn wir einfach die Rollen tauschen? Wie heißt du überhaupt? Ich bin Aaron.«

»Josef.« Der Mann überlegte kurz. »Wie stellst du dir das vor?«

»Ganz einfach. Wir tauschen die Kleidung. Ich gehe mit dem Arbeitskommando zurück in das KZ. Und am nächsten Tag wird zurückgetauscht. Dann kommt meine Schwester, und du gehst für sie zurück in das Lager.«

»Und wie kommst du wieder raus?«

»Nachts. Ich warte, bis es dunkel ist, und dann steige ich über den Zaun.«

Josef lachte. »Hochspannung«, sagte er. »Zweitausend Volt. Da steigt keiner über den Zaun.«

»Das lass nur meine Sorge sein. Aber erst einmal muss ich in das Lager rein, und meine Schwester muss an meiner Stelle wieder raus.«

»Das funktioniert nicht. Die anderen merken doch sofort, dass du nicht dazugehörst.«

»Ja, natürlich. Deswegen machen wir diesen Tausch

auch nicht sofort, sondern erst morgen. Inzwischen hast du die anderen eingeweiht, und sie werden so tun, als ob ich einer von ihnen bin. Wahrscheinlich ist es am besten, wenn du ihnen erzählst, dass dieser Tausch nur für einen Tag ist und dass wir übermorgen die Rollen wieder zurücktauschen. Du kannst ihnen erzählen, dass ich ein Journalist bin, ein schwedischer Reporter, und dass ich wissen will, wie es im Inneren eines Konzentrationslagers wirklich aussieht.«

Josef schwieg. Die Ungeheuerlichkeit des Vorschlages war ihm bewusst geworden. Da war jemand, der bereit war, an seiner Stelle ins KZ zu gehen. Da war jemand, der bereit war, sein Leben zu riskieren und wahrscheinlich zu sterben. Es war eine einmalige Chance. Schade, dass das alles nicht funktionierte. »Du siehst nicht aus wie ein Häftling«, sagte er.

»Was ist verkehrt?«, fragte Aaron.

»Hager genug bist du ja«, sagte Josef. »Aber die Haare stimmen nicht. Die Haare müssen ab. Alle Haare. Auch unter den Achseln. Auch die Schamhaare.«

»Kein Problem.« Aaron taxierte den Mann. »Ich möchte dich bitten, ein paar Dinge für mich vorzubereiten«, sagte er. »Ich muss in das Lagerkrankenhaus. Und ich brauche einen Arztkittel.«

»Warum?«

Aaron erläuterte ihm, was er vorhatte.

»Das ist alles möglich«, erwiderte Josef. »Und du hast Glück: Ich bin eine Art Funktionshäftling. Ich bin eigentlich Tischler. Ich kann ins Frauenlager. Das lässt sich arrangieren. Aber im Lager gibt es nichts umsonst. Ich brauche Zigaretten.«

Aaron gab ihm die beiden Schachteln *Eckstein*, die er dabeihatte.

30. Mai 1944

Am nächsten Tag erschien Josef wie verabredet wieder in der Scheune. Er staunte nicht schlecht, wie Aaron jetzt aussah. Kahlköpfig natürlich, und er hatte sich zusätzlich das Gesicht mit Asche eingerieben, dass er auf den ersten Blick fast so ausgemergelt aussah wie Josef. Aaron hatte ordentliche Zivilklamotten für Josef mitgebracht. Die Kleidungsstücke, die Josef Aaron überließ, waren dagegen nicht viel mehr als Lumpen. Die sogenannte Zebrajacke aus dem groben Stoff war relativ gut geeignet, ein Schulterhalfter mit einer kleinen und unauffälligen Pistole wie die Walther PPK zu verbergen. Die Hose war zu kurz, aber zum Glück hatte Josef wenigstens eine einigermaßen kräftige Statur, sodass sie Aaron halbwegs passte. Hosenträger gab es natürlich nicht. Am problematischsten war das Schuhzeug. Alle Häftlinge trugen Holzpantoffeln, die nicht nur eine Qual für die Füße waren, sondern die obendrein ein schnelles Weglaufen unmöglich machten. Die Wachmannschaft brauchte sich keine große Mühe zu geben.

»Du wartest am besten hier, bis es dunkel ist«, sagte Aaron.

Josef nickte. »Geh jetzt nach draußen, bevor sie merken, dass einer fehlt.«

Aaron öffnete das Scheunentor.

»Viel Glück!«, sagte Josef.

Staudte und Lehmann, die beiden SS-Männer, die auf das Arbeitskommando aufpassten, standen in der Ecke und rauchten.

»Ich halte das nicht mehr aus, Lehmann«, sagte Staudte.

»Das ist ein Scheißjob«, bestätigte Lehmann.

Der andere schüttelte den Kopf. »Der Job ist schon in Ordnung«, sagte er. »Das ist es nicht. Aber jetzt haben wir das schönste Sommerwetter, und ich stecke hier in diesem gottverdammten Nest, anstatt mit meiner Leni zum Baden zu gehen. Ich brauche Urlaub, verstehst du?«

Der andere nickte. Er hätte auch gern Urlaub. Oder noch lieber einen anderen Beruf. Aber er traute sich nicht, einen entsprechenden Antrag zu stellen. Denn wer sich von hier wegbewarb, der landete mit größter Wahrscheinlichkeit an der Ostfront.

Die Aufgabe der Häftlinge, die sie bewachten, bestand darin, einen Teil des Gartens vom Unkraut zu befreien. Es gab sehr viel Unkraut. Es war überhaupt nicht mehr auszumachen, was hier einmal angebaut worden war.

»Was wird denn hier eigentlich produziert?«, fragte Aaron, während er Pflanzen auszupfte.

»Geflügel«, raunte sein Nachbar kurz.

»Nicht schwatzen, sondern arbeiten!«, rief ein weiterer Häftling, der sich ihnen von hinten genähert hatte. Die weiße Armbinde mit dem Judenstern und dem Aufdruck *Kapo* wies ihn als Funktionshäftling aus.

Später erfuhr Aaron, dass sie Glück gehabt hatten, ohne Prügel davonzukommen. Erst am Abend, auf dem Rückweg in Richtung des Lagers Auschwitz-Birkenau, war es möglich, ungestraft mit dem Nachbarn zu reden.

»Ich habe gar kein Geflügel gesehen«, sagte Aaron leise.

»Das kannst du auch nicht«, erwiderte sein Nebenmann. »Es ist keins mehr da. Jedenfalls fast keins. Die Geflügelpest hat zugeschlagen. Da haben sie die meisten Hühner in die Gaskammer geschickt!« Er lachte leise. »Nur ein paar Dutzend sind übrig geblieben.«

Aaron wollte etwas erwidern, aber in diesem Moment stieß sein Nebenmann ihn grob zur Seite. Einer der Wachleute, der es scheinbar auf Aaron abgesehen hatte, griff ins Leere, stolperte, lief weiter und riss dem nächsten Häftling vor Aaron die Mütze vom Kopf, holte aus und schleuderte die blau-weiß gestreifte Kappe so weit wie möglich von sich. »Hol sie!«, verlangte er.

Der Besitzer der Mütze zögerte.

Der Wachtposten lud seinen Karabiner durch. »Hol sie, hab ich gesagt!«

Der Häftling sah sich verzweifelt um, aber es gab keine Rettung. Zögernd machte er sich auf den Weg, die Kappe zu holen.

»Schneller!«, befahl der SS-Mann.

Der Mann rannte. Er wusste, dass er keine Chance hatte. Der Aufseher hob das Gewehr und schoss ihm in den Rücken. Der Mann stürzte zu Boden und blieb wimmernd liegen. Der SS-Mann ging ohne Hast zu ihm und tötete ihn mit einer zweiten Kugel.

Auch Lehmann hielt jetzt seinen Karabiner schussbereit in der Hand. Er beobachtete die Häftlinge, aber niemand rührte sich. »Das kannst du doch nicht machen«, sagte er leise, als sein Kamerad zurückkam. »Du kannst doch nicht einfach einen Menschen erschießen, nur weil du Urlaub haben willst!«

Der andere zuckte mit den Achseln. »Im Grunde genommen, tue ich dem Kerl doch einen Gefallen, wenn ich ihn erschieße. Dieser schnelle Tod ist mit Sicherheit angenehmer, als so lange zu hungern, bis man nicht mehr arbeiten kann, und dann geht es sowieso ab ins Gas.«

Lehmann schüttelte den Kopf.

»So geht das hier«, raunte Aarons Nebenmann.

»Warum tut er das?«, fragte Aaron entsetzt.

»Weil es Sonderurlaub bringt«, sagte sein Nachbar. »Der Häftling wurde auf der Flucht erschossen. Jedenfalls wird der Schütze das behaupten. Dafür gibt es einen Tag Sonderurlaub.«

Aaron schwieg. Wenn sein Nebenmann ihn nicht zur Seite gestoßen hätte, wäre es seine Kappe gewesen, die in den Dreck geflogen wäre. Dann wäre er jetzt tot. Er hatte gedacht, dass es leicht wäre, einen Tag lang im Konzentrationslager zu überleben. Inzwischen war er sich nicht mehr so sicher.

Zu viert mussten sie den Erschossenen nach Birkenau schleppen. Einer der Träger brach unter der Last zusammen. Ohne dass die Wachmannschaft es merkte, trat schnell ein anderer an seine Stelle. Sonst gab es keine weiteren besonderen Vorkommnisse.

Rahel wusste inzwischen, dass ihr Bruder kommen würde, um sie herauszuholen. Dafür musste sie irgendwie in das Männerlager kommen, um mit ihm die Rollen zu tauschen. Anschließend würde sie mit dem Außendienst nach draußen gelangen. Dieser Rollentausch konnte nur in der Sanitätsbaracke stattfinden. Das sogenannte Hospital lag im Lagerteil F. Wann jemand in dieses primitive Krankenhaus gebracht werden musste, bestimmte die Ärztin. Sie war eine Russin. Normalerweise sprach sie nur Russisch, aber Rahel war sich sehr sicher, dass sie jedes Wort verstand, das auf Deutsch gesagt wurde.

Sie hatte der Ärztin erklärt, dass ihr Bruder in die Krankenstation eingeliefert worden sei und dass sie ihn unbedingt sprechen müsste.

Die Ärztin zuckte mit den Achseln.

Rahel zeigte ihr die beiden Zigaretten, die sie für eine gebrauchte Zahnbürste von einer anderen Gefangenen eingetauscht hatte.

Die Russin lachte. »Ich brauche deine Zigaretten nicht. Aber wenn es dir so wichtig ist, dann lass ich dich nach drüben bringen.«

Es klappte. Es klappte wirklich! Rahel legte sich auf die Trage, und die Russin bestimmte vier andere Frauen, die sie zur Sanitätsstation bringen sollten. Ihr schlug das Herz bis zum Hals, als sie aus ihrer Wohnbaracke herausgetragen und in Richtung Krankenstation transportiert wurde. Sie war seit ihrer Einlieferung noch niemals aus dem Frauenlager herausgekommen. Es war ein unglaubliches Gefühl, als der gut bewachte Durchgang im Stacheldrahtzaun vor ihnen geöffnet wurde. Zwar gingen mit ihnen auch zwei Wächter, aber wenn sie nach vorn sah, dann hatte sie einen Moment lang die Illusion, frei zu sein. Nur noch wenige Stunden, dann wäre sie wirklich frei.

Der Weg zur Krankenstation dauerte eine Viertelstunde. Da die Ärztin nicht mitgekommen war und die jungen Frauen, die sie getragen hatten, nicht wussten, worum es überhaupt ging, wurde sie zunächst einmal im Operationssaal neben anderen Tragen mit Kranken abgestellt. Die Ärzte waren allerdings gerade mitten in einer Operation und hatten keine Zeit für sie.

Plötzlich ging die Tür auf, und eine Krankenschwester sagte leise: »Er kommt.«

Die Ärzte unterbrachen ihre Tätigkeit. Es war ganz offensichtlich, dass sie Angst hatten. Rahel hörte ein Durcheinander aufgeregter Stimmen.

»Schnell weg mit den Gummihandschuhen!«, rief einer.

»Mach die Tür auf, sonst riecht er den Äther!«, forderte ein anderer.

Plötzlich begriff Rahel, was hier vorging. Die Ärzte waren dabei, heimlich eine Operation durchzuführen, ohne das Wissen des Doktor Mengele, ihres obersten Vorgesetzten. Wenn sie entdeckt wurden, würden sie bestraft werden. Die Frau auf dem Operationstisch schrie laut. Vielleicht war das Rahels Glück. Vielleicht wollte Mengele das nicht hören. Er kam jedenfalls nicht in den Operationssaal.

»Hier bin ich«, hörte Rahel plötzlich eine tiefe Männerstimme. Es war Aaron. Er erhob sich von einer anderen Trage.

»Aaron!«, rief Rahel. »Mein Gott, Aaron, wie hast du das geschafft? Bist du etwa auch ...?«

Aaron bremste sie: »Die Einzelheiten später. Im Augenblick ist nur wichtig, dass du hier herauskommst. Du folgst zunächst einmal diesem Mann hier in das Männerlager. Er heißt Andrej.«

Auch Andrej erhob sich nun von einer Trage.

»Du gehst morgen früh mit den Männern auf ein Arbeitskommando. Dazu musst du ein Mann sein, Rahel. Die

Männer aus dem Kommando wissen Bescheid. Die meisten jedenfalls. Ihr geht auf einen Gutshof. Dort gibt es auf der linken Seite eine große Scheune. Da gehen ab und zu Männer hin, um zu rauchen. Die Bewachung ist nicht allzu streng. Du gehst in die Scheune und kommst nicht zurück. In der Scheune wartet Josef; er übernimmt deine Rolle im Arbeitskommando und geht mit den anderen zurück ins Lager. Wenn es dunkel wird, holt jemand dich ab. Er heißt Wolf. Er bringt Kleidung für dich mit. Du tust alles, was er dir sagt …«

»Und du? Wie kommst du hier wieder heraus?«, fragte Rahel besorgt.

»Mach dir um mich keine Sorgen«, sagte Aaron. »Ich mache erst noch einen Arztbesuch. Ich komme später nach.«

»Aber …«

»Komm, Rahel!«, drängte Andrej.

Aaron machte sich auf den Weg. Es war so lächerlich einfach gewesen, das Strychnin zu besorgen. Die Spritze trug er so, dass sie in seinem Ärmel verborgen war. Auch seine Schusswaffe war bereit. Er hatte den Schalldämpfer auf die Pistole geschraubt und glaubte sich für alle Eventualitäten gerüstet. Er befand sich im Männerlager, insofern war er hier nicht völlig fehl am Platze. Er rechnete sich aus, dass er ohne große Schwierigkeiten bis zum Block 15 kommen würde, der Baracke, in der Doktor Mengele experimentierte. Das Lager schien fast menschenleer. Zu dieser Zeit waren die Gefangenen fast alle bei der Arbeit.

Aaron war schon ein ganzes Stück weit gegangen, als vor ihm ein SS-Mann aus einer der Baracken kam. Aaron beachtete ihn nicht, sondern ging ganz normal weiter.

»He, du da!«

Aaron drehte sich um. »Meinen Sie mich?«

»Ja, natürlich meine ich dich. Was hast du hier zu suchen?« Der Mann kam drohend auf Aaron zu.

Der blieb gelassen. Aaron kannte sich nicht genau mit den Abzeichen der SS aus, aber der ganzen Erscheinung nach war dieser Mann irgendein Unteroffizier. Eine unbedeutende Figur.

»Doktor Mengele hat mich rufen lassen«, behauptete Aaron.

»Ach so. Du kennst den Weg?«

»Ja, natürlich.« Aaron ließ den Unteroffizier stehen und ging ruhigen Schrittes weiter. Er widerstand der Versuchung, sich umzudrehen. Als er schließlich den Block 15 im Lagerbereich F erreicht hatte, war er sich sicher, den Mann losgeworden zu sein.

Auch im Block 15, der genau wie die anderen Gebäude im Lager nichts anderes als eine große Baracke war, herrschte völlige Stille. Die Fußbodenbretter knarrten unter Aarons Holzpantoffeln. Eine Tür öffnete sich, und ein Mann in einem Arztkittel trat ihm entgegen.

»Herr Doktor?«

»Was willst du?«, fragte der Mann ungnädig. Aarons Handkantenschlag traf ihn völlig unerwartet. Ohne einen Laut stürzte er zu Boden.

»Was ist passiert?« Der Arzt kam langsam wieder zu sich.

»Sie sind auf einmal zusammengebrochen. Ein Schwächeanfall wahrscheinlich.« Aaron half dem Mann wieder auf die Beine.

»Danke. – Ich kann mich gar nicht erinnern, wie ich …«

»Sie sind ganz plötzlich ohnmächtig geworden«, behauptete Aaron.

»Mein Nacken ...«

»Sie sind unglücklich gefallen. – Fühlen Sie sich schlecht? Soll ich Hilfe holen?«

»Nein, das ist nicht nötig. Es ist nur ...«

»Ja?«

»Ach, nichts. Ich fühle mich seltsam. Aber das geht bestimmt gleich vorbei.«

Aaron blieb äußerlich vollkommen ruhig. Er registrierte mit Genugtuung, dass der Mann sich mit der Hand über die Stirn wischte, auf der sich kleine Schweißperlen gebildet hatten. Die Hände des Mediziners zitterten.

»Soll ich Ihnen helfen?«

Aaron wusste genau, wie das Strychnin wirkte. Und der Doktor reagierte genauso, wie die Experten es im Lehrbuch geschildert hatten. In dem Augenblick, als Aaron dem Arzt die Hand auf die Schulter legte, durchfuhr den Mann ein explosionsartiger Krampf. Er stürzte zu Boden, sein Körper wurde gewaltsam nach hinten gerissen und bis an die Grenze des Möglichen überdehnt, ohne dass er irgendetwas dagegen tun konnte. Jetzt lag er quasi auf dem Rücken, wobei nur noch sein Kopf und die Hacken den Boden berührten. Er konnte nicht schreien, er konnte nicht sprechen, er konnte nicht atmen, aber Aaron wusste, dass er bei vollem Bewusstsein war, und dass er alles mitbekommen würde, was er jetzt sagte.

»Ja, lieber Herr Doktor«, sagte Aaron. »Jetzt können Sie einmal ein medizinisches Experiment an Ihrem eigenen Körper beobachten. Wie gefällt Ihnen das?«

Das Gesicht des Arztes verfärbte sich rot. Einen Moment lang befürchtete Aaron, dass dies schon das Ende sein könnte, aber das war nicht der Fall. Im nächsten Augenblick ließ der Krampf nach, und der Doktor lag nach Luft schnappend auf dem Rücken. Er war vollkommen unfähig, sich zu wehren.

»Jetzt sehen Sie einmal, wie das ist«, triumphierte Aaron. »Sie haben meine Schwester in einem Ihrer sinnlosen Experimente auf bestialische Weise ermordet, und jetzt ermorde ich Sie. Sie glauben vielleicht, dass jetzt, wo der Krampf vorbei ist, das Schlimmste überstanden sei. Das ist ein Irrtum. Es ist nicht überstanden. Das Schlimmste kommt erst noch.«

»Luft!«, keuchte der Arzt.

»Ja, atmen Sie tief durch. Holen Sie so viel Luft, wie Sie können. Sie werden sie noch brauchen. – Ich habe Ihnen eine Spritze gegeben. Eine Giftspritze. Das ist Strychnin, was Sie jetzt in Ihrem Körper spüren.«

Der Arzt rollte sich plötzlich mit verzweifelter Kraft zur Seite und drückte einen Knopf am Boden unter seinem Schreibtisch. Aaron riss die Pistole heraus und schoss ihm in die Hand. Der Arzt zuckte zurück. Sein Schmerzensschrei wurde von dem nächsten ungeheuren Krampf erstickt, der seinen Körper erfasste. Wieder lag er da wie ein zum Äußersten gespannter Flitzbogen, mit weit aufgerissenen Augen, vergeblich um Atem ringend. Sein Kopf verfärbte sich dunkelrot, aber er lebte noch immer.

In dem Augenblick wurde die Tür aufgerissen, und ein SS-Mann stürzte ins Zimmer. Aaron verbarg die Pistole unter seinem Kittel. Er deutete auf den Doktor: »Er hat einen Krampf!«, sagte er. »Er braucht Hilfe.«

»Soll ich einen Arzt …«, setzte der Mann an.

»Ja, machen Sie schnell!«

Aber der Mann ging noch immer nicht weg, und in dem Moment ließ dieser zweite Krampf schlagartig nach. Der Doktor versuchte verzweifelt, Luft zu bekommen. Aaron registrierte, dass dieser neuerliche Anfall ihm noch heftiger zugesetzt hatte als der erste.

»Ich hole Dr. Mengele!«, rief der SS-Mann. »Ich hole Hilfe, keine Angst, ich bin gleich wieder da!«

Aaron erstarrte. Der Mann, der vor ihm lag, war nicht Mengele, sondern nur einer seiner Mitarbeiter. Er konnte gar nicht Mengele sein. Wolf hatte ihm den Mann doch genau beschrieben. Der charakteristische Spalt zwischen den beiden Schneidezähnen fehlte. Warum hatte er das nicht bemerkt?

»Atropin!«, verlangte der Arzt, aber der SS-Mann war schon weg. Wenn er wirklich Mengele holte, war noch nichts verloren. Aaron würde ihn niederschießen, sobald er den Raum betrat.

Aaron schüttelte den Kopf. »Ich glaube nicht, dass das Tollkirschengift Ihnen noch helfen kann«, sagte er. »Es ist ohnehin das falsche Mittel.«

Der SS-Mann kam zurück. In dem Augenblick, wo er die Tür aufriss, setzte der dritte Krampf ein, und der Doktor war erneut vollkommen handlungsunfähig. Aaron sah aus den Augenwinkeln, dass der SS-Mann nicht allein gekommen war. Er hatte zwei Kameraden mitgebracht. »Ich habe Dr. Mengele nicht gefunden«, murmelte er.

»Macht nichts.« Das Spiel war aus. Aaron schoss auf den vorderen SS-Mann. Der schrie auf, hielt sich den Arm. Die drei Uniformierten stürzten nach draußen und schmissen die Tür hinter sich zu.

Jetzt blieb ihm nicht mehr viel Zeit. Aaron sah zu, wie der Mediziner noch verzweifelter als beim letzten Mal mit dem Tode rang. Sein Gesicht hatte sich inzwischen blaurot verfärbt. Speichel rann ihm aus dem Mund. Nach wie vor hörte und sah er alles, was um ihn herum vorging, ohne dass er es noch beeinflussen konnte. Schließlich ließ der Krampf nach. Der Arzt war tot.

Jemand schoss von draußen mit einer Maschinenpistole durch die Tür. Die Querschläger schwirrten durch den Raum. Dies war das Ende. Aaron schob sich den Lauf der Pistole in den Mund und drückte ab.

31. Mai 1944

Es kam alles anders, als Rahel erwartet hatte. Die Nacht in der Männerbaracke, vor der ihr so gegraut hatte, war glimpflich vorübergegangen. Genau wie im Frauenlager war es auch hier so, dass die Gefangenen zu dritt quer in einer Koje lagen, und in drei Stockwerken übereinander. Sie lag in der obersten Koje, den Kopf zur Wand. Ihre beiden Nachbarn links und rechts neben ihr schliefen mit dem Kopf zum Gang.

Das heißt, schlafen taten sie eigentlich nicht. »Halt still!«, hatte der kräftige Kerl auf ihrer rechten Seite gesagt, »dir passiert nichts.«

»Wir passen auf dich auf«, hatte ihr anderer Nachbar geknurrt.

Rahel hatte geschwiegen. Die beiden Männer hatten sie angefasst, eher grob als zärtlich, aber mehr war nicht passiert. Sie hatte schon Schlimmeres erlebt. Viel Schlimmeres.

Nachts durfte niemand nach draußen. Das Waschwasser am nächsten Morgen kam in den Schüsseln, die vorher als Pisspötte gedient hatten. Rahel wusch sich nicht. Es war nicht nötig, dass noch mehr Leute herausfanden, dass sie in Wirklichkeit kein Mann war. Jetzt, wo sie das weiße Kopftuch der Frauen gegen die Kappe der Männer getauscht hatte, sah sie fast aus wie ein Mann.

Das Essen war dasselbe wie im Frauenlager. Rahel drängte sich bei der Verteilung mit aller Macht nach vorn. Sie schaffte es weit genug, um jedenfalls etwas von dem Brot abzubekommen. Wer sich hier bescheiden zurückhielt, hatte keine Chance.

Es folgte der Zählappell. Es gab keine besonderen Vorkommnisse. Als Josef aufgerufen wurde, meldete sich Rahel an seiner Stelle. Sie antwortete mit der tiefsten Stimme, die ihr zur Verfügung stand. Irgendjemand lachte, sodass der Blockwart sich irritiert umsah, aber er suchte vergeblich nach dem Grund der Heiterkeit. Der Abmarsch erfolgte zu den Klängen des Lagerorchesters, und die Männer des Arbeitskommandos schrien, nein, brüllten das Lied vom Westerwald. Rahel bewegte nur ihre Lippen.

Die Arbeit auf dem Gut war nicht schwer, eher langweilig. Allerdings wurde sie von stark geschundenen Männern verrichtet, die schlecht ernährt waren und von denen einige so aussahen, als ob sie jeden Moment entkräftet zusammenbrechen würden. Aber niemand brach zusammen. Jeder wusste, dass das das unmittelbare Todesurteil gewesen wäre.

Rahel wartete bis zum frühen Nachmittag, dann machte sie sich aus dem Staub. Sie sah sich noch einmal um, während sie die Scheunentür hinter sich schloss. Nein, niemand hatte von ihr Notiz genommen. Und wo war dieser Josef, dessen Stelle sie eingenommen hatte?

»Josef?«

Keine Antwort. Josef war nicht da.

Das war das Ende. Kein Zweifel, dieser Josef hatte die einmalige Chance genutzt und sich aus dem Staub gemacht. Das konnte sie ihm nicht verdenken. Andererseits wusste sie jetzt nicht, was sie machen sollte. Der Zeitplan ihrer Flucht funktionierte nicht mehr. Theoretisch hätte sie alle Zeit der Welt gehabt, bis jemand herausgefunden hätte, dass in einer Baracke im Frauenlager jemand fehlte. In einer Baracke, aus der niemand zum Außendienst eingeteilt wurde. Es hätte Verhöre gegeben, Drohungen, vielleicht auch Prügel, aber auf jeden Fall hätte sich das Ganze in die Länge gezogen.

Das Arbeitskommando würde sich am Ende seines elfstündigen Arbeitseinsatzes auf den Rückmarsch zum Lager begeben. Dort folgte der Zählappell, und niemand würde es wagen, sich beim Aufrufen der Namen zweimal zu melden, einmal für Josef und einmal für sich selbst. Das bedeutete, dass die Flucht sofort gemeldet würde. Das bedeutete, dass innerhalb der nächsten drei Stunden die gesamte SS und Wehrmacht in weitem Umkreis um das Lager ausschwärmen und nach Josef suchen würden. Sie war natürlich nicht Josef, aber das half nicht viel; sie trug die KZ-Kleidung.

Rahel wartete, bis das Arbeitskommando abgerückt war. Dann öffnete sie vorsichtig die Scheunentür. Nein, es ging nicht. Sie konnte nicht einfach weglaufen. Rings um das Gut herum lag offenes Gelände; man würde sie in ihrer Häftlingskleidung sofort bemerken. Und das Gut war bewacht. In der Ferne sah sie einen Soldaten mit umgehängtem Gewehr patrouillieren. Rahel warf noch einen letzten Blick nach draußen, in die Freiheit, dann schloss sie die Tür wieder. Sie musste weiter warten. Hoffentlich kam wenigstens dieser Wolf. Würde er für sie, eine für ihn wildfremde Person, sein Leben riskieren?

Wenn dieser Wolf nur einen Funken Verstand hatte, würde er nicht kommen.

1. Juni 1944

Wolf saß in dem schwarzen Opel und wartete. Er hatte den Wagen genau an derselben Stelle geparkt, an der er Aaron gestern und vorgestern abgesetzt hatte. Jetzt hätte Josef kommen und das Kleid für Rahel holen sollen. Aber Josef kam nicht. Allmählich wurde es dunkel. Und Aaron? Was hatte er gesagt, bevor er von seinem Haus in Schweden erzählte? »Es kann gut sein, dass ich aus Auschwitz nicht lebend zurückkomme.« Und dass Wolf sich um Rahel kümmern sollte.

Rahel! Wenn Josef nicht mehr da war und Aaron auch nicht, dann steckte Rahel jetzt in der Scheune fest. Er musste sie holen. Als er ausstieg, wurde ihm bewusst, wie gefährlich das war. Fünfhundert Meter über offenes Gelände.

Halt. Fast hätte er das Kleid für Rahel vergessen. Er holte den Rucksack aus dem Kofferraum.

Der Weg zur Scheune schien Wolf endlos. Er sah weder nach rechts noch nach links, sondern ging stur geradeaus. Er war unbewaffnet. Plötzlich hörte er ganz leise Musik.

Das kam aus dem Gutshaus. Die Bediensteten saßen beim Abendbrot und hörten Radio. Das Arbeitskommando aus dem KZ war längst abgerückt; kein Mensch war mehr draußen. Wolf öffnete das Scheunentor, und da war Rahel.

»Bist du Wolf?«, fragte sie.

Wolf nickte. »Ich habe dein Zeug mitgebracht«, sagte er.

Rahel ging damit hinter die Strohballen und zog sich um.

Rahel war jetzt nicht mehr als entflohener KZ-Häftling zu erkennen – jedenfalls nicht auf den ersten Blick. Das Kleid, das Wolf ihr besorgt hatte, passte zwar nicht besonders gut, aber solange sie damit nur im Auto saß, fiel das nicht auf. Und mit dem Kopftuch, in das Wolf die erbeutete blonde Locke von Inge geklebt hatte, konnte niemand ahnen, dass Rahels Kopf unter dem Tuch vollständig kahl war. Es würde fast ein Jahr dauern, bis Rahels Haare wieder so lang waren, dass man einen halbwegs glaubhaften Pagenkopf daraus machen konnte. Wann immer sie die Wohnung verließ, würde sie das Kopftuch tragen müssen. Oder eine Perücke.

Sie hatten die Nacht sitzend im Auto zugebracht. Ihr Wagen stand in der Nähe des Gutshofes auf einem schmalen Waldweg. Aaron kannte diesen Weg. Sie hatten auf dem Hinweg dort kurz gehalten und den Ort als möglichen Treffpunkt bestimmt, für den Fall, dass das Treffen an der Scheune nicht klappte. Wolf hoffte, dass Aaron noch käme, aber Aaron kam nicht. Es kam niemand. Rahel war sofort eingeschlafen.

Wolf fand dagegen lange keinen Schlaf. Worauf hatte er

sich eingelassen? Dieses lebensgefährliche Abenteuer hatte überhaupt nichts mit seinem Auftrag zu tun. Es diente in keiner Weise dem Ziel, den Führer in die Luft zu sprengen. Im Gegenteil. Sie hatten einen Mann eingebüßt. Aller Wahrscheinlichkeit nach hatte Aaron bei seinem tollkühnen Eindringen in das KZ den Tod gefunden. Wolf hätte diese Aktion niemals zulassen dürfen.

Andererseits hatten sie Rahel gerettet. Rahel und vielleicht noch einen anderen Juden, diesen Josef, von dem er nichts weiter wusste als seinen Namen. Theoretisch also ein Gewinn. Ein Mensch verloren, zwei Menschen gerettet. In Wirklichkeit war die Bilanz sehr viel negativer. Von Josef hatten sie nichts; er hatte sich sang- und klanglos aus dem Staub gemacht, und sie würden ihn niemals wiedersehen. Und Rahel? Für die Operation stellte sie eine Gefahr dar. Wolf konnte sich nicht um sie kümmern. Er fragte sich, ob es nicht irgendeine Möglichkeit gäbe, sie über die Ostsee nach Schweden zu schaffen, zu ihren Verwandten. Vielleicht wusste Bernd Nitz eine Lösung. Als es hell wurde, fuhren sie weiter.

Die sommerliche Landschaft stand in starkem Kontrast zur bedrückten Stimmung im Auto. Wolf warf einen Seitenblick auf seine Beifahrerin. Rahel war ernst und schweigsam. »Danke«, hatte sie gesagt, als Wolf sie aus der Scheune abgeholt hatte. Er hatte ihr erzählt, dass er sie nach Königsberg bringen würde. Rahel hatte genickt. Ein freundliches Lächeln, das hätte er sich gewünscht. Aber Rahel lächelte nicht.

Rahel fühlte sich mutlos und verzweifelt. Solange sie im KZ gewesen war, hatte es ein ganz klares Ziel gegeben:

überleben und herauskommen. Sie hatte überlebt, und sie war jetzt draußen, aber der Preis dafür war hoch gewesen. Ihr Bruder war nicht zurückgekommen, er war bestimmt tot, und das war ihre Schuld. Sie hatten nur wenige Augenblicke Zeit gehabt, sich abzusprechen. Er hatte ihr gesagt, was sie tun sollte, dabei hätte sie ihm sagen sollen, was er tun sollte. Das hatte sie versäumt. Jetzt war es zu spät.

Ihr war klar, dass er Doktor Mengele hatte töten wollen. Vielleicht hatte er es geschafft. Der wahnsinnige Mediziner hatte sich im Lager absolut sicher gefühlt, und er war auch absolut sicher. Wenn zwei oder drei Häftlinge sich zusammengetan hätten, wäre es ein Leichtes gewesen, ihn schlicht und ergreifend zu erschlagen, zu erwürgen, zu erstechen. Niemand hatte es jemals versucht.

Aus gutem Grund hatte es niemand versucht, denn eines stand fest: Die Rache der SS wäre fürchterlich. Jeder, der auch nur im Entferntesten mit einem solchen Anschlag in Verbindung stand, würde dafür zur Rechenschaft gezogen. Es würden Menschen gefoltert und aufgehängt werden. Die russische Ärztin, ebenfalls eine Gefangene, die ihren Transport in die Krankenstation erlaubt hatte, würde dafür büßen müssen.

Auch das Arbeitskommando, von dem Rahel geflohen war, würde hart bestraft werden. Wenn Josef an ihrer Stelle wieder zurück ins KZ gegangen wäre, hätte am Ende des Tages beim Appell die Zahl gestimmt, dann wäre zunächst einmal alles in Ordnung gewesen, aber so war nichts in Ordnung. Vielleicht würden sie die Hälfte der Leute erschießen. Oder alle. Nur wegen ihr. Nur um ihr kleines, lächerliches Leben zu retten war dieser Mechanismus in Gang gesetzt worden, und nun ließ er sich nicht mehr aufhalten.

Es war falsch gewesen, dass ihr Bruder den KZ-Arzt töten wollte. Das war eine typisch männliche Aktion. Rache für alles, was dieser Mann getan hatte. Dabei hatte er Aaron gar nichts getan. Rahel und ihre Schwester hatte er sich als Versuchskaninchen herausgepickt. Rahel hätte vielleicht das moralische Recht gehabt, Rache zu nehmen. Aaron nicht. Dr. Mengele war ein Ungeheuer. Das war die eine Seite. Aber wenn es dieses Ungeheuer nicht gegeben hätte, dann säße sie jetzt nicht hier.

Kein Zweifel, sie hatte schwere Schuld auf sich geladen. Aber was geschehen war, war geschehen und ließ sich nicht mehr rückgängig machen. Sie konnte nur versuchen, in ihrem weiteren Leben eine Art von Ausgleich zu schaffen für das, was sie angerichtet hatte.

Natürlich wollte Bernd Nitz wissen, wie die Geschichte ausgegangen war. Wolf erzählte es ihm, als er den Wagen zurückbrachte.

Bernd runzelte die Stirn. »Das ist schlecht«, sagte er. »Sie haben Aaron erwischt. Wenn sie ihn ausquetschen, seid ihr geliefert. Und ich auch.«

»Dazu wird es nicht kommen.« Wolf war überzeugt davon, dass Aaron tot war.

»Vielleicht. – Und was willst du nun mit deiner Jüdin machen?«

»Kannst du ihr falsche Papiere besorgen?«

Bernd zögerte. »Ich weiß nicht«, sagte er.

»Bei uns war es doch auch kein Problem!«

»Das Problem ist das Passbild. Wenn eine kahlköpfige

Jüdin zum Fotografen geht und sagt, dass sie ein Passbild braucht, dann kannst du dir ausrechnen, was passiert.«

»Mit Perücke«, schlug Wolf vor.

«Es wäre extrem auffällig, wenn sie oder du oder ich eine Perücke kaufen würden. Du solltest mit der Locke vorliebnehmen, von der du mir erzählt hast.«

Wolf schüttelte den Kopf. Er hatte den Eindruck, dass sein Freund plötzlich unnötige Schwierigkeiten machte. »Du willst mir nicht helfen!«

»Blödsinn! – Aber so, wie du dir das vorstellst, so geht das nicht. Wir machen etwas anderes. Wir nehmen einen fertigen Ausweis mit Passbild. Mit dem Foto irgendeiner beliebigen Frau. Die meisten Menschen sehen sowieso ganz anders aus als ihre Passbilder.«

»Ja.« Das war jedenfalls besser als nichts.

»Übrigens ist da noch eine Sache, die du mir bitte erklären musst. Du hast mir von den entsetzlichen Experimenten dieses KZ-Arztes erzählt. Dieses Dr. Mengele. Und du hast gesagt, dass Rahel Lindenberg und ihre Schwester zu seinen Opfern gehören. Das stimmt doch, oder?«

»Ja.« Wolf wusste nicht, worauf sein Freund hinauswollte. »Warum fragst du?«

»Und Rahels Schwester Maria ist dabei gestorben?«

»Ja, schon vor vielen Monaten.«

»Du hast auch gesagt, dass bei diesen Versuchen der überlebende Zwilling getötet wird, damit er untersucht werden kann. Wie kommt es dann, dass Rahel noch lebt?«

Wolf starrte seinen Freund an.

»Irgendetwas stimmt nicht mit deiner Rahel«, sagte der.

7

4. Juni 1944

Als Wolf und Aaron nach Auschwitz gefahren waren, hatte auch Igor sich auf den Weg gemacht. Er wollte den Kontakt zu den russischen Partisanen herstellen. Zumindest hatte er das gesagt. Vor allen Dingen wollte er aber herausfinden, was beim Einmarsch der Deutschen mit seiner Familie passiert war. Das war misslungen, er hatte nur Achselzucken geerntet. 1941 war lange her. Die Leute hatten heute ganz andere Sorgen. Sie hatten ihm nicht ohne Stolz, aus sicherer Entfernung, eine gesprengte Eisenbahnbrücke gezeigt. Die Deutschen waren dabei, sie zu reparieren.

Jetzt saß Igor in einem kleinen Dorf östlich von Baranoviči, mitten in Weißrussland. Die Feier, zu der man ihn eingeladen hatte, war eine Art Familientreffen, aber auch viele andere Dorfbewohner waren gekommen, die mit der Familie der Gastgeber nicht verwandt waren.

Igor zog die Augenbrauen hoch, als die Tür sich öffnete und zwei Männer in Uniform hereinkamen. Sie waren bewaffnet, aber es waren keine Wehrmachtsangehörige, sondern deutsche Eisenbahner. Igor tastete unwillkürlich nach seiner Pistole. Aber keiner der Anwesenden außer ihm schien sonderlich beunruhigt.

»Das ist Friedrich Littke«, sagte der Gastgeber. »Keine Angst, der tut uns nichts.«

Das musste der Bruder von Wolfgang sein. Er sah ihm ähnlich.

Friedrich legte ohne Hast das Koppel mit der Waffe ab, hängte es neben der Eingangstür an einen Haken und wies seinen Begleiter an, dasselbe zu tun. Igor registrierte, dass der zweite Deutsche, wahrscheinlich Friedrichs Fahrer, weit weniger gelassen wirkte.

Friedrich sagte ganz ruhig: »Lieber Freund, mach dir keine Sorgen. Wenn diese Leute uns erschießen wollten, dann könnten sie es jederzeit tun. Ich glaube aber nicht, dass sie ihre schöne Feier durch zwei Leichen in ihrem Haus verderben wollen.«

Der Gastgeber hieß seine neuen Gäste herzlich willkommen. Er überreichte den beiden Deutschen Schnapsgläser, füllte sie mit Wodka, und sie prosteten sich gegenseitig zu.

»Welch schönes Beispiel eines friedlichen Zusammenlebens«, sagte Igor. Es war ironisch gemeint, aber der Eisenbahner antwortete ganz ernsthaft: »Ich weiß, dass ihr alle, Männer wie Frauen, tagsüber eure Arbeit leistet. Ich weiß, dass ihr hart und gut arbeitet. Aber ich weiß natürlich auch, dass ihr nachts als Partisanen loszieht und unsere Gleise in die Luft sprengt. Oder die Lokschuppen. Oder die Brücken – manchmal zusammen mit einem Zug, manchmal ohne.«

»Nein, nein«, versicherte der Gastgeber, und auch alle anderen schüttelten die Köpfe, aber es war klar, dass Friedrich Littke im Prinzip recht hatte.

Igor wandte sich an seinen Nebenmann, der ein verwegenes Aussehen hatte. »Was ist dran an der Geschichte?«, fragte er auf Russisch.

»Sei vorsichtig mit dem, was du sagst«, erwiderte der Mann. »Friedrich ist zwar nicht gefährlich, aber dennoch muss er nicht alles wissen. Sein Russisch klingt etwas holprig, aber er versteht alles, was wir sagen.«

»Und wie ist die Lage nun wirklich?«, raunte Igor.

»Nicht so gut, wie sie sein könnte. Die Deutschen glauben, dass hier alles voller Partisanen ist, und in gewisser Weise stimmt das auch. Aber unsere Partisanen sind sehr schlecht organisiert. Es gibt drei verschiedene Gruppen. Die erste Gruppe sind die Juden, die gleich beim deutschen Einmarsch untergetaucht sind, oder die es auf irgendeine Weise geschafft haben, den anschließenden Massakern zu entgehen. Das sind die brutalsten. Sie wissen, dass sie keine Freunde haben. Sie kämpfen um das nackte Überleben. Aber sie arbeiten nicht wirklich aktiv gegen die deutschen Besatzer. Viel ausrichten könnten sie sowieso nicht. Sie sind die kleinste Gruppe.«

Igor nickte.

»Die zweite Gruppe sind wir, die russischen Partisanen. Die meisten von uns sind im normalen Leben einfache Bauern gewesen, denen aber schließlich auf Grund des deutschen Terrors nicht viel anderes übrig geblieben ist, als in den Untergrund zu gehen.«

»Und worin besteht dieser Terror?«, wollte Igor wissen.

»Sie beschlagnahmen unser Getreide und unser Vieh. Und wenn du dich ihnen widersetzt, dann wenden sie Gewalt an. Also bleibt für uns Männer nur der Weg in den Untergrund.«

»Das ist eine schwere Entscheidung.«

»Ja, das ist es. Aber wenn die Deutschen dein Haus abgebrannt und deine Familie erschossen haben, dann bleibt dir nicht viel anderes übrig.«

Igor dachte an seine eigene Familie.

»Aber nicht, dass du jetzt einen falschen Eindruck bekommst«, fuhr sein Nachbar fort. »Die Deutschen laufen normalerweise nicht herum und erschießen irgendwelche Leute. Sie brauchen uns. Sie brauchen das Getreide, das wir ernten. Damit verpflegen sie ihre Truppen und auch ihre Familien zu Hause in Deutschland. Und sie brauchen unsere Arbeitskraft, damit wir nicht nur unsere Felder bestellen, sondern außerdem auch die Brücken wieder aufbauen, die wir vorher in die Luft gesprengt haben.«

»Eine Art Symbiose?«, fragte Igor.

»Was ist das?«

»Das sind zwei Schmarotzer, die davon leben, dass sie sich gegenseitig aussaugen«, sagte Igor.

»Ja, so könnte man es bezeichnen. Das Problem ist natürlich, dass es zu wenige Leute gibt, die die Felder bestellen, und dass es zu viele Leute gibt, die von der Ernte leben wollen. Die von der Ernte leben müssen …«

»Das ist Quatsch«, widersprach ihm einer seiner Nachbarn. »Es wäre alles erträglich, wenn die sogenannten Partisanen nicht so undiszipliniert wären. Es ist ja nicht eine zusammenhängende Armee oder so etwas, sondern es sind Räuberbanden, schlichtweg Räuberbanden. Sie überfallen die Dörfer, sie stehlen die Ernte, und wer sich ihnen widersetzt, der wird erschossen.«

»Es gibt Auswüchse …«

»Auswüchse nennst du das? Vollkommene Gesetzlosigkeit herrscht hier. Vielfach geht es diesen Räubern überhaupt gar nicht darum, Lebensmittel zu erbeuten, sondern sie wollen Alkohol. Alkohol und Frauen. Junge Mädchen auch. Kinder zum Teil. Alles, was sie kriegen können. Sie sind schlimmer als die Deutschen, gegen die sie angeblich kämpfen.«

»Willst du mich beleidigen?«, erwiderte der Mann, der zuerst gesprochen hatte. Es klang ganz ruhig, aber es war offensichtlich, dass er erregt war.

»Ich rede nicht von dir, Sergei«, wiegelte der andere ab. »Es gibt solche und solche. Warum kämpfen sie nicht alle gegen die Deutschen?«

»Das kann ich dir sagen«, entgegnete Sergei. »Wir haben nicht genug Waffen, und wir haben nicht genug Munition. Ich selbst habe ein Gewehr, aber ich habe nur noch 20 Patronen. Damit kann man keinen Krieg gewinnen.«

»Ihr führt drei Kriege gleichzeitig«, sagte der Skeptiker. »Ihr führt Krieg gegen die Deutschen, aber der ist am unwichtigsten. Dann führt ihr Krieg gegen die Bauern, von denen ihr eure Verpflegung stehlt. Und schließlich führt ihr den Krieg gegen die Polen …«

»Das ist eine ganz andere Geschichte«, warf Igors Nachbar ein.

»Die wir im Augenblick vergessen sollten«, unterbrach ihn Igor. »Unsere Feinde sind die Deutschen. Wenn wir die Deutschen vertrieben haben, dann können wir die anderen Probleme in Angriff nehmen. Es wird sich für alles eine Lösung finden.«

»Die Polen können wir nicht vergessen«, beharrte der Skeptiker. »Der Krieg gegen die Polen, der ist am schlimmsten. Die *Armia Krajova* stiehlt die Lebensmittel in den russischen Dörfern.«

Igor schüttelte den Kopf. Auf diese Weise konnte man

die Deutschen nicht loswerden. Er sagte ohne Rücksicht auf die Russisch sprechenden deutschen Eisenbahner: »Hört mir mal zu! Das Wichtigste, was wir jetzt erreichen müssen, ist, dass die deutsche Besetzung aufhört. Die Polen mögen problematisch sein, aber die Deutschen müssen weg. Das ist die Hauptsache. Jedem von uns ist klar, dass wir die Deutschen nicht mit Waffengewalt vertreiben können. Dazu sind wir zu schwach. Aber wir brauchen gar nicht jeden einzelnen Deutschen zu erschießen. Wir müssen nur den Kopf des Ganzen erledigen. Das Dritte Reich bricht in dem Moment zusammen, wo der Führer nicht mehr existiert. Adolf Hitler muss sterben.«

Nach dieser Rede kehrte schlagartig Ruhe ein. Die beiden Eisenbahner hatten über andere Dinge geredet und nicht mitbekommen, was Igor gesagt hatte. Jetzt waren sie aber ganz Ohr.

»Wir können nicht viel tun«, sagte einer der Männer. »Hier in Baranoviči sind wir 500 Kilometer vom Führerhauptquartier entfernt ...«

»400 Kilometer«, korrigierte Igor. »Und es geht nicht darum, dass ihr selbst Adolf Hitler tötet. Das machen wir schon. Meine Kameraden und ich. Was wir aber brauchen, ist Unterstützung unmittelbar nach dem Tod des Führers. Bewaffnete Aktionen meine ich, die die Deutschen in Atem halten, die dafür sorgen, dass sie sich nicht auf die Jagd nach den Attentätern konzentrieren können. Ich möchte euch bitten, euch im entscheidenden Augenblick auf mein Zeichen hin in Bewegung zu setzen und loszuschlagen.«

Eisiges Schweigen. Schließlich sagte Sergei: »Genosse, du verkennst die Lage. Wir können die Deutschen nicht angreifen. Wir kämpfen ums Überleben.«

Dieser Igor hatte wirklich keine Ahnung, dachte Friedrich Littke. Die russischen Truppen waren im Vormarsch; die 4. Armee konnte sie nicht aufhalten. Während sie hier feierten, waren Züge mit Verstärkung unterwegs nach Baranoviči, die nach Osten vorstoßen und das Einkesseln der deutschen Truppen verhindern sollten. Weiter im Nordosten, bei Molodečno, wütete zwar der Schienenwolf, um die nach Westen führenden Gleise zu zerstören. Güterzuglokomotiven der Deutschen Reichsbahn zogen das tonnenschwere Gerät, das wie ein riesiger Pflug aussah, und das mit unglaublicher Gewalt jede einzelne Schwelle der Eisenbahnlinie zerstörte. Aber das würde die Russen nicht aufhalten; sie reisten nicht mit der Bahn, sondern sie kamen mit Panzern. Die Zerstörung der Eisenbahn machte überdeutlich, dass die Deutsche Wehrmacht weder die Absicht noch die Möglichkeiten hatte, jemals wieder in dieses Gebiet vorzustoßen.

Im Saal wurde indessen getanzt und gelacht, und es gab reichlich Wodka, um jeden nur denkbaren Kummer zu vergessen. Und es gab Kummer genug. Fast alle, die jetzt hier in diesem Raum saßen, galten in den Augen der Roten Armee als Kollaborateure. Jeder, der mit den Deutschen zusammengearbeitet hatte, war ein Kollaborateur. Vielleicht würden sie alle erschossen werden, vielleicht auch nicht. Wahrscheinlich würden die meisten von ihnen spätestens heute Nacht in die angrenzenden Wälder aufbrechen und sich in letzter Minute den kommunistischen Partisanen anschließen.

Als Friedrich Littke sich schließlich auf den Heimweg machte, war er ziemlich betrunken. Sein Fahrer war nicht viel nüchterner. Sie fuhren am Bahnhof vorbei. Die versprochenen Panzer waren noch nicht eingetroffen. Auf einem Nebengleis stand ein Güterzug, der ganz offensichtlich mit Menschen gefüllt war. Ein letzter Transport von Zwangsarbeitern für die deutsche Rüstungsindustrie. Die würden den Endsieg auch nicht mehr retten.

»Halt mal an«, sagte Friedrich. Kurz entschlossen schickte er seinen Fahrer nach Hause: »Ich gehe den Rest zu Fuß«, sagte er. »Es ist solch ein schöner Sommerabend, den muss man genießen.«

Als der Fahrer mit dem Wagen verschwunden war, ging Friedrich hinüber zu dem Zug. Die Lokomotive stand nicht unter Dampf. Offenbar würde der Zug erst weiterfahren, wenn der Gegenzug mit den Panzern eingetroffen war. Und der Lokführer und der Heizer? Die lagen neben der Lokomotive im Gras und schliefen.

Friedrich Littke sah sich um. Hier war niemand. Er öffnete alle Türen der Waggons auf der dem Bahnsteig abgewandten Seite. Die Menschen, die dicht gedrängt standen, sahen ihn erschrocken an. Es waren Frauen und Kinder dabei. Friedrich begriff, dass dieser Transport nicht in irgendeinen Rüstungsbetrieb gebracht werden sollte, sondern direkt in eines der Vernichtungslager.

»Haut ab!«, lallte er. »Haut ab, nach Süden, in die Sümpfe, das ist eure einzige Chance. Diese Richtung.«

Er zeigte mit der Hand, wohin sie laufen sollten. Die Menschen rührten sich nicht.

»Verschwindet!«, rief er. »Jetzt sofort!« Er zog seine Pistole und schoss in die Luft. Dies hatte den Effekt, dass die beiden Eisenbahner aus dem Schlaf hochschreckten. Fassungslos starrten sie auf all die Menschen, die jetzt aus den Güterwagen stiegen.

Zögernd, dann immer schneller, setzten sich die Menschen in Bewegung. Am Ende rannten sie. Gut, dachte Friedrich Littke. Das jedenfalls hatte er erreicht. Es war ihm völlig egal, dass der Lokführer ihn gesehen hatte. Er fühlte sich großartig. Aber er hatte eindeutig zu viel getrunken. Er wankte weiter, blieb kurz stehen, übergab sich auf die Gleise. Danach fühlte er sich besser. Er hatte alles richtig gemacht. Wahrscheinlich hätte er sich nie getraut, wenn er nicht besoffen gewesen wäre, aber es war gut so.

Zu Hause in seinem Quartier wartete ein Brief mit einer unwillkommenen Nachricht auf ihn. *Marschbefehl* stand auf dem Schreiben. *Grund: eisenbahndienstlicher Einsatz*. Friedrich Littke war nach Wilna versetzt worden. Unter der Rubrik *Rückreise* hatte der zuständige Vorgesetzte geschrieben *entfällt*. Ein schlechtes Omen.

19. Juni 1944

Es hatte eine ganze Weile gedauert, bis Igor jemanden gefunden hatte, der bereit war, ihn ins Hauptquartier der Partisanen zu führen. Aber nun war es so weit. Das gefährlichste Stück war der Weg vom Dorf bis an den Waldrand. Wer sie beobachtete, der wusste, dass sie zu den Partisanen gingen. Das Ackerland und die Lichtungen entlang der Bahnlinie wurden von den Deutschen beherrscht, der Wald gehörte den Freiheitskämpfern. Alles ging gut; schon hatten sie den Schutz der ersten Bäume erreicht.

»Wir haben keine Eile«, sagte Sergei.

Sie bewegten sich im Schneckentempo. Sie mussten bei Tag gehen, da es bei Nacht völlig unmöglich gewesen wäre, den schmalen Pfad zu entdecken, der in den Wald hinein und dann schließlich nach zahlreichen Windungen und überraschenden Richtungswechseln zum Ziel führen sollte.

Igor war zwar in Weißrussland aufgewachsen, aber er war in seinem ganzen Leben niemals tief in den Wald hineingegangen. Der Wald in der Umgebung von Baranoviči war kein Forst, sondern ein vollständig unregelmäßig gewachsener Dschungel, und die Zwischenräume zwischen den Bäumen waren durch mannshohes Unterholz bedeckt.

Sergei sagte: »Die Deutschen haben keine Ahnung vom Krieg im Wald. Sie kommen voll ausgerüstet mit ihren Karabinern und Maschinengewehren, ihren Handgranaten und ihren imposanten Stahlhelmen. Die Stahlhelme sind schon mal der erste Fehler. Unter dem Helm hörst du nichts. Jedenfalls nicht genug. Im Wald ist es aber entscheidend, dass du alles hörst, selbst das kleinste Geräusch, denn deine Ohren reichen viel weiter als deine Augen.«

Igor nickte. Er warf einen Blick auf seinen Kompass. Sie bewegten sich grob in südwestlicher Richtung.

Sergei fuhr fort: »Die Deutschen glauben, dass ihre Handgranaten im Nahkampf unschlagbar sind. Das ist falsch. Die deutschen Stielhandgranaten bleiben im Unterholz hängen. Die Äste und Zweige federn zurück, und im nächsten Moment landet die Handgranate genau vor den Füßen des Mannes, der sie geworfen hat.«

»Es gibt aber auch Eierhandgranaten«, warf Igor ein.

»Die sind besser«, bestätigte Sergei. »Wenn man welche hat.«

Dass Gewehre in dieser Wildnis von wenig Nutzen waren, brauchte Sergei nicht erst zu erläutern. Wenn man hier auf den Feind traf, betrug die Kampfentfernung wenige Meter. Auch ein Maschinengewehr nützte da nicht viel. Ein einzelner Gegner ließ sich mit dem Messer besser erledigen als mit dem Gewehr. Oder man nahm den Spaten.

Allmählich gewöhnte sich Igor daran, sich in diesem Urwald zurechtzufinden. Der Pfad, dem sie folgten, war am Boden kaum zu erkennen. Aber in Kopfhöhe gab es umgeknickte Zweige, die zeigten, in welcher Richtung es weiterging. Auch die gelegentlichen leichten Axtmarkierungen an größeren Stämmen waren Orientierungszeichen. Außerdem entdeckte Igor immer wieder von Menschenhand zusammengebundene Bündel von Blättern, die in den Zweigen hingen.

Plötzlich blieb Sergei stehen. Eines der Blätterbündel war heruntergefallen oder durch einen unachtsamen Passanten heruntergestreift worden. »Keinen Laut!«, raunte Sergei. »Ich gehe vor und erkunde die Lage. Wenn geschossen wird, ziehst du dich zurück. Auch ich komme dann zurück. Helden können wir hier nicht gebrauchen.«

Igor schwieg. Er sah zu, wie Sergei lautlos im Gebüsch verschwand. Er hatte die deutsche Luger-Pistole dabei. Er zog sie behutsam aus der Tasche und schraubte den Schalldämpfer auf. Igor registrierte, dass keine Vögel zu hören waren. Es war absolut still.

Nach wenigen Minuten kam Sergei zurück. »Es ist alles in Ordnung«, sagte er. »Das Lager ist da vorn, keine 100 Meter von hier. Geh direkt hinter mir, und wenn ich einen Schritt zur Seite mache, dann tust du das auch.«

Igor folgte seinem Führer, der sich jetzt besonders langsam in Richtung des Lagers vorarbeitete. Sie querten eine schmale, langgestreckte Lichtung. Igor blickte in beide Richtungen, sah aber niemand. Dennoch ging er davon aus, dass dies eine Schussschneise war und dass von irgendwo ein Gewehr mit Zielfernrohr auf sie gerichtet war.

»Im Baum«, sagte Sergei, der bemerkt hatte, dass Igor sich umsah. »Der Posten sitzt oben im Baum.« Er deutete in die entsprechende Richtung, aber Igor sah noch immer niemand. Der Mann musste sehr gut getarnt sein.

Im nächsten Moment waren sie im Lager. Igor bemerkte sofort, dass es kein reines Partisanenlager war, sondern dass auch Frauen und Kinder in den Laubhütten hausten.

Sergei sagte: »Das sind Juden. Wir haben eine ganze Weile gegeneinander gekämpft, aber die Armeeleitung hat befohlen, dass wir sie aufnehmen sollen. Jetzt sind sie hier. Sie sind noch schlechter bewaffnet als wir, und sie haben noch mehr Angst.«

Bevor Igor irgendetwas erwidern konnte, trat ein groß gebauter Mann in der Uniform eines Generals auf ihn zu. »Herzlich willkommen, Genosse«, sagte er.

»Ich freue mich, dass ich bei euch sein darf«, erwiderte Igor.

»Du bist also Igor Danilowitsch«, sagte der General. Er nannte sich Sokrat, wobei der Name des griechischen Philosophen natürlich nicht sein wirklicher Name war. Die beiden saßen sich im Zelt des Generals gegenüber.

Igor bestätigte, dass er Igor Danilowitsch sei. Der Name

kam ihm fremd vor. Es war lange her, dass ihn jemand mit seinem Nachnamen angeredet hatte.

»Und du stammst aus Radibno?«

»Ja, das stimmt.« Igor hatte nicht erwartet, dass er sich hier einem Verhör unterziehen müsste. General Sokrat gefiel ihm nicht. Igor griff in seine Jackentasche und setzte sich die Brille mit dem Fensterglas auf. Er benutzte sie immer, wenn er Abstand zu seinem Gesprächspartner schaffen wollte.

»Du kommst aus Dänemark?«

Igor nickte. Er erläuterte, dass er als Verbindungsmann der Komintern nach Dänemark geschickt worden war, um die Schiffsbewegungen durch den Öresund zu erfassen und per Funk nach Moskau zu melden. Das war vor dem Krieg gewesen; 1941 war der Kontakt mit Moskau abgebrochen.

Sokrat runzelte die Stirn. »Du hast deinen Posten verlassen«, stellte er fest.

»Ich habe meinen Posten verlassen«, erwiderte Igor, »als ich keine Verbindung mehr zu Moskau herstellen konnte. Daraufhin habe ich …«

»Du hast deinen Posten auf eigene Faust verlassen«, fiel ihm Sokrat ins Wort. »Du hast deinen Posten verlassen, ohne dass du dazu einen Befehl aus Moskau bekommen hättest? Ist das wahr?«

»Es gab keine andere Möglichkeit«, erwiderte Igor. Seine Stimme blieb ganz ruhig, aber er hatte inzwischen begriffen, dass er hier nicht unter Freunden war. Er sah sich um. Außer Sokrat und ihm war in dem Zelt nur noch ein Partisan, der den Eingang bewachte. Der Mann trug eine Pistole, aber die steckte in einem Schulterhalfter.

»Und jetzt bist du hier zu uns in die Wälder von Baranoviči gekommen, um uns zu einem selbstmörderischen Angriff auf die Deutschen zu überreden?«

Igor schüttelte den Kopf. »Ich will euch zu nichts überreden. Meine Kameraden und ich sind als Fallschirmagenten in Ostpreußen abgesetzt worden, um Adolf Hitler zu töten. Es wäre schön, wenn dieses Vorhaben durch die Rote Armee unterstützt würde. Und die einzigen Einheiten der Roten Armee, die in nicht allzu großer Entfernung von der Wolfsschanze liegen, das sind nun einmal deine Partisanen, Genosse Sokrat.«

»Das wäre Selbstmord«, erwiderte Sokrat. »Genosse Danilowitsch, unsere Bewaffnung und unsere Munitionsvorräte erlauben keinen Vorstoß nach Ostpreußen. Das Einzige, was wir zurzeit tun können, das sind gelegentliche Anschläge auf die Eisenbahn. Die Deutschen hängen sehr stark von der Eisenbahn ab. Ihr ganzer Nachschub rollt über die Bahn. Die Rote Armee ist dagegen von der Bahn unabhängig.«

»Das ist mir bekannt«, erwiderte Igor.

»Und dennoch verlangst du von uns, dass wir uns auf ein solches Abenteuer einlassen?«

»Ich verlange gar nichts. Ich habe lediglich angefragt …«

General Sokrat schüttelte den Kopf. »Ich vertraue dir nicht«, sagte er. »Du kommst aus Radibno. Radibno ist das Dorf der Verräter. Die Leute aus Radibno haben gejubelt, als die Deutschen hier einmarschiert sind …«

Igor widersprach: »Genosse Sokrat, ich bin mir absolut sicher, dass meine Familie nicht gejubelt hat …«

»Das behauptest du, aber du bist nicht hier gewesen. Du hast nicht gesehen, was hier passiert ist. Unsere Leute sind hier gewesen, 1941, und sie haben alles gesehen. Sie haben sehr genau vermerkt, was damals passiert ist. Sie haben nach Moskau gemeldet, dass Radibno voller Verräter sei. Daraufhin haben unsere Partisanen die Anweisung bekommen, das Dorf auszuradieren, und das haben sie auch gemacht.«

»Männer, Frauen und Kinder?« Igor war blass geworden.

»Du sagst es«, bestätigte der General. »Der einzige Verräter, der damals entkommen ist, das bist du. Du warst ja in Dänemark, unerreichbar für uns. Aber du hast ohne Erlaubnis deinen Posten verlassen. Dass du kurzfristig keine Verbindung mehr zum Hauptquartier gehabt hast, das ist keine Entschuldigung. Du hättest warten müssen, bis Moskau sich wieder meldet. Und jetzt bist du hier aufgetaucht und versuchst, uns in eine Falle der Nazis zu locken. Aus rein persönlichen Gründen, weil du den Tod der Verräter an uns rächen willst. Aber daraus wird nichts, Genosse Danilowitsch. Gib mir deine Waffe.«

Der Mann stand jetzt vor ihm, und er hatte seinen Revolver auf Igor gerichtet. Igor nickte. Noch ein rascher Seitenblick. Der Posten am Zelteingang hatte seine Haltung nicht verändert. Igor erhob sich ganz langsam, fasste die Pistole mit Daumen und Zeigefinger, zog sie aus dem Gürtel und legte sie behutsam vor sich auf den Tisch.

Der General griff mit der freien Hand nach Igors Waffe. Igor zog blitzartig sein Messer aus dem Stiefel und stieß es dem General in den Unterleib. Der Mann brach stöhnend zusammen. Ehe der Posten reagieren konnte, hatte Igor beide Pistolen in der Hand. »Keinen Laut!«

Der Mann nickte.

»Hilf ihm!«, verlangte Igor. Er deutete auf den General, der stöhnend am Boden lag. Zögernd kam der Posten näher.

In dem Augenblick, als der Mann sich niederkniete und sich über den General beugte, rannte Igor los. Er wusste, dass er nur eine winzig kleine Chance hatte. Noch hatte niemand registriert, was geschehen war. Ein paar Kinder starrten zu ihm herüber. Wo war Sergei? Sein Führer war nirgendwo zu sehen. Er musste es allein versuchen. Zwei Bewaffnete krochen aus einer der Laubhütten. Als der erste Schuss fiel, hatte Igor den Waldrand erreicht.

Die ersten hundert Meter waren entscheidend. Igor lief mit voller Konzentration. Da war die Stelle, an der er unvermittelt einen Schritt zur Seite machen musste, um nicht auf die Mine zu treten, und da vorn war die Schneise, an der der Scharfschütze lauerte. Aber der Scharfschütze war noch nicht alarmiert. Igor rannte quer über die Lichtung, und nichts geschah. Niemand schien ihn zu verfolgen.

Igor hatte sich die versteckten Wegmarkierungen gut gemerkt. Er war sich sicher, noch immer auf dem richtigen Weg zu sein. Und doch war es der falsche Weg. Als er auf den Kompass blickte, begriff er plötzlich, dass der Weg, auf dem er gekommen war, einen großen Halbkreis beschrieb. Und jetzt registrierte er auch ein leises Geräusch vor sich im Unterholz. Die Partisanen hatten ihm den Weg abgeschnitten.

»Ich bin ein schlechter Mensch«, sagte Rahel.

Wolf lächelte. »Du bist ein Engel, Rahel. Wenn du ein schlechter Mensch wärst, dann wären alle anderen Menschen auch schlecht.«

»Nicht alle«, widersprach Rahel. »Aber sehr viele. Im Konzentrationslager hatte ich die Gelegenheit, einiges über die Schlechtigkeit der Menschen zu lernen.«

»Du meinst die SS«, setzte Wolf an.

Rahel unterbrach ihn. »Ich meine nicht die SS. Jedenfalls nicht ausschließlich. Wenn es nur die SS wäre, dann wäre es nicht so wichtig. Dann könnte ich mich damit herausreden, dass das die anderen, die Bösen sind, und ich selbst hätte nichts damit zu tun.«

»Du hast nichts damit zu tun«, sagte Wolf sanft.

Rahel schüttelte den Kopf. »Das ist nicht wahr, Wolf. Das ist einfach nicht wahr. Dass ich hier jetzt lebend vor dir stehe, das ist das Ergebnis einer ganzen Reihe von Gemeinheiten, die ich begangen habe, um am Leben zu bleiben ...«

»Du hast auf jeden Fall das Recht, dein Leben zu schützen ...«

»Ach, Wolf, das ist alles lieb gemeint, was du sagst, aber es geht an der Sache vorbei. Ich möchte jetzt gern, dass du mich nicht in Schutz nimmst, sondern dass du mir zuhörst. Es fällt mir schwer, darüber zu reden, aber ich muss es tun. Du musst wissen, wen du gerettet hast.«

Wolf schwieg.

»Fangen wir mit dem Einfachsten an. Im Konzentrationslager wirst du immer wieder vor Entscheidungen gestellt. Diese Entscheidungen bedeuten Leben oder Tod. Bei jeder Selektion werden diejenigen ausgewählt, die in die Gaskammern gehen. Das sind diejenigen, die krank und schwächlich sind, oder die zumindest so aussehen. Wer gesund aussieht, darf weiterleben. Daher werden Tricks angewendet, um Gesundheit vorzutäuschen. Rosige Wangen zum Beispiel kannst du auch bekommen, wenn du dir vorher in den Finger stichst und das Blut ganz fein im Gesicht verteilst.«

»Das ist doch völlig legitim«, sagte Wolf. »Jeder würde das machen.«

»Nicht jeder. Nicht jeder weiß, dass man das machen kann. Und wer diesen Trick anwendet, der hält den Mund. Denn es ist ja nicht so, dass einfach nur jeder, der gesund aussieht, gerettet ist. Die Zahl der Häftlinge, die getötet werden sollen, die steht vorher fest. Und wenn ich so tue, als ob ich vollkommen gesund bin, dann stirbt für mich eine andere Frau, die nicht ganz so gesund aussieht. Natürlich weißt du nicht genau, wer das ist, der jetzt für dich stirbt, und das macht die Entscheidung leichter, aber andererseits weißt du, dass eine von denen, die jetzt da drüben zu den Gaskammern gehen, für dich stirbt.«

»So darfst du das nicht sehen.«

»So ist es aber, Wolf.« Rahel zögerte. Sie war sich erst nicht sicher, ob sie Wolf alles Weitere auch noch erzählen sollte, aber schließlich entschloss sie sich, wenigstens ein paar der Dinge zu erwähnen, die sie in Auschwitz gesehen hatte: »Es gibt noch mehr, was du wissen musst. Es ist nämlich so, dass du auf die Dauer nicht so tun kannst, als ob es dir gut geht. Wenn du gesund aussehen willst, dann musst du genügend essen. Es gibt aber nicht genug zu essen. Morgens bekommst du etwas, was entweder Kaffee oder Tee sein soll. Mittags gibt es eine stinkende Suppe, die aus verdorbenem Kohl hergestellt wird. Eine Schüssel Suppe für zwanzig Frauen. Jede einen Schluck und dann weitergeben. Neunzehn Augenpaare wachen darüber, dass du nicht zwei Schlucke nimmst. Abends gibt es ein

Stück Brot mit etwas Margarine, manchmal auch eine dünne Scheibe Wurst. Das ist nicht genug. Du brauchst mehr. Du bekommst aber nicht genügend zu essen, wenn du nichts dafür tust.«

Rahel sah Wolf an. Wusste er, was jetzt kommen würde? Sie war sich nicht sicher.

»Bei uns im Frauenlager gab es immer wieder Tätigkeiten, die von Männern ausgeübt werden mussten. Die Männer in diesen Arbeitskommandos hatten mehr zu essen als wir. Sie waren bereit, einen Teil davon mit uns teilen – aber für einen Preis. Es gab wenige Orte, an denen man sich überhaupt treffen konnte; eigentlich war es verboten. Aber die Waschräume mussten Männer und Frauen gemeinsam benutzen. Da war ein älterer Mann, der seine Suppe aß. In der Suppe lagen zwei Kartoffeln. Ich habe ihn beobachtet. Der Mann hatte keine Zähne. Er aß die Suppe. Anschließend nahm er die Kartoffeln, eine nach der anderen, aber er konnte nur den weichen, äußeren Rand ablutschen. Er sah mich an. Er sah, dass ich großen Hunger hatte, und er gab mir die Reste seiner Kartoffeln. Im nächsten Moment stürzte sich eine andere Frau auf mich, die ich bisher gar nicht wahrgenommen hatte, und riss mir die Kartoffeln aus der Hand. Sie schrie den Alten an: ›Du dreckiges Schwein! Wie kommst du dazu, dein Essen dieser Schlampe zu geben?‹ Und er, er hat geantwortet: ›Geh doch zur Hölle! Ich mache mit meinem Essen, was ich will! Sie ist jünger als du.‹ Er war alt, aber er war auch kräftig. Er hat die Frau zu Boden gestoßen und getreten, und ich habe meine Kartoffeln aufgesammelt, den Dreck abgewischt und sie gegessen. Ich habe mich entsetzlich geschämt, aber ich hatte etwas zu essen. Nur das zählte.«

Wolf seufzte. Er wusste nicht, was er sagen sollte.

»Das war der Anfang«, sagte Rahel. »Dann gab es noch den direkten Weg. Essen gegen Liebe. Wenn du es so nennen willst. Kartoffeln gegen einen Fick, das war alles. Und die Kartoffeln waren schwer zu kriegen. Wir waren ja schließlich im Frauenlager, und es gab viel mehr Frauen als Männer. In der Mittagspause haben wir sie umringt. Jede hat ihre Vorzüge angepriesen. ›Ich kann singen‹, habe ich am Anfang gesagt. Das war gar nichts. ›Willst du mit mir tanzen?‹, hat eine andere vorgeschlagen. ›Fass mal meine Brust an!‹, rief eine dritte. Der Mann hat ihr an die Brust gegriffen, aber da war nicht viel, sie war ja nur eine halbverhungerte Frau, genau wie wir alle. Die zweite ist um das Pärchen herumgetanzt, und ich habe gesungen.«

»Du hast eine schöne Stimme«, sagte Wolf.

»Ja, ich habe eine schöne Stimme«, bestätigte Rahel traurig. »Damit hatte ich seine Aufmerksamkeit, und ich kriegte seine Kartoffeln. Aber natürlich wollte er nicht nur meine Stimme hören. So ist das gewesen im Lager. Ich habe als Schwein unter Schweinen gelebt.« Das war die volle Wahrheit.

»Das ist jetzt alles vorbei.«

Rahel schüttelte den Kopf. »Das ist niemals vorbei«, sagte sie. »Als ich ein Kind war, waren alle nett zu mir, und ich habe geglaubt, die Menschen sind gut. Bevor ich in das Lager kam, wusste ich schon, dass nicht alle Menschen gut sind, sondern dass es auch sehr böse Menschen gibt. Im Lager habe ich dann gelernt, dass alle Menschen böse sind. – Nein, eigentlich stimmt das nicht. Sie sind nicht alle böse, aber sie haben alle irgendwo einen bösen Kern, und wenn sie zu viel Freiheit haben oder zu viel

Druck, dann kommt der an die Oberfläche, und dann hören sie einfach auf, Menschen zu sein.«

»Du hast keinen bösen Kern«, behauptete Wolf. Er hätte sie gern in den Arm genommen, aber er traute sich nicht.

Rahel lächelte. Natürlich stimmte das nicht, was er sagte, aber es war jedenfalls eine nette Lüge. Eine Lüge, mit der es sich leben ließ.

30. Juni 1944

Es läutete. Inge Nikoleit erwartete keinen Besuch. »Ja, bitte? Wer ist da?«, rief sie durch die geschlossene Wohnungstür.

»Ich bin es, mach auf!« Es war Michael Stache.

Inge riss die Tür auf. »Michael!« Sie fiel ihrem Mann um den Hals. Sie hatte nicht damit gerechnet, ihn lebend wiederzusehen. »Mein Gott, Michael! Wie schön, dass du da bist!«

»Ja, ich freue mich auch!« Michael strahlte.

»Heil und gesund zurück! Wer hätte das gedacht!«

»Na ja, nicht ganz heil.« Michael hielt seine linke Hand hoch. Sie war in einen dicken Verband eingehüllt.

»O Gott!«, rief Inge. »Was hast du denn mit der Hand gemacht?« Der Zeigefinger fehlte.

»Ach, das ist eine Kleinigkeit!« Michael strahlte noch immer. »Du glaubst ja gar nicht, was wir durchgemacht haben. Die Kämpfe um Orscha, das war wirklich die Hölle. Links und rechts von mir hat es die Kameraden erwischt. Aber ich, ich lebe noch. Hab nur diesen einen Finger eingebüßt, aber was ist schon ein Finger? Der lässt sich verschmerzen.«

»Ja«, sagte Inge.

»Das ist überhaupt keine Behinderung. Guck mal, ich kann dich genauso in den Arm nehmen wie vorher auch.« In der Tat konnte er seine Frau so heftig drücken, dass sie fast keine Luft mehr kriegte.

»Lass gut sein«, sagte sie. »Und komm erst mal rein.«

Michael zeigte noch einmal seine verletzte Hand vor. Geradezu triumphierend, fand Inge. Er sagte: »Das ist ein Heimatschuss, habe ich gedacht. Eine Verletzung, mit der man nicht wieder an die Front kommt. Aber das war nicht so. Die im Lazarett haben gesagt, das ist nicht so schlimm. Damit kann man noch kämpfen. Wahrscheinlich haben sie recht. Aber jedenfalls habe ich Urlaub gekriegt. Freust du dich nicht? Ich habe Urlaub, Heimaturlaub, fünf Tage!«

In dem Augenblick meldete sich der kleine Ingo zu Wort.

»Ist das mein Sohn?«, rief Michael. »Ja, natürlich, das ist mein Sohn. Mein Kleiner, nein, sieht der süß aus! – Darf ich? Ich meine, darf ich ihn mal auf den Arm nehmen?«

Inge nickte.

Michael nahm das Baby ganz behutsam aus dem Körbchen. Der Kleine hörte auf zu schreien und starrte seinen Vater verwundert an.

»Das ist dein Papa«, sagte Inge. Es gelang ihr nicht, ihrer Stimme einen fröhlichen Tonfall zu geben. »Dein Papa hat einen schlimmen Finger«, sagte sie.

Michael lachte. »Das wird alles wieder«, sagte er unbeirrt. »Jetzt ist erst einmal die Hauptsache, dass ich hier bei dir bin. Dass ich dich sehen und anfassen kann. Mein Kleiner, was bist du für ein toller Kerl!«

Michael Stache hatte zu Hause in Rastenburg angerufen, und am Abend waren sein Vater und Inges Vater nach Königsberg gekommen. Sie hatten Bier mitgebracht; jetzt saßen sie im Wohnzimmer und feierten lautstark Michaels Rückkehr. Inge saß etwas abseits, streichelte ihren schlafenden Sohn und hörte zu, was die Männer sich zu erzählen hatten.

Michael führte das große Wort. »Wir hatten ja den Befehl, Orscha auf jeden Fall zu halten. Wir haben natürlich schon seit Monaten gewusst, dass die Russen irgendwann kommen würden, aber eigentlich hatten wir gedacht, der wirklich große Angriff findet irgendwo weiter im Süden statt. Aber dann ging es plötzlich bei uns los. Erst hörten wir ein ungeheures Artilleriefeuer, und dann hieß es, dass der Russe Witebsk angegriffen hat. Das lag nördlich von uns. Also, wenn das hier Orscha ist, dann wäre das hier oben Witebsk.« Michael malte mit dem Zeigefinger der rechten Hand die entsprechenden Ortschaften auf die Tischdecke.

»Einen Tag später ging es dann bei uns los. Es war einfach unglaublich. Natürlich haben wir getan, was wir konnten, aber die Russen waren einfach zu stark. Ein paar Tage lang haben wir noch versucht, uns zu halten. Aber inzwischen hatte sich auch rumgesprochen, dass die Russen Witebsk eingekesselt hatten und dass sie schon weit an Orscha vorbei, weit, weit nach Westen vorgestoßen waren, und wenn wir nicht abgeschnitten werden wollten, dann mussten wir einfach zurück.«

Die Ortsnamen sagten Inge nichts. Der Verlauf der Kämpfe schien ihr bedeutungslos. Das Einzige, was zählte, war, dass Michael verwundet worden war. Ein Finger fehlte. War er damit schon ein Invalide? Nein, eigentlich nicht. Invalide heißt wertlos, und wenn ein Finger fehlte, dann war man noch nicht wertlos. Aber völlig heil war man auch nicht mehr.

Michael berichtete: »Es war ein Wettlauf nach Westen. Die russischen Panzer sind auf der Hauptstraße in Richtung Minsk vorgestoßen, und wir sind zur gleichen Zeit mit Pferdefuhrwerken über Seitenstraßen nach Westen geflüchtet. Die Panzer waren schneller. Aber abgeschnitten haben sie uns nicht.«

»So gut sind sie dann auch wieder nicht, die Russen«, behauptete Adolf Nikoleit. »Das weiß ich noch genau aus dem Weltkrieg. Da haben sie auch angegriffen wie die Wahnsinnigen, aber wenn wir mal wirklich Widerstand geleistet haben, dann sind sie schnell zusammengebrochen. Das wird jetzt auch nicht anders sein. Der Führer hat recht. Deutschland wird diesen Krieg gewinnen, weil wir einfach die besseren Leute haben.«

Inge glaubte nicht mehr, dass Deutschland den Krieg gewinnen würde. Die Engländer und Amerikaner waren inzwischen in Frankreich gelandet. Wenn die Berichte in den Nachrichten stimmten, waren sie zwar bisher nicht sehr weit gekommen, aber die Wehrmacht hatte es auch nicht geschafft, sie wieder zu vertreiben.

Michaels Vater fragte: »Wie ist das denn nun eigentlich passiert mit deinem Finger?«

»Das ist erst ganz zum Schluss gekommen. Wir hatten gerade gedacht, dass wir großes Glück hatten, dass es in dieser Gegend keine Partisanen gab. Aber da hatten wir falsch gedacht. Im nächsten Moment haben sie uns schon beschossen. Wir haben natürlich aus allen Rohren zurückgeschossen und diese Räuberbande vertrieben. Aber dabei habe ich dann diesen Schuss abgekriegt. Erst habe ich gar nicht gemerkt, was passiert ist, aber dann war plötzlich der Schmerz da, und da habe ich dann gesehen, dass der Finger weg war.«

Inge war traurig. Was konnte noch alles passieren? Würde Michael das nächste Mal die ganze Hand fehlen? Oder ein Bein vielleicht? Oder beide Beine? Und würde er dann immer noch strahlend davon berichten, was für ein Glück er gehabt hätte?

Das war nichts, worüber sie mit Michael diskutieren konnte. Und mit ihren Eltern schon gar nicht. Michael und ihr Vater, die mussten so genommen werden, wie sie waren, die konnte man nicht ändern. Es war irgendwie erschreckend, dass ihr Michael, dieser harmlose Mensch, aus der Katastrophe einfach nichts lernen wollte. Er würde ein paar Tage mit ihr im Bett verbringen und dann wieder an die Front zurückgehen. Und dann?

Es war auch ganz sicher, dass er sich keine Gedanken darüber machte, was aus dem Kleinen und aus ihr würde, wenn der Krieg verloren ging. Wenn die Russen in atemberaubender Geschwindigkeit weiter nach Westen vorstießen, so, wie es ja anscheinend in den letzten Wochen schon geschehen war. Sollte sie das Kind nehmen und einfach verschwinden? Nach Berlin oder gar nach Hamburg, wo die Russen nicht hinkamen? Sie kannte keinen einzigen Russen, aber sie hatte Angst vor ihnen.

Was würden ihre Eltern sagen? Keiner ihrer Verwandten würde es gutheißen, wenn sie sich aus dem Staub machte. Und wenn sie stattdessen einfach auf das flache Land ging? Sie hatte eine Tante in einem Dorf nördlich von Goldap. Nemmersdorf hieß der Ort. Vielleicht sollte sie dorthin fahren? Königsberg war eine große, wichtige Stadt, und wenn die Russen wirklich kamen, würde hier sicher gekämpft werden. Aber niemand würde um ein bedeutungsloses Nest wie Nemmersdorf kämpfen. Dort wäre sie sicher.

1. Juli 1944

Rahel hatte von Bernd echte Papiere auf einen falschen Namen bekommen. Jetzt saß sie neben Wolf auf einer Bank am Rande des Schlossteiches und genoss die Sonne. Dies war ein Moment von unwiederbringlicher Schönheit, und sie war gewillt, ihn so lange wie möglich auszudehnen. Denn eines war klar: Ihre Freiheit war endlich. Sie dauerte nur so lange, bis Wolf seinen Anschlag auf das Führerhauptquartier ausführte. Von dem Augenblick an würden sie von allen Menschen gejagt werden, und Rahel machte sich keine Illusionen, wie diese Jagd ausgehen würde. Aber das ließ sich nicht ändern. Es wäre töricht, jetzt darüber nachzudenken, wenn man stattdessen den schönen Tag genießen konnte.

Rahel warf einen Blick zur Seite. Wolf genoss den Tag ebenfalls unbeschwert. Er ging die Probleme mit einem naiven Optimismus an, um den Rahel ihn beneidete. Auch für ihn würde sehr bald das Ende kommen. Geredet hatte er nicht darüber, aber Wolf war zu intelligent, als dass er etwa nicht wüsste, was auf ihn zukam. Er wirkte trotzdem rundherum zufrieden.

Rahel hätte gern ihr Kopftuch abgenommen, aber das war natürlich unmöglich. Sie rückte dichter an Wolf heran, um etwas von dem Schatten der großen Buche abzubekommen, die neben ihrer Bank stand.

Wolf drehte den Kopf und sah sie an.

»Die Sonne«, sagte sie.

Wolf machte keinen Versuch, sie in den Arm zu nehmen. Dafür war sie dankbar.

Jetzt, dachte Wolf. Jetzt war die Gelegenheit, Rahel zu fragen, warum sie noch am Leben war. Aber er traute sich nicht. Er fürchtete, etwas zu hören, was er nicht hören wollte. Hatte der mörderische KZ-Arzt sie zu seiner Sex-Sklavin gemacht? Wollte er das wirklich wissen? Vorbei ist vorbei, dachte er. Nichts sollte diesen schönen Tag verderben. Er begriff allmählich, dass sich seine Beziehung zu der jungen Frau verändert hatte.

Ja, natürlich war Rahel ohne ihn hilflos und wehrlos in einer feindlichen Umgebung. Aber er fühlte sich nicht nur als ihr Beschützer. Er mochte sie. Ganz gleich, was für ein dunkles Geheimnis sie mit sich herumtrug, er mochte sie wirklich. Und er wollte sie nicht verlieren.

8

3. Juli 1944

Leszek erhielt die Nachricht, während er in sengender Hitze auf der Bunker-Baustelle in der Wolfsschanze arbeitete. Einer seiner Kollegen stieß ihn an: »Die Russen kommen«, sagte er.

»Wo?« Leszek richtete sich auf.

Sein Kollege lachte. »Nicht hier. Weiter im Osten. Sie haben die deutsche Frontlinie durchbrochen. Sie sind direkt auf dem Weg nach Ostpreußen.«

»Das ist eine gute Nachricht«, sagte Leszek.

»Wie man's nimmt«, erwiderte sein Kollege, ein Pole.

Leszek sah ihn an. »Was meinst du damit?«

»Damit meine ich, dass niemand genau weiß, was passiert, wenn die Russen kommen. Ich habe das unbestimmte Gefühl, dass sie nicht als Befreier kommen. Ich habe das Gefühl, dass sie bei uns in Polen genau solch ein sowjetisches Terror-Regime einrichten werden wie jetzt in Russland.«

»Es gibt wenig, was wir dagegen tun können«, murmelte Leszek. Er fragte sich, was der geplante Anschlag auf den Führer in diesem Zusammenhang bedeuten mochte. Würde ein Regierungswechsel in Nazideutschland die Pläne Stalins beeinflussen? Wahrscheinlich nicht.

»Wir könnten sehr wohl etwas tun«, sagte sein Kollege. »Du bist doch sicher im September 39 auch mit dabei gewesen?«

Leszek nickte.

»Als Offizier?«

»Nein, als einfacher Soldat.«

»Wie auch immer. Solche Männer wie du werden jetzt gebraucht. Wenn wir ein freies und unabhängiges Polen errichten wollen, dann müssen wir jetzt handeln. Wir müssen Polen befreien, bevor es die Russen tun. In der polnischen Heimatarmee, unserer Untergrundarmee, brauchen wir jeden Mann. Machst du mit?«

»Bist du in der Heimatarmee?«, fragte Leszek überrascht.

»Ja, ich bin Leutnant in der Heimatarmee. Wir sind Tausende, Leszek, und wir sind zu allem bereit. Wir werden überall zuschlagen, in Brest-Litowsk, in Grodno, in Lublin und am Ende in Warschau. Aber der erste Ort, der befreit werden muss, ist Wilna.«

»Wilna.« Leszek wusste, dass die Stadt eine sehr wechselvolle Geschichte hatte. Wilna war zeitweilig polnisch, dann russisch, dann litauisch und dann wieder polnisch gewesen, bis am Ende die Deutschen alles besetzt hatten. Er war nie in Wilna gewesen; er hatte keine Vorstellung davon, ob die Bevölkerung dort polnisch war und von der Heimatarmee befreit werden wollte, oder ob sie überwiegend litauisch oder gar russisch war.

»Ich verstehe deine Zweifel«, sagte der Kollege. »Aber dies ist nicht die Zeit für Zweifel. Dies ist die Zeit zum Handeln. Lass dich beurlauben. Im Augenblick ist es noch immer ganz einfach. Das Führerhauptquartier ohne Führer ist nichts weiter als eine herrenlose Baustelle. Ich habe gestern um Urlaub gebeten, weil meine Schwester ein Kind bekommt. Das war überhaupt kein Problem.

Dabei habe ich gar keine Schwester. Sicher fällt dir etwas Ähnliches ein. Und dann geht es ab nach Wilna.«

»Wie weit ist Wilna von hier?« Leszek hatte keine Ahnung.

»Zu weit zu Fuß«, entschied der andere. »Aber noch fährt die Bahn. Und mit der Eisenbahn ist es überhaupt kein Problem.«

Leszek nickte. Wurde er hier noch gebraucht? Nein, nicht wirklich. Er hatte den Sprengstoff an der verabredeten Stelle deponiert, er hatte die Lunte gelegt. Jetzt fehlte nur noch jemand, der die Bombe zündete. Das konnte nach Lage der Dinge nur Wolf Littke sein, der als Deutscher die besten Chancen hatte, im entscheidenden Moment in das Führerhauptquartier hinein und auch wieder herauszukommen.

»Ich mache mit«, sagte Leszek.

»Ich habe es gewusst.« Sein Kollege klopfte ihm auf die Schulter.

Ein deutscher Aufseher rief: »He, steht hier nicht faul herum! Der Bunker muss fertig werden!«

»Wir kommen«, sagte Leszek.

Sein Kollege murmelte: *»Jeszcze Polska nie zginęła!«*

»Ja«, bestätigte Leszek. »Noch ist Polen nicht verloren!«

Als Leszek in Königsberg ankam, war es bereits tiefe Nacht. In der Villa in Maraunenhof brannte kein Licht mehr. Wahrscheinlich schliefen alle. Leszek wollte niemanden stören. Er zündete eine Kerze an und sah sich in der Wohnung um. Er hatte seit mehr als zwei Monaten keinen Kontakt mehr zu den anderen gehabt. Waren überhaupt noch alle am Leben? Mit dem Leuchter in der Hand ging er von Zimmer zu Zimmer. Keine Spur von Igor, keine Spur von Aaron. In seinem eigenen Zimmer schlief eine Frau, die Leszek noch nie gesehen hatte. Sie sah aus, als käme sie direkt aus dem Konzentrationslager.

Wolf war da. Er hatte die Tür nur angelehnt. Leszek trat an sein Bett. Sollte er ihn aufwecken? Besser nicht, dachte er. Es würde nur unnötige Diskussionen geben. Natürlich war es nicht im Sinne ihrer Auftraggeber, wenn er sich der *Armia Krajova* anschloss und loszog, um Wilna zu befreien.

In dem reich verzierten Sekretär, den die ursprünglichen Eigentümer des Hauses in der Wohnung zurückgelassen hatten, fand Leszek Papier und Bleistift. Die Sprengladung lag genau in der Mitte des kleinen Bahnsteigs in der Wolfsschanze. Leszek zeichnete einen Lageplan und eine Skizze, anhand derer es Wolf leichtfallen sollte, den Baum zu identifizieren, bis zu dem die Anzündschnur für die Bombe reichte. Es war eine Kiefer mit einem doppelten Stamm, und sie stand nicht allzu weit von der Mitte des Bahnsteiges entfernt.

Mehr konnte er nicht tun. Bevor er sich auf den Weg machte, warf er noch einmal einen Blick auf die schlafende unbekannte Frau. Dann packte er seinen Rucksack mit den nötigsten Dingen und verließ leise die Wohnung.

Da fiel ihm noch etwas ein: Er ging hinunter in den Keller. Dort stand noch immer eine Kiste von dem köstlichen Bier, das Wolfs Freund besorgt hatte. Eine Flasche davon würde er mitnehmen. Eine zweite Flasche passte nicht mehr in den Rucksack, aber die würde er gleich auf dem Weg zum Bahnhof trinken. – Wieso passte eigentlich nur eine Flasche in den Rucksack? Er hatte falsch gepackt. Er brauchte doch in Wirklichkeit nur eine Hose, nicht zwei. Und auch die anderen Kleidungsstücke – was sollte er damit? Er wollte doch nicht zu einer Modenschau! Kurz entschlossen packte er das meiste wieder aus und stattdessen sieben weitere Bierflaschen ein. So, nun war er gut gerüstet für die Befreiung von Wilna.

7. Juli 1944

Die Befreiung von Wilna verlief anders, als Leszek gehofft hatte. Als es plötzlich hieß, dass die Russen im Anmarsch seien, hatte die Heimatarmee angegriffen. Leszek war dabei gewesen, wie sie von Südosten her in das Bahnhofsgelände eingedrungen waren. Es hatte sich sehr rasch gezeigt, dass noch viel zu viele Deutsche in der Stadt waren, und die leisteten erbitterten Widerstand. Zwar war es am Ende gelungen, den Bahnhof zu erobern, aber verstreut auf den Gleisen lagen zahlreiche Tote, und zwar überwiegend Polen.

Leszek war zu spät gekommen, als es darum ging, das Stellwerk zu stürmen. Der Besitz des Stellwerks war entscheidend, denn auf den Bahngleisen fuhr ein gepanzerter deutscher Eisenbahnzug hin und her, und an dem kamen die Polen nicht vorbei. Das Problem war jetzt behoben. Jemand hatte dann die richtige Weiche gestellt, und der Panzerzug war entgleist. Die Schießerei hatte sich bereits weiter nach stadteinwärts verlagert.

Leszek war noch immer völlig außer Atem. Er war die Treppen im Stellwerk hinaufgerannt, aber die Kameraden hatten schon alles erledigt, was erledigt werden konnte.

Die Deutschen, die hier im Stellwerk gesessen hatten, waren tot. Einer der polnischen Soldaten deutete auf die Toten. »SS!«, sagte er.

Leszek schüttelte den Kopf. Die Toten waren Eisenbahner. Die Angreifer hatten die dunklen Uniformen der Reichsbahn mit SS-Uniformen verwechselt. Dabei hätten sie wissen können, dass die SS nicht in ihren schwarzen Anzügen kämpfte, sondern in gefleckter Tarnkleidung. Leszek trug selbst eine SS-Jacke. Die hatte man ihm gegeben, als er sich am zentralen Sammelpunkt der Untergrundkämpfer gemeldet hatte. Die Jacke war bedeutungslos. Eine weiß-rote Armbinde mit der *Kotwica*, dem Symbol aus einer Kombination der Buchstaben P und W, als Abkürzung für *Polska Walcząca* (»Kämpfendes Polen«), belegte, dass er zu *Armia Krajova* gehörte.

Leszek nahm ein Blatt Papier aus der Tasche und zeichnete, was er sah. Das zerschossene Stellwerk, die Leichen der Eisenbahner. Einer der Männer sah aus wie Wolf Littke. Hatte der nicht einen Bruder, der bei der Eisenbahn arbeitete? Er würde Wolf fragen.

Leszek rannte durch die Innenstadt von Wilna. Er zuckte zusammen. Eine Granate war in das Gebäude schräg gegenüber eingeschlagen. Trümmer und Dreck wirbelten durch die Luft. Als der Staub sich legte, sah Leszek, dass das Gebäude im Inneren brannte.

Ein zweiter Angriff der polnischen Heimatarmee aus nördlicher Richtung hatte zwar die Besatzer aus den Hügeln nördlich des Flusses Neris vertrieben, aber das war nur ein Achtungserfolg, ohne jede militärische Bedeutung. Die Deutschen verteidigten sich zäh.

Und jetzt waren die Russen da. Leszek sah zu, wie ein russischer Panzer die Straße entlangfuhr. Er wurde sofort von einer deutschen Panzerabwehrkanone beschossen. Der Panzer schoss zurück, aber ohne sichtbare Wirkung. Seine rechte Kette wurde zerschossen. Der Panzerkommandant legte den Rückwärtsgang ein, befreite sich von der zerstörten Kette und landete nach einem Halbkreis in einem der Vorgärten. Die Blumen boten keinen Schutz. Aber die Deutschen setzten nicht nach. Leszek sah, wie die Soldaten davonrannten. Der Kommandant des Panzers öffnete die Luke. Leszek spendierte ihm seine vorletzte Flasche Bier.

Wenig später gingen Leszek und zwei andere Kämpfer der polnischen Heimatarmee zusammen mit Soldaten der Roten Armee auf Patrouille durch die stark zerstörte Innenstadt. Einige Häuser brannten. Mitten auf der Straße stand eine zerschossene deutsche Flak in Feuerstellung. Hier und da lagen noch tote deutsche Soldaten. Die Kämpfe waren heftig gewesen. Sinnlos obendrein. Hitler hatte den Befehl gegeben, Wilna sei auf jeden Fall zu halten. Das war aufgrund der Kräfteverhältnisse unmöglich. Reste der deutschen Truppen hatten sich in die westlichen Vororte zurückgezogen.

Wilna war so gut wie befreit, und doch war alles ganz anders gekommen, als Leszek erwartet hatte. Er fühlte sich unendlich müde. Auch die russischen Soldaten, die mit ihm zusammen die Straße entlanggingen, triumphierten nicht. Sie waren in erster Linie froh, noch am Leben zu sein. Irgendjemand, wahrscheinlich ein russischer Journalist, baute sich vor ihnen auf und machte ein Foto, ein

Dokument der russisch-polnischen Waffenbrüderschaft, wie er es nannte. Leszek lächelte in die Kamera, genau wie die anderen auch, aber er war sich inzwischen sehr sicher, dass das Zweckbündnis mit den Russen nicht lange halten würde. Die Heimatarmee war die Armee der Exilregierung in London, und die wurde von den Russen nicht anerkannt.

8. Juli 1944

Am nächsten Tag gaben die Russen bekannt, dass die polnische Heimatarmee in Wilna aufgelöst sei. Die Männer sollten ihre Waffen abgeben. Die Offiziere sollten sich beim Kommando der Roten Armee melden.

In der Ruine eines zerschossenen Hauses hatten sich polnische Soldaten um ein Funkgerät versammelt.

»Das ist Warschau«, rief der Funker. »Seid mal still, das ist Warschau!«

Warschau war ungefähr 400 Kilometer entfernt. Der Empfang war extrem schlecht. Leszek begriff, dass die Nachricht mehrfach wiederholt werden musste, bis sie endlich vollständig verstanden war.

»Sie sagen, wir sollen entweder gehorchen und unsere Waffen abgeben oder versuchen, uns nach Warschau durchzuschlagen.«

Leszek dachte nicht daran, seine Pistole abzugeben. Er wollte nach Polen, nach Hause, und dort für die Heimatarmee weiterkämpfen, in der Hoffnung, dass die kommende Schlacht um Warschau für sie besser ausgehen würde als die Schlacht um Wilna.

Der Weg aus der Stadt heraus war schwierig. Leszek

trug eine deutsche Uniform, das war jetzt von Vorteil. Das einzige Unterscheidungsmerkmal, das ihn als Mitglied der polnischen Heimatarmee auswies, war die weiß-rote Armbinde. Er steckte sie in die Tasche. Sie würde ihm auf der Flucht nichts nützen. Vielleicht hätte er sich auch von der Pistole trennen sollen, aber er entschied sich dagegen. Die Waffe bot wenigstens ein Minimum an Sicherheit.

15. Juli 1944

Als Leszek am Nachmittag langsamen Schrittes in Richtung Westen aus Wilna herausging, hätte man ihn für einen beliebigen deutschen Flüchtling halten können.

»Das ist die Neris. Wir müssen auf die andere Seite«, sagte der Soldat neben ihm.

Der Pole nickte. Das andere Ufer des Flusses war von den Russen besetzt, und wenn sie es noch schaffen wollten, aus dem Kessel von Wilna auszubrechen, dann war diese Nacht die letzte Gelegenheit. Die deutschen Soldaten sammelten sich in einem ausgedehnten Waldgebiet. Leszek sah sich besorgt um. Obwohl die Weisung ausgegeben worden war, dass alle sich ruhig verhalten sollten, konnte von Ruhe keine Rede sein. Mehrere Tausend Soldaten waren nicht ruhig zu halten. Sie hockten im Schutz der Bäume und warteten auf ihre Chance.

Und dann geschah es. Plötzlich stieg eine Leuchtkugel auf, und im nächsten Moment begann der Beschuss vom anderen Flussufer.

»Granatwerfer!«, rief jemand.

Ja, die Russen schossen mit Granatwerfern in den Wald. Konkrete Ziele konnten sie mit Sicherheit nicht ausmachen, aber das machte nichts, denn die Granaten explodierten in den Baumwipfeln und wirkten auf diese Weise wie Schrapnells. Granat- und Holzsplitter flogen in alle Richtungen. Die Männer warfen sich auf den Boden, aber das half nicht viel; die tödlichen Splitter kamen von oben. Leszek stand gegen einen dicken Baumstamm gepresst und hoffte, auf diese Weise jedenfalls auf einer Seite gegen den Splitterhagel geschützt zu sein. Menschen rannten, schrien, versuchten, sich in Sicherheit zu bringen. Es war ein heilloses Durcheinander. Es gab keine Ordnung mehr, keine Befehle. Jeder versuchte nur noch, sich selbst zu retten. Leszek fluchte. Eine Flüssigkeit lief ihm den Rücken hinunter und in die Hose. Die Russen hatten seine letzte Flasche Bier zerschossen. Jetzt aber weg von hier, nichts wie weg!

Endlich erreichte Leszek den Fluss. Die Furt war im Schein der Leuchtkugeln bestens erkennbar. Aber die Neris war breit und tief. Nichtschwimmer hatten Probleme. Schwimmer auch. Keiner von ihnen war es gewohnt, mit voller Ausrüstung einen Fluss zu durchqueren.

»Es geht nicht!«, rief jemand neben Leszek. »Es geht nicht, man kann hier nicht durch, schon gar nicht im Dunkeln. Ich gehe zurück.«

»Unsinn! Komm mit, dass ist deine einzige Chance!«, rief ein anderer.

»Nein, ich warte, bis es hell wird …«

Leszek wartete nicht. Immer wieder schrie einer der Schwimmer vom russischen Maschinengewehrfeuer getroffen auf und versank in den Fluten. Andere wurden von der Strömung mitgerissen und verschwanden im Dunkel flussabwärts. Aber bei Tag gäbe es hier kein Durchkommen mehr.

Leszek schaffte es. Er war einer der wenigen. Nach allem, was er gesehen hatte, gelang es vielleicht jedem Fünften der Flüchtlinge, den Fluss zu queren. Und damit waren sie noch längst nicht in Sicherheit. Leszek gönnte sich keine Verschnaufpause, sondern rannte so rasch er konnte die Uferböschung auf der anderen Flussseite empor. Auf der Anhöhe hielt er keuchend inne. Er warf einen Blick zurück auf Wilna. Die Stadt brannte an allen Ecken und Enden.

»Das war erst der erste Teil«, sagte ein dicker Feldwebel, der sich schnaufend neben ihm auf den Boden fallen ließ.

»Was kommt noch?«, wollte Leszek wissen.

»Wir müssen noch einmal über den Fluss«, sagte der Mann. »Und mit jeder Minute, die wir zögern, wird der Weg gefährlicher.«

»Wir schaffen das«, behauptete Leszek.

Auch der Feldwebel riss sich zusammen, und gemeinsam mit einem Trupp weiterer Soldaten stolperten sie durch die Nacht in Richtung Westen. Allmählich wurde es heller.

Die Stelle für den zweiten Flussübergang lag viele Kilometer weiter flussabwärts. Angeblich waren Pioniere vorausgeschickt worden, um den besten Weg und die beste Übergangsstelle zu erkunden. Sie waren bis jetzt nicht zurückgekehrt.

»Weiter«, sagte Leszek.

»Aber die Pioniere sind noch nicht zurück …«

»Wir treffen sie auf dem Weg nach Westen«, behauptete Leszek. Vielleicht, dachte er. Wenn sie noch am Leben waren. Und wenn sie wirklich zurückkamen, anstatt sich selbst in Sicherheit zu bringen. Niemand, der seine fünf Sinne beisammenhatte, würde freiwillig in Richtung Wilna zurückmarschieren.

Sie hasteten weiter. Leszek, der die letzten Monate nicht im Kampfeinsatz gewesen war, war kräftiger als die meisten. Auf diese Weise arbeitete er sich immer weiter nach vorn. Aber die Kolonne der zurückfluteten Soldaten schien endlos. Und es musste offenes Gelände gequert werden. Wo das Getreide noch auf dem Halm stand, bot es zumindest einen begrenzten Sichtschutz, aber dann kamen Erdbeerfelder. Leszek sah sich immer wieder um. Ihm war vollkommen klar, dass irgendwo hier die Russen stecken mussten, aber sie zeigten sich nicht.

Nach vier Stunden sahen sie endlich den nächsten größeren Wald vor sich. Alle Waldränder waren gefährlich. Ein Stoßtrupp wurde vorausgeschickt, um die Lage zu erkunden. Er kam mit der Meldung zurück, dass der Wald frei sei.

Und dann, am frühen Nachmittag, erreichten sie endlich die Furt, an der die Neris zum zweiten Mal gequert werden musste. Hier war der Fluss noch breiter als bei Wilna, und er war auch tiefer. Es gab ein einziges Boot, aber das wurde gebraucht, um die Verwundeten auf die andere Seite zu bringen. Einige der Männer versuchten, Flöße zu bauen, aber das misslang. Auch der Versuch, aus Gewehrriemen eine Seilverbindung quer über den Fluss herzustellen, scheiterte.

Und dann begann der Beschuss. Es war noch heller Tag, aber es hatte keinen Sinn, noch länger zu warten. Kurzerhand watete Leszek ins Wasser. Das MG-Feuer wurde jetzt stärker. Die Einschläge peitschten links und rechts von ihm in das Wasser. Weiter, dachte er, weiter! Und dann wurde er getroffen. Zwei, drei Schüsse in beide Arme. Er schrie auf, verlor das Gleichgewicht, stürzte, und im nächsten Moment fand er sich auf dem Rücken im Wasser stromabwärts treibend. Der Rucksack zog ihn nach unten.

Er spürte keine Schmerzen, aber das war der Schock; er wusste, dass die Schmerzen bald kommen würden. Im Augenblick tat es gut, sich einfach im Wasser treiben zu lassen. Der Fluss machte eine Biegung nach rechts. Die Kameraden waren nicht mehr zu sehen, niemand schoss mehr auf ihn, es herrschte vollkommene Ruhe. Ruhe zum Nachdenken.

Plötzlich begriff Leszek, dass sie verraten worden waren. Nicht jetzt, nicht bei dem Angriff auf Wilna. Das auch, aber das meinte er nicht. Es war alles zu glattgegangen, viel zu glatt. Der Weg an all den Sperren vorbei in das Führerhauptquartier war ihnen viel zu leicht gemacht worden. Das konnte niemals mit rechten Dingen zugegangen sein. Und ihr Funkkontakt zu London, damit war auch etwas faul. Diese hervorragende Funkverbindung. Der Sender, den sie empfangen hatten, der konnte niemals 800 Kilometer entfernt irgendwo in Schweden stehen. Ihr Anschlag auf die Wolfsschanze war verraten worden, das wusste er plötzlich ganz sicher, aber genauso sicher wusste er, dass er keine Gelegenheit mehr haben würde, irgendjemandem davon zu erzählen. Er trieb langsam flussabwärts und verlor das Bewusstsein.

Während der Pole in Wilna gekämpft hatte und Igor bei Baranoviči in einen Hinterhalt der Partisanen geraten war, hatte die SOE in England bei der Vorbereitung ihres Attentats auf Hitler gewaltige Fortschritte gemacht. Allerdings ging es nicht um den Anschlag in der Wolfsschanze in Ostpreußen, sondern um ein Attentat auf den Führer in seinem Berghof bei Berchtesgaden. Major Nicholls hatte zu einer Besprechung im Hauptquartier von SOE in der Baker Street 64 in London geladen.

»Ich habe Sie zusammengerufen«, sagte er, »um noch einmal mit Ihnen über unser Projekt Foxley zu sprechen. Wir sind jetzt bereit. Wir haben unter unseren Kriegsgefangenen herumgefragt, und wir haben schließlich einen Österreicher ausfindig gemacht, einen gewissen Dieser, der bereit ist, mit uns zusammenzuarbeiten. Dieser Mann hat einen Onkel namens Heidenthaler in Salzburg. Salzburg ist nur etwa 20 Kilometer von Berchtesgaden entfernt, der Mann ist also in einer idealen Position, um uns eine sichere Unterkunft zur Verfügung zu stellen.«

»Ursprünglich hatte es doch einen Plan gegeben, Hitlers Zug in die Luft zu sprengen«, warf einer der Anwesenden ein. »Ist der inzwischen aufgegeben worden?«

Der Major nickte. »Dazu sind Hitlers Fahrgewohnheiten zu unregelmäßig. Selbst die Bahnhöfe, die der Zug passiert, werden erst wenige Minuten vor seiner Ankunft informiert.«

»Und was ist mit der Wolfsschanze?«, hakte der Mann nach. »Dort sind doch auch vier unserer Agenten stationiert.«

»Dort hält sich Hitler zurzeit nicht mehr auf«, antwortete der Major. »Der Berghof ist im Augenblick unsere beste Option. Wir haben neben dem Österreicher, der uns mit Heidenthaler in Kontakt gebracht hat, einen Mann gefangen genommen, der vor Kurzem noch zu Hitlers persönlicher Leibwache gehört hat. Er kennt die Gewohnheiten des Führers sehr genau. Wir wissen jetzt, wie wir ihn packen können. Hitler macht regelmäßig jeden Morgen um dieselbe Zeit, kurz nach 10:00 Uhr, einen etwa 20-minütigen Spaziergang durch den Wald. Allein. Nur mit seinem Hund Blondie. Hitler geht dann vom Berghof hinunter zum Teehaus auf dem Mooslahnerkopf, das ist ein kleinerer Hügel ganz in der Nähe.«

Nicholls zeigte die Lokalitäten auf dem an die Wand projizierten Lageplan.

»Auf dem Weg dorthin ist der Führer zwar niemals mehr als 100 bis 500 Meter von seinen Sicherheitskräften entfernt, aber er durchläuft mehrere Bereiche, in denen er außerhalb des Blickfeldes der Wachposten ist.«

»Wie sicher ist diese Aussage?«, wollte ein Oberst wissen.

»Sehr sicher. – Jedenfalls ist es die beste Information, die wir haben.«

»Ich nehme an, die geplante Aktion wird von SOE durchgeführt?«, erkundigte sich einer der Zuhörer.

»Ja, natürlich. Wir haben auch bereits zwei Spezialisten für diesen Auftrag ausgesucht. Der eine ist ein Italiener, der sehr gut Deutsch spricht, und der andere ist ein britischer Scharfschütze. Die beiden sind entsprechend ausgebildet worden, und sie wissen über ihre Aufgabe Bescheid. Sie werden in der Nacht über österreichischem Gebiet in der Nähe von Salzburg mit dem Fallschirm abspringen und sich dann zu Heidenthaler begeben. Heidenthaler hat zwei Uniformen der deutschen Gebirgsjäger organisiert.«

»Gebirgsjäger?«

»Die Wachmannschaft des Berghofs besteht aus Gebirgsjägern. Das sind Elitesoldaten. – Heidenthaler wird unsere beiden Agenten entsprechend einkleiden und sie nach Berchtesgaden bringen. Er ist nicht nur ein überzeugter Gegner der Nazis, sondern außerdem ein begeisterter Schütze. Er besucht regelmäßig einen Schießstand, der in der Nähe von Hitlers Berghof liegt. Unsere beiden Männer sind mit dem Karabiner 98 K ausgerüstet, der Standardwaffe der deutschen Gebirgstruppen. Die Gewehre sind sehr gut eingeschossen, sodass damit außerordentlich präzise Schüsse abgegeben werden können. Zusätzlich sind die Karabiner mit einem Mauser-Zielfernrohr ausgestattet. Unsere beiden Männer haben den Anschlag unter realistischen Bedingungen geübt. Sie sind hoch motiviert und einsatzbereit.«

»Aber innerhalb des Sperrkreises gibt es doch vermutlich weitere Sicherungsmaßnahmen?«, erkundigte sich der Oberst.

Der Major nickte. »Es gibt natürlich Patrouillen, aber das Gelände ist riesengroß, und außerdem handelt es sich um gebirgiges Terrain, das relativ unübersichtlich ist. Sollten unsere beiden Spezialisten unerwartet in Schwierigkeiten geraten, so haben sie zusätzlich zu ihren Gewehren noch jeweils eine 9 mm Parabellum Luger mit einem extra dafür angefertigten Schalldämpfer dabei, sodass sie jeden, der sie aufhalten könnte, lautlos aus dem Wege räumen können.«

»Wie stellen Sie sich den Rückweg der Agenten vor?«, wollte einer der Anwesenden wissen.

»Wir interessieren uns vor allem für den Hinweg«, konterte der Major. Einige der Männer lachten.

»Das ist nicht Ihr Ernst«, sagte der Oberst.

»Nein, natürlich nicht. Wie bei anderen Agenteneinsätzen ist auch hier die einzige Möglichkeit, die Männer wieder heil nach Hause zu bekommen, indem wir sie mit einem Lysander-Flugzeug abholen. – Ja, ich weiß, das Risiko ist hoch, wenn man so etwas mitten im Feindesland versucht. Aber wir sind im Krieg, und ohne Risiko geht gar nichts.«

»Und was passiert jetzt?«

»Wir schlagen zu«, sagte Major Nicholls.

In dem Augenblick kam eine junge Frau in Uniform herein.

»Was gibt's, Sergeant?«, fragte der Major.

Die junge Frau überreichte ihm ein Telegramm. Nicholls warf einen Blick darauf und erstarrte. Dann sagte er: »Meine Herrschaften, alles, was wir eben besprochen haben, ist in diesem Moment gegenstandslos geworden. Der Führer hat den Berghof verlassen. Wir nehmen an, dass er sich auf dem Weg zur Wolfsschanze befindet, zu seinem Hauptquartier in Ostpreußen. Unser Plan Wolfsley greift.«

9

17. Juli 1944

Von den ursprünglichen vier Agenten war nur noch Wolf Littke übrig geblieben. Leszek hatte zwar den Sprengstoff an der abgesprochenen Stelle vergraben, wie er Wolf auf einem Zettel skizziert hatte, aber er war von seinem Ausflug nach Wilna bisher nicht zurückgekehrt. Der polnischen Heimatarmee war es jedenfalls nicht gelungen, Wilna zu befreien. Dort saßen jetzt die Russen. Was aus Igor geworden war, wusste Wolf nicht. Die letzte Nachricht von ihm besagte, dass er mit den russischen Partisanen Kontakt aufgenommen hatte. Aber diese Nachricht war alt. Ob Igor noch lebte oder nicht, war ungewiss.

Aaron war tot, daran bestand kaum ein Zweifel. Zwar hatte Wolf die Hoffnung nicht völlig aufgegeben, aber die Wahrscheinlichkeit, dass er doch noch aus dem Konzentrationslager zurückkam, war verschwindend gering. Jetzt hatte er Rahel. Rahel hatte ihm einiges erzählt, was sie erlebt hatte. Wolf wusste jetzt mehr über die verbrecherische Zwillingsforschung in Auschwitz, und er wusste, dass Rahels Schwester schon seit Monaten tot war. Warum Rahel noch lebte, wusste er nicht.

Rahel war nach wie vor sehr schweigsam. Sie schlief unruhig. Einmal war Wolf mitten in der Nacht aufgewacht und hatte gehört, dass sie weinte. Er hatte sich auf ihre

Bettkante gesetzt und ihr die Hand auf die Schulter gelegt und gewartet, bis sie sich beruhigt hatte und am Ende wieder friedlich weiterschlief.

Wolf war bewusst, dass jede Minute, die Rahel bei ihm blieb, für sie beide gefährlich war. Er war froh, dass sie bei ihm war. Aber seine Sorgen waren damit größer geworden. Er fühlte sich für sie verantwortlich.

Ganz allein waren sie beide natürlich nicht. Da war ja immer noch Bernd Nitz, der sie weiterhin nach Kräften unterstützte. Er mochte zwar ein etwas zweifelhafter Charakter sein, aber für die Vorbereitung des Sprengstoffanschlages war er einfach unersetzlich. Er wusste alles, er kannte jeden, und am folgenden Tag würde er dafür sorgen, dass Wolf Hitlers Sekretärin kennenlernte.

18. Juli 1944

»Hallo, schöne Frau«, sagte der junge Mann. Traudl Junge hatte ihn erst bemerkt, als er direkt vor ihr stand. Er mochte Mitte 20 sein, war übergewichtig und hatte ein schmieriges Lächeln.

Traudl ignorierte ihn. Sie war zum Moysee gegangen, um ein bisschen Abkühlung von der Julihitze zu bekommen und nicht um mit irgendwelchen Männern anzubändeln. Schon gar nicht mit diesem.

»Ich bin Bernd«, sagte der Mann. »Darf ich mich zu dir setzen?«

»Was erlauben Sie sich!« Traudl sprang auf. Sie hatte sich abseits von den jungen Männern gesetzt, die zum Baden an den See gekommen waren. Fast alle von ihnen gehörten zum Personal der Wolfsschanze. Aber dieser Kerl ganz offensichtlich nicht. Jedenfalls trug er Zivil.

»Nun stell dich doch nicht so an!« Bernd griff nach ihrem Arm. »Das ist doch alles nur dummes Getue, ein bisschen Küssen wird doch wohl drin sein.«

»Belästigt er Sie?«

Traudl hatte den jungen Offizier in der Marineuniform gar nicht bemerkt, der plötzlich neben ihr stand. »Ja«, sagte sie knapp.

Wolf Littke tippte dem frechen Burschen mit dem Finger auf die Brust: »Verschwinde!«

»Willst du Prügel, oder was?«, entgegnete der Dicke.

Wolf schlug zu. Bernd ging zu Boden, rappelte sich gleich darauf wieder auf, warf Wolf einen bösen Blick zu und rannte davon.

»Danke«, sagte die Frau.

Wolf zuckte mit den Achseln »Es sah so aus, als ob Sie Hilfe brauchten«, sagte er. Er wandte sich zum Gehen.

»Nun laufen Sie doch nicht einfach weg!«

Wolf blieb stehen.

»Möchten Sie etwas trinken?« Traudl hatte eine Feldflasche mit Tee mitgebracht. »Ich habe aber nur einen Becher«, fügte sie hinzu.

»Danke, gern.«

»Ich heiße übrigens Traudl«, sagte die junge Frau, während sie ihm den Tee eingoss.

»Ich bin Wolf«, erwiderte Wolf. Er wusste, dass die Frau Traudl Junge hieß und dass sie eine der Sekretärinnen Adolf Hitlers war. Das war etwas, was Bernd durch seine tausend Beziehungen herausgefunden hatte. Bernd, der den Streit mit der Frau provoziert hatte. Wolf konnte nur hoffen, dass er seinen Freund durch den Faustschlag nicht ernsthaft verletzt hatte.

Traudl und Wolf saßen nebeneinander im Schatten und sahen zu, wie eine immer größer werdende Zahl von jungen Männern im See herumplanschte. Aber auch das Wasser war inzwischen sehr warm, und wer sich wirklich abkühlen wollte, der musste weit hinausschwimmen, dorthin, wo der See tief und kühl war.

»Wie kommt es, dass Sie als Marineoffizier hier so weit im Binnenland herumlaufen?«, wollte Traudl wissen.

»Ich bin auf Urlaub«, erwiderte Wolf. »Und Sie?«

»Ich arbeite da drüben in der Anlage.«

»Im Führerhauptquartier?«, fragte Wolf bewundernd.

Traudl nickte. »Aber ich darf nicht darüber sprechen«, sagte sie.

»Das ist schade«, erwiderte Wolf. »Dann müssen wir uns entweder anschweigen, oder ich erzähle Ihnen etwas aus meinem Dienst. Darüber darf ich eigentlich auch nicht sprechen, aber so geheim ist das Ganze nicht. – Oder sind Sie etwa eine englische Agentin?«

Traudl Junge lachte.

»Ich bin bei den Unterseebooten«, sagte Wolf.

»Von denen hat man lange nichts mehr gehört«, bemerkte Traudl.

»Ja, unsere Unterseeboote haben es in den letzten Monaten ziemlich schwer gehabt. Die Engländer haben eine ganze Reihe von neuen Verfahren entwickelt, mit denen sie uns in der Weite des Atlantiks aufspüren können. Und wir suchen nach Möglichkeiten, um das zu verhindern.«

»Das klingt geheimnisvoll.«

»Na ja, die technischen Details sind so geheim, dass ich

sie auch nicht weiß. Im Grunde geht es aber darum, dass unsere U-Boote schneller werden müssen, und dass sie außerdem länger unter Wasser bleiben müssen. Die neuen Unterseeboote, die das können, sind im Bau. Und bis die fertig sind, und die neuen Torpedos natürlich, so lange habe ich Urlaub.«

Das nahm ihm Traudl nicht ab. »Unbegrenzt Urlaub, bis irgendwann einmal ein besseres U-Boot fertig ist?«

»Nicht wirklich unbegrenzt. Mein neues Boot ist fast fertig. Und die neuen Torpedos, die sind auch schon da. Die sogenannten *Zaunkönige*. Die sind ganz fantastisch. Man braucht gar nicht mehr zu zielen; sie suchen sich die feindlichen Schiffe einfach selbst.«

Traudl lachte. Das glaubte sie nicht.

»Nein, ganz im Ernst. Die *Zaunkönige* werden automatisch in die Richtung gesteuert, in der sie die Schraubengeräusche eines Schiffes hören.«

Traudl sah Wolf zweifelnd an.

»Das klingt jetzt so, als ob das alles ganz einfach wäre. Aber gefährlich sind sie auch, diese neuen Torpedos. Sie hören nämlich auch die Schraubengeräusche des eigenen Unterseebootes. Und wenn das dann nicht schnell genug wegtaucht, dann wird es versenkt.«

Traudl sagte: »Das ist Seemannsgarn. Heißt das nicht so? Ja, das ist Seemannsgarn.«

»Es ist die reine Wahrheit«, beteuerte Wolf. »Aber um auf die Frage des Urlaubs zurückzukommen: Wahrscheinlich muss ich in ein bis zwei Wochen wieder zurück nach Frankreich. Unsere U-Boote sind zum Teil in Frankreich stationiert. Da brauchen wir nicht erst um England herum zu fahren, sondern gelangen sozusagen auf geradem

Wege an die Frachtschiffe heran, die von Amerika kommen.«

»Haben Sie denn auch schon Schiffe versenkt?«

»Ja, natürlich. Aber das ist nun wirklich geheim.«

»Schade. – Und jetzt sitzen Sie hier in Ostpreußen und machen Urlaub. Warum gerade in Ostpreußen?«

»Meine Eltern wohnen hier.«

»Es ist ein schönes Land«, sagte Traudl.

»Bis auf die Moskitos«, erwiderte Wolf. »Darf ich?« Er wartete die Antwort nicht ab, sondern erschlug die Mücke, die sich auf Traudls Schulter niedergelassen hatte.

»Au!«

Wolf zeigte Traudl seine Hand mit der toten Mücke.

»Danke. – Der Führer sagt, die Wehrmacht hat sein Hauptquartier absichtlich in diese Sümpfe gelegt, in denen es im Winter lausig kalt ist, und im Sommer alles voller Mücken. Dabei hat er den Standort selbst bestimmt.« Traudl lachte.

»Der Führer – wie ist er denn so? Als Mensch, meine ich. – Oder dürfen Sie das nicht sagen?«

»Wie er als Mensch ist? – Ich weiß nicht, ob ich das sagen darf oder nicht, aber ich tue es einfach. Er ist großartig. Er ist so ruhig, so verständnisvoll, und er lässt uns Sekretärinnen sehr viel freie Hand. Wir sind zu viert, aber es gibt unglaublich wenig zu schreiben. Nur wenn er einmal eine Rede halten will, dann müssen wir arbeiten. Aber sonst halten wir uns die meiste Zeit nur bereit. Deswegen habe ich jetzt frei, deswegen bin ich jetzt hier.«

»Wenn man Hitler reden hört«, sagte Wolf vorsichtig, »in der Wochenschau zum Beispiel, dann hat man immer das Gefühl, dass er äußerst kämpferisch ist …«

»Das ist ein ganz falsches Bild. Er ist der friedlichste und liebenswürdigste Mensch, den man sich vorstellen kann. Und mit Kindern – haben Sie ihn einmal mit Kindern zusammen gesehen?«

Wolf schüttelte den Kopf.

»Er liebt die Kinder, die Kinder lieben ihn. Hier in der Anlage sind natürlich keine Kinder, aber wenn er im Berghof ist, in Berchtesgaden, da ist es ganz anders. Da kommen viel mehr Besucher, und die bringen dann auch ihre Kleinen mit, und es ist eine wunderbare, ganz entspannte Stimmung.«

»Wie schön«, sagte Wolf. »Kommen hier denn gar keine Besucher?«

»Doch, hier kommen auch Besucher. Aber normalerweise bringen die ihre Familien nicht mit. Am 20. Juli, also übermorgen, kommt zum Beispiel der Duce. Benito Mussolini.«

»Mit dem Flugzeug?« Wolf dachte, dass es inzwischen ziemlich riskant sein dürfte, mit dem Flugzeug von Norditalien nach Ostpreußen zu fliegen. Seit die Amerikaner in Italien gelandet waren und große Teile des Landes erobert hatten, beherrschen sie den Luftraum auch über Süddeutschland.

Traudl schüttelte den Kopf. »Mussolini fliegt nicht gern. Jedenfalls hat der Führer das gesagt. Er wird mit dem Sonderzug aus Italien abgeholt.«

»Mit dem Sonderzug?«

»Ja, mit dem Zug des Führers.«

Auf dem Weg nach Hause hatte Wolf ein schlechtes Gewissen. Es gefiel ihm nicht, diese harmlose Frau hinters

Licht zu führen. Und es gefiel ihm auch nicht, dass er auf dem besten Wege war, ihre heile Welt zu zerstören. Aber die heile Welt, in der sie saß, war nichts als eine Illusion. Hitler war nicht friedlich. Das war der entscheidende Punkt. Hitler hatte einen ungeheuren Krieg vom Zaun gebrochen, und dieser mörderische Konflikt musste so rasch wie möglich beendet werden. Deutschland hatte verloren, das stand inzwischen mit absoluter Sicherheit fest. Der Einzige, der das nicht einsehen wollte, war Hitler, und der ließ seine Soldaten völlig sinnlos weiter- und weiterkämpfen, bis am Ende alle tot waren. Nein, es gab keine andere Wahl. Hitler musste weg.

Und dies jetzt, das war endlich die Gelegenheit. Und jetzt würde er obendrein Mussolini und vielleicht noch den ein oder anderen Obernazi erwischen, der ebenfalls beim Empfang des Duce mit dabei sein wollte. Wer mit auf dem Bahnsteig stand, der würde von den Kameramännern der Deutschen Wochenschau mit gefilmt werden. Und das war eines der Dinge, auf die die Mitglieder der Führungsriege nicht gern verzichten wollten, denn eitel waren sie alle.

Beim Mittagessen im Kasino saß Traudl Junge zufällig neben Karl-Jesko von Puttkamer, dem Marineadjutanten Hitlers. Sie hatte den Mann schon einige Male bei Besprechungen mit dem Führer gesehen, aber noch nie mehr als ein paar Höflichkeitsfloskeln mit ihm gewechselt. Doch nach dem heutigen Erlebnis am Moysee sprach sie ihn direkt an: »Heute hat mich einer Ihrer U-Boot-Kommandanten aus einer sehr unangenehmen Situation befreit«, sagte sie.

Von Puttkamer lächelte. »Das ist sehr schön«, sagte er. Er war früher einmal bei den Torpedobooten gewesen; mit U-Booten hatte er nichts zu tun.

Traudl erzählte ihm unbekümmert von ihrem Gespräch mit Wolf. Sie erwähnte dabei auch den langen Urlaub, den ihr Retter zurzeit hatte.

Ihr Gesprächspartner ließ sich nicht anmerken, dass ihm dieser Punkt merkwürdig vorkam. »Und er ist U-Boot-Kommandant?«, fragte er. »Wissen Sie zufällig, von welchem Boot?«

Traudl schüttelte den Kopf. »Das hat er nicht gesagt«, sagte sie. »Wahrscheinlich ist das geheim. Ich weiß nur, dass er Wolf Littke heißt. Er sieht sehr gut aus, und er ist sehr, sehr sportlich. Er hat diesen widerlichen Kerl, der mich bedrängt hat, mit einem einzigen Faustschlag zu Boden gestreckt.«

»Ich würde ihn gern kennenlernen«, behauptete der Marineadjutant.

»Kommen Sie einfach übermorgen mit zum Moysee. Morgen kann er nicht, aber wir haben uns für übermorgen Vormittag verabredet. Wenn das Wetter mitmacht.«

»Das Wetter bleibt gut«, versicherte von Puttkamer.

Karl-Jesko von Puttkamer ließ sich nach dem Mittagessen mit dem *Lager Koralle* nördlich von Berlin verbinden, dem Hauptquartier der Kriegsmarine. »Ich hätte gern eine Auskunft über den U-Boot-Kommandanten Wolfgang Littke«, sagte er.

»Welcher Dienstgrad?«

»Das weiß ich nicht.«

»Und welches Unterseeboot?«

Von Puttkamer ließ sich nicht aus der Ruhe bringen. »Das möchte ich ja gerade von Ihnen wissen«, sagte er.

»Einen Moment bitte.«

Karl-Jesko von Puttkamer wartete. Es dauerte fast eine Viertelstunde, bis die Antwort kam: Das U-Boot von Oberleutnant zur See Wolfgang Littke war im April 1943 versenkt worden; der Kommandant war entweder tot oder in Gefangenschaft geraten.

»Danke«, sagte von Puttkamer.

Es klingelte an der Haustür. Rahel erschrak. Wer konnte das sein? Sie warf einen vorsichtigen Blick durch die Gardine. Eine Frau. Rahel kannte sie nicht. Sie sah harmlos aus. Sie öffnete die Tür.

»Oh, entschuldigen Sie bitte«, sagte die Frau. »Ich wollte eigentlich zu Wolf Littke.«

»Der ist nicht da«, erwiderte Rahel. Die Frau starrte sie an. In dem Augenblick wurde Rahel bewusst, dass sie ihr Kopftuch nicht aufhatte. »Meine Haare – es ist wegen der Läuse. Ich hatte Kopfläuse, und da …« Nein, das war einfach zu lächerlich.

Die Frau sah sie freundlich an. »Sie brauchen vor mir keine Angst zu haben«, sagte sie. »Ich bin Edda. Und Sie – Sie sind sicher die Freundin von Wolf?«

Rahel schüttelte den Kopf. »Nein«, sagte sie.

»Darf ich hereinkommen?«

»Ja, natürlich. – Kommen Sie, ich mache uns einen Pfefferminztee. Oder möchten Sie lieber Ersatzkaffee?«

»Nein, Tee ist in Ordnung. Aber machen Sie bitte wegen mir keine Umstände.« Auch Edda wusste nicht recht, was sie sagen sollte. Sie war sich ziemlich sicher, dass diese

Rahel ein Flüchtling war, aus dem Gefängnis oder aus dem KZ.

Rahel stellte einen Kessel mit Wasser auf den Herd.

Edda fasste sich ein Herz. »Bitte, vertrauen Sie mir«, sagte sie.

»Ich vertraue niemandem«, erwiderte Rahel. Das war mehr, als sie eigentlich hatte zugeben wollen. Aber jetzt konnte sie nicht mehr gut zurück. »Ich bin aus dem Konzentrationslager geflüchtet«, gestand sie. »Wolf Littke hat mir geholfen«, fügte sie hinzu.

»Ich weiß, dass er ein guter Mensch ist«, erwiderte Edda.

»Sie kennen ihn näher?«

»Wir haben uns einmal gesehen«, sagte Edda.

»Nur einmal?«

»Mehr als einmal.«

So kamen sie nicht weiter. Edda beschloss, das Versteckspielen aufzugeben. »Ich weiß, dass Wolf Littke für die Engländer arbeitet«, sagte sie. »Ich weiß, dass er mit dem Fallschirm abgesprungen ist, und dass er und seine Freunde einen Anschlag auf das Führerhauptquartier planen.«

Rahel schwieg. Sie war schockiert.

»Wolf glaubt, dass mein Mann dieses Vorhaben unterstützt«, fuhr Edda fort. »Aber das ist nicht wahr. Ich weiß nicht genau, was er vorhat. Er spricht nicht mit mir über diese Dinge. Ich weiß nur, dass er gefährliche Freunde hat, und dass Wolf und Sie auf der Hut sein müssen.«

»Danke für die Warnung«, murmelte Rahel.

»Ich habe Ihnen dies hier mitgebracht.« Edda legte einen Schlüssel auf den Tisch. »Der Schlüssel gehört zu einem kleinen Haus draußen am Stadtrand von Königsberg. Es hat früher meinem Vater gehört. Jetzt steht es leer. Mein Mann weiß nichts davon. Wenn Sie flüchten müssen, können Sie dort unterkommen.« Edda hatte den *Pharus-Plan* von Königsberg mitgebracht. Sie hatte darauf die Lage des Hauses mit roter Tinte markiert.

»Danke.« Rahel nahm den Schlüssel. Es war ein ganz gewöhnlicher Haustürschlüssel. »Warum helfen Sie uns?«

»Weil ich allen Grund dazu habe. Ich hatte schon versucht, Wolf zu warnen, aber es ist nicht gelungen. Mein Mann beobachtet mich sehr genau. Er hat durchschaut, was ich versucht habe. Er hat mich verprügelt.«

»Und trotzdem sind Sie hergekommen?«

»Er ist in Berlin. Zu geschäftlichen Besprechungen, hat er gesagt, aber ich glaube, dass er sich mit irgendwelchen hohen Tieren von der Spionageabwehr trifft, um das weitere Vorgehen mit ihnen abzusprechen. Er hat mir eingeschärft, dass ich das Haus nicht verlassen sollte, und er hat mich eingeschlossen. Aber so leicht kann man mich nicht einschließen. Ich bin aus dem Fenster gestiegen.«

Rahel schwieg einen Augenblick, dann sagte sie: »Ich glaube nicht, dass ich bei so einem Mann bleiben würde.«

Edda lächelte. »Er hat mich in der Hand«, sagte sie.

Rahel sah sie fragend an.

»Ich bin Kommunistin«, sagte Edda. »Aber ich bin auch Mathematikerin. Ich habe an der Universität Königsberg unterrichtet. Eines Tages kam die Polizei und hat mich festgenommen. Bernd Nitz hat mich befreit. Mit Billigung der Spionageabwehr. Bernd brauchte jemanden, der sich mit Verschlüsselung auskennt. Ich habe gesagt, dass ich eine Expertin bin. Aber das ist nicht wahr. Bernd hat mir neue Papiere besorgt, und wir haben geheiratet. Das war die Bedingung.«

»Was ist das für eine Ehe?« fragte Rahel.

Edda zuckte mit den Achseln. »Er quält mich nicht«, sagte sie. »Normalerweise«, fügte sie hinzu. »Ich liebe ihn nicht, aber wenn er mich nicht befreit hätte, wäre ich längst in einem Konzentrationslager und vielleicht schon tot.«

Rahel schwieg.

»Wie ist es im Konzentrationslager?«, wollte Edda wissen. »Ist es so schlimm, wie die Leute sagen?«

»Schlimmer«, erwiderte Rahel. »Es ist viel, viel schlimmer.«

Edda trank einen Schluck Tee. »Sie fragen sich wahrscheinlich, wie Bernd Nitz ins Spiel kommt«, sagte sie.

»Er ist ein Schulfreund von Wolf«, wusste Rahel. »Und er arbeitet für die Engländer.«

»Das ist gelogen«, stellte Edda fest. »Jedenfalls ist es zum Teil gelogen. Er ist ein Doppelagent. Er arbeitet für beide Seiten.«

Das wusste Rahel. Aber Wolf schien überzeugt zu sein, dass er sich dennoch auf ihn verlassen konnte. Edda war ganz offensichtlich anderer Ansicht. Rahel sah die Frau forschend an. Ihre Besucherin machte einen fahrigen Eindruck. Sie hatte im Gefängnis gesessen. So etwas hinterließ Spuren. »Bernd Nitz hat sehr viel für uns getan«, sagte Rahel zögernd. »Ich weiß das ja alles nur von Wolf, aber er hat mir erzählt, dass seine Freunde und er am Anfang ungeheure Schwierigkeiten hatten, überhaupt eine Unterkunft zu finden. Und Bernd Nitz hat ihnen geholfen. Er hat ihnen Lebensmittel gekauft, bis sie echte

Lebensmittelmarken bekommen haben, und er hat sie alle mit echten Papieren ausgestattet. Glauben Sie, dass das alles nur Täuschung ist?«

»Bernd arbeitet für beide Seiten«, wiederholte Edda. »Das wollte ich jedenfalls gesagt haben. Und Sie müssen sehr, sehr vorsichtig sein.«

Als Edda nach Hause zurückkam, war die Tür unverschlossen. Sie erschrak. Dies konnte nur eines bedeuten: Bernd war früher aus Berlin zurückgekehrt, als sie angenommen hatte. Das bedeutete Ärger. Sie sah, wie ihr Mann im Wohnzimmer unruhig auf und ab ging.

»Hallo Bernd«, sagte sie.

»Ah, da bist du ja«, sagte er zerstreut. Zumindest im Augenblick schien es ihn nicht besonders zu interessieren, wo sie gewesen war. »Mach mir einen Kaffee«, verlangte er. »Einen richtigen Kaffee!«

Edda wusste nicht, woher er den Kaffee bekommen hatte, während der Rest von Königsberg ausschließlich Ersatzkaffee trinken musste, aber ihr war klar, dass dies mit seinen illegalen Geschäften zusammenhing. Sie ging in die Küche und setzte das Wasser auf.

Bernd Nitz wusste nicht, was er tun sollte. Er war rechtzeitig informiert worden, dass Adolf Hitler zu einem Kurzbesuch in die Wolfsschanze fahren würde. Es hieß, er wollte sich vom Fortgang der Arbeiten zur Verstärkung der Bunker unterrichten und danach entweder nach Berlin weiterfahren oder – wahrscheinlicher – zurück nach Berchtesgaden. Doch dann hatte der Führer seine Meinung geändert. Schellenberg hatte ihn informiert, dass Hitler auf unbestimmte Zeit in der Wolfsschanze bleiben wollte.

Was jetzt? Bislang hatte Bernd gut damit leben können, dass zwei verschiedene Gruppen von Möchtegern-Attentätern unabhängig voneinander planten, Adolf Hitler in der Wolfsschanze umzubringen. Solange der Führer nicht da war, war das alles leeres Geschwätz, und diese Leute konnten tun und lassen, was sie wollten. Sie würden jedenfalls keinen Schaden anrichten. Aber nun war alles anders.

Bernd griff zum Telefon. Er rief Heinrich von Lehndorff an. Der Graf war sein Kontaktmann zu der Gruppe der deutschen Verschwörer. Er ging sofort ans Telefon. »Was gibt's?«

»Bist du noch in Königsberg?«

»Ja, aber ich wollte mich gerade auf den Weg nach Hause machen.«

»Heinrich, kannst du bitte vorher noch mal eben bei mir vorbeikommen? Es gibt ein paar aktuelle Entwicklungen, über die ich mit dir sprechen möchte.«

Von Lehndorff zögerte. »Eigentlich wollte ich jetzt nach Hause …«

»Es ist wichtig, Heinrich.«

Bis von Lehndorff bei ihm eingetroffen war, hatte Bernd Nitz in aller Ruhe den Kaffee ausgetrunken. Er wusste jetzt, was getan werden musste.

»Hast du schon gehört?«, begrüßte er seinen Besucher. »Hitler ist tatsächlich in die Anlage gekommen. Und so, wie es jetzt aussieht, will er für die nächste Zeit hierbleiben.«

Dass der Führer da war, hatte von Lehndorff bereits erfahren. Dass er bleiben wollte, wusste er noch nicht. »In

Anbetracht der militärischen Lage halte ich das für eine Fehlentscheidung«, sagte er.

»Du kennst ihn ja. Was die militärische Lage angeht, reiht sich bei ihm eine Fehlentscheidung an die andere. Das ist nichts Neues.«

»Wenn diese Information wirklich stimmt, dann ist er jetzt in unserem Einflussbereich«, sagte von Lehndorff. »Aber nach wie vor gibt es keine Möglichkeit, an den Mann heranzukommen. Keiner von uns hat eine Zugangsberechtigung zur Wolfsschanze, jedenfalls nicht zu den inneren Sperrkreisen, und insofern hilft uns das nicht weiter.«

»Das sehe ich genauso«, bestätigte Nitz.

»Wenn er natürlich zu uns nach Mauerwald kommt, dann sieht die Sache anders aus«, überlegte von Lehndorff. »Aber ich glaube nicht, dass er das tut. Er hat bisher ja wenig Neigung gezeigt, das Oberkommando der Wehrmacht aufzusuchen. Wenn er mit einem von uns sprechen will, dann bestellt er uns normalerweise in sein Hauptquartier.«

»In Berlin wäre alles viel leichter«, behauptete Bernd Nitz.

»Ja, in Berlin. – Wenn er natürlich doch einen von uns zu irgendeiner Besprechung zu sich kommen lässt, dann gäbe es vielleicht die Möglichkeit, ihn zu erschießen.«

»Ich glaube nicht, dass sie dich oder sonst irgendeinen Besucher zu Adolf Hitler vorlassen, ohne dass ihm vorher die Dienstwaffe abgenommen wird.«

»Wenn er sie offen trägt, wird sie ihm abgenommen. Aber seine Besucher werden nicht ernsthaft durchsucht. Es gibt keine Leibesvisitation. Von daher wäre es also wahrscheinlich möglich …«

»Das ist viel zu riskant. Außerdem habe ich gehört, dass er eine schusssichere Weste trägt. Manche sagen sogar, es sei ein Kettenhemd. Und diese Mütze, die er fast niemals absetzt, die hat eine Stahleinlage.«

Von Lehndorff lachte. »Das sind alles Märchen«, sagte er.

»Da wäre ich mir nicht so sicher.«

»Da bin ich mir ganz sicher. Aber, nebenbei bemerkt, wenn ich ihm wirklich Auge in Auge gegenüberstehen würde, die Pistole in der Hand, dann würde ich ihm ins Gesicht schießen. Das ist auf jeden Fall die sicherste Methode.«

»Mach keinen Unsinn«, beschwor ihn Nitz.

»Nein, ich mache keinen Unsinn. Das sind ja alles bisher nur theoretische Überlegungen, und wenn es wirklich zu einem Anschlag kommen sollte, dann bin ich jedenfalls keiner von denen, die in das Führerhauptquartier eindringen. Meine Aufgabe besteht darin, in Königsberg dafür zu sorgen, dass im Wehrkreiskommando in der Cranzer Allee alles nach Plan läuft. Wenn es denn einen Plan gibt, was ich nicht weiß.«

Das klang nicht übertrieben optimistisch. Heinrich Graf von Lehndorff war nicht optimistisch. Innerhalb des Wehrkreises I die Macht zu übernehmen schien ihm geradezu vermessen. Zwar steckte Carl Hilpert, der eigentliche Befehlshaber des Wehrkreises, noch immer an der Ostfront in irgendeiner sinnlosen Abwehrschlacht, aber der Mann war jedenfalls General; Heinrich von Lehndorff war dagegen nur Oberleutnant.

»Ihr solltet auf jeden Fall im Auge behalten, dass es nicht ausreicht, Adolf Hitler zu beseitigen. Entscheidend ist, dass die ganze Führungsriege ausgeschaltet wird. Vor allen Dingen Himmler und Goebbels. Aber Goebbels hat sich in Rastenburg überhaupt noch nicht sehen lassen. Der bleibt in Berlin. Daher bin ich nach wie vor der Meinung, dass die besten Aussichten für einen erfolgreichen Anschlag nicht hier in der Wolfsschanze bestehen, sondern in Berlin, in der Reichskanzlei.«

Heinrich von Lehndorff warf seinem Gesprächspartner einen forschenden Blick zu. »Du wirkst auf einmal so zögerlich, Bernd.«

Bernd Nitz widersprach. »Ich bin absolut nicht zögerlich. Ich bin selbstverständlich dafür, diesen Anschlag auszuführen, und zwar je eher, desto besser. Aber wir sollten auf keinen Fall aus den Augen verlieren, dass es wahrscheinlich nur diese eine Möglichkeit geben wird. Und wenn das so ist, dann müssen wir warten, bis sich eine perfekte Chance ergibt. Hitler wird nicht ewig in der Wolfsschanze bleiben. Irgendwann in nächster Zukunft wird er sein Hauptquartier nach Berlin verlagern. Das sollten wir abwarten. Auf ein paar Tage mehr oder weniger kommt es jetzt auch nicht mehr an.«

Bernd Nitz war mit dem Ergebnis der Besprechung zufrieden. Diese Offiziere waren eine Gruppe von Zauderern, und er war sich ziemlich sicher, dass sie jedenfalls innerhalb der nächsten Tage nicht zuschlagen würden. Mit den Fallschirmagenten sah die Geschichte anders aus. Wolf hatte die klare Anweisung bekommen, Adolf Hitler in die Luft zu sprengen. Und er, Bernd Nitz, hatte sogar noch mitgeholfen, ihm Zutritt zum Gelände der Wolfsschanze zu verschaffen. Ob das wirklich dazu geführt hatte, dass inzwischen irgendwo im Führerhauptquartier eine Sprengladung angebracht worden war, wusste er nicht. Die Frage war so lange gegenstandslos gewesen, wie der Führer anderswo weilte. Aber jetzt, wo der Mann hier war, wurde es wirklich ernst. Es gab nur eine Möglichkeit: Wolf und seine Mitstreiter mussten sofort festgenommen werden.

Diesen Punkt hatte er vorhin in Berlin nicht angesprochen. Sollte er sich bei Schellenberg rückversichern? Nein, diese Angelegenheit vertrug keinen Aufschub. Bernd griff zum Telefon. Schellenberg hatte ihm die Durchwahlnummern von zwei zuverlässigen Mitarbeitern der Gestapo gegeben, auf die er im Ernstfall zurückgreifen konnte. »Finke und Schröder«, hatte er gesagt. Bernd Nitz war sich ziemlich sicher, dass die beiden Männer in Wirklichkeit andere Namen hatten, aber das war jetzt gleichgültig. Er rief den angeblichen Finke an.

Es war schon spät am Abend, als Wolf Littke von seinem Ausflug zurückkam. Rahel berichtete von Eddas Besuch und von dem Schlüssel, den sie dagelassen hatte. Wolf wusste nicht, was er davon halten sollte. Er hatte keinen Anlass, an der Solidarität von Bernd Nitz zu zweifeln. Sicher, der Mann machte Schwarzmarktgeschäfte, und er hatte auch Kontakte zur Gestapo, aber er hatte sich ihm gegenüber bisher absolut korrekt verhalten. Er sah keinen Grund, warum Rahel und er jetzt dieses schöne Haus verlassen sollten.

»Wir bleiben, wo wir sind«, entschied er. Er erzählte Rahel von seinen Erlebnissen am Moysee.

»Ich würde auch gern schwimmen gehen«, sagte Rahel.

»Warum gehst du dann nicht?«, erwiderte Wolf.

»Wir haben wenig Zeit. Hitler ist nach Ostpreußen zurückgekehrt. Das bedeutet, dass wir den Anschlag auf ihn vorbereiten müssen ...«

»Der Anschlag ist vorbereitet«, unterbrach sie Wolfgang. »Außerdem ist es sozusagen mein Anschlag. Du bist daran nicht beteiligt. Ich möchte auf keinen Fall, dass du dich in Gefahr begibst. Wenn es so weit ist, dann gehe ich in die Wolfsschanze, und du bleibst hier zu Hause und wartest, bis ich zurückkomme.«

»Das kommt nicht in Frage«, entgegnete Rahel entschlossen. »Wenn es jemand gibt, der einen Grund hat, Hitler zu töten, dann bin ich das. Ich will dabei sein. Ich will mitmachen.«

»Das müssen wir jetzt nicht entscheiden«, sagte Wolfgang. Er wollte keinen Streit.

»Außerdem gibt es noch einen sehr guten Grund, weshalb ich nicht schwimmen möchte«, erwiderte Rahel. Sie strich sich über das Haar. Es waren immer noch sehr kurze Stoppeln. Sie schob den linken Ärmel ihrer Bluse hoch. Auf ihrem Unterarm prangte unübersehbar in großen Ziffern die sechsstellige Häftlingsnummer, die man ihr in Auschwitz eintätowiert hatte.

Wolf schüttelte den Kopf. »Nachts sieht man nichts davon«, sagte er.

»Und ich habe auch keinen Badeanzug.«

»Nachts sieht man nichts davon«, wiederholte Wolf.

Die Abende in der Wolfsschanze waren am schwersten zu ertragen. Es wurde erwartet, dass die Sekretärinnen an den abendlichen Teegesellschaften Adolf Hitlers teilnahmen. Es waren eigentlich eher nächtliche Teegesellschaften, die spät am Abend anfingen und manchmal bis 5:00 Uhr morgens dauerten. Obwohl die Arbeitsbelastung der Sekretärinnen nicht sehr groß war, war Traudl Junge am Abend müde und sehnte sich nach ihrem Bett. Ihre Kolleginnen und sie hatten den Teedienst inzwischen in zwei Schichten eingeteilt, weil es einfach unmöglich war, nachts bis weit nach Mitternacht aufzubleiben und am nächsten Morgen dann um 9:00 Uhr wieder zum Dienst zu kommen.

Sie verstand sehr gut, dass der Führer angesichts der schlechten Kriegslage dringend Ablenkung und Entspannung brauchte. Über die Kriegslage wurde nicht gesprochen. Außer den Informationen, die den Wochenschauen bei den Kinovorführungen zu entnehmen waren, gab es nur die täglichen Berichte des Oberkommandos der Wehrmacht, die im Vorraum des Kasinos neben der Speisekarte und dem Spielplan des Kinos ausgehängt waren.

Soldaten wollte Hitler bei seinen Teegesellschaften nicht dabeihaben. Er hatte schon mehr als einmal seinen Unmut über die Offiziere geäußert und behauptet, Stalin habe in dieser Hinsicht alles richtig gemacht, indem er nämlich alle alten Offiziere erschossen habe. Selbstverständlich war auch niemand anwesend, der etwa anderer Ansicht war als der Führer und dies womöglich auch noch äußerte. Dabei ging es nicht nur um Fragen von politischer Tragweite, sondern auch um kleinste Details aus dem täglichen Leben. Eine der Sekretärinnen war monatelang aus dem inneren Kreis verbannt worden, weil sie Hitler in der Frage der Schädlichkeit des Rauchens widersprochen hatte. Hitler war ein militanter Nichtraucher.

Da niemand sich traute, irgendein neues Thema anzureißen, kreiste das Gespräch immer wieder um dieselben Dinge. Hitler erzählte entweder Anekdoten aus seiner Kindheit, oder er sprach von allen möglichen Streichen, die sie beim Militär verübt hatten. Er dozierte auch gern über größere Themen, zum Beispiel über die Entwicklung der Menschheit.

Gerade sagte er: »Wir sind Kinder der Natur, und für uns gelten die gleichen Gesetze wie für alle anderen Lebewesen auch. In der Natur herrscht das Gesetz des Kampfes jeder gegen jeden. Der Starke setzt sich durch; alles Schwächere wird ausgemerzt. Erst der Mensch hat angefangen, aus diesen Regeln der Natur auszubrechen. Der Mensch, und vor allem die Kirche, streben danach, das Schwache und Lebensuntüchtige und Minderwertige künstlich am Leben zu halten. Aber wenn wir das zulassen, wenn wir uns auf diese Weise gegen die Gesetze der Natur stellen, dann wandern wir ins Verderben.«

Traudl hatte diese Sätze nicht zum ersten Mal gehört, und sie war einen Moment lang eingenickt. Als sie hochschreckte, sprach niemand. Der Führer nippte an seinem Tee. In der Ferne war ein ganz leises Grummeln zu hören. Endlich bekommen wir ein Gewitter, dachte Traudl.

Aber es war kein Gewitter. Der Mann, der neben ihr saß, raunte: »Das ist der Ostwind. Bei Ostwind hört man es schon.«

»Was hört man?«, fragte Traudl.

»Die Front. Die Front ist jetzt nur noch knapp 100 Kilometer entfernt.«

»Hübsche Villa«, sagte Finke.

»Ja.« Bernd Nitz verschwieg, dass es seine Villa war, und dass er persönlich den Attentätern die Wohnung im Erdgeschoss zur Verfügung gestellt hatte.

»Sie sind zu Hause«, sagte Schröder. Er deutete auf ein Fenster im ersten Stock, dort brannte Licht.

»Sie wohnen im Erdgeschoss«, widersprach Bernd.

»So, im Erdgeschoss.« Finke schob ein neues Magazin in seine Maschinenpistole. Schröder schien sich dagegen auf seine großkalibrige Mauser verlassen zu wollen.

»Ich würde es begrüßen, wenn die ganze Aktion lautlos über die Bühne gehen könnte«, sagte Nitz. »Möglichst unblutig.« Seine Stimme zitterte ein wenig. Er wollte seinen Freund Wolf Littke lieber verhaften und nicht von einer automatischen Waffe niedermähen lassen.

»Wir werden sehen«, murmelte Finke.

Jetzt standen sie schon seit fast fünf Minuten im Vorgarten und beobachteten das Haus. Im Erdgeschoss blieb alles ruhig. Es war schon spät, wahrscheinlich schliefen die Bewohner.

»Los!«, befahl Schröder. Er hatte genug von der Warterei. Er rannte zum Hauseingang, während Finke sich nach links wandte, mit der Pistole eines der Fenster zum Wohnzimmer einschlug, sich am Sims hochzog, den linken Fensterflügel öffnete und in das Haus eindrang. Bernd Nitz war Finke in den Hausflur gefolgt. Schröder öffnete ihnen von innen die Tür. »Die Vögel sind ausgeflogen«, bekundete er.

Ja, so war es. Die Polizisten öffneten alle Türen, durchsuchten die Zimmer, guckten in die Schränke und unter das Bett, aber hier war niemand.

Bernd Nitz begriff, dass Wolf und Rahel sich aus dem

Staub gemacht hatten. Damit hatte er nicht gerechnet. Natürlich war es sinnvoll, nicht allzu lange in einer Unterkunft zu bleiben, aber mit keinem Wort hatte Wolf angedeutet, dass sie das Quartier wechseln wollten.

»Und jetzt?«, fragte Finke.

Bernd Nitz zuckte mit den Achseln.

Sie durchsuchten die Wohnung. Zeitungen, Landkarten, alte Urlaubsprospekte, die noch von den jüdischen Vorbesitzern stammten, alles war noch da. Auch die meisten Kleidungsstücke, die Bernd besorgt hatte, fanden sich in den Schränken.

»Die kommen wieder«, vermutete Schröder.

»Und jetzt?«, wiederholte Finke.

Schröder sagte: »Wir bleiben heute Nacht hier. Wenn sie kommen, dann haben wir sie.«

Als Bernd Nitz sehr spät am Abend nach Hause zurückkam, sprach er mit keinem Wort über die missglückte Festnahme. Aber Edda merkte sofort, dass ihr Mann schlechte Laune hatte. Und auch jetzt war die Tatsache, dass sie gegen seinen ausdrücklichen Befehl am Nachmittag das Haus verlassen hatte, kein Thema. Bernd Nitz setzte sich in den schweren Ledersessel neben dem Kamin und sah seine Frau eine ganze Weile sinnend an.

»Edda«, sagte er schließlich, »die Lage hier in Ostpreußen wird allmählich ungemütlich. Die Russen haben inzwischen Wilna erobert und stehen tief in Litauen. Heute war wieder einmal ein Vertreter der Reichsbahndirektion bei unserem Gauleiter und hat angefragt, ob die Evakuierung der Zivilpersonen vorbereitet werden soll – also die Evakuierung der Greise, Frauen und Kinder.«

»Ist für so etwas nicht eigentlich die Verwaltung zuständig?«, fragte Edda. »Die Provinz Ostpreußen oder die Verwaltung der einzelnen Kreise?«

Bernd Nitz schüttelte den Kopf. »Das ist alles Sache der Partei«, sagte er. »Der Gauleiter ist verantwortlich. Aber der hat geradezu einen Tobsuchtsanfall gekriegt, als dieser Bahnmensch mit seinem Vorschlag gekommen ist. ›Niemand verlässt seinen Posten‹, hat er gesagt. ›Absolut niemand. Jeder bleibt hier in Ostpreußen, wo er hingehört.‹«

»Das ist wahnsinnig«, sagte Edda.

Natürlich war es vollkommener Wahnsinn, aber zumindest war die Reichsbahn auf ihrer Seite. Sie hatte den Fahrplan so gestaltet, dass man per Schnellzug von Königsberg aus um 1:03 Uhr nachts in Rauschen Düne ankam und dann am Morgen um 6:00 Uhr wieder nach Königsberg zurückfahren konnte. »Genau die richtige Zeit«, sagte Wolf.

»Das ist unvernünftig«, erwiderte Rahel, aber es klang nicht wie ein Vorwurf.

»Ich bin kein vernünftiger Mensch«, behauptete Wolf. Er fühlte sich frei und leicht. »Vernünftige Menschen sprengen keine Diktatoren in die Luft.«

»Was machen vernünftige Menschen?«, wollte Rahel wissen.

»Sie steigen in ihre Unterseeboote, wenn man ihnen das befiehlt, und dann sterben sie«, antwortete Wolf.

Als sie in dem Seebad ankamen, war es vollkommen dunkel. Die Eisenbahn hatte sie bis dicht an den Strand gebracht. Dort draußen war niemand mehr. Wolf nahm Rahel an die Hand und wanderte mit ihr so lange in westliche Richtung, bis sie den Ort und alle Häuser hinter sich gelassen hatten. Hier war der Strand schmaler und steiniger, aber das machte nichts. Was sie dort hatten, reichte ihnen völlig aus.

Während Rahel sich scheu umsah, hatte Wolf schon sein Zeug ausgezogen und rannte hinaus in die Ostsee. Das Wasser war angenehm kühl.

»Komm!«, rief er.

Rahel kam. Er hatte sie noch nie nackt gesehen, und trotz des guten Essens, das sie in Königsberg hatten, war sie noch immer erbärmlich dünn, wie eine Bohnenstange. Es würde eine Weile dauern, bis sie wieder das normale Gewicht einer jungen Frau hatte. Wolf sah auch zum ersten Mal die Narbe auf ihrem Bauch. Sie war jetzt beinahe verheilt.

Rahel bemerkte, dass Wolf die Narbe betrachtete. »Das ist das Ergebnis von Phosphor«, sagte sie. »Eines der Experimente, die dieser Doktor in Buchenwald mit uns gemacht hat, bevor wir nach Auschwitz gekommen sind. Meine Schwester und ich, wir haben Glück gehabt. Bei uns hat er nur eine kleine Fläche verbrannt. Bei anderen waren es zum Teil viel, viel größere Flächen.« Die Frauen hatten geschrien. Rahel auch. Aber darüber wollte sie jetzt nicht reden. Sie drehte sich um und schwamm hinaus in die Ostsee.

Wolf folgte ihr. Er wusste nicht, wie gut Rahel schwimmen konnte, und er wollte sicherstellen, dass ihr nichts passierte. Aber Rahel konnte gut schwimmen. Als sie merkte, dass Wolf direkt hinter ihr war, schlug sie mit der flachen Hand auf das Wasser und spritzte ihn nass.

Später lagen sie nebeneinander am Strand und schauten

hinauf in den Sternenhimmel. Wolf traute sich nicht, die junge Frau anzufassen. »Rahel«, sagte er.

Rahel sah ihn an. »Nein«, sagte sie.

Wolf nickte.

»Entschuldige«, sagte Rahel. »Ich kann das nicht. Noch nicht. Vielleicht später.«

»Später?«

Rahel wollte sich nicht festlegen. »In einigen Wochen vielleicht.« Sie zog sich wieder an. Es war wunderschön, neben Wolf im kühlen Sand zu liegen und an gar nichts zu denken außer daran, dass es eine unbeschreibliche Nacht war. Vor wenigen Tagen hatte sie an nichts weiter denken können als ans Überleben. Und vielleicht daran, auch den nächsten Tag noch zu überstehen. Und jetzt – jetzt sah sie viele Tage vor sich. Glückliche Tage vielleicht, so wie diesen. Und niemand würde ihr etwas tun. Aber plötzlich fiel ihr ein, dass sie den Anschlag auf Adolf Hitler vergessen hatte. Es war vollkommen unsicher, ob sie übermorgen noch in Freiheit war. Sie hätte Wolf nicht zurückweisen sollen.

Am Ende schlief sie ein. Wolf deckte sie mit seiner Jacke zu.

Rahel zuckte zusammen, als jemand sie berührte. Es war Wolf, der sie geweckt hatte: »Es ist Zeit«, sagte er. Sie gingen Hand in Hand zurück zum Bahnhof.

Es gab eine ganze Reihe von Menschen, die diesen frühen Zug nach Königsberg nahmen. Weil Wolf und Rahel in Rauschen eingestiegen waren, konnten sie nebeneinander sitzen, aber der Zug hielt an vielen weiteren Stationen, und es wurde immer voller. Rahel schlief. Auch Wolf nickte schließlich ein. Als der Zug das nächste Mal hielt, wurde er wach. Er bemerkte, dass die beiden Frauen, die ihnen gegenübersaßen, Rahel anstarrten. Als Wolf zur Seite blickte, entdeckte er, dass das Kopftuch sich verschoben hatte, und dass neben Inges blonder Locke ein paar dunkle Stoppeln sichtbar waren. Wolf rückte das Kopftuch wieder zurecht, ohne dass Rahel davon aufwachte.

Die beiden Frauen sagten nichts dazu. Wolf fragte sich, was er tun sollte, wenn sie wissen wollten, was es mit dieser merkwürdigen Frisur auf sich hatte. Aber das geschah nicht. Sie gelangten ohne Schwierigkeiten wieder zurück nach Königsberg.

19. Juli 1944

Es war hell, als sie ihr Haus in Maraunenhof erreichten. Wolf wollte gerade die Haustür öffnen, aber Rahel hielt ihn zurück. »Hier stimmt etwas nicht!«

Nein, hier stimmte tatsächlich etwas nicht. Jetzt bemerkte auch Wolf das offene Fenster des Wohnzimmers mit der eingeschlagenen Scheibe.

»Einbrecher?«, fragte Rahel.

Das war eine Möglichkeit, aber Wolf glaubte nicht daran. Die Gestapo, dachte er. Wahrscheinlich war das die Gestapo gewesen. Und wenn die ihre Wohnung durchsucht hatte, dann hatte sie sicher jemanden vor Ort gelassen, der darauf wartete, dass die Bewohner zurückkamen.

»Bleib hier draußen«, sagte Wolf. »Ich gehe allein rein. Du gehst inzwischen einmal um den Block. Wenn alles in Ordnung ist, warte ich auf dich und lasse dich rein. Wenn du aber zurückkommst, und ich bin nicht zu sehen, dann läufst du so schnell wie möglich zu Bernd. Vielleicht kann der uns helfen.«

Rahel nickte. Sie wäre am liebsten an Wolfs Seite geblieben, aber ihr war klar, dass das das Risiko unnötig erhöhte.

Wolf wartete, bis Rahel verschwunden war. Dann zog er die Pistole. Gut, dass er die Waffe nicht im Haus liegen gelassen hatte. Vorsichtig ging er die Stufen zum Eingang hinauf. Die Haustür war unverschlossen. Er öffnete sie, lauschte. Nichts. Im Hausflur regte sich nichts.

Wolf machte kein Licht, er tappte leise in den dunklen Hausflur hinein. Jetzt links die Wohnungstür, behutsam machte er sie auf. Er hielt inne und lauschte. In der Wohnung regte sich nichts.

Von seinem jetzigen Standort an der Wohnungstür konnte er nur den kleinen Flur überblicken. Von hier gingen die Türen in alle Zimmer. Alle Türen standen offen. Vorsichtig betrat Wolf die Wohnung. Die erste Tür auf der rechten Seite führte in die Küche. Die Küche war leer. Der Küchenschrank war durchsucht worden. Alle Schubladen waren herausgerissen, alle Gefäße ausgeleert worden. Mehl und Zucker lagen auf dem Fußboden.

Plötzlich hatte Wolf das Gefühl, jemand stünde hinter der Küchentür. Er lauschte angestrengt in das Zimmer hinein. Wenn dort jemand war, müsste er ihn doch atmen hören. Aber er hörte nichts. Hinter der Küchentür stand niemand.

Das Wohnzimmer. Auch hier waren alle Schränke durchwühlt worden. Wolf bemerkte aus den Augenwinkeln eine Bewegung rechts von sich. Er fuhr herum. Aber es war nur das offene Fenster, dessen Gardine sich ganz leicht im Luftzug bewegte.

Und das Schlafzimmer? Ganz vorsichtig näherte sich Wolf der offenen Tür. Er erschrak. Da lag tatsächlich jemand quer auf den Betten und schlief. Nein, das war falsch. Der Mann, der dort in voller Uniform auf dem Rücken lag, schwamm in einer riesigen Blutlache. Kein Zweifel, der Mann war tot.

In dem Augenblick gewahrte Wolf eine Bewegung hinter sich.

Rahel ging mit großer Unruhe durch die Straßen von Maraunenhof. Die hübschen alten Villen, die sie bei ihrer Ankunft so bestaunt hatte, waren ihr jetzt gleichgültig. Sie hatte geglaubt, sie wäre in Sicherheit. Sie hatte geglaubt, Wolf würde sie vor allen Gefahren beschützen können. Dass sie gemeinsam zum Schwimmen gefahren waren, war sozusagen eine Probe gewesen, und sie hatten sie bestanden. Zumindest hatte Rahel geglaubt, dass sie sie bestanden hätten. Zumindest hatte sie geglaubt, dass alles gut gehen würde.

Die Entdeckung, dass in ihr Haus eingebrochen worden war, war ein furchtbarer Schock. Das war kein normaler Einbruch. Welcher Einbrecher würde denn mit brutaler Gewalt durch das Fenster einsteigen, wenn es doch so viel leichter war, Haustür und Wohnungstür mit einem Dietrich zu öffnen. Es waren ja schließlich keine Sicherheitsschlösser.

Rahel war sich sicher, dass am Ende ihres Rundgangs niemand auf sie warten würde. Wolf wäre inzwischen längst verhaftet und abgeführt, und sie müsste sich an Bernd wenden und ihn um Hilfe bitten. Sie hatte kein Vertrauen zu Bernd. Wolf glaubte, sein Schulfreund sei einfach nur ein harmloser Ganove, der es als eine Art Sport ansah, sie mit allen möglichen Dingen zu unterstützen. Sie bezweifelte das. Was immer Bernd sein mochte, er war mit Sicherheit kein Sportler, und er tat nichts, was nicht zu seinem Vorteil war. Vielleicht arbeitete er wirklich für die Gegenseite.

Edda, dachte Rahel. Vielleicht gab es ja eine Möglichkeit, heimlich mit Edda zu sprechen, bevor sie sich an Bernd Nitz wandte. Die würde wissen, was zu tun war. Sie hatte geahnt, dass sie hier in ihrer Wohnung in Maraunenhof nicht sicher waren. Sie hatte gute Gründe gehabt, ihnen den Schlüssel für ein anderes Quartier auszuhändigen, in das sie ausweichen konnten. Warum hatten sie das nicht sofort getan? Nun war es zu spät. Und Rahel hatte nicht einmal den Schlüssel für das neue Haus bei sich. Er hing in der Garderobe am Haken, unerreichbar.

Rahel bog um die nächste Straßenecke. Jetzt war es nicht mehr weit bis zu ihrem Haus. Sie hatte befürchtet, dass die Polizei da wäre und alles abgesperrt hätte, aber das schien nicht der Fall zu sein. Die Straße war leer. Keine verdächtigen Autos. Sie sah auch keine Menschen, die gewollt zufällig auf dem Bürgersteig herumstanden. Alles war friedlich.

Aber Wolf war nicht da. Sie stand vor dem Haus, alles sah genauso aus wie vorhin, nur dass jetzt die Haustür weit offen stand. Was jetzt? Zögernd ging Rahel auf das Haus zu. Bevor sie die Stufen zum Eingang hinaufstieg, hielt sie noch einmal kurz inne und überlegte. Noch wäre es möglich davonzulaufen. Aber vor was? Sollte sie vor einem leer stehenden Haus davonlaufen? Das erschien ihr zu albern. Kurz entschlossen ging sie nach drinnen.

»Ich habe sie erledigt«, murmelte Igor. Wolf konnte ihn kaum verstehen, denn der Weißrusse war selbst so gut wie erledigt. Seine Kleidung war blutgetränkt. Er konnte sich kaum auf den Beinen halten.

»Hat er dich so zugerichtet?« Wolf deutete auf den toten Polizisten.

Igor schüttelte den Kopf. »Er hat geschlafen«, sagte er. »Er hat auf der Lauer gelegen, sollte uns abfangen. Aber er hat geschlafen. Und jetzt schläft er für immer.« Igor ließ sich auf den Fußboden sinken.

»Und deine Verletzungen? Was ist passiert?«

Der Weißrusse grinste. »Das waren meine Freunde«, sagte er. »Meine sogenannten Freunde, die Partisanen. Und es waren auch gar nicht die Deutschen, die meine Familie umgebracht haben. Das waren auch russische Partisanen. Sie haben einen Fehler gemacht. Sie haben geglaubt, dass unser Dorf mit den Deutschen sympathisiert. Das haben sie nicht hinnehmen wollen. Sie haben niemand am Leben gelassen. Und sie haben einen zweiten Fehler gemacht. Sie haben geglaubt, dass ich ein Verräter bin. Sie wollten mich liquidieren. Ich war schneller. Aber erwischt haben sie mich trotzdem.«

»Du musst ins Krankenhaus«, sagte Wolf.

Igor schüttelte den Kopf. »Lachen kann ich nicht«, sagte er. »Das tut einfach zu weh. Du kannst mich nicht in ein Krankenhaus bringen, das weißt du genau. Es gibt kein Krankenhaus, das mich behandeln würde. Sie würden mich an die Gestapo ausliefern.«

»Wir nehmen dich mit«, schlug Wolf vor. »Wir müssen nach all dem sowieso das Quartier wechseln.«

»Wolf, das geht nicht. Ich habe mich bis hierher durchgeschlagen, weil ich auf jeden Fall wollte, dass du weißt, was passiert ist, und dass von meiner Seite keine Hilfe mehr möglich ist. Dass ich nebenbei noch diese beiden Kerle hier erledigt habe, das ist ein glücklicher Zufall. Aber das ist dann auch das Ende.«

»Welche beiden Kerle?« Wolf sah nur einen Toten.

»Der andere liegt im Garten, unter den Büschen.«

»Dies ist noch lange nicht das Ende«, versprach Wolf.

In diesem Augenblick betrat Rahel das Zimmer. Sie schrie auf, als sie all das Blut sah, den toten Polizisten und den tödlich verletzten Igor.

»Sei still!«, keuchte Igor.

»Ihr kennt euch noch nicht. Igor, das ist Rahel. Rahel, das ist Igor«, stellte Wolf die beiden einander vor.

»Packt eure Sachen«, sagte Igor, »und dann seht zu, dass ihr hier verschwindet.«

Der Mann hatte recht. Ganz gleich, was mit ihm weiter geschah, sie mussten auf jeden Fall so schnell wie möglich hier weg und ein neues Quartier finden. Der Schlüssel, den Edda ihr gegeben hatte – Rahel lief zur Garderobe –, ja, der Schlüssel war tatsächlich noch da.

»Ich gehe in den Keller«, sagte Wolf. »Wir haben das Funkgerät im Keller versteckt. Ich kann nur hoffen, dass sie es nicht gefunden haben.« Er eilte davon.

Igor sah Rahel an. »Und du, schönes Mädchen«, sagte er. »Was machen wir jetzt?«

Rahel wusste nicht, worauf er hinauswollte. Es war ganz offensichtlich, dass er starke Schmerzen hatte.

Igor sagte: »Hör zu, Rahel. Was auch immer passiert, lass dich nicht erwischen. Wenn sie dich doch erwischen ...« Er keuchte, rang nach Atem, und dann fuhr er fort: »Wenn sie dich doch erwischen, dann hebe niemals die Hände hoch. Kämpfe bis zum letzten Atemzug. Wenn sie dich erschießen, dann können sie dich nicht mehr foltern.«

Rahel nickte. Sie würde niemals mehr kampflos aufgeben.

»Nimm dieses Messer, Rahel. Es sieht dreckig aus, aber das ist nur Blut. Das Messer ist scharf. Verbirg es in deinem Stiefel. Wenn du zustichst, versuche nicht, das Herz zu treffen. Du triffst allzu leicht eine Rippe. Der erste Stich geht in den Unterleib, das setzt deinen Gegner außer Gefecht. Dann kannst du ihm immer noch die Kehle durchschneiden …«

Rahel nahm das Messer in die Hand. »Danke«, sagte sie.

Wolf kam aus dem Keller zurück. »Das Funkgerät ist weg«, sagte er. »Aber das kann uns nicht aufhalten.«

Igor lächelte. »Das ist gut«, sagte er. »Und jetzt, Rahel, lass mich bitte mit Wolf allein.«

Rahel beugte sich über Igor und drückte ihm die Hand. Dann verließ sie zögernd das Zimmer. Sie wusste, was kommen würde. Sie setzte sich auf die unterste Treppenstufe, schloss die Augen und hielt sich beide Ohren zu. Dennoch hörte sie den Schuss.

10

19. Juli 1944

Bernd Nitz war am Telefon. Er berichtete von der misslungenen Festnahme.

»Keine Eigenmächtigkeiten hatte ich Ihnen doch gesagt«, sagte Walter Schellenberg. Es war ihm anzuhören, wie sehr er sich zusammennahm.

»Ja, das haben Sie.« Das klang sehr kleinlaut.

»Und was machen Sie? Anstatt sich vorher mit mir abzustimmen, versuchen Sie auf eigene Faust, die Agenten festzunehmen. Noch dazu auf eine so dilettantische Weise, dass am Ende die Polizisten tot und die meisten Agenten verschwunden sind. Das ist unglaublich!«

»Herr Brigadeführer, ich habe diese Festnahme angeordnet, weil Gefahr im Verzug war. Der Führer war doch inzwischen in die Wolfsschanze zurückgekehrt, und ich wollte es nicht riskieren …«

»Sie hätten mich vorher anrufen müssen. Der Zugriff zu diesem Zeitpunkt war sehr ungeschickt. Jetzt sind die Agenten gewarnt, und wir haben den Kontakt zu ihnen verloren. Vermutlich haben Sie keine Vorstellung davon, wo sich diese Leute jetzt aufhalten?«

»Nein.«

»Dann sehen Sie zu, dass Sie den Kontakt wiederherstellen. Irgendwann müssen diese Leute sich ja mit England in Verbindung setzen, und dann kriegen wir sie.«

»Ja.«

»Ich erwarte von Ihnen, dass Sie mich rechtzeitig ins Bild setzen. Und außerdem erwarte ich von Ihnen, dass Sie dafür sorgen, dass die Festnahme das nächste Mal nicht so dilettantisch vorbereitet wird. Zwei Mann reichen einfach nicht aus, um gut ausgebildete Agenten zur Strecke zu bringen.«

»Jawohl, Herr Brigadeführer.«

Schellenberg beendete das Gespräch. Er lächelte leise. Er hatte zwar diesen Bernd Nitz zur Schnecke gemacht, aber in Wirklichkeit war er mit dem Ergebnis dieser misslungenen Festnahme hochzufrieden. Die Agenten waren weiterhin in Freiheit, der Führer war in der Wolfsschanze, und wenn alles gut ging, dann würde die Mannschaft von SOE ihn in den nächsten Tagen in die Luft sprengen.

Wolf und Rahel waren in das kleine Häuschen umgezogen, das Edda für sie besorgt hatte. Das Haus lag näher an der Stadt, aber es war von einem großen Garten umgeben, dessen hohe Büsche dazu beitrugen, dass man von außen kaum in das Gelände hineinsehen konnte. Der Garten machte einen ungepflegten Eindruck.

Der Strom war nicht abgestellt. Vielleicht hatte Edda vorgehabt, das Haus zu vermieten oder zu verkaufen. Der Wasserhahn röchelte, als Rahel ihn öffnete, aber dann lief doch Wasser, erst mit einem kräftigen Braunton, aber wenige Minuten später klares, vorzügliches Leitungswasser. Hier konnten sie bleiben, hier waren sie zunächst einmal in Sicherheit.

Wolf sah Rahel an. Sie weinte. »Es gab keine andere Möglichkeit«, sagte er.

»Das weiß ich, aber das ändert nichts. Es ist entsetzlich traurig.«

Wolf nickte. Auch er hätte sich am liebsten in irgendeine Ecke zurückgezogen und geheult, aber das ging nicht. Das Attentat auf Adolf Hitler musste durchgeführt werden, und zwar am folgenden Tag. Wolf wusste inzwischen, wie er in die Wolfsschanze hineinkam. Er rechnete mit keinen großen Problemen. Schwieriger war allerdings der Rückweg.

»Ich brauche ein Pferd«, sagte Wolf.

Rahel sah ihn überrascht an. »Wozu brauchst du ein Pferd?«

Er erklärte es ihr. Er hatte den Bereich der Wolfsschanze so gründlich erkundet, wie es ihm von außen möglich war. Außer den wenigen Wachtürmen gab es Posten, die jeweils einen bestimmten Abschnitt der Umzäunung zu kontrollieren hatten. Die äußere Umzäunung des Geländes war zusätzlich durch Stacheldrahtrollen gesichert. Das wäre kein Problem, wenn nicht jenseits des Stacheldrahts noch die Minen gewesen wären. Die Pioniere der Wehrmacht hatten sich keine große Mühe gegeben, die Position der einzelnen Sprengfallen zu verbergen. Aber es waren entsetzlich viele, und wenn man in der Dunkelheit dieses Minenfeld überqueren wollte, dann war die Gefahr riesengroß, dass man eine Explosion auslöste. Einmal hatte Wolf aus der Entfernung miterlebt, wie ein Reh auf eine Mine getreten war. Die Explosion hatte das Tier meterhoch in die Luft geschleudert. Einen Moment lang hatte es noch geschrien und mit den Beinen gerudert, dann war es still gewesen.

Bei Tag gab es praktisch keine Möglichkeit, ungesehen

das Gelände der Wolfsschanze zu verlassen. Bei Nacht war es möglich. Theoretisch zumindest. Es gab nur einen einzigen Weg, der weder vermint noch durch einen Schlagbaum versperrt war. Das war die Gleisanlage der Deutschen Reichsbahn. Und wenn Wolf draußen war, dann brauchte er ein Pferd, um querfeldein flüchten zu können.

»Hast du gar keine Angst, Wolf?«, fragte Rahel.

»Doch, ich habe Angst«, gestand Wolf. »Natürlich habe ich Angst. Aber ich habe gelernt, dass es besser ist, meine Angst nicht zu zeigen. Wenn ich einem bissigen Hund gegenüberstehe, und ich zeige meine Angst, dann beißt er mich. Wenn ich aber stattdessen auf ihn losgehe, dann weicht er zurück und rennt davon.«

»Sicher?«

»Wahrscheinlich.«

»Gilt das auch für Hitler?«

»Morgen werden wir wissen, ob er vor mir davonrennt oder nicht.«

Rahel lächelte. Hitler würde nicht davonrennen. Wenn alles gut ging, würde er stattdessen in die Luft fliegen. Aber im Grunde genommen war es Rahel egal, ob Wolf den Mann in die Luft sprengte oder nicht. Er selbst sollte am Leben bleiben. Er sollte bitte, bitte am Leben bleiben.

»Bis bald«, sagte Wolf. Es wurde Zeit, dass er sich auf den Weg machte. Der einzige Ort, an dem er wahrscheinlich ein Pferd bekommen würde, war das Gut von Heinrich von Lehndorff. Der Mann war im Widerstand. Er würde ihm weiterhelfen. Wolf nahm sein Fahrrad. Er hatte einen weiten Weg vor sich. Das Schloss Steinort lag östlich der Wolfsschanze.

Wolf hatte den Eindruck, dass er zur unrechten Zeit gekommen war. Er stellte sich Gottliebe von Lehndorff vor, die gerade dabei war, die Abfahrt ihrer Kinder vorzubereiten. Sie sollten verreisen, zu ihren Großeltern.

»Störe ich?«, fragte er.

Frau von Lehndorff versicherte ihm, dass er ganz und gar nicht störe. Wolf wusste nicht, ob sie dies aus reiner Höflichkeit gesagt hatte, aber ganz sicher war er sich nicht. Die von Lehndorffs waren nicht nur adelig, sondern obendrein Besitzer eines riesigen Gutes und gehörten damit zu einer Bevölkerungsschicht, mit der Wolf bisher kaum in Berührung gekommen war, und deren Umgangsformen ihm fremd waren. Er entschloss sich zu warten.

Die drei kleinen Mädchen mit ihren hellblonden Haaren, nicht etwa zu langen Zöpfen geflochten, wie es auf dem Dorf üblich war, sondern alle mit modischem Pagenschnitt, rannten aufgeregt umher. Die Haushälterin war damit beschäftigt, die Koffer der Kinder zu packen. Welche Spielsachen sollten mitgenommen werden? Alle natürlich, jedenfalls verlangten das die Kinder. Und die Tiere sollten auch mit. Der Kanarienvogel. Die ganzen Kaninchen. Und selbstverständlich die beiden Ponys.

»Die hat uns Onkel Joachim geschenkt!«, erklärte die siebenjährige Nona, die eigentlich Eleonore hieß.

»Sie meint Joachim von Ribbentrop«, erläuterte Gottliebe von Lehndorff Wolf. Der Reichsaußenminister hatte sich in einem Teil von Schloss Steinort einquartiert.

»Nein, die Tiere können nicht mit«, erklärte Frau von Lehndorff bestimmt, als Nona und Vera zum wiederholten Mal vorbeikamen, um sich nach dem Schicksal der Tiere zu erkundigen.

»Es tut mir ja auch leid«, Frau von Lehndorff wandte sich erneut an Wolf, »aber es geht einfach nicht. Es war ja schon schwierig genug, überhaupt durchzusetzen, dass die Kinder zu unseren Verwandten in den Westen fahren dürfen. Es besteht ja inzwischen für ganz Ostpreußen ein striktes Verbot, die Region zu verlassen. Wer es doch tut, wird wegen Defätismus angezeigt. Natürlich haben Ribbentrops Leute nachgefragt, warum das denn jetzt sein müsste. Ich habe gesagt, dass die Mädchen mich nervös machten, weil ja die Geburt unseres vierten Kindes unmittelbar bevorsteht.«

Ja, dass sie hochschwanger war, war nicht zu übersehen. »Das ist sicher besser so«, sagte Wolf. »Aus vielerlei Gründen«, fügte er hinzu.

Gottliebe von Lehndorff lächelte. In der Tat, dachte sie, aus vielerlei Gründen. Dabei war es weniger die Sorge vor der Geburt und auch nicht die Angst vor den Russen, von deren Näherrücken sie über ihren Mann bestens informiert war, sondern es war der geplante Staatsstreich. Morgen sollte es passieren. Morgen sollte Oberst von Stauffenberg bei einer Besprechung mit Hitler zusammentreffen. Morgen würde er Hitler in die Luft sprengen. Ganz gleich, wie die Geschichte ausging, ihre Kinder wären dann in Sicherheit.

In diesem Augenblick kam die Haushälterin herein. »Ich kann die Mädchen nirgendwo finden«, sagte sie. »Nona und Vera sind verschwunden.«

»Ich komme!«, sagte Gottliebe. »Entschuldigen Sie bitte, aber das geht jetzt vor.« Sie schenkte Wolf ein bezauberndes Lächeln. Warum begriff dieser Oberleutnant nicht, dass er jetzt endlich gehen sollte?

Wolf sagte: »Ich helfe bei der Suche.«

Gottliebe hatte eine ziemlich genaue Vorstellung davon, wo gesucht werden musste. Sie lief als Erstes hinüber zum Reitstall. Da waren die Pferde, aber kein Mensch zu sehen.

»Nona? Vera?«

Keine Antwort.

Gottliebe ging in den Stall hinein; Wolf folgte ihr. Sie fanden Nona schließlich hinter einem Heuhaufen versteckt bei ihrem geliebten Pony. Sie schluchzte laut, als sie von ihm Abschied nehmen musste. Die Haushälterin hatte inzwischen weit hinten im Park Vera entdeckt, die einen Blumenstrauß pflückte. Das dritte Mädchen, das Gottliebe Dicky nannte, saß in der Sandkiste und backte fröhlich kleine Kuchen. Sie war erst anderthalb Jahre alt.

»Danke, dass Sie bei der Suche geholfen haben«, sagte Gottliebe zu Wolf.

»War doch selbstverständlich«, murmelte der.

Gottliebe fragte sich, ob sie dem Kerl einen Tritt in den Hintern verpassen musste, damit er endlich ging. Aber das war nur so ein Gedanke; das hätte sie in Wirklichkeit niemals getan.

Endlich kam Heinrich von Lehndorff mit dem Auto. Aber jetzt hatte er natürlich keine Zeit für Wolf Littke. Das Gepäck wurde verladen, die Kinder stiegen ein, und dann kam der Moment des Abschieds. Gottliebe fuhr nicht mit zum Bahnhof. Es wäre auch gar kein Platz mehr im Auto gewesen.

»Möchten Sie eine Tasse Tee?«, fragte sie Wolf. Diese Frage war eigentlich als eine weitere Aufforderung zum Gehen gedacht.

Wolf nickte. »Ja, ein Tee wäre jetzt nicht schlecht.«

Sie setzten sich an den Tisch unter den großen Bäumen vor dem Gutshof, und wenig später wurde der Tee gebracht. In einiger Entfernung ging eine Gruppe von Leuten vorbei, und Wolf glaubte, den Reichsaußenminister von Ribbentrop zu erkennen. Sollte er aufspringen und den Arm zum Hitlerguss heben? Frau von Lehndorff tat nichts dergleichen. Sie hatte sich so gesetzt, dass sie in die entgegengesetzte Richtung blickte, aber Wolf hatte keinen Zweifel daran, dass sie die Passanten bemerkt hatte.

Der Außenminister – Wolf war sich inzwischen sehr sicher, dass er es war – wusste offenbar auch nicht, was er machen sollte. Er warf einen unsicheren Blick herüber, dann sah er schnell wieder weg und verschwand mit seinem Gefolge im Gutshaus.

Wolf sagte: »Es muss anstrengend sein, mit diesen Leuten im selben Haus zu wohnen.«

Gottliebe erwiderte knapp: »Es ist kein Vergnügen.«

Wolf wusste nicht, wie er es anfangen sollte, auf das angestrebte Gesprächsthema zu kommen. Er trank einen Schluck Tee. Schließlich sagte er: »Manchmal wünscht man sich, dass Hitler und seine ganze Mannschaft endlich zum Teufel geht.«

Gottliebe sah ihn belustigt an. »Vielleicht sollten Sie mit dem Reichsaußenminister darüber sprechen?« Das war kein ernst gemeinter Vorschlag.

Dann eben direkt, dachte Wolf: »Es gibt Leute, die beabsichtigen, den Führer in die Luft zu sprengen.«

Frau von Lehndorff, die auch gerade einen Schluck Tee getrunken hatte, setzte ihre Tasse abrupt ab. »Wer sagt das?«

»Ich sage das.«

Gottliebe starrte ihn an. Wie kam dieser Mensch dazu, von einem Attentat auf Hitler zu reden? Ein Oberleutnant, ein vollkommen untergeordneter Dienstgrad, noch dazu von der Kriegsmarine. Gottliebe war sich sicher, dass er nicht zum engeren Kreis der Verschwörer gehören konnte. Hatte die Gestapo ihn geschickt? – Nein, das war unwahrscheinlich. Die Herrschaften pflegten sehr viel direkter und brutaler zur Sache zu gehen.

»Ich bin bereit, den Führer in die Luft zu sprengen«, sagte Wolf.

»Sie träumen«, entgegnete Gottliebe. Gott sei Dank, der Mann wusste nichts von dem unmittelbar bevorstehenden Anschlag. Er wusste nichts von Stauffenberg. Wusste er etwas über Heinrich von Lehndorff und seine Rolle in dem geplanten Staatsstreich? Möglich war es. Warum sonst hätte er dieses Thema auf eine so plumpe Weise zur Sprache gebracht?

»Ich träume nicht«, beharrte Wolf. »Ich bin ein Agent des englischen Geheimdienstes. Ich handle im Auftrag des SOE. Ich soll den Führer in die Luft sprengen.«

»Ein ehrgeiziges Ziel«, erwiderte Gottliebe. Das war so absurd, am liebsten hätte sie laut losgelacht. »Leider werden Sie keine Gelegenheit haben, dieses Ziel zu erreichen. Der Führer wird sehr gut bewacht.«

Immerhin hatte sie nicht damit gedroht, sofort die Sicherheitsleute des Reichsaußenministers zu informieren.

»Ich weiß, dass es nicht einfach ist«, sagte Wolf. »Aber ich bin davon überzeugt, dass ich es schaffe.«

»Das ist ein vollkommen wahnsinniges Unternehmen«, sagte Gottliebe, aber sie begriff allmählich, dass dieser

Oberleutnant Littke es ernst meinte. »Ich würde vorschlagen, dass wir dieses Gespräch fortsetzen, wenn mein Mann hier ist.«

Wolf nickte.

Gottliebe sah auf die Uhr. Heinrich brachte die Kinder nach Rastenburg. Es gab einen Militärzug, der täglich zwischen Berlin und dem Führerhauptquartier hin und her pendelte. Heinrich von Lehndorff hatte die Genehmigung erwirkt, dass seine Kinder in dem Militärzug mitfahren durften. Immerhin lag ja das Oberkommando des Heeres in Mauerwald auf seinem Grund und Boden. Am kürzesten wäre es gewesen, mitten durch die Wolfsschanze zu fahren, aber das verbot sich von selbst, das war einfach zu auffällig. Aber auch mit dem Umweg über die R 135 war die Fahrt nicht allzu lang. Wahrscheinlich würde Heinrich auf dem Bahnsteig stehen bleiben, bis der Zug abgefahren war. Die Zeit wurde Gottliebe lang. Der Oberleutnant hatte ihre Aufforderung wörtlich genommen und war seitdem in tiefes Schweigen versunken.

»Möchten Sie noch eine Tasse Tee?«, fragte sie.

»Nein, danke«, erwiderte Wolf.

Eine halbe Stunde später kam endlich der Wagen zurück. Heinrich stieg aus; Gottliebe ging ihm entgegen. »Wie war's?«

»Es war furchtbar«, erwiderte ihr Mann. Er sah sehr ernst aus. Er sprach es nicht aus, aber seine Frau begriff, dass dies für ihn sehr wohl das letzte Mal gewesen sein konnte, dass er seine Kinder sah. »Vera hat sich so lieb an mich gedrückt. Sie wollte mich gar nicht loslassen.«

»Dein kleines Seidenäffchen«, Gottliebe lächelte ihren Mann an. »Bist du bis zum Schluss dageblieben?«

»Ja, natürlich. Die Mädchen haben gewinkt, und ich bin neben dem Zug hergelaufen, solange es ging. Das Letzte, was ich gesehen habe, war Vera, die ihr Gesicht ganz fest an die Scheibe gepresst hatte.«

»Sie sind jetzt in Sicherheit«, sagte Gottliebe. Zumindest wollte sie glauben, dass die Kinder jetzt in Sicherheit waren.

»Ja«, bestätigte ihr Mann.

»Heinrich, wir haben einen Besucher. Das ist Oberleutnant zur See Wolfgang Littke. Er war vorhin schon da, aber da hatten wir ja keine Zeit ...«

Wolf war inzwischen ebenfalls herangekommen. Heinrich von Lehndorff streckte ihm die Hand entgegen: »Freut mich, Sie kennenzulernen«, sagte er.

»Heinrich, dieser junge Mann hat die Absicht, den Führer in die Luft zu sprengen«, sagte Gottliebe.

Von Lehndorff sah Wolf amüsiert an. »Das ist eine gute Idee«, sagte er. »Leider kann ich Ihnen nicht weiterhelfen. Ich habe keinen Sprengstoff.«

»Ich brauche keinen Sprengstoff«, erwiderte Wolf, »ich brauche ein Pferd.«

»Es gibt ein Problem«, sagte von Lehndorff, als Wolf sein Pferd bekommen hatte und endlich gegangen war. »Fellgiebel ist angezeigt worden. Er ist einfach zu unvorsichtig.«

»Was hat er denn gemacht?«, fragte Gottliebe. Erich Fellgiebel war General der Nachrichtentruppe im Oberkommando der Wehrmacht. Seine Aufgabe bestand darin, im Moment des Attentats die Telefonanlage des Führerhauptquartiers zu unterbrechen und damit alle Nachrichtenverbindungen der Wolfsschanze nach draußen auszuschalten.

»Er hat mit einem SS-Hauptscharführer zusammen in einem Lokal zu Abend gegessen und dabei offenbar vorgefühlt, ob der Mann für den Widerstand geeignet wäre oder nicht. Er hat dabei abfällige Bemerkungen über den Reichsaußenminister gemacht …«

Gottliebe lächelte. »Es ist gar nicht so leicht, irgendwelche Bemerkungen über den Reichsaußenminister zu machen, die nicht abfällig sind.«

»Wenn es dabei geblieben wäre, wäre das alles nicht so schlimm gewesen. Aber offenbar hat dieser Hauptscharführer am Ende eine versöhnliche Äußerung gemacht, etwa dem Sinne nach, dass er sich seinen Optimismus nicht nehmen lasse und dass es bei allen persönlichen Meinungsunterschieden die Hauptsache wäre, dass sie alle an einem Strang zögen. Und darauf hat Fellgiebel leichtsinnigerweise gefragt: ›Tun wir das denn?‹«

»Mein Gott, Heinrich! So etwas reicht schon für eine Anzeige?«

Von Lehndorff nickte. »Der Mann hat den Vorfall gemeldet. Das Ganze liegt schon ein paar Monate zurück, aber jedenfalls ist das Schreiben jetzt beim Oberkommando der Wehrmacht eingetroffen. Fellgiebel hat mir die Kopie gezeigt. Sie haben ihn um eine Stellungnahme gebeten.«

»Das ist doch absurd.«

»Ja. – Aber ich begreife Fellgiebel auch nicht. Kann dieser Mensch sich nicht mal zusammennehmen? Ja, natürlich brauchen wir für unser Unternehmen jede Unterstützung, die wir kriegen können, aber bei der SS würde ich zuallerletzt danach suchen. Und wenn doch, dann jedenfalls nicht bei irgendeinem Hauptscharführer.«

»Was ist das für ein Rang?«, fragte Gottliebe.

»Das entspricht einem Oberfeldwebel. Ein Unteroffizier also. Vollkommen unbedeutend. Noch dazu auf irgendeinem Verwaltungsposten in den Niederlanden eingesetzt.«

Gottliebe legte ihrem Mann die Hand auf die Schulter. »Reg dich nicht auf, Heinrich. Heute Nacht passiert gar nichts. Und morgen kommt Stauffenberg, und dann explodiert die Bombe. Und Fellgiebel sorgt dafür, dass die Nachrichtenverbindungen zum Führerhauptquartier unterbrochen sind. Und du sorgst dafür, dass in Königsberg, in deinem Wehrkreis I, alles so abläuft, wie es besprochen ist. Und dann sind wir Hitler los und die SS, und dann hört der Krieg auf.«

»Ja.« Heinrich von Lehndorff lächelte. So, wie seine Frau das darstellte, klang es einfach wie ein Märchen. Aber es war kein Märchen. Es war ein Kampf auf Leben und Tod. »Das Attentat muss erfolgen. *Coûte que coûte*.« Aus seinem Munde klang das nicht kämpferisch, eher ein wenig melancholisch.

Seine Frau sah ihn besorgt an. »Koste es, was es wolle«, bestätigte sie.

Wolf stand im Garten und rauchte. Es war ein wunderschöner Sommerabend, aber Wolf war zu nervös, um die Schönheit des Abends zu genießen. Morgen würde er dafür sorgen, dass der Krieg aufhörte. Morgen würde er den Führer in die Luft sprengen.

Hatte er alles richtig gemacht? Im Geiste ging er noch

einmal die Grundsätze der Guerilla-Kriegführung durch, die man ihnen in Beaulieu beigebracht hatte. Punkt 1 lautete: *Überraschung ist von absoluter Wichtigkeit bei jedem Unternehmen. Du musst sicherstellen, dass der Feind nichts von deinem Vorhaben weiß*. Ja, Wolf war sich sicher, dass der Feind nichts von der Sprengladung unter dem Bahnsteig wusste.

Der zweite Kernsatz lautete: *Lass dich niemals auf eine Operation ein, wenn der Erfolg nicht hundertprozentig sicher ist. Brich das Vorhaben ab, wenn es riskant erscheint, es fortzusetzen*. Der Erfolg war hundertprozentig sicher. Vorausgesetzt, dass er, Wolf, morgen früh keinen Fehler machte. Aber diese Einschränkung galt immer und überall im Leben, die konnte man außer Acht lassen. Wenn man beim Überqueren der Straße einen Fehler machte, dann war man tot.

Jede Operation muss mit größter Sorgfalt geplant werden. Ein sicherer Rückzugsweg ist von entscheidender Bedeutung. Die Operation war sorgfältig geplant, und Wolf hatte dafür gesorgt, dass er sich nach dem Anschlag in Sicherheit bringen konnte. Zumindest theoretisch. In dieser Hinsicht hing alles davon ab, dass es ihm gelang, heil wieder aus der Wolfsschanze herauszukommen. Aber das war im Grunde genommen zweitrangig. Entscheidend war zunächst einmal, dass er Adolf Hitler töten würde. Und dieser Teil des Vorhabens war mit größter Sorgfalt geplant und vorbereitet worden.

Jede Bewegung und jede Aktion sollte, wo immer möglich, auf die Stunden der Dunkelheit beschränkt werden. Diese Bedingung ließ sich nicht erfüllen. Die einzige Gelegenheit, den Führer zu einer genau vorherbestimmten

Zeit an einem bestimmten Ort anzutreffen, war die Ankunft von Benito Mussolini auf dem Bahnhof der Wolfsschanze. Und die fand nun einmal im hellen Tageslicht statt.

Alle weiteren Punkte waren zu seiner Zufriedenheit geregelt. Beweglichkeit war von größter Bedeutung. Das Pferd stand bereit, und er kannte das Gelände in der Umgebung der Wolfsschanze wahrscheinlich besser als seine Gegner. Er hatte ja lange genug Zeit gehabt, sich in der Gegend umzusehen. Es verstand sich auch von selbst, dass er sich nicht auf eine Schießerei mit der Wachmannschaft einlassen durfte. Wenn geschossen wurde, gab es für ihn keine Rettung. Aber es würde nicht geschossen werden. Jedenfalls nicht, wenn alles nach Plan ging.

Wolfs Gedanken kehrten noch einmal zurück zum Punkt 1 der Grundsätze der Guerilla-Kriegführung. *Du musst sicherstellen, dass der Feind nichts von deinem Vorhaben weiß.* Konnte er sich in diesem Punkte wirklich sicher sein? Eigentlich ja. Vorausgesetzt natürlich, dass Bernd Nitz wirklich auf seiner Seite stand. Aber stand er auf ihrer Seite? Oder hatte er sie in die Falle gelockt und am Ende an die Gestapo verraten? Wie dem auch sei, Bernd wusste nichts von ihrem jetzigen Versteck, und Wolf hatte nach der Polizeiaktion gegen ihre Wohnung in der Villa in Maraunenhof zur Sicherheit jeden Kontakt mit ihm vermieden.

Wolf ließ die zu Ende gerauchte Zigarettenkippe auf den Boden fallen und trat die Glut aus.

11

20. Juli 1944

Die Badestelle am Moysee war keine Badeanstalt im traditionellen Sinne, sondern einfach ein Stück Seeufer mit einem relativ sandigen Untergrund. Es gab einen schmalen Schilfgürtel, und daran schloss sich direkt der Laubwald an. Der leichte Morgennebel hatte sich rasch aufgelöst. Heute war wieder ein angenehm warmer Sommertag. Wolf schwitzte in der ungewohnten grauen Wehrmachtsuniform, die Bernd ihm besorgt hatte. Sie passte nicht ganz genau, aber gut genug.

Wolf war früh aufgestanden. Er war gleich nach dem Frühstück mit dem Fahrrad zum Moysee hinausgefahren. Jetzt schob er das Rad ein Stück weit in das Unterholz. Dann ging er hinunter zum Seeufer. Im Wasser trieben trockene Schilfhalme.

Wolf war nicht der Erste, der das schöne Wetter zum Baden ausnutzen wollte. Ein gutes Dutzend junger Männer platschte bereits im See herum. Wolf zog sich aus und ging ebenfalls ins Wasser. Es war zwar nicht wirklich kühl, aber doch immerhin erfrischend. Nachdem Wolf ein paar Runden geschwommen war, lief er hinaus auf den Holzsteg, an dessen Ende ein provisorischer Sprungturm errichtet worden war. Kurz entschlossen stieg Wolf nach oben und sprang aus etwa 3 Metern Höhe in das Wasser.

Es war kein besonders gelungener Sprung, aber das war

egal. Wolf kam es darauf an, gesehen und von den anderen jungen Leuten bemerkt zu werden. Alle sollten wissen, dass er sich hier nicht etwa eingeschlichen hatte, sondern dass er zu ihnen gehörte.

Wolf schwamm mehrere Runden in dem glasklaren Wasser, sprang noch mehrfach vom Turm und wartete darauf, dass die Zeit verging. Er wartete außerdem darauf, dass Traudl Junge endlich erschien. Sie war der einzige Mensch, der ihn mit Sicherheit wiedererkennen würde. Sie war daher der einzige Mensch, den er auf keinen Fall im Inneren der Wolfsschanze treffen durfte. Traudl würde sich fragen, warum er denn so plötzlich zur Wehrmacht übergewechselt hatte und was er als Soldat im Urlaub hier im Führerhauptquartier zu suchen hatte.

Da kam Traudl. Er winkte ihr aus dem Wasser zu. Womit er nicht gerechnet hatte, war, dass sie nicht allein war. Sie hatte einen schlanken Marineoffizier mit einer Stirnglatze mitgebracht, mit dem sie sich angeregt unterhielt. Als sie Wolf bemerkte, winkte sie zurück, und auch der Offizier deutete so etwas wie einen Gruß an. »Ich würde mich nachher gern einmal mit dem jungen Mann unterhalten«, sagte er.

Traudl trug ihren Badeanzug unter dem Kleid. Der Offizier machte keine Anstalten, sich ebenfalls auszuziehen.

Jetzt war der richtige Moment, um zu verschwinden. Wolf schwamm hinaus auf den See. Auch Traudl war inzwischen im Wasser, aber sie war keine besonders gute Schwimmerin, wie Wolf bemerkt hatte, und er war sich sicher, dass sie ihm nicht folgen konnte. Er schwamm in einem großen Bogen zum Land zurück. Eine Biegung des Ufers verbarg ihn vor Traudls Blicken, sodass sie sich nicht sicher sein konnte, ob er noch im Wasser war oder nicht. Er ging zurück zu dem Uferbereich, an dem die meisten Soldaten sich umgezogen hatten. Fast alle waren jetzt im Wasser.

Beinahe hätte Wolf den Marineoffizier übersehen. Der saß auf einem Handtuch am Ufer und sah hinaus zu Traudl, die in einigem Abstand im See hin und her schwamm. Kein Zweifel, das war irgendein hohes Tier aus dem Hauptquartier. Wahrscheinlich hatte Traudl ihn mitgeschleppt, um ihn mit ihrem Retter bekannt zu machen. Aber daran war Wolf nicht interessiert.

Für sein jetziges Vorhaben fehlte noch ein entscheidendes Kleidungsstück. Er brauchte eine Uniform des Führerbegleitbataillons mit »GD« auf den Schulterklappen und mit den Ärmelstreifen »Großdeutschland« rechts und »Führerhauptquartier« links. Er zögerte nicht lange. Er griff sich kurzerhand den Kleiderstapel eines Soldaten und zog sich damit ein Stück weit in den Wald zurück.

Jetzt kam es darauf an. Passten ihm die Sachen? – Die Hose wollte auf seinen noch immer nassen Beinen nicht rutschen. Aber am Ende bewegte sie sich, er zog sie hoch, und sie passte. In der Hosentasche fand sich eine Pappkarte mit dem Aufdruck: *Sonderausweis. Dieser Ausweis berechtigt den Inhaber zum Betreten der Sperrkreise III und II. Der Ausweis muss durch den Inhaber persönlich oder durch seine Dienststelle an dem Tag, an dem die Berechtigung zum Betreten der Sperrkreise erlischt, sofort an N/HNV/HNb# zurückgegeben werden. Der Ausweis ist nicht übertragbar. Verlust ist sofort zu melden.*

Leider trug dieser Ausweis ein Foto seines Besitzers, das durch zwei Nieten befestigt war, sodass es keine Möglichkeit gab, die Aufnahme gegen sein eigenes Foto auszutauschen. Allerdings war es natürlich so, dass ein junger Mann in Uniform und mit Mütze ungefähr genauso aussah wie jeder andere. Wahrscheinlich würde der Unterschied nicht auffallen.

Der Sonderausweis war nur in Verbindung mit dem Dienstausweis gültig, aber Wolf baute darauf, dass niemand seinen Dienstausweis sehen wollte, da ja auch der Sonderausweis alle notwendigen Informationen und das Foto des Inhabers enthielt. Er musste es riskieren.

Wolf war unbewaffnet. Er rechnete sich keine Chance aus, sich im Falle eines Misslingens seiner Aktion etwa den Weg freischießen zu können. Er ging noch einmal zu seinem Fahrrad zurück, nahm noch ein paar Dinge mit, von denen er glaubte, dass er sie womöglich gebrauchen könnte, und dann machte er sich auf den Weg.

Es war inzwischen schon fast Mittag. Einige der Soldaten waren jetzt auch auf dem Rückweg. Wolf folgte einer kleinen Gruppe und sah zu, wie die jungen Leute die Sperre passierten. Es gab keine echte Ausweiskontrolle. Jeder hielt nur seinen Sonderausweis hoch, und der Posten winkte ihn durch. Kein Problem.

Auf dem Weg in Richtung Kasino sorgte Wolf dafür, dass er etwas zurückblieb. Er wollte sicherstellen, dass niemand mitbekam, dass er plötzlich in den Wald abbog. Als er glaubte, sich dem kleinen Bahnhof Görlitz weit genug genähert zu haben, verschwand er nach links ins Unterholz. Alles ging glatt. Er wartete einen Moment, ob ihn vielleicht doch irgendjemand bemerkt hatte, aber das schien nicht der Fall. Also ging er weiter und überquerte das Gleis.

Als er fast schon den gegenüberliegenden Waldrand erreicht hatte, registrierte er plötzlich aus den Augenwinkeln eine Bewegung im Bahnhofsbereich. Er bekam einen furchtbaren Schreck. Wie hatte er so naiv sein können? Es war doch naheliegend, dass an einem Tag, an dem ein Staatsbesuch erwartet wurde, das Gelände des Bahnhofs besser bewacht würde als an allen anderen Tagen! Wolf musste es trotzdem riskieren. Er ging ganz ruhig weiter, so als sei das die natürlichste Sache der Welt. Der Soldat auf dem Bahnsteig hatte ihn ganz offensichtlich nicht bemerkt. Jedenfalls rief er ihn nicht an. Wolf war fürs Erste in Sicherheit.

Ohne Hast machte er sich auf die Suche nach der doppelten Kiefer, die Leszek gezeichnet hatte und an deren Fuß er das Ende der Zündschnur vergraben hatte. War es tatsächlich dieser Baum da vorn? Wolf erschrak. Die Kiefer stand viel näher am Bahnsteig als auf Leszeks Kartenskizze. Außerdem war das Unterholz nicht so dicht, wie er gedacht hatte. Er hatte das Gelände ja nur im Winter gesehen und angenommen, dass er jetzt hier im dichten Laub vollständig verborgen sein würde. Das war nicht der Fall. Wer genau hinsah, würde ihn hinter den Büschen entdecken. Allerdings war die feldgraue Uniform schon sehr unauffällig. Es könnte klappen, dachte Wolf. Es könnte klappen.

Und wenn es schiefging? SOE hatte jedem von ihnen eine L-Pille ausgehändigt, eine Pille mit einem tödlichen Gift. Das Gift war Cyanid. Es sollte innerhalb weniger Sekunden zum Tode führen. Aber es waren auch Fälle bekannt, in denen das Sterben wesentlich länger dauerte. Fünf Minuten. Zehn Minuten vielleicht. Ein Pistolenschuss war sicherer, wenn man es richtig machte. Aber er hatte keine Pistole.

Wolf scharrte mit seinem Taschenmesser im Waldboden auf der Rückseite der Kiefer herum. Es dauerte eine ganze Weile, bis er schließlich die Zündschnur gefunden hatte. Jetzt brauchte er sie nur noch anzuzünden, und wenig später würde der Bahnsteig in die Luft fliegen. Die Sicherheitszündschnur Nummer 11 brannte mit einer Geschwindigkeit von 1,5 cm/s. Der Abstand von der Kiefer zum Bahnsteig betrug geschätzte zwanzig Meter. Das hieß, er hatte etwa sieben Minuten Zeit, sich nach dem Anzünden der Lunte in Sicherheit zu bringen. Zehn Kilo Sprengstoff unter den Schienen reichten aus, um eine Lokomotive zwei Meter hoch in die Luft zu sprengen. Unter dem Bahnsteig war diese Menge mit absoluter Sicherheit tödlich für alle Anwesenden. Aber noch war es natürlich viel zu früh. Der Sonderzug des Führers, mit dem Mussolini abgeholt wurde, war noch nicht da.

Rahel saß in dem kleinen Häuschen und wartete. Sie saß vor dem Volksempfänger, den Wolf besorgt hatte, und hörte den *Reichssender Königsberg*. Nach dem Masurenlied, dem Pausenzeichen, folgten alle volle Stunde die Nachrichten. Aber die Nachrichten brachten bisher nichts, was von Belang war.

An der Ostfront stehen unsere Divisionen im Raum östlich Lemberg in schweren Abwehrkämpfen. Feindliche Durchbruchsversuche in Richtung auf die Stadt selbst wurden aufgefangen. Von Kowel her vordringende starke sowjetische Kräfte …

Rahel hörte nicht mehr zu. In den nächsten Stunden

musste sich entscheiden, ob Wolf den Anschlag auf den Führer überlebte oder nicht. Ob der Rundfunk darüber berichtete, war eine ganz andere Frage.

Rahel dachte an Wolf. Er hatte ihr von Inge erzählt, der Mutter seines Sohnes, die ihn verstoßen hatte.

»Du liebst sie noch immer«, hatte Rahel festgestellt.

Wolf hatte den Kopf geschüttelt, aber ihr war klar, dass diese Frau und ihr Kind ihm viel bedeuteten. Von ihr stammte die Locke in Rahels Kopftuch.

Nach den Nachrichten kam Musik. Zarah Leander sang *Ich weiß, es wird einmal ein Wunder geschehn*. Das brauchen wir jetzt, dachte Rahel. Das brauchen wir jetzt wirklich. Die Chancen, dass Wolf heil zurückkam – nein, darüber wollte sie jetzt nicht nachdenken. Wolf hatte ihr eingeschärft, was sie tun müsste, wenn der Anschlag schiefging. Sie sollte versuchen, sich nach Norden durchzuschlagen, nach Estland. Die dort verbliebenen deutschen Truppen hatten Wichtigeres zu tun, als Jagd auf einzelne Jüdinnen zu machen. Und vielleicht konnte sie von dort nach Schweden gelangen.

Schweden. Zarah Leander war Schwedin, genau wie Aaron. Sie wusste vom Haus ihres Bruders, war aber nie dort gewesen. Sie stellte sich vor, jetzt mit Wolf dorthin zu fahren. Sie würden den Krieg vergessen und alles Schlechte auf der Welt. Aaron war auch da. – Nein, Aaron war tot. Das Haus stand leer. Ob sie jemals dorthin gelangten, stand in den Sternen.

Jetzt, gegen Mittag, war es beinahe unerträglich heiß. Zwischen den Bäumen regte sich kein Lüftchen. Abgesehen von dem Staatsbesuch, schien es ein ruhiger Tag im

Führerhauptquartier zu werden. Traudl hatte gesagt, dass der Sonderzug mit Mussolini um 14:00 Uhr eintreffen würde. Der einzelne Posten, der den Bahnsteig bewachte, war mehrere Male mit langsamen Schritten von rechts nach links und von links nach rechts vorbeimarschiert. Er schien dabei tief in Gedanken versunken und interessierte sich ganz offensichtlich nicht für seine Umwelt.

Plötzlich gab es eine Explosion. Nicht besonders laut, eher so, als ob eine der Minen hochgegangen war, die rings um das Führerhauptquartier verlegt worden waren. Auch der Posten auf dem Bahnhof schien nicht sonderlich beunruhigt. Er war bei dem Knall abrupt stehen geblieben, aber als danach nichts weiter geschah und auch keinerlei Rauchentwicklung zu sehen war, nahm er seinen Patrouillengang wieder auf.

Im nächsten Moment heulten die Alarmsirenen. Doch, kein Zweifel, es war etwas Ernstes passiert. Das war keine Mine, sondern irgendein Sprengsatz war irgendwo explodiert. Möglicherweise hatten die deutschen Verschwörer, diese Männer, zu denen von Lehndorff gehörte, tatsächlich ihren Anschlag ausgeführt. Hoffentlich war er gelungen. Wolf sah, wie ein Wagen den Sperrkreis I verließ. Unmittelbar danach wurde der Durchgang durch bewegliche Stacheldraht-Barrieren, sogenannte spanische Reiter, versperrt.

Wenige Minuten später trafen die ersten Krankenwagen ein und wurden durchgelassen. Demnach war das Attentat geglückt. Unter diesen Bedingungen hatte es natürlich keinen Sinn, auf das Eintreffen des Zuges mit Mussolini zu warten. Selbst wenn der Führer nicht tot war, würde das Treffen mit dem italienischen Duce auf jeden Fall abgesagt werden, und damit gab es keine Möglichkeit mehr, die unter dem Bahnsteig deponierte Sprengladung sinnvoll zur Explosion zu bringen. Wolf nahm sein Messer, grub damit erneut hinter der doppelten Kiefer eine Kerbe in den Waldboden, ließ die Anzündungsschnur darin verschwinden, deckte alles mit Erde und Kiefernadeln zu, und damit sah alles wieder so aus wie vorher. Aber inzwischen waren mit Sicherheit alle Ausgänge aus der Wolfsschanze versperrt, und Wolf saß in der Falle.

Der ursprüngliche Plan war gewesen, sich nach dem gelungenen Anschlag in das angrenzende Sumpfgebiet zurückzuziehen und dort die Nacht abzuwarten. Wolf hatte sich vorgestellt, im Schutze der Dunkelheit das Führerhauptquartier entlang des Bahngleises in östlicher Richtung unbemerkt verlassen zu können. Das wäre extrem riskant gewesen. Jetzt bot sich eine andere Möglichkeit. Weitere Krankenwagen waren inzwischen eingetroffen, und der erste Wagen verließ bereits den Sperrkreis I und sauste in westlicher Richtung davon. Der Posten auf dem Bahnhof hatte seine Patrouillengänge aufgegeben. Er stand jetzt ganz am westlichen Ende des Bahnsteigs und trottete schließlich in Richtung des Tores zum Sperrkreis I davon.

Das war die Chance. Wolf zögerte keinen Moment. Er schnitt sich mit dem Messer die Fingerspitzen der linken Hand auf, wischte das herausquellende Blut über Gesicht und Haare, schnitt sich zusätzlich noch in die rechte Augenbraue, etwas tiefer als beabsichtigt, sodass ihm das Blut über die Wange lief und auf die Uniform tropfte. Dann stieß er das Messer in den Boden, trat noch einmal mit dem Fuß drauf, sodass es vollständig verschwunden war, und eilte zur Straße. Niemand beachtete ihn. Niemand war da, der ihn hätte beachten können. Die gesamte Aufmerksamkeit konzentrierte sich auf den Sperrkreis I.

Die zweite Ambulanz verließ den Sperrkreis. Wolf lief auf die Straße, winkte mit beiden Armen. Der Fahrer hielt an.

»Die Bombe«, keuchte Wolf. »Die Bombe, ich bin verletzt. Helfen Sie mir!« Noch einmal fuhr er sich mit der Hand durchs Gesicht, nicht um das Blut fortzuwischen, sondern um es noch mehr zu verteilen. Er war sich sicher, dass er einen furchtbaren Anblick bot.

»Schnell, auf den Beifahrersitz«, sagte der Fahrer. »Wir nehmen Sie mit zum Kreiskrankenhaus nach Rastenburg.«

»Danke«, murmelte Wolf. Und dann, um nicht allzu unglaubwürdig zu wirken: »Es sind nur Splitter. Ich hab nur Splitter abgekriegt. Aber es tut wahnsinnig weh ...«

»Keine Angst«, beruhigte ihn der Sanitäter, »das kriegen die Ärzte schon wieder hin.«

Wolf nickte.

»Der Führer lebt, das ist die Hauptsache«, sagte der Sanitäter. »Ein paar Generäle sind tot, aber Adolf Hitler hat nur Schrammen und Kratzer abgekriegt.«

Wolf erschrak. Der Anschlag war misslungen. Aber es gab nichts, was er jetzt noch tun konnte. Schon waren sie am Tor des äußeren Sperrkreises. Der Posten sah den Krankenwagen kommen und öffnete ohne zu zögern den Schlagbaum. Auf die spanischen Reiter hatte man hier sowieso verzichtet, ganz offensichtlich um den Abtransport der Verwundeten nicht zu behindern. Wolf stöhnte leise. Er brauchte sich nicht zu verstellen; die Schnitte taten wirklich weh. Er war noch einmal davongekommen. Blieb nur ein kleines Problem: Östlich des Führerhauptquartiers stand jetzt ein herrenloses Pferd und wartete auf seinen Reiter.

Wolf schloss sich in der Toilette des Krankenhauses ein, wusch sich das Blut ab und reinigte die Uniform so gut es ging. Dann machte er sich auf den Weg. Ihm war bewusst, dass er in diesem Aufzug nicht unbehelligt bis nach Königsberg gelangen würde. Zum Glück war ein heißer Tag. Er zog die Uniformjacke aus und marschierte dann über kleine Seitenstraßen in Richtung Reimsdorf. Es gab keine Zwischenfälle.

Auch in Reimsdorf lief alles so, wie Wolf es sich ausgemalt hatte. Sein Vater war natürlich draußen bei der Ernte; nur seine Mutter war zu Hause. Sie begriff sofort, dass etwas Furchtbares passiert sein musste. »Mein Gott, Wolfgang, habt ihr etwa …«

Wolf schüttelte den Kopf. »Irgendjemand hat einen Anschlag auf den Führer ausgeführt«, sagte er. »Aber wir haben nichts damit zu tun. Wir sind zu spät gekommen.«

»Gott sei Dank«, sagte seine Mutter.

Wolf berichtete, was sich inzwischen ereignet hatte. Er zog sich rasch um, bat seine Mutter, die blutige Uniform für ihn zu verbrennen, und wollte sich wieder auf den Weg machen.

Seine Mutter hielt ihn zurück. »Weißt du, dass Friedrich tot ist?«

Nein, das wusste Wolf nicht. Er erschrak zutiefst. »Er ist doch Eisenbahner«, sagte er. »Er ist doch überhaupt gar kein Soldat.«

»Die Einzelheiten kenne ich nicht«, sagte seine Mutter. »In Wilna ist das passiert. Er muss wohl irgendwie zwischen die Fronten geraten sein. Ob die Russen ihn erschossen haben oder die Deutschen, das weiß keiner. Aber jedenfalls ist er tot.«

Der Krieg kam immer näher. Jetzt griff er nach ihm und nach seiner Familie. »Du bist unser einziges Kind«, fuhr seine Mutter fort. »Ich bitte dich, sei vorsichtig. Ich bin froh, dass du den Anschlag auf Hitler nicht ausgeführt hast. Aber nun musst du auch vernünftig sein. Nun musst du sehen, dass du mit heiler Haut aus dem Krieg herauskommst. Kannst du dich nicht einfach bei der Marine zurückmelden? Kannst du nicht einfach sagen, dass du aus dem Gefangenenlager geflüchtet bist?«

Wolf lächelte.

»Vielleicht ist das eine naive Vorstellung«, sagte seine Mutter. »Aber irgendetwas muss doch gehen. Irgendwie muss es doch möglich sein, dass du aus diesem Schlamassel herauskommst. Pass auf dich auf. Pass bitte, bitte auf dich auf. Versprichst du mir das?«

»Ich verspreche es.«

Wolfs Mutter hatte inzwischen den Ofen angezündet. Die Uniformjacke brannte bereits. Die Hose würde folgen. »Ich nehme Papas Fahrrad«, sagte Wolf.

Sein eigenes Fahrrad hatte er ja am Moysee zurücklassen müssen.

Seine Mutter nickte. Wolf gab ihr einen Kuss, dann machte er sich auf den Weg. Else Littke weinte. Sie war stolz auf ihren Jungen. Wolfgang hatte sich nie von irgendjemand etwas sagen lassen. Er war so unabhängig, wie sie gern gewesen wäre. Noch wilder und unbeherrschbarer als Friedrich, und der war schon eigensinnig genug gewesen. Sie war stolz auf Wolfgang, und sie war sich sicher, dass sie ihn niemals wiedersehen würde.

Das Pferd stand noch da, wo Wolf es zurückgelassen hatte. Er hatte es so angeleint, dass es jedenfalls genug Spiel hatte, um Gras zu fressen.

»Tut mir leid, dass ich dich so lange alleinlassen musste«, sagte er zu dem Tier. Er band das Pferd los, stieg auf und machte sich auf den Weg nach Steinort.

Dort herrschte eine gedrückte Stimmung. Wolf erfuhr, dass Heinrich von Lehndorff vergeblich in Königsberg auf die Nachricht gewartet hatte, dass der Staatsstreich geglückt sei. Er war schließlich zum Hauptquartier nach Mauerwald zurückgefahren, und dort hatte man ihn ins Bild gesetzt. Er wusste von der Explosion der Bombe im Führerhauptquartier, er wusste von den Opfern, und er wusste, dass Adolf Hitler am Leben geblieben war. Er hatte seine Uniform ausgezogen und war in Zivil nach Steinort zurückgeritten.

Was jetzt? Es war absolut sicher, dass herauskommen würde, dass Heinrich von Lehndorff in die Umsturzpläne verwickelt war. Wolf erfuhr jetzt zum ersten Mal, welche Rolle Heinrich zugedacht gewesen war. »Es gibt nur eine Möglichkeit«, sagte er. »Sie müssen sofort verschwinden.«

Gottliebe biss sich auf die Lippen. Es gab noch eine andere Möglichkeit, und von der hatte ihr Mann gerade gesprochen, als Wolf eintraf. Er hatte vorgehabt, in den Wald zu gehen und sich zu erschießen.

»Es ist nicht so einfach, in Deutschland zu verschwinden«, sagte Heinrich von Lehndorff. »Natürlich haben wir zahlreiche Verwandte und Bekannte, die mich wahrscheinlich sogar aufnehmen würden, aber wenn ich zu denen gehe, dann stürze ich sie ebenfalls ins Unglück.«

»Es gibt eine andere Möglichkeit«, sagte Wolf. »Die Front ist keine 100 Kilometer mehr entfernt. Ich denke, Sie sollten einfach nach Osten gehen und sich von der Front überrollen lassen.«

»Und was geschieht dann?«, wollte von Lehndorff wissen. »Was werden die Russen mit mir machen?«

»Das weiß niemand«, musste Wolf zugeben. »Es lässt sich nicht ausschließen, dass die russischen Soldaten Sie einfach umbringen. Wenn Sie dagegen hierbleiben und von der Gestapo verhaftet werden, dann haben Sie keine Chance. Sie werden mit Sicherheit gefoltert, und Sie werden mit Sicherheit umgebracht.«

Heinrich von Lehndorff schüttelte den Kopf.

»Machen Sie sich auf den Weg«, drängte Wolf. »Packen Sie ein paar Sachen, aber nur Dinge, die Sie wirklich dringend brauchen, und dann laufen Sie los in Richtung Osten.«

»Ich werde darüber nachdenken«, versprach von Lehndorff.

Wolf verstand, dass er hier nicht länger erwünscht war. »Ich wünsche Ihnen viel Glück«, sagte er. »Ihnen und Ihrer Familie.« Dann machte er sich auf den Weg.

»Nun ist es amtlich«, stellte Wolf fest. Es war 1:00 Uhr nachts. Rahel und er saßen vor dem Radioapparat und hörten, wie der nur allzu lebendige Hitler sich an sein Volk wandte:

Deutsche Volksgenossen und -genossinnen! Ich weiß

nicht, zum wie vielten Male nunmehr ein Attentat auf mich geplant und zur Ausführung gekommen ist ...

»Das ist nicht mehr derselbe Hitler wie 1940«, stellte Rahel fest.

»Was meinst du damit?«

»Kein Schwung mehr. Der Mann ist erledigt. Ob das nun von der Bombe kommt oder nicht, das weiß ich nicht, aber er spricht so, als habe sein Verstand gelitten.«

»Sein Verstand kann nicht gelitten haben. Den hat er noch nie gehabt«, sagte Wolf. Aber er wusste natürlich, was Rahel meinte. Der Führer trug stockend und stolpernd seinen Text vor:

Eine ganze kleine Clique ehrgeiziger, gewissenloser und zugleich unvernünftiger, verbrecherisch-dummer Offiziere hat ein Komplott geschmiedet, um mich zu beseitigen und zugleich mit mir den Stab praktisch der deutschen Wehrmachtführung auszurotten. Die Bombe, die von dem Obersten Graf von Stauffenberg gelegt wurde, krepierte zwei Meter von meiner rechten Seite. Sie hat eine Reihe mir teurer Mitarbeiter sehr schwer verletzt, einer ist gestorben. Ich selbst bin völlig unverletzt bis auf ganz kleine Hautabschürfungen, Prellungen oder Verbrennungen.

»Scheiße«, sagte Rahel.

Ich fasse das als eine Bestätigung des Auftrages der Vorsehung auf, mein Lebensziel weiterzuverfolgen, so wie ich es bisher getan habe. Denn ich darf vor der ganzen Nation es feierlich gestehen, dass ich seit dem Tage, an dem ich in die Wilhelmstraße einzog, nur einen einzigen Gedanken hatte, nach bestem Wissen und Gewissen meine Pflicht zu erfüllen, und dass ich, seit mir klar wurde, dass der Krieg ein unausbleiblicher war und nicht mehr aufgeschoben werden konnte, dass ich seitdem eigentlich nur in der Sorge, der Arbeit und der Sorge, und in zahllosen Tagen und durchwachten Nächten nur für mein Volk lebte ...

»Glaubst du, du hast noch eine zweite Chance?«

Wolf schüttelte den Kopf.

Ich selber danke der Vorsehung und meinem Schöpfer nicht deshalb, dass er mich erhalten hat – mein Leben ist nur Sorge und ist nur Arbeit für mein Volk – , sondern, wenn ich danke, nur deshalb, dass er mir die Möglichkeit gab, diese Sorgen weiter tragen zu dürfen und in meiner Arbeit weiter fortzufahren, so gut ich das mit meinem Gewissen und vor meinem Gewissen verantworten kann ...

»Er bedankt sich bei Gott«, sagte Rahel bitter.

Wolf widersprach: »Er redet irre, das ist alles.«

Rahel schüttelte den Kopf. »Er bedankt sich bei Gott«, wiederholte sie. »Glaubst du, der Allmächtige steckt mit ihm unter einer Decke?«

»Es gibt keinen Allmächtigen«, erwiderte Wolf. »Wenn Hilfe gegen böse Menschen kommen soll, dann kann sie nur von guten Menschen kommen. Eine andere Möglichkeit gibt es nicht.«

Ich ersehe daraus auch einen Fingerzeig der Vorsehung, dass ich mein Werk weiter fortführen muss und daher weiter fortführen werde!

Wolf schaltete das Radio aus.

12

24. Juli 1944

Walter Schellenberg stand vor dem Schachbrett in seinem Arbeitszimmer und bewegte die Figuren unschlüssig hin und her. Er durfte jetzt keinen Fehler machen. Trotz seines geringen Alters von dreiunddreißig Jahren war Schellenberg inzwischen frisch ernannter Leiter aller deutschen Geheimdienste. Sein größter Erfolg war es gewesen, ohne allzu große Skrupel auf dem Weg nach oben zielstrebig seine Konkurrenten zu überflügeln und auszuschalten. So zum Beispiel seinen Freund, den Admiral Canaris, den er nicht nur entlassen, sondern gestern obendrein auch persönlich verhaftet hatte.

In dem Augenblick allerdings, als Schellenberg diese Chefposition erreicht hatte, war ihm schlagartig klar geworden, dass die Arbeit der deutschen Geheimdienste nicht viel wert war. Sie hatten falsche Informationen über die geplante Invasion der Alliierten in Frankreich gesammelt, und selbst nach der Landung der Engländer und Amerikaner in der Normandie, hatten sie immer noch behauptet, die eigentliche Landung käme erst später in der Bretagne. Dadurch waren die dringend benötigten Truppenverstärkungen für die Deutsche Wehrmacht ausgeblieben. Ebenso katastrophal war die Fehleinschätzung der russischen Pläne an der Ostfront. Der deutsche Geheimdienst hatte eine Offensive im Bereich der Nordukraine vorausgesagt. In Wirklichkeit lag der Schwerpunkt des sowjetischen Großangriffs in Weißrussland, und schon nach wenigen Tagen war offensichtlich, dass die Deutsche Wehrmacht diesen Angriff nicht aufhalten konnte. Und was jetzt?

Walter Schellenberg war zwar einer der mächtigsten Männer im Dritten Reich. Aber diese Position war nicht ungefährdet. Es gab viele Konkurrenten, die ihm seinen Rang streitig machten. Zumindest versuchten sie es. Und Heinrich Himmler war zwar sein großer Beschützer, aber gleichzeitig auch ein Klotz am Bein.

Heinrich Himmler – der einzige Mensch, aus dem er niemals schlau geworden war. In der Bevölkerung galt er als Reichs-Heini, als ein Schwachkopf. Das war vollkommen falsch. Himmler war hochintelligent. Das Problem war nur, dass ihn seine Intelligenz immer wieder auf Wege führte, die in Schellenbergs Augen Irrwege waren.

Es war einfach unbegreiflich. Dieser Mann hatte es geschafft, innerhalb der NSDAP eine Machtposition zu erringen, die mit keiner anderen vergleichbar war. Er war zwar nicht Stellvertreter des Führers, das war Hermann Göring. Aber er hatte von allen hochgestellten Nazifunktionären die beste Ausgangsposition. Er war die ungekrönte Nummer zwei in der Regierung Hitler. Und wenn jemand die Nummer zwei war, dann sollte es doch selbstverständlich sein, dass er alles daransetzte, so bald wie möglich die Nummer eins zu werden.

Aber genau das tat Heinrich Himmler nicht. Sein Auftreten gegenüber Adolf Hitler war eher unterwürfig als selbstbewusst. Einen Großteil seiner Energie verschwendete er auf die Ausrottung der europäischen Juden. In

Schellenbergs Augen war das eine Art Hobby, so etwas wie Briefmarkensammeln. Man konnte sich daran freuen, wenn man dazu die Veranlagung besaß, aber es brachte einen nicht weiter.

Im Gegensatz zu den Verschwörern innerhalb der Wehrmacht und zu den ausländischen Agenten verfügte Himmler mit der ihm treu ergebenen SS über eine schlagkräftige Truppe, die sich selbst als die Elite des Deutschen Reiches sah. Allein die Waffen-SS verfügte nach Schellenbergs Schätzung über ungefähr 500 000 Mann. Auf einen Befehl von Himmler wären sie sofort in der Lage, die Macht im Reich zu übernehmen. Aber dieser Befehl kam nicht.

Walter Schellenberg hatte immer wieder versucht, Himmler in diese Richtung zu drängen. Leider vergeblich. Wenn Himmler die Nummer eins geworden wäre, wäre er, Schellenberg, natürlich fast automatisch die Nummer zwei. Und im Gegensatz zu Heinrich Himmler hätte Schellenberg als Nummer zwei sehr wohl gewusst, was das nächste Ziel sein musste. Aber dazu war es nicht gekommen.

Schellenberg hatte gehofft, dass einer der beiden Anschlagspläne wenigstens Adolf Hitler aus dem Weg räumen und damit Himmler zum Handeln zwingen würde. Das war nicht geschehen. Nun blieb nur noch die Schadensbegrenzung.

Im Hinblick auf seine Zukunft im Nachkriegsdeutschland hatte Schellenberg getan, was er konnte. Er hatte unlängst versucht, über Schweden Friedensverhandlungen anzuregen, ohne Ergebnis. Es machte nichts, dass dieser Versuch gescheitert war. Wichtig war nur, dass sich auf diese Weise beweisen ließ, dass er getan hatte, was er konnte, um den Krieg zu beenden.

Mit den Juden hatte er kein Problem. In die Endlösung der Judenfrage war er nicht verwickelt. Im Gegenteil. Er hatte rechtzeitig einer jüdischen Familie das Leben gerettet. Natürlich nicht irgendeiner Familie. Er hatte sich eine hübsche, junge Schauspielerin ausgesucht. Nicht zu prominent, aber hübsch genug und bekannt genug. Sie und ihr Mann und ihre Kinder waren jetzt in Sicherheit, und sie würden ihm ewig dankbar sein. Mehr persönlicher Einsatz war nicht erforderlich. Ein leuchtendes Beispiel gab mehr Glanz ab als zwei oder zehn oder gar hundert.

Damit war für später fast alles geregelt. Aber nicht für den Moment. Hitler lebte. Hitler war nach wie vor an der Macht, und es gab Beweise für Schellenbergs Verbindung zu verschiedenen Attentätern des 20. Juli. Es gab Zeugen.

Er griff zum Telefon und ließ sich in der Gauleitung mit Bernd Nitz verbinden. Ohne weitere Vorrede fragte er direkt: »Wie viele Leute wissen von unseren Verbindungen?«

Nitz überlegte einen Moment. »Von den SOE-Agenten ist meines Wissens nur noch Wolfgang Littke übrig …«

»Keine Namen!«, fiel ihm Schellenberg ins Wort.

»Dann gibt es da noch diese Jüdin, mit der er neuerdings zusammen ist.«

»Das sind alle?« Das waren weniger, als Schellenberg erwartet hatte.

Bernd Nitz zögerte. »Na ja, dann ist da auch noch Edda, meine Frau.«

»Wir sitzen alle in einem Boot«, sagte Schellenberg. »Frau oder Nichtfrau, das spielt keine Rolle. Herr Nitz, Sie wissen, was jetzt getan werden muss!« Das war keine Frage, das war ein Befehl.

»Ja, das weiß ich«, erwiderte Bernd Nitz erschrocken.

Als Walter Schellenberg den Hörer auflegte, lächelte er zufrieden. Er war sich ziemlich sicher, dass der dicke Gauner aus Königsberg seine Aufgabe wunschgemäß erledigen würde. Er ging an das Schachbrett und nahm die weißen Läufer und Springer aus der Partie. Nun stand der weiße König plötzlich vereinsamt in einer sehr ungünstigen Position. Schellenberg zog die schwarze Dame vor und sagte: »Schach!«

Bernd Nitz war tief in Gedanken versunken, als er nach Hause ging. Wie man es auch drehte und wendete, Schellenberg hatte recht. Edda war ein Problem. Er hatte neulich schon den Verdacht gehabt, dass Edda ein doppeltes Spiel spielte. An jenem Abend, als sie Wolf einen Zettel zugesteckt hatte. Sie hatte Wolf warnen wollen. Bernd hatte sie anschließend verprügelt, und er hatte sich eingebildet, dass das ausreichen würde, um sie von weiteren Dummheiten abzuhalten. Wahrscheinlich hatte das gewirkt. Aber sie wusste zu viel. Dumme, kleine Edda. Sie war nicht unersetzlich. Bernd brauchte niemanden mehr zum Decodieren von Funksprüchen. Das konnte er inzwischen selbst. Nein, jetzt ging es nicht mehr anders: Edda musste verschwinden.

Der Kaffee stand bereit, als Bernd nach Hause kam. Edda begrüßte ihn mit einem Kuss. »Hattest du Schwierigkeiten?«, fragte sie.

Bernd schüttelte den Kopf.

»Du siehst so ernst aus.«

»Nicht direkt Schwierigkeiten«, log er. »Es ist nur die allgemeine Lage. Die Russen kommen immer näher. Ich habe gestern mit dem Gauleiter gesprochen. Erich Koch lehnt eine Räumung Ostpreußens weiterhin kategorisch ab. Dabei ist es längst höchste Zeit, die Zivilbevölkerung in Sicherheit zu bringen.«

»Glaubst du denn wirklich, dass wir hier in Gefahr sind? Hier in Königsberg? Die Front ist doch weit über 100 Kilometer entfernt.«

Bernd schüttelte den Kopf. »Wenn der Russe wirklich angreift, dann gibt es kein Halten mehr. Ich habe lange überlegt, was wir tun sollten, aber ich bin jetzt zu dem Entschluss gekommen, dass es nur eine Möglichkeit gibt: Du steigst in den Zug und fährst nach Berlin.«

»Nach Berlin?«, fragte Edda überrascht. »Glaubst du nicht, dass es da noch viel gefährlicher ist als hier bei uns? Bei den dauernden Luftangriffen?«

»Glaub mir, Berlin ist sicherer als Königsberg. Der letzte größere Luftangriff war im März. Du fährst übrigens allein.«

»Kommst du nicht mit? Warum?«

»Ich komme später nach. Ich habe hier noch ein paar Dinge zu erledigen.«

»Und wo soll ich hin in Berlin? Ich kenne da doch keine Menschenseele?« Zumindest keine lebende Menschenseele, hätte sie hinzufügen können. Ihre kommunistischen Freunde aus den Studentenzeiten waren längst verhaftet und wahrscheinlich ermordet worden.

»Du fährst zunächst einmal zu meiner Tante nach Wilmersdorf. Tante Gertrude. Die kennst du nicht, aber es ist eine sehr nette Frau. Ich habe vorhin bei ihr angerufen, sie hat nichts dagegen, dass du kommst. Sie hat gesagt: Du bist ihr jederzeit willkommen.«

Edda zögerte. »Wann soll ich losfahren?«

»Noch heute. Du nimmst den Schnellzug heute Abend.«

Edda setzte die Kaffeetasse ab. »Noch heute? Wie stellst du dir das vor, Bernd? Ich habe doch überhaupt gar nichts gepackt.«

»Das spielt keine Rolle«, erwiderte ihr Mann. »Du fährst ohne Gepäck. Das ist sowieso sicherer, denn inzwischen gibt es ja Anweisungen, dass man nicht flüchten soll. Wenn du ohne Gepäck fährst, dann ist ganz klar, dass das keine Flucht ist, sondern dass du lediglich auf Besuch zu irgendjemandem fährst. Ich gebe dir genügend Geld mit, dann kannst du dir in Berlin alles kaufen, was du brauchst. Die entsprechenden Marken kriegst du ja, wenn du dich in Wilmersdorf anmeldest. Und wenn du irgendetwas nicht auf Marken kriegst, dann besorgst du es dir eben auf dem Schwarzmarkt. Der Schwarzmarkt in Berlin ist sowieso viel besser als hier in Königsberg.«

Edda schwieg. Ganz offensichtlich hatte Bernd seine Entscheidung getroffen

»Komm jetzt, Edda!«, rief Bernd, denn Eddas Zug ging um 21 Uhr. Sie hatte sich geduscht und geschminkt, und sie sah schöner aus denn je. Schade, dass es nicht anders ging, dachte Bernd. »Wir nehmen den Wagen«, entschied er.

Edda nickte. Es war eigentlich nicht weit bis zum Bahnhof, aber sie hätten sich beeilen müssen, und sie wollte nicht in Schweiß geraten. Ihr Mann holte das Auto aus der Garage, und Edda stieg ein.

Sie fuhren los. Edda registrierte, dass Bernd einen anderen Weg wählte als den, den sie sonst benutzten.

Es war ganz sicher keine Abkürzung, aber Edda hielt den Mund. Sie wollte sich nicht jetzt so kurz vor ihrem Abschied mit Bernd streiten.

Edda war überrascht, als ihr Mann schließlich an einer Stelle anhielt, die vermutlich zum Güterbahnhof gehörte. »Komm«, sagte er, »wir lassen den Wagen hier stehen und gehen da vorne durch.« Er wies auf eine schmale Lücke zwischen zwei Güterzügen, die hier abgestellt standen.

»Da durch?«

»Ja, das ist der richtige Weg«, erwiderte Bernd ungeduldig.

Edda biss sich auf die Lippen. Kein Zweifel, das war verboten, was sie hier machten, aber wenn Bernd das so wollte, bitteschön. Sie ging voran, vorsichtig einen Fuß vor den anderen, um auf dem Gelände voller Schotter nicht umzuknicken.

Bernd ging direkt hinter ihr. In aller Ruhe zog er die Pistole aus der Tasche, zielte und schoss ihr in den Hinterkopf. Ohne einen Laut stürzte Edda zu Boden. Bernd Nitz steckte die Waffe wieder ein, drehte sich um und ging zum Wagen zurück.

25. Juli 1944

Lehmann war wieder einmal als Bewacher mit einem Außenkommando auf dem Weg zum Gut Harmense. Diesmal waren sie zu viert, und die Gruppe der Häftlinge bestand zur Hälfte aus Männern und zur Hälfte aus Frauen. Es waren diejenigen, die auf irgendeine Weise mit der Flucht der beiden Häftlinge oder der Ermordung des Arztes in Verbindung gebracht wurden. Höß, der Leiter des Konzentrationslagers hatte sich Zeit gelassen mit der Untersuchung des Falles. Schade, dass der Mörder tot war und keine Auskunft mehr geben konnte. Er war Jude, so viel stand fest, der Mann war beschnitten. Aber er trug keine eintätowierte Häftlingsnummer. Also war er bei der Selektion nach Ankunft seines Transportes zu der Gruppe geschickt worden, die sofort vergast werden sollte. Und dann musste er es irgendwie geschafft haben, sich abzusondern und zu verbergen. Es hatte sich zwar sehr rasch herausgestellt, dass eine russische Ärztin in beide Fälle verwickelt war, aber dann waren die Untersuchungen ins Stocken geraten. Die Ärztin hatte unter Folter alles Mögliche zugegeben, aber das Geständnis war so wirr, dass man damit nicht viel anfangen konnte. Daraufhin hatte der Lagerleiter sie kurzerhand aufhängen lassen. Zur Abschreckung, vor versammelter Mannschaft.

Das reichte natürlich nicht aus. Der nächste Schritt sollte sein, dass das Außenkommando, von dem die beiden Häftlinge geflohen waren, erschossen wurde. Dasselbe galt für die Frauen, die mit dieser Rahel zusammen in demselben Raum gelebt hatten, denn Höß ging davon aus, dass zumindest ein großer Teil von ihnen sehr genau gewusst hatte, was geplant war. Auf diese Weise war das Außenkommando heute etwas größer als sonst, und deshalb war auch die Wachmannschaft etwas größer.

Lehmann hatte befürchtet, dass auch er zur Rechenschaft gezogen werden würde, doch das war nicht geschehen. Stattdessen war er als Kommandoführer eingeteilt worden. Er sollte die Exekution vornehmen. Deshalb war er als Einziger mit einer Maschinenpistole ausgestattet, während die anderen drei Bewacher nur ihre normalen Karabiner mitführten.

Lehmann hatte Angst. Er wollte niemanden erschießen, aber was sollte er tun? Die anderen drei Mann sahen nicht so aus, als ob sie besondere Bedenken hätten, den Befehl auszuführen. Von ihnen konnte Lehmann keinerlei Hilfe erwarten. Dabei war das alles so sinnlos. Gerade hatte sich herumgesprochen, dass die Russen viel weiter vorgestoßen waren, als man befürchtet hatte. Am 23. Juli hatten sie das Konzentrationslager Majdanek befreit. Was dort genau vorgefallen war und ob die Rote Armee tatsächlich noch Häftlinge im Lager angetroffen hatte, oder ob der Lagerkommandant alle Spuren beseitigt hatte, wusste niemand. Die Gefahr für alle, die im KZ arbeiteten, war jedenfalls riesengroß. Majdanek war keine 200 Kilometer von Auschwitz entfernt.

Wenn es nach Lehmann gegangen wäre, hätte der Fußmarsch nach Harmense endlos dauern können. Aber sieben Kilometer waren nicht endlos, und da die anderen Bewacher nicht müde wurden, die Häftlinge mit Flüchen und Schlägen anzutreiben, dauerte es kaum länger als eine Stunde, bis die Kolonne auf dem Gutshof ankam.

»Wartet hier«, sagte Lehmann.

Das Gut wirkte wie ausgestorben. Niemand zeigte sich. Lehmann durchfuhr ein furchtbarer Schreck. Einen Moment lang befürchtete er, die Russen seien schon hier, hätten alle Deutschen getötet und lauerten jetzt irgendwo im Versteck. Aber das war natürlich Unsinn. So schnell konnten die Russen nicht sein.

Lehmann ging hinüber zum Hauptgebäude. Er läutete. Keine Reaktion. Die Tür war nicht verschlossen. Lehmann warf einen Blick zurück auf die Gruppe der Häftlinge und ihrer Bewacher, die sich inzwischen auf den Boden gesetzt hatten, dann ging er hinein in das Haus.

Auch hier war niemand zu sehen.

»Hallo!«, rief Lehmann.

Nichts rührte sich.

Er öffnete alle Türen; schließlich fand er zwei Frauen in der Küche.

»Die anderen sind alle draußen bei den Fischteichen«, sagten sie. »Es soll abgefischt werden.«

Ende Juli? War das nicht zu früh? Kein Zweifel, die Leitung des Gutes war nervös geworden. Lehmann ging zurück zu seiner Gruppe. Seine drei Kameraden erhoben sich, als er kam. Er sagte: »Hier ist keiner. Wir sind auf uns allein gestellt.«

»Umso besser«, sagte derjenige, der am brutalsten aussah. »Dann gibt es keine Zeugen.«

Lehmann nickte. Er sagte: »Ich gehe mit dem Arbeitskommando in den Hühnerstall. Ihr bleibt hier draußen und bewacht die Eingänge. Es gibt außer dem großen Tor hier vorn, das ihr seht, auf der Rückseite noch eine kleine Tür. Die ist normalerweise verschlossen, aber man weiß ja nie. Und die dritte Möglichkeit, aus dem Stall herauszukommen, die ist über das Dachfenster auf der Rückseite. – Schafft ihr das, diese Ausgänge alle unter Kontrolle zu halten?«

Die Männer nickten. »Wir machen so was nicht zum ersten Mal«, sagte einer.

»Gut. Dann geht ihr jetzt auf eure Plätze, und das Arbeitskommando geht mit mir in den Hühnerstall.«

Unter den Gefangenen brach Unruhe aus. »Was soll das werden?«, rief einer der Männer. »Was habt ihr mit uns vor?«

»Schnauze!«, brüllte Lehmann. »Los, rein in den Stall!«, Und als sich noch immer nichts rührte, feuerte er einen Schuss in die Luft ab. Die Frauen kreischten.

Nun kam Bewegung in die Gruppe. Einige der Männer gingen voran, andere drängten nach, auch die Frauen, schließlich waren alle im Inneren des Stalles. Lehmann sah sich noch einmal nach dem Mann um, der das große Tor bewachte. Der gab ihm ein Handzeichen, dass er bereit sei. Lehmann schloss das Tor und legte den Riegel vor.

Der Hühnerstall war nicht leer. Als die Hühnerzucht aufgegeben worden war, hatte man hier allerlei defekte Geräte und Gerümpel abgestellt. Außerdem gab es noch ein paar Dutzend Hühner, die offensichtlich die Geflügelpest überlebt hatten. Die liefen und flatterten jetzt wild durcheinander, während Lehmann seine Gefangenen in die hintere Ecke des Stalles dirigierte. »Hier stehen bleiben!«, kommandierte er.

»Ich bitte Sie«, sagte eine der Frauen. »Ich bitte Sie, lassen Sie uns doch am Leben.«

Lehmann reagierte nicht. Dies war der furchtbarste Moment seines Lebens, aber es ging nicht anders. Er sah sich noch einmal um, dass alle so standen, wie er es haben wollte. Dann legte er den Schalter der Maschinenpistole auf Dauerfeuer. Das war der Moment, als die Gefangenen anfingen zu schreien.

Sie schrien lauter, als Lehmann anfing zu schießen. Kugeln schwirrten durch die Luft, sausten als Querschläger durch den Raum. Die Gefangenen hatten sich längst auf den Boden geworfen, die Panik war unbeschreiblich, besonders unter den Hühnern, denn sie waren es, die Lehmann aufs Korn genommen hatte. Sie rasten hin und her, flatterten durch den Stall, stürzten getroffen zu Boden, flatterten noch immer. Lehmann wechselte das leergeschossene Magazin aus und erledigte alle, die noch am Leben waren.

Die Häftlinge starrten ihn an. Da stand er, ihr Henker, mit blutbespritzter Uniform, aber keiner von ihnen war verletzt. Nur die Hühner waren tot, bis auf eines, und dem gab Lehmann jetzt den Gnadenschuss.

»So«, sagte er leise, »das war das. Mehr kann ich nicht für euch tun. Wir werden gleich abrücken und zum Lager zurückkehren. Die Tür bleibt offen. Ich empfehle euch, nicht sofort loszurennen, sondern versteckt euch hier und wartet, bis es dunkel ist. Wenn ihr an den Posten vorbeikommt, seid ihr frei. Trennt euch. Als Gruppe habt ihr keine Chance. Marschiert nur bei Nacht, seid vorsichtig.«

»Danke …«, setzte eine der Frauen an.

Lehmann legte warnend den Zeigefinger auf die Lippen. »Keinen Laut«, sagte er. Zur Sicherheit gab er noch einen weiteren Schuss ab. Dann sagte er: »Die Rote Armee ist nicht mehr weit weg. Da drüben, in der Richtung ist Osten. Ich wünsche euch viel Glück.«

Lehmann ging nach draußen. Er ließ die Tür angelehnt, dann sammelte er seine Mannschaft um sich.

»Wie war's?«, fragte einer der Männer.

»Beschissen«, murmelte Lehmann. »Am Ende war alles voller toter Juden und toter Hühner.«

»Du hast da noch eine Feder auf dem Kopf«, sagte einer.

Lehmann nahm das Käppi ab, griff die blutige Feder mit zwei Fingern und ließ sie zu Boden fallen.

Die Männer lachten.

»Abmarsch!«, befahl Lehmann.

27. Juli 1944

Wo steckte Wolf Littke? Wo zum Teufel war er mit seiner Jüdin zusammen untergetaucht? Bernd Nitz war nach Reimsdorf gefahren und hatte Wolfs Eltern aufgesucht – ohne Erfolg. Angeblich hatten sie Wolf seit mehreren Monaten nicht mehr gesehen. Im Frühjahr war er kurz da gewesen, im Februar oder im März, so genau wussten sie das nicht mehr. Da hatte er Urlaub gehabt, aber inzwischen war er angeblich längst wieder auf See.

Bernd hatte das nicht geglaubt. Er war in den nächsten Tagen noch zweimal nach Reimsdorf gefahren, um sich Gewissheit zu verschaffen, jedes Mal zu verschiedenen Zeiten, und er hatte auch die Nachbarn nach Wolf gefragt. Aber die wussten auch nichts. Und eine junge Frau ohne Haare hatten sie erst recht nicht gesehen.

Edda konnte er jetzt nicht mehr fragen. Von ihr wusste er, dass diese Inge, von der Wolf geredet hatte, wahrscheinlich irgendein Mädchen aus Rastenburg war, das

Wolf von der Schule kannte. Wie hieß sie doch noch gleich? Butkereit oder Milkereit, irgend so ein typisch ostpreußischer Name war das gewesen.

Der Schulleiter hätte ihm sicher den Namen heraussuchen lassen können, aber das tat er nicht. »Nitz? Sind Sie nicht der gewesen, der damals mein Auto in den Graben gefahren hat?« Bernd hatte das abgestritten, aber es hatte nichts genützt. Die Unterlagen von damals waren angeblich vor zwei Jahren bei einem Feuer in der Registratur verbrannt.

Bernd Nitz wusste nicht weiter. Einen Augenblick lang hoffte er, Wolf und Rahel wären wieder in das Haus in Maraunen zurückgekehrt, aber da waren sie nicht.

Bernd rief Schellenberg an. Der blieb gelassen. »Wir kriegen sie«, sagte er. »Herr Nitz, seien Sie ganz unbesorgt, wir kriegen sie.«

7. August 1944

»Wir sind noch einmal davongekommen«, sagte Wolf. Gut zwei Wochen waren seit dem Anschlag auf den Führer vergangen, und sie waren noch immer in Freiheit.

Rahel nickte. Sie wusste genauso gut wie Wolf, dass ihre Lage verzweifelt war. Sie waren zwar mit Glück aus der Villa in Maraunenhof entkommen, und sie hatten für ein paar Tage einen halbwegs sicheren Unterschlupf in dem Haus gefunden, dessen Schlüssel ihnen Edda übergeben hatte, aber dies war kein sicherer Ort. Womöglich wusste Bernd Nitz inzwischen, dass Edda sie gewarnt hatte. Dieser unheimliche Bernd Nitz. Sie hatten versucht, mit Edda Kontakt aufzunehmen. Wolf hatte von verschiedenen

Telefonzellen in Königsberg bei Bernd zu Hause angerufen zu Zeiten, wo er vermutete, dass Nitz im Büro war. Vergeblich. Niemand ging ran. Als schließlich doch jemand den Hörer abhob, war es Bernd Nitz. Wolf legte rasch auf.

Rahel sagte: »Wir sind noch immer in Freiheit, aber hier können wir nicht bleiben.«

Das war Wolf auch klar.

Sie mussten so rasch wie möglich das Land verlassen. Die Adresse in der Streichholzschachtel war wertlos. Es wäre extrem schwierig, quer durch Deutschland bis an die Schweizer Grenze zu gelangen, und es wäre noch viel schwieriger, schwarz über die Grenze zu kommen. Ein legaler Grenzübertritt verbot sich von selbst.

Die einzige realistische Möglichkeit bestand darin, sich wie geplant von SOE abholen zu lassen. Aber sie hatten ihr Funkgerät verloren. Das hatte die Gestapo mitgenommen. Sie hatten keine Möglichkeit mehr, mit London in Kontakt zu treten. Bis jetzt hatten sie nicht einmal melden können, dass das Attentat gescheitert war und dass sie wie vereinbart von einem Unterseeboot abgeholt werden wollten. Aber wie sollten sie an ein neues Funkgerät kommen?

Schließlich sagte Rahel: »Du hast doch gesagt, dass dieser Bernd Nitz als Doppelagent für die Engländer und für die deutsche Abwehr arbeitet. Wenn er für die Engländer tätig ist, dann braucht er doch auf jeden Fall eine Funkverbindung. Mit anderen Worten, er muss ein eigenes Funkgerät besitzen.«

Wolf überlegte. Möglich war das. Bernd hatte zwar nie darüber gesprochen, aber warum sonst hatte er Edda aus dem Gefängnis geholt? Offenbar nicht aus Liebe, wie er selbst zugegeben hatte. Aber Edda war Mathematikerin, die sich mit dem Verschlüsseln von Nachrichten auskannte. Mit dem Verschlüsseln von Funksprüchen. Ja, Wolf hatte sicher ein Funkgerät.

Aber es war so gut wie sicher, dass Bernd Nitz auf der Seite der Gestapo stand. Sie durften es nicht riskieren, mit ihm direkt in Kontakt zu treten. Es gab nur eine Möglichkeit. »Wir brechen in seine Villa ein«, sagte Wolf. »Wir holen uns sein Funkgerät.«

8. August 1944

Der nächste Tag war wieder ein strahlender Spätsommertag. Wolf und Rahel machten sich auf nach Amalienau. Wenn Bernd in der Zentrale der Gauleitung arbeitete, dürfte es nicht allzu schwierig sein, bei helllichtem Tag in seine Villa einzubrechen und das Funkgerät herauszuholen. Aber war er in der Gauleitung? Einen wesentlichen Teil seiner undurchsichtigen Geschäfte wickelte er aller Wahrscheinlichkeit nach von seiner privaten Wohnung aus ab.

Heute ganz offensichtlich nicht. Kaum hatten Wolf und Rahel ihren Beobachtungsposten schräg gegenüber von Bernds Haus eingenommen, als Bernd auch schon aus dem Haus trat und das Garagentor öffnete. Wenig später fuhr er mit seinem Mercedes in Richtung Innenstadt. Blieb nur noch Edda.

Rahel rief von der Post aus bei Bernd zu Hause an. Das Telefon läutete einmal, zweimal. Niemand nahm am anderen Ende den Hörer ab. Rahel ließ es zehnmal läuten.

Ohne Ergebnis. Sie wartete fünf Minuten und rief dann noch einmal an. Wieder ging niemand ran.

Wolf wartete indessen in einiger Entfernung von der Villa seines Freundes. Eine ältere Dame, die ihren Hund ausführte, warf ihm einen misstrauischen Blick zu. Wolf lächelte sie an. Sie lächelte nicht zurück, ging aber langsamen Schrittes weiter.

Dann kam Rahel von der Post zurück. »Es geht niemand ran«, sagte sie. »Edda ist nicht da.«

Rahel blieb als Wachtposten auf der Straße stehen. Sie war unauffällig. Bernd kannte sie nicht. Wolf öffnete die Gartenpforte und ging um das Haus herum. Auf der Rückseite lag ein gepflegter Garten, groß genug, dass man seinen Eigenbedarf an Gemüse daraus hätte decken können. Aber daran war Bernd nicht interessiert. Die Obstbäume, die vermutlich der Vorbesitzer schon gepflanzt hatte, standen auf kurz geschorenem Rasen. Die Sitzgruppe auf der überdachten Terrasse war in makellosem Weiß gestrichen, und auf dem Tisch lag die *Berliner Illustrierte Zeitung* vom 4. August. *Der Einmann-Torpedo.* War das eine der neuen Wunderwaffen? Daneben das Foto eines strahlenden Marinesoldaten. *Schreibermaat Walter Gerhold, der mit dem Einmann-Torpedo als Erster einen Kreuzer der Invasionsflotte versenkte, nach der Verleihung des Ritterkreuzes.*

Das Öffnen verschlossener Türen hatten sie bei der Agentenausbildung gelernt. Es dauerte keine Minute, bis Wolf die Terrassentür geöffnet hatte. Er drang durch die Küche in die Villa ein. Unschlüssig bewegte er sich durch das leere Haus. Wo sollte er mit der Suche beginnen? Im oberen Stockwerk? Wenn Bernd wirklich von hier per

Funk mit SOE in Verbindung stand, dann vermutlich von hoch oben. Der höchste Punkt war der kleine Erker auf der Vorderseite des Hauses, der wie eine Art Turm den Rest des Gebäudes überragte. Wolf fand ohne Mühe die Tür, die zum Turmzimmer führte. Aber die Tür war verschlossen. Diesmal hatte er mehr Mühe damit, das Schloss zu öffnen. Schließlich gelang es ihm, der kleine, runde Raum war jedoch leer. Wolf sah hinunter auf die Straße. Dort stand Rahel und hielt Wache. Bei Gefahr würde sie Wolf durch einen Pfiff auf zwei Fingern warnen.

Weiter. Das obere Stockwerk bot keine Geheimnisse. Hier befand sich das Schlafzimmer sowie ein großzügiges Arbeitszimmer. Bernd besaß eine *Mercedes Electra*, eine elektrische Schreibmaschine. Sie sah sehr gepflegt aus, so als habe er sie noch nie benutzt. Wolf zweifelte nicht daran, dass Bernd seine Schreibarbeiten im Wesentlichen an andere delegierte, zum Beispiel an Edda.

Edda besaß ein eigenes, kleineres Arbeitszimmer. Das Bücherregal enthielt neben Mathematikbüchern auch Fachliteratur zum Thema Verschlüsselung. Wolf fragte sich, wozu Edda diese Bücher brauchte, wenn ihre Aufgabe einfach darin bestand, für Bernd den Funkverkehr mit SOE zu ver- und entschlüsseln. Die Schlüssel waren vorgegeben, eigener geistiger Einsatz war nicht erforderlich. Auf dem Schreibtisch lag ein Exemplar der *Schlüsselanleitung zum Rasterschlüssel 44*. Das Heft könnte für SOE interessant sein. Während die höheren Kommandoebenen der Wehrmacht mit der Enigma-Verschlüsselung arbeiteten, die Wolf ja als U-Boot-Kommandant kannte, benutzten die unteren Kommandoebenen eine wesentlich simplere Verschlüsselung. Offenbar war der bisher übliche Doppelkastenschlüssel in diesem Frühjahr durch ein neues Verfahren ersetzt worden, das nach Wolfs oberflächlicher Überprüfung wahrscheinlich einfacher, aber keineswegs sicherer war als das alte Verfahren. Sollte Wolf das Heft mitnehmen? Nein, das würde sofort auffallen.

Wolf öffnete alle Schränke, und er sah auch unter die Betten, aber das Funkgerät fand er nicht. Unglücklicherweise waren die Funkgeräte, mit denen die Agenten heute arbeiteten, ziemlich klein und daher leicht zu verstecken. Auch im Erdgeschoss war auf den ersten Blick kein Koffer zu entdecken. Rahel stand noch immer draußen, blickte zu ihm herüber. Wolf öffnete das Fenster gerade rechtzeitig, um ihren Pfiff zu hören. Kein Zweifel, Bernd kam zurück. Da war schon sein Auto. Es war zu spät, um noch ungesehen zu verschwinden. Rasch in den Keller!

Kaum hatte er die Kellertür hinter sich geschlossen, als er vom Hausflur her Stimmen hörte. Bernd Nitz war nicht allein. Wolf verharrte auf der oberen Stufe und lauschte. Der Mann, mit dem Bernd sich angeregt unterhielt, war Erich Koch, der Gauleiter.

»... ja zum Glück über hervorragende Beziehungen zum Führer«, sagte der gerade. »Also kein Zufall, dass ich schon bei Kriegsbeginn zum Reichsverteidigungskommissar für Ostpreußen ernannt worden bin. Der Führer hat kürzlich noch einmal präzisiert, dass sich das Militär mit seinen Anforderungen zunächst einmal an den Reichsverteidigungskommissar zu wenden hat. Also an mich.«

»Sein Vertrauen in das Militär war ja nie besonders groß«, erwiderte Bernd.

»Und er hat recht gehabt!«, bestätigte der Gauleiter.

»Auf die Militärs kann man sich nicht verlassen. Die haben die Bombe im Führerhauptquartier gelegt. Die haben versucht, Adolf Hitler in die Luft zu sprengen. Ich habe ihn oft genug gewarnt. Ich habe ihm gesagt, dass die Verteidigung des Reiches eine viel zu wichtige Aufgabe ist, als dass man sie den Soldaten überlassen dürfte. Das ist eine Sache des ganzen Volkes. Das ist eine Aufgabe der Partei. Und deshalb habe ich ja in diesem Sommer bereits mit dem Bau der Ostpreußenschutzstellung begonnen.«

»Deine Panzergräben«, bestätigte Bernd.

»Das, was du gesehen hast, das war erst der Anfang, Bernd. Aber jetzt wird die ganze Ostgrenze der Provinz gesichert. Mein Ostwall wird das Gegenstück zum Westwall. Daran wird sich die Rote Armee die Zähne ausbeißen. Wir werden keinen Meter deutschen Bodens den bolschewistischen Horden preisgeben. Und, das habe ich auch dem Führer gesagt, wenn es nötig ist, dann werden Mann und Frau und Kinder die Heimat mit nackten Fäusten verteidigen.«

»Klare Worte«, erwiderte Bernd. »Aber lass uns nicht weiter auf dem Flur herumstehen. Komm mit, wir setzen uns ins Wohnzimmer, und dann besprechen wir alles Weitere bei einem guten Gläschen Wein …«

Der Keller lag im Halbdunkel. Wolf sah sich um. Durch die vergitterten Fenster drang nur wenig Licht. Der erste Raum, den Wolf öffnete, war ganz offensichtlich Bernds privater Weinkeller. Bernd hatte aufgrund seiner bevorzugten Stellung ganz offensichtlich große Mengen französischen Rotweins bezogen und hier eingelagert. Rasch schloss Wolf die Tür und ging in den nächsten Raum. Das war der Kohlenkeller. Er enthielt reichlich bemessene Vorräte, mit denen Bernd gut durch den Winter kommen würde. Hier war Wolf für den Augenblick sicher. Er zog die Tür hinter sich zu.

Es dauerte nicht lange, da kam Bernd Nitz nach unten, um den Wein zu holen. Glas klirrte auf Glas, als er mehrere Flaschen aus dem Regal nahm. Dann eilte er wieder nach oben. Ganz offensichtlich wollte er seinen Freund, den Gauleiter, nicht unnötig warten lassen.

Das bedeutete, dass Wolf zunächst einmal den Keller für sich allein hatte. Er schaute sich weiter um. Ein schmaler, langer Raum enthielt eingewecktes Obst und Gemüse. Der größte Raum schließlich war mit allerlei alten Möbeln und Gartengeräten vollgestellt. Rechts in der Ecke ein Haufen ausrangierter Kleidung von Edda. Zuoberst lag das rote Kleid, das sie in der *Alten Hammermühle* getragen hatte. Wolf wollte die Tür schon wieder schließen, als er links an der Wand ein Regal entdeckte. Darauf standen friedlich nebeneinander zwei Lederkoffer mit englischen Funkgeräten *Type 3 Mk. II*. Eines davon war das Gerät, das bis vor wenigen Tagen noch im Keller ihrer Villa in Maraunenhof gestanden hatte. Und das andere? Kein Zweifel, das war das Funkgerät von Bernd Nitz. Damit wären die letzten Zweifel ausgeräumt. Bernd stand hinter dem Gestapo-Einsatz, dem sie nur knapp entronnen waren.

9. August 1944

Wolf und Rahel saßen im Zug nach Rastenburg. Etwa die Hälfte der Fahrgäste waren Soldaten, die entweder zur Wolfsschanze oder zum Oberkommando der Wehrmacht nach Mauerwald wollten. Rahel bemühte sich, ihre Angst nicht zu zeigen. Wolf hatte den Koffer mit dem Funkgerät einfach ins Gepäcksnetz gelegt. Jeder, der schon einmal ein englisches Funkgerät gesehen hatte, würde wissen, was dieser Koffer enthielt. Aber zum Glück kannte fast niemand englische Funkgeräte, und ganz offensichtlich hatten die beiden Soldaten, die mit ihnen im Abteil saßen, keine Ahnung. Wolf musterte sie unauffällig. Der Ältere kam ihm bekannt vor. Hatte er ihn beim Baden im Moysee gesehen? Er war sich nicht sicher. Der jüngere der beiden, irgendein Unteroffizier, lächelte Rahel an. Rahel zwang sich zurückzulächeln. Das Kopftuch mit der blonden Locke kam ihr inzwischen lächerlich vor. Sie glaubte, dass jeder einigermaßen aufmerksame Beobachter wissen musste, dass die Locke nicht echt war. Aber nichts geschah.

Wolf war in Zivil. Wenn ihn jemand fragte, würde er behaupten, er sei ein U-Boot-Kommandant auf Urlaub, was er ja durch seine gefälschten Papiere belegen konnte. Aber niemand fragte ihn.

Bis jetzt war alles gut gegangen. Wolf hatte bis tief in die Nacht in Bernds Keller gewartet, bis er sich sicher sein konnte, dass sein Schulfreund schlief. Erst dann hatte er sich auf leisen Sohlen davongemacht. Er hatte lange überlegt, ob er das Funkgerät wirklich mitnehmen sollte, aber er hatte keine Wahl. Wenn sie überhaupt eine Chance haben wollten, sich in Sicherheit zu bringen, dann musste er ihre Flucht mit SOE abstimmen. Natürlich würde Bernd sehr rasch feststellen, dass der Koffer fehlte. Wahrscheinlich hatte er es inzwischen schon gemerkt. Sie mussten den Standort wechseln. Trotz schwerer Bedenken hatte

Wolf sich schließlich entschlossen, seine Eltern aufzusuchen. Sicher war die Polizei längst dort gewesen, hatte das Haus durchsucht und seine Eltern vernommen, aber dabei konnte nicht viel herausgekommen sein. Es sei denn, beim Verbrennen der Uniform war irgendetwas schiefgegangen. Hatte seine Mutter daran gedacht, die Metallknöpfe aus der Asche herauszunehmen und irgendwo zu vergraben? Er konnte es nur hoffen.

Rahel atmete auf, als sie endlich in Rastenburg waren und den Zug verlassen konnten. Wolf nahm den Koffer aus dem Gepäcknetz, nickte den beiden Soldaten zu, und gemeinsam mit Rahel ging er in Richtung Ausgang. Zu Fuß machten die beiden sich auf den Weg nach Reimsdorf. Es wäre zu auffällig gewesen, ein Taxi zu nehmen. Wolf hatte ein kleines bisschen Sorge, dass der lange Weg für Rahel zu anstrengend sein könnte, aber sie schritt genauso munter aus wie er selbst, und der angespannte Ausdruck, den er während der Bahnfahrt bemerkt hatte, war aus ihrem Gesicht gewichen.

Wolf war nach wie vor guter Dinge. Er ging davon aus, dass die Gestapo längst abgezogen war. Und nirgendwo war man so sicher wie in einem Versteck, das gerade erst durchsucht worden war. Ihre Ankunft in Reimsdorf würde zwar vermutlich nicht unbemerkt bleiben, aber dass jemand deswegen die Polizei alarmierte, war unwahrscheinlich. Die Menschen auf der Domäne fühlten sich wie eine Dorfgemeinschaft, und die Polizei war nicht Teil der Gemeinschaft. Gegenüber Fremden verhielt man sich stets vorsichtig zurückhaltend.

Auch wenn Rahel nach wie vor sehr schweigsam war, war es schön, gemeinsam mit ihr im Sonnenschein auf dem weißen Sandweg vorbei an den Feldern mit fast reifem Getreide zu gehen. Schade, dass die Äpfel an den Chausseebäumen noch grün waren. Wolf hatte Hunger. Sie waren überstürzt aus Königsberg abgereist, und er hatte sich nicht getraut, in Rastenburg bei Kiaulehn Brot oder Kuchen zu kaufen. Die Verkäuferin würde ihn wahrscheinlich wiedererkennen. Aber zu Hause bekamen sie bestimmt etwas zu essen. Nun war es nicht mehr weit.

Das Gutshaus auf dem kleinen Hügel war jetzt im Sommer hinter dem Laub der mächtigen Eichen verborgen. Die Domäne mit ihren Doppelhäusern wirkte verlassen in der Hitze des frühen Nachmittags.

»Hier wohnen wir«, sagte Wolf.

Plötzlich spürte Rahel, wie ihre Anspannung zurückkam. Was jetzt kam, war entscheidend. Wie würde Wolf sie ihren Eltern vorstellen? Sie glaubte, dass er mehr für sie empfand als einfach nur Zuneigung. Und sie selbst? Sie hatte sich nicht getraut, ihn zu ermuntern. Sie hatte sich im KZ in ein Schneckenhaus zurückgezogen und ihre Gefühle ausgeklammert. Das war wichtig gewesen, um zu überleben. Jeder hatte Angst, aber niemand sprach davon. Jetzt, wo sie frei war, war es falsch, Gefühle nicht zu zeigen. Sie wusste es, aber es war so schwer, sich daran zu gewöhnen. Vielleicht war es schon zu spät.

Wolf läutete. Nichts geschah. Wolf läutete noch einmal. Niemand kam und öffnete.

Wolf schüttelte den Kopf. »Das verstehe ich nicht.« Selbst wenn sein Vater noch draußen bei der Roggenernte war, hätte doch wenigstens seine Mutter da sein sollen. Er fasste an die Türklinke. Die Haustür war unverschlossen wie immer. Er öffnete die Tür und trat ein. Rahel folgte ihm zögernd.

»Mama?«, rief Wolf. Niemand antwortete.

Wolf öffnete alle Türen, blickte in alle Zimmer. Alles war unverändert, aber das Haus war leer.

Bernd Nitz war heute zum ersten Mal zu Besuch auf dem Gut Groß Friedrichsberg, das der Gauleiter sich mithilfe der von ihm gegründeten und kontrollierten Erich-Koch-Stiftung bereits im Jahre 1938 angeeignet hatte. Die Wache am Tor kannte natürlich seinen Mercedes und ließ Bernd ohne Schwierigkeiten durch. Er fuhr direkt bis vor das Gutshaus. Der Kies knirschte unter den Reifen.

Erich Koch kam ihm bereits auf der Freitreppe entgegen. »Schön, dass du gleich gekommen bist!«

»Aber das ist doch selbstverständlich.« Bernd war sich zwar nicht ganz sicher, was der Gauleiter nach ihrem Meinungsaustausch gestern heute schon wieder von ihm wollte. Aber auf den Anruf hatte er natürlich sofort reagiert.

Groß Friedrichsberg lag etwas außerhalb von Königsberg, etwa drei Kilometer westlich von Bernds Villa in Amalienau. Erich Koch hatte um das Anwesen eine zwei Meter hohe Mauer ziehen lassen, sodass Unbefugte nicht ohne Weiteres sehen konnten, wie nobel ihr Landesherr hier lebte.

»Ich habe natürlich alles renovieren und auf den neuesten Stand bringen lassen«, erläuterte Koch. »Du kannst dir nicht vorstellen, wie heruntergekommen das alles war. Als ich den Laden hier übernommen habe, gab es nicht einmal elektrisches Licht.«

Bernd wusste das alles bereits aus Erzählungen, selbst war er aber noch nie hier gewesen. »Du hast dir ein richtiges kleines Schloss geschaffen«, sagte er anerkennend

»Nein«, wehrte Koch ab. »Ganz und gar nicht. Ich habe selbstverständlich auf allen überflüssigen Luxus verzichtet. Ich weiß natürlich, dass in Königsberg gemunkelt wird, dass hier im Gutshof die Türklinken aus Bernstein seien, aber das ist blanker Unsinn. Und die Tür hinter der Garderobe führt auch nicht zu einem unterirdischen Reich, wie manche Leute glauben, sondern schlicht und ergreifend zu meinem Luftschutzkeller, in dem ich im Falle eines Angriffs mit meiner Frau und meinen Bediensteten Unterschlupf finde.«

Sein Freund hatte natürlich keine Kosten und Mühen gescheut, um den alten Gutshof nach seinen Wünschen umzugestalten, es war ja schließlich überhaupt nicht einzusehen, dass ausgerechnet der Gauleiter in irgendeiner Bruchbude wohnen sollte. Er hatte sich eine Sauna einrichten lassen, und der sogenannte Luftschutzkeller diente in erster Linie als großzügiges Weinlager, aus dem auch Bernd schon einige Geschenke erhalten hatte. Auch den Park mit dem kleinen See hatte Erich Koch verschönern lassen, und als Tüpfelchen auf dem i hatte er sich mitten im Krieg aus Holland mehrere Tausend Blumenzwiebeln kommen lassen, die im Frühling einen bezaubernden Blütenteppich bildeten.

Dass Erich Koch verheiratet war, wussten nur wenige. Seine Frau Kläre trat bei öffentlichen Anlässen so gut wie nie in Erscheinung. Ihr Mann hatte angeblich nicht einmal zugelassen, dass sie in die NS-Frauenschaft eintrat. Bernd vermutete, dass er sie ganz für sich allein behalten wollte.

Sie war deutlich größer als ihr Mann. Wenn sie unter sich waren, nannte sie ihn angeblich zärtlich »Männlein«, und er sagte »Muschilein« zu ihr. Die meisten Menschen, besonders seine Kritiker, hielten Erich Koch für gefühllos. Das war jedoch ein Irrtum. Zumindest zu seiner Gemahlin war er wohl fürsorglich und liebevoll. Kläre musste eine attraktive Frau sein, aber das Muschilein war jetzt nirgends zu sehen.

»Wir brauchen mehr Zement«, sagte Koch unvermittelt und riss damit Bernd aus seinen Träumen.

»Zement ist knapp«, erwiderte Bernd.

»Das weiß ich. Aber in einer Situation wie dieser muss natürlich dafür gesorgt werden, dass die knappen Mittel an der richtigen Stelle eingesetzt werden. Ich habe ja öffentlich erklärt, dass kein Soldat der Roten Armee jemals seinen Fuß auf ostpreußischen Boden setzen wird. Wenn ich dieses Versprechen einhalten will, dann brauche ich Beton, und zwar sofort. Zusätzlich zu dem Grabensystem des Ostwalls sollen 250 000 Einmannbunker gebaut werden. Das halten manche Zweifler für unmöglich. Aber du hast ja die Baustellen gesehen. Es geht. Es geht alles, wenn man nur will. Deswegen habe ich die gesamte Bevölkerung zum Arbeitseinsatz verpflichtet, und dabei setze ich jetzt auch in großem Stil Frauen ein, und zwar bis zu einem Alter von siebzig Jahren.«

»Ich weiß.«

»Aber all diese Arbeiten sind sinnlos, wenn der Zement fehlt. Der Stahl für die Betondeckel der Einmannbunker ist da, dafür habe ich persönlich gesorgt, und nun fehlt der Zement. Das ist deine Aufgabe, Bernd. Du musst dafür sorgen, dass ich den Zement kriege. Als Reichsverteidigungskommissar ordne ich an, dass alle entsprechenden Mittel sofort für den Bau meiner Verteidigungsanlagen zur Verfügung gestellt werden. Alle anderen Projekte müssen dahinter zurücktreten.«

»Du hast doch Fiedler«, wandte Bernd ein. Seine Zementfabrik in Metgethen lag wenige Kilometer von Kochs Gut entfernt.

»Fiedler tut, was er kann, aber das reicht nicht aus.«

»Ich werde mich darum kümmern.«

Erich Koch klopfte Bernd auf die Schulter. »Ich wusste, dass ich mich auf dich verlassen kann!«

»Ja, das kannst du.« Bernd hatte selbst keine militärische Ausbildung und wusste nicht, auf welche Weise man Ostpreußen in einen Verteidigungszustand versetzen konnte. Aber er glaubte nicht, dass es ausreichte, wenn alte Frauen und Kinder Panzergräben aushoben, selbst wenn diese schwachen Verteidigungslinien zusätzlich durch Einmannbunker verstärkt wurden. Die Bevölkerung machte sich schon darüber lustig. »Kochtöpfe« wurden die Dinger hinter der vorgehaltenen Hand genannt. Und mehr waren sie auch nicht. Enge Zementröhren, in denen sich jeweils ein einzelner Soldat notfalls von einem feindlichen Panzer überrollen lassen konnte. Kein Vergleich zu den massiven Bunkerbauten des Westwalls.

Bernd ging zurück zu seinem Wagen. Er fühlte sich auf einmal mutlos. Mehr denn je hatte er plötzlich den Eindruck, dass Ostpreußen nicht verteidigt werden konnte. Schon gar nicht, wenn die Verantwortung dafür in den Händen von Amateuren lag. Es war Bernd nicht entgangen, dass in der unmittelbaren Umgebung von Gut Groß Friedrichsberg inzwischen eine Flakbatterie in Stellung gebracht worden war, deren einzige Aufgabe darin zu bestehen schien, den persönlichen Besitz von Erich Koch gegen Luftangriffe zu schützen. Zum Glück gab es keine Luftangriffe. Die englischen und amerikanischen Bomber schafften es nicht bis Königsberg.

Wolf wusste nicht, was das leere Haus bedeutete. Im ersten Augenblick hatte er befürchtet, die Gestapo sei hier gewesen und habe seine Eltern mitgenommen, aber dafür gab es keinerlei Anzeichen. Nach einem Besuch der Gestapo hätte die Wohnung anders ausgesehen. Die Polizisten hätten alles durchwühlt und ein gewaltiges Chaos hinterlassen. Mama und Papa waren ganz einfach verschwunden.

»Was glaubst du, was passiert sein könnte?«, fragte Rahel.

Wolf wusste es nicht.

»Sie werden zurückkommen«, versuchte Rahel ihn zu beruhigen. »Du wirst sehen, es ist alles in Ordnung.«

Wolf antwortete nicht. Er hatte ihr sein Zuhause und seine Eltern vorstellen wollen, und das war missglückt. Seine Mutter in ihrer liebenswürdigen Art, seinen Vater, selbstbewusst aber nicht herrisch, er war stolz auf sie. Seine Eltern konnte er vorzeigen. Aber ohne die beiden wirkte das leere Haus noch viel armseliger als sonst. Was würde Rahel denken? Er wusste gar nichts über sie. Sie war intelligent, und Wolf war sich ziemlich sicher, dass sie auch gebildet war, aber er hatte keine Vorstellung davon, wie sie gelebt hatte, bevor die Nazis sie ins Konzentrationslager gesteckt hatten.

Rahel wirkte gehemmt in der fremden Wohnung, und

auch Wolf wusste nicht recht, was sie tun sollten. Sollten sie sich auf das Sofa setzen und auf die Rückkehr seiner Eltern warten? Das erschien ihm unangemessen. »Ich frage die Nachbarn, was los ist«, sagte er.

Rahel nickte. Wolf sah, dass sie das idyllische Bild an der Wand betrachtete. Was mochte sie davon halten? Es war ein besonders friedliches Bild, aber es war auch Kitsch. Oder nicht? Wolf verstand nicht viel von Kunst.

Nebenan war nur die Großmutter zu Hause. »Bist du das, Wolf?«, fragte sie. »Dich habe ich ja seit einer halben Ewigkeit nicht gesehen. Wie geht es dir?«

»Ich bin weiterhin bei der Marine«, log Wolf. »Wir sind dauernd im Einsatz. Da bleibt nicht viel Zeit für Fahrten nach Ostpreußen. Aber nun bin ich hier, und meine Eltern sind nicht da.«

»Ja, die sind alle weg. Vorgestern sind zwei Lastwagen aus Königsberg gekommen, und die haben alle mitgenommen. Alle Männer und alle Frauen, die jünger als siebzig Jahre sind. Dabei wird doch jetzt jeder in der Ernte gebraucht. Wir können doch nicht die Kriegsgefangenen allein arbeiten lassen, die Franzosen und die Belgier, die wir haben. Aber das war denen da oben alles egal. Nur ich war ihnen zu alt, mich haben sie hiergelassen.«

»Aber wozu? Was soll das Ganze?«

»Arbeitseinsatz. Unser Gauleiter hat verfügt, dass die gesamte Bevölkerung mithelfen soll, Ostpreußen zu verteidigen. Und jetzt sind sie alle dabei, einen Panzergraben rings um unser Land zu bauen, damit die Russen nicht hereinkommen. Ich denke, sie werden vor dem Wochenende sicher keinen Urlaub bekommen.«

Aber in diesem Punkte irrte sich die Großmutter. Als Wolf nach Hause zurückkam, saßen seine Mutter und Rahel nebeneinander auf dem Sofa, und es war ganz offensichtlich, dass sie sich gut verstanden. Wolf fiel ein Stein vom Herzen.

Bernd Nitz saß im Turmzimmer seiner Villa. Auf dem Tisch vor ihm stand eine Flasche Rotwein, daneben sein Funkgerät. Er war entsetzt gewesen, als er feststellen musste, dass das zweite Funkgerät verschwunden war. Einen Moment lang hatte er geglaubt, jetzt hätte er endgültig die Kontrolle über Littke verloren. Er hatte sofort Schellenberg in Berlin angerufen, aber der hatte ihn beruhigt.

»Keine Aufregung.«

Bernds Vorschlag, sofort mit allen verfügbaren Polizeikräften nach Wolf und Rahel suchen zu lassen, hatte Schellenberg abgelehnt. »Sie machen gar nichts«, hatte er angeordnet. »Sie bleiben da, wo Sie sind. Der SOE-Agent, dieser Littke, der wird sich früher oder später melden. Sein Kontakt zu England läuft doch über Ihr Funkgerät. Wenn er von seinen Kollegen abgeholt werden will, dann geht der entsprechende Funkspruch also zunächst einmal bei Ihnen ein. Wenn das sinnvoll erscheint, leiten Sie ihn nach England weiter. Aber wahrscheinlich ist das nicht sinnvoll. Sie beantworten seinen Funkspruch, indem Sie eine Frage stellen. Irgendeine Frage. Littke wird in der nächsten Sendezeit darauf antworten, und bis dahin haben Sie die Funkpeiler der Polizei alarmiert. Die finden heraus, wo der Littke steckt, und dann wird er gemeinsam mit dieser Jüdin festgenommen. Ganz einfach.«

Bernd seufzte. Ganz so einfach, wie Schellenberg sich die Geschichte dachte, war sie natürlich nicht. Jetzt hätte er Edda gebraucht, die die Funksprüche für ihn schnell und sicher ver- und entschlüsselte. Aber Edda war nicht mehr da. Natürlich konnte er selbst funken, und auch in die Schlüsseltechnik hatte er sich inzwischen eingearbeitet, aber er wusste, dass er nicht gerade ein Meisterfunker war. Er machte zu viele Fehler.

Es war falsch gewesen, Edda zu erschießen. Aber er hatte den Befehl bekommen, und er hatte gehorcht. Bernd goss sich ein Glas Rotwein ein. Es war nicht das erste Glas, das er heute trank. Er trank zu viel. Auch das war ein Fehler. Er wusste einfach nicht mehr weiter. Aber er war nicht der Einzige, dem es so ging. Erich Koch war ja geradezu in Panik inzwischen.

Die meisten der kleinen Einmannbunker, die Erich Koch bauen lassen wollte, würden nicht fertig werden. Bernd war sich sicher, dass er trotz seiner hervorragenden Beziehungen die erforderlichen Mengen Zement nicht heranschaffen konnte. Aber er hatte es versprochen. Ein weiterer Fehler. Womöglich würde man ihn am Ende zur Rechenschaft ziehen. Wahrscheinlich wäre es am besten, wenn er sich ins neutrale Ausland absetzte, und zwar so schnell wie möglich. Ja, eine Flucht ins Ausland, das wäre die Lösung. Aber dazu fehlte ihm der Mut. Bernd trank noch einen Schluck Rotwein.

11. August 1944

Wolf und Rahel waren nach Königsberg zurückgekehrt. Auch hier gab es keine Spuren irgendeiner Durchsuchung. Das Haus, das Edda ihnen besorgt hatte, war weiterhin unversehrt. Das konnte nur bedeuten, dass aus irgendeinem unerfindlichen Grund niemand nach ihnen suchte. Wolf setzte sich an das Funkgerät. Die Antenne hatte er im Garten gespannt, und nach kurzer Abstimmung der Frequenz bekam er Anschluss an die Gegenstelle.

»Das ist Schweden«, rief Wolf. »Es klappt alles.« Er gab den vorbereiteten Funkspruch durch, erläuterte darin mit knappen Worten, dass der Anschlag auf den Führer gescheitert sei. Sie seien jetzt zu zweit auf der Flucht und wollten, wie abgesprochen, mitten in der Ostsee per U-Boot abgeholt werden. Am 1. September morgens um 4 Uhr von der Position B.

»Was ist Position B?«, fragte die Gegenstelle.

Wolf stutzte, aber dann gab er die gewünschte Auskunft: »56° 07' Nord und 16° 50' Ost.«

»Bis zum 1. September – das sind noch drei Wochen!«, sagte Rahel besorgt.

»Schneller geht es nicht. Das Unterseeboot ist ja nicht in der Ostsee. Es dauert schon eine Weile, bis es hier ist.«

Das sah Rahel ein, aber es gefiel ihr nicht.

»Es ist schönes Wetter«, sagte Wolf, »lass uns noch ein bisschen in die Stadt gehen.«

Rahel sah Wolf überrascht an. »Hast du keine Angst, dass wir festgenommen werden?«

»Doch, ich habe Angst. Es kann jederzeit und überall passieren, dass wir verhaftet werden. Aber wir haben beide gültige Ausweise, und hier in dem Häuschen sind wir nicht sicherer als in der Stadt.«

»Er funkt!«, frohlockte Bernd Nitz. Endlich! Bernd schrieb die eingehende Nachricht in Buchstaben mit. Das konnte er inzwischen.

Auch das Decodieren ging schnell. Es war ja nur ein kurzer Text, und Wolf hatte denselben Code verwendet wie beim letzten Mal. Wolf wollte also per U-Boot abgeholt werden. Aber was war Position B?

»Was ist Position B?«, fragte er.

Kaum hatte Bernd den Funkspruch verschlüsselt, griff er zum Telefon. Der Peildienst unterstand der Ordnungspolizei. Bernd wusste, dass die Orpo in Königsberg drei Peilwagen zur Verfügung hatte. Die sollten so positioniert werden, dass ihre Standorte die Eckpunkte eines gleichseitigen Dreiecks rund um die Gauhauptstadt bildeten. Wenn der Sender sich innerhalb der Stadt befand, würde man auf diese Weise die Lage mit sehr großer Genauigkeit feststellen können. Falls er außerhalb von Königsberg stand, war die Peilung ungenauer, aber wahrscheinlich würde das Ergebnis ausreichen, sofern der Sender nicht allzu weit vom Stadtzentrum entfernt stand.

Aber Wolf antwortete sofort, und die Peilwagen waren noch nicht einsatzbereit. Bernds Frage war zu einfach gewesen.

Er hatte es vermasselt. Ihm klopfte das Herz bis zum Halse, als er Schellenberg anrief und ihm von seinem Fehlschlag berichtete. Doch auch diesmal blieb das erwartete Donnerwetter aus.

»Abholung am 1. September? – Sehr gut. Er wird

noch einmal funken und sich bestätigen lassen, dass das U-Boot tatsächlich kommt. Am 29. oder 30. August. Wahrscheinlich am 29. An diesem Tag sollen sich die Funkpeiler rund um die Uhr bereithalten. Dann haben wir Littke.«

Die Sonne schien, und es war angenehm warm. Vielleicht war dies der falsche Moment, um dieses Thema anzusprechen, aber Rahel sagte: »Du träumst schlecht, Wolf.«

»Jeder Mensch träumt manchmal schlecht«, erwiderte Wolf leichthin.

Aber damit war Rahel nicht zufrieden. »Manchmal schreist du im Traum.«

Wolf seufzte. »Wahrscheinlich passiert das, wenn ich von den Schiffbrüchigen träume.«

»Was für Schiffbrüchige?«

»Die Menschen von dem Frachter, den wir torpediert haben. Den ich torpediert habe. Ich war der Kommandant.«

»Was war mit den Schiffbrüchigen?«

»Drei habe ich an Bord genommen«, sagte Wolf. »Der eine war ein Chinese, der offenbar als Heizer auf dem Dampfer gearbeitet hatte. Er sprach kaum Englisch. Die anderen beiden waren eine junge Mutter und ihr kleines Kind.«

»Warum nur drei?«, wollte Rahel wissen. »Hat es nicht mehr Schiffbrüchige gegeben?«

Wolf schüttelte traurig den Kopf. »Ich denke, da trieben noch mindestens 20 Personen im Wasser. Ich hätte sie alle an Bord genommen. Das war eindeutig gegen die Anweisungen von Admiral Dönitz. Es hätte die Einsatzfähigkeit unseres Bootes gefährdet. Auf einem Unterseeboot ist nicht viel Platz. Ich hätte es trotzdem getan.«

»Du bist ein mutiger Mann«, sagte Rahel.

»Was nützt der Mut? Während ich die Schiffbrüchigen an Bord genommen habe, hat uns ein Flugzeug angegriffen. Wir haben es zu spät bemerkt. Es hat uns beschossen. Wir mussten alarmtauchen. Bevor das Luk zu war, habe ich noch gesehen, wie der Flieger eine Frau zerfetzt hat, die gerade an Bord geklettert war. Sie war fast schon in Sicherheit gewesen. Aber es hat nicht sein sollen.«

Rahel fasste Wolfs Hand und drückte sie.

»Ich weiß nicht, warum der Flieger keine Bomben geworfen hat. Vielleicht hatte er die schon woanders verbraucht. Mit den Bordwaffen hat er uns nicht viel anhaben können. Schon gar nicht unter Wasser. Wir sind eine halbe Stunde unten geblieben. Dann habe ich befohlen, dass wir wieder auftauchen. Meine Leute haben gemurrt, das sei Selbstmord. Aber der Flieger war weg. Im Wasser war niemand mehr. Jedenfalls kein lebender Mensch. Aber viele Tote.«

»Warum hat der Flieger das getan?«, wollte Rahel wissen.

»Genauso, wie ich ganz klare Befehle gehabt habe, hat er auch klare Befehle gehabt. Ein Unterseeboot zu vernichten ist wichtiger, als Schiffbrüchige zu retten. Er hatte den Befehl zu schießen, und er hat diesen Befehl ausgeführt. Kein Gericht der Welt wird ihn dafür bestrafen. Vielleicht bestraft ihn sein Gewissen. Vielleicht auch nicht.«

»Aber die drei, die du aus dem Wasser gefischt hast, die hast du jedenfalls gerettet«, sagte Rahel.

»Ja, das habe ich. Es war eine kuriose Geschichte. Die Mutter und das Kind, die waren Juden. Ich habe sie nicht nach Deutschland mitnehmen wollen. Ich wusste damals noch nicht, wie gefährlich es für sie war, ich wusste nur, dass es unangenehm sein würde. An der Westküste von Wales gibt es zahlreiche kleine Buchten. Eine davon enthält einen kleinen Fischerhafen, Porthclais. Es war zu gefährlich, in die Bucht einzulaufen, deshalb haben wir die Schiffbrüchigen mit dem Schlauchboot an Land gesetzt. Auch das war gefährlich, denn es gab natürlich eine sogenannte Küstenwache, die aufpassen sollte, dass genau so etwas nicht passierte, aber die Küstenwache hat sich nicht gezeigt.«

»Du hast Glück gehabt«, stellte Rahel fest.

»Ja, ich habe Glück gehabt. Ich war leichtsinnig. Manchmal braucht man einfach Glück. Dann sind wir übermütig geworden. Zwei unserer Männer sind zum nächsten Bauernhof gelaufen und mit Eiern und Milch zurückgekommen. Auch das ist gut gegangen. Damit war meine Besatzung wieder halbwegs mit ihrem Kommandanten versöhnt.«

»Und die Frau? Was hat die gesagt, als du sie an Land gesetzt hast?«

»Nichts.«

»Nichts?«

Wolf schüttelte den Kopf. »Sie hat nicht darüber gesprochen, aber ich glaube, dass ihre Verwandten auch auf dem Schiff waren, das wir versenkt haben. Und die haben wir nicht retten können.«

»Sie hätte sich trotzdem bedanken können.«

»Ich mache ihr keinen Vorwurf«, sagte Wolf. »Ich habe

es nicht getan, weil ich ihren Dank haben wollte. Ich habe es getan, weil mein Gewissen es von mir verlangt hat.«

Rahel schwieg. Ihr war bewusst, dass es sicher nicht im Sinne seiner Auftraggeber in London gewesen war, dass Wolf sie aus dem KZ gerettet hatte. Sie hatte erst gedacht, er hätte es getan, weil Aaron ihn darum gebeten hatte. Aber das war nur der Auslöser gewesen. Er hatte sie mit nach Königsberg genommen, obwohl sie für ihn ein Klotz am Bein war. Er hatte einfach getan, was sein Gewissen von ihm verlangte.

29. August 1944

Rahel war in der Umgebung von Berlin aufgewachsen, sie kannte Königsberg bis dato nicht. Wolf ging mit ihr durch die Stadt und zeigte ihr die schönsten Stellen. Sie durchquerten das Tor zum Schlosshof, und Rahel bestaunte die zwei Meter dicken Feldsteinmauern. In seiner wechselvollen Geschichte hatte das Schloss einst als Residenz der Hochmeister des Deutschen Ordens gedient. Später wurde es nach Berlin zur zweitwichtigsten Residenz innerhalb des preußischen Staates.

Ein Teil des Schlosses wurde heute von irgendwelchen staatlichen Dienststellen genutzt, aber der größte Teil war ein Museum. Wolf zeigte Rahel die Schlosskirche, in der Friedrich der Erste 1701 gekrönt worden war. Sie besichtigten den Thronsaal, die Kammer des Schwarzen Adlerordens mit der reich verzierten Ledertapete und schließlich den gewaltigen Moskowitersaal oberhalb der Schlosskirche, der über 80 Meter lang und fast 20 Meter breit war.

»Es ist sehr eindrucksvoll«, gab Rahel zu. »Aber bei

dem schönen Wetter sollten wir vielleicht lieber draußen spazieren gehen, als uns hier in den dunklen Räumen aufzuhalten.«

Sie wanderten am Herzog-Albrecht-Denkmal vorbei hinunter zum Schlossteich. Viele Menschen nutzten die Gelegenheit zu einem Spaziergang. Wolf hätte am liebsten ein Boot gemietet, um mit Rahel auf den See hinauszufahren, aber alle Boote waren belegt. Rahel wäre gern noch weiter und immer weitergegangen, um den Oberteich herum, aber das ging nicht; sie mussten zurück zu ihrem Häuschen. Wolf wollte sich bestätigen lassen, dass die Abholung tatsächlich wie geplant stattfand.

»Königsberg ist eine wunderschöne Stadt«, sagte Rahel leise. »Und ich freue mich, dass ich dies alles sehen darf. Als ich in Auschwitz war, da habe ich gedacht, es gebe nichts Schönes mehr auf der Welt und alles sei verdorben und vollständig durchdrungen vom Bösen. Aber wenn ich diese Stadt sehe und all die glücklichen Menschen, dann denke ich, es besteht noch Hoffnung. Das Gute und Schöne existiert. Und am Ende wird es sich durchsetzen.«

Wolf nickte. Er wusste, dass Königsberg nicht mehr unversehrt war. Die Stadt war vor ein paar Tagen bombardiert worden. Die Schäden waren relativ gering geblieben, aber es ließ sich nicht leugnen, dass der Krieg jetzt auch nach Ostpreußen gekommen war.

Wolf räusperte sich. »Ich möchte dich etwas fragen«, sagte er.

»Du kannst mich alles fragen, Wolf.«

»Wie kommt es, dass du die Zwillingsforschung von diesem Dr. Mengele überlebt hast?«

Irgendwann hatte diese Frage kommen müssen. »Ich habe Glück gehabt«, sagte Rahel.

»Nur Glück?«

Rahel nickte. »Meine Schwester hat sich kurz nach der Ankunft in Auschwitz umgebracht. Und Dr. Mengele wollte nun wissen, ob ich mich auch umbringe. Das habe ich nicht getan. Eineiige Zwillinge sind sich sehr ähnlich, aber sie sind nicht gleich.«

»Es ist schön, dass du dich nicht umgebracht hast.« Wolf war froh, dass Bernd nicht recht behalten hatte.

17:45 Uhr. Bernd Nitz stand im Besprechungszimmer der Ordnungspolizei. Die Funkpeiler waren von ihrem Einsatz zurückgekehrt und legten jetzt die Ergebnisse ihrer Messungen vor. Bernd beugte sich über den großen Plan von Königsberg und Umgebung. Rote Punkte markierten die Standorte der einzelnen Peilwagen. Einer der Männer trug mithilfe eines Lineals die gemessenen Richtungen des »Feindsenders« ein. Es zeigte sich jetzt, dass Wolfs Funkgerät außerhalb der inneren Stadt stand, aber die Messungen waren genau genug.

»Wir können in einer halben Stunde da sein und das Nest ausheben«, schlug der Einsatzleiter vor.

Bernd schüttelte den Kopf. »Das ist mir zu riskant. Es ist gut möglich, dass jetzt, nach dem Ende des Funkverkehrs, niemand da ist. Nein, es ist wesentlich sicherer, wenn wir in der Nacht zuschlagen, wenn alle schlafen. Wir nehmen die übliche Zeit. Morgen früh um 5:00 Uhr. Das Haus wird vorher umstellt, alle Seitenstraßen abgeriegelt, sodass der Funker und seine Helfer nicht entkommen können.«

»Das ist kein Problem«, sagte der Polizist.

»Wollen Sie beim Zugriff dabei sein?«

Bernd Nitz schüttelte den Kopf. »Das ist nicht nötig«, sagte er. »Ich habe vollstes Vertrauen in die Leistungsfähigkeit unserer Polizei.«

»Ich bin überzeugt, dass es uns gelingen wird, eine Handvoll ausländischer Spione dingfest zu machen«, bestätigte der Polizist.

»Auszuschalten«, widersprach Bernd Nitz. »Es reicht nicht, diese Leute dingfest zu machen. Ich habe mit dem Reichssicherheitshauptamt telefoniert. Sie müssen ausgeschaltet werden.«

13

29. August 1944

Noch 24 Stunden bis zur Abreise.

Wolf war nervös. Angst hatte er nicht, aber das Warten zermürbte ihn. So viele Dinge waren jenseits ihrer Einflussmöglichkeiten. Es begann damit, dass sie es schaffen mussten, in den Hafen zu kommen, und zwar im richtigen Moment. Wolf hatte den erforderlichen Sonderausweis, Rahel nicht. Dann musste die *Sturm* von Gauleiter Koch noch immer an derselben Stelle liegen, unbewacht und vollgetankt.

Es gab nichts Sinnvolles, was sie jetzt tun konnten. Wolf ging mit Rahel ins Kino. Die *Deutsche Wochenschau Nummer 725* begann, wie stets, mit der sogenannten Russland-Fanfare. Es folgten Aufnahmen des von Stauffenbergs Bombe zerstörten Besprechungsraumes in der Wolfsschanze. Wolf drückte Rahels Hand. Wer diese Bilder sah, konnte sich kaum vorstellen, dass irgendjemand lebend aus dem in die Luft gesprengten Gebäude herausgekommen war. Und doch war es so gewesen.

Dann ging es in der *Wochenschau* um den Besuch des Duce im Führerhauptquartier. Kein Wort davon, dass Mussolini zu dem Zeitpunkt schon seit einem Jahr gestürzt war. Kein Wort davon, dass Mussolini seit seiner Befreiung durch deutsche Fallschirmjäger nur noch den Vorsitz einer Marionettenregierung ohne jeden politischen Einfluss hatte. Da standen sie nun auf dem Bahnsteig. Der Führer, der Duce und Marschall Graziani, der italienische Oberbefehlshaber. Jetzt hätte die Bombe sie zerfetzen sollen. Jetzt, in diesem Moment, hätte Wolf die Explosion ausgelöst. Aber hätte er ahnen können, dass Hitler den Bombenanschlag überlebt hatte und dass er unmittelbar danach Mussolini vom Bahnhof abholte?

Der Führer zeigte Mussolini den gesprengten Besprechungsraum, führte ein längeres Gespräch mit ihm, und dann kam der Abschied. Die zweite Chance. Es wäre der weitaus bessere Augenblick gewesen. Beim Abschied waren nicht nur Hitler und Mussolini auf dem Bahnsteig, sondern unmittelbar hinter ihnen der dicke Göring, und rechts daneben, man konnte es in der *Wochenschau* nicht genau erkennen, aber der Mann sah jedenfalls aus wie Heinrich Himmler. Diese drei Personen und dazu noch Mussolini hätte er auf einen Streich erledigen können. Es war misslungen, und es würde sich niemals wiederholen lassen.

Es folgte ein Bericht von der Ostfront. Der Sprecher sagte: *»In den neuen Abwehrlinien hat sich der deutsche Soldat in seiner nie erlahmenden Kampfkraft und im Ertragen schwerster Strapazen in erneuter Treue zum Führer bewährt.«* Dazu das Bild eines strahlenden Panzerkommandanten. Aber insgesamt sah man Aufnahmen eines unaufhaltsamen Rückzugs. Die Sprengung von Eisenbahngleisen ließ jedenfalls darauf schließen, dass man keine Hoffnung hatte, diese Bahnlinie irgendwann noch einmal zurückzuerobern. Ein brennendes russisches Dorf. Wahrscheinlich im Rahmen der *Verbrannten-Erde-Taktik* von der Wehrmacht in Brand gesteckt.

Im Westen kämpfte die Wehrmacht in der *Wochenschau* noch immer in Caen. In den Rundfunknachrichten wurde bereits jenseits von Paris gekämpft. Die Westfront schien nach dem vom Führer angeordneten Gegenangriff völlig zusammengebrochen zu sein. Aber das war jetzt nicht Wolfs Sorge.

Nun begann der eigentliche Film. *Opfergang* von Veit Harlan. Wunderschöne Farbbilder in Agfacolor. Die Handlung leider nur ein schwülstig-kitschiges Melodram, eine Dreiecksgeschichte, in der Kristina Söderbaum zwar diesmal nicht als »Reichswasserleiche« zu sehen war, aber tot war sie am Ende trotzdem.

»Die Geschichte ist nach einem Buch von Rudolf Binding«, raunte Rahel ihm zu. Sie war so viel belesener als er. Er hatte noch nie etwas von Rudolf Binding gehört. Dafür wusste sie zum Glück nicht, dass Veit Harlan der Regisseur des antijüdischen Propagandafilmes *Jud Süß* war.

Als sie aus dem Kino kamen, war es schon dunkel. Wolf nahm Rahels Hand, und gemeinsam gingen sie durch die warme Sommernacht nach Hause. Am Himmel waren einzelne Wolken aufgezogen, aber noch immer sah man die Sterne. Sie traten jetzt viel deutlicher hervor, seit die Stadt aus Gründen des Luftschutzes nachts verdunkelt war.

»Wer hätte das gedacht«, sagte Rahel, »dass die Engländer eines Tages Königsberg bombardieren würden!«

Nein, das hatte niemand gedacht. Wolf wusste ja schließlich aus eigener Erfahrung, dass Ostpreußen eigentlich jenseits der Reichweite der englischen Bomber lag. Es sei denn …

»Glaubst du, dass sie noch einmal kommen?«, wollte Rahel wissen.

Nein, das glaubte Wolf nicht.

»Und dieses Flugblatt, das ist alles nur Propaganda?«

»Welches Flugblatt?« Wolf wusste von keinem Flugblatt.

»Na, das, was die Engländer neulich nach dem Angriff abgeworfen haben. Von dem unsere Nachbarn erzählt haben. Das haben sie natürlich nicht mitgenommen, denn das darf man ja nicht, aber da stand drauf, dass sie wiederkommen würden. Heute Nacht.«

»Was?« Nein, das glaubte Wolf nicht. Diese Flugblätter, die waren wirklich nichts als Propaganda. Es war solch eine friedliche Sommernacht. Sie gingen durch die stillen Straßen der alten Stadt, vorbei an den großen Fachwerkhäusern, vorbei am Schloss und an der altehrwürdigen Universität, die vor wenigen Wochen ihr 400-jähriges Bestehen gefeiert hatte. Und dann waren sie zu Hause.

Vor der Villa auf der anderen Straßenseite stand noch ein Mann auf der Straße und rauchte. »Gut, dass ich Sie sehe«, sagte er. »Sie wohnen doch da drüben in dem kleinen Haus? Also, falls die englischen Flieger wirklich wiederkommen, dann kommen Sie doch bitte einfach zu uns rüber. Wir haben einen Luftschutzraum im Keller.«

»Danke, das ist nett«, sagte Wolf.

Es war noch nicht Mitternacht, als plötzlich lautes Sirenengeheul sie aufschreckte. Wolf schaltete den Volksempfänger ein. Und da kam die Nachricht... *Luftlagemeldung: Britische Bomberverbände befinden sich im Anflug auf die Gauhauptstadt Königsberg. Es besteht akute Luftgefahr.*

»Los, schnell!«

Sie rannten quer über die Straße zu der großen Villa. Die Haustür war unverschlossen. Rasch die Treppe hinunter! Schon hörten sie die ersten Schüsse der Flakbatterien, und wenig später das unheimliche Pfeifen der fallenden Bomben. Alle Einwohner des Hauses hatten sich im Luftschutzraum versammelt. Eine Kerze brannte. »Schön, dass ihr da seid«, sagte der ältere Herr, der als Luftschutzwart eingeteilt worden war. »Ganz ruhig bleiben. Es ist alles in Ordnung, hier sind wir in Sicherheit.«

In Sicherheit? Der Keller war durch Balken provisorisch abgestützt, aber er war natürlich kein Bunker. Das Haus zitterte, als die Explosionen näher und näher kamen. Und dann plötzlich Stille. War der Angriff zu Ende?

Nein, schon folgte die nächste Welle. Jetzt krachte es in unmittelbarer Nähe. Rahel kniete auf dem Boden und betete: »Lieber Gott, hilf uns! Lieber Gott, hilf uns!« Dann ein gewaltiger Donnerschlag. Die Kellertür flog aus den Angeln. Ein Splitter traf Wolf über der Augenbraue. Als er mit der Hand über die Stelle wischte, spürte er Blut. Die Kerze war aus; die Wucht der Explosion hatte sie vom Tisch gefegt.

Die Bombardierung ging weiter, aber die Explosionen waren jetzt weiter entfernt. Der Luftschutzwart zündete die Kerze wieder an. Rahel erhob sich vom Boden; Wolf sah, dass sie am ganzen Körper zitterte. »Alles ist gut«, sagte er. »Alles ist gut.« Sie ließ es sich gefallen, dass er sie in den Arm nahm. Draußen brannte es. Durch das Gitter des Kellerfensters sah man Feuerschein und hörte das Prasseln der Flammen.

Der Luftschutzwart räusperte sich. »Ich sehe nach, was

draußen los ist.« Seine Stimme bebte. Es war ganz offensichtlich, dass er Todesangst hatte.

Wolf legte ihm die Hand auf die Schulter. »Ich mach das«, sagte er.

Der Mann nickte.

Das Haus hatte einen Treffer abbekommen, aber die Kellertreppe und der Hausflur waren noch frei. Wolf eilte nach oben und trat ins Freie. Er erschrak. Die oberen Stockwerke der Villa standen in Flammen, und es regnete Funken und Asche. Menschen hasteten an ihm vorbei stadtauswärts und versuchten sich in Sicherheit zu bringen.

Wolf rannte wieder nach unten. »Wir müssen hier raus«, sagte er. »Sofort.«

Eine alte Frau jammerte: »Nein, ich kann das nicht. Ich bleibe hier unten sitzen. Ich schaffe das nicht.«

Wolf schüttelte den Kopf. Während die anderen nach draußen eilten, packten Rahel und er die Alte und zogen sie mit vereinten Kräften die Treppe hinauf. In dem kurzen Augenblick, der vergangen war, seit Wolf oben gewesen war, hatte sich das Feuer deutlich ausgebreitet. Und es fielen noch immer Bomben.

»Nach links!«, rief Rahel. Ja, die anderen waren nach links gelaufen. Kein Zweifel, das war der richtige Weg. Da vorn, zwischen den Gartenhäusern, dort waren sie zumindest vor dem Feuer sicher. Wolf fuhr erschrocken zusammen, als hinter ihm die Fassade der Villa zusammenstürzte.

Sie waren der Feuersbrunst entkommen. Wolf hielt inne und sah sich um. Es war ein fürchterlicher Anblick. Dort hinten lag Königsberg. Die ganze Altstadt stand in

Flammen. Und irgendwo da drin waren Inge und ihr kleiner Sohn. »Bleib hier«, sagte er zu Rahel. »Ich muss da rein. Inge ist da drin. Und ihr kleiner Sohn.«

»Und wenn du direkt durch die Hölle gehst«, schrie Rahel ihn an, um den Lärm des Feuers zu übertönen, »ich lasse dich nicht allein. Ich bleibe bei dir.«

Sie rannten los. Es war der blanke Wahnsinn. Die Engländer hatten wie üblich zunächst Sprengbomben geworfen, um die Dächer abzudecken, und unmittelbar danach Brandbomben, die in den Bodenräumen der Häuser reichlich Nahrung fanden. Zusätzlich zu den gefürchteten Stabbrandbomben hatten sie hier ganz offensichtlich die neu entwickelten verheerenden Flammstrahlbomben eingesetzt. Sie erzeugten eine mehrere Meter hohe Stichflamme und setzten die ganze Umgebung in Brand.

Als Wolf und Rahel die Wallanlagen überquert hatten, wurde ihnen klar, dass der weitere Weg nach vorn versperrt war.

»Nach rechts!«, schrie Wolf.

Welch ein Umweg, wie viel verlorene Zeit! Der Weg durch den Steindamm war noch frei. Auch hier brannten die Häuser. Kaisers Kaffeegeschäft, die Bügelanstalt Lord, alles verloren. Aber die Straße war breit genug, hier kam man noch durch. Der Wind zerrte sie mit sich, hinein in die Flammenhölle.

Wir sind zu spät, dachte Wolf, mein Gott, wir sind zu spät! Das Haus, in dem Inge wohnte, war schon fast bis zum Erdgeschoss heruntergebrannt. Es schien, als stürzten brennende Ziegel auf die Straße. Da Ziegel nicht brennen konnten, musste es Phosphor sein, der an den Ziegeln haftete. Wolf rannte in den Hausflur. Die Treppe nach oben brannte, und es war unerträglich heiß. Er riss die Kellertür auf, sprang die Stufen hinunter. Rahel war direkt hinter ihm. Im Luftschutzraum saß nur eine junge Frau, die ein kleines Kind an sich gedrückt hielt.

»Inge!«, rief Wolf. Sie reagierte nicht. Im ersten Augenblick glaubte er, sie sei tot. Er packte sie am Arm, riss sie nach oben. Sie widersetzte sich, also lebte sie. Rahel nahm ihr das Kind aus dem Arm, trug es nach draußen. Wolf zog Inge hinter sich her. Es war höchste Zeit. Im nächsten Moment stürzte das Haus zusammen und begrub den Kellereingang unter den Trümmern.

Sie rannten am brennenden königlichen Schloss vorbei. Vor ihnen, mitten auf der Straße, lag einer der sogenannten Phosphor-Kanister, eine große Brandbombe. Inge schrie. Sie war in einen der brennenden Kautschukklumpen getreten, und jetzt brannte ihr Schuh. Wie eine Wahnsinnige versuchte sie, das Feuer auszutreten, ohne Erfolg. Wolf packte beherzt zu, zog ihr den Schuh aus und warf ihn fort.

Hier ging es nicht weiter. Der Weg direkt nach Norden war versperrt. Der heftige Wind, den die Brände ausgelöst hatten, hatte sich inzwischen zu einem gewaltigen Feuersturm entwickelt.

»Hier entlang!«, schrie Wolf. Rahel rannte voraus, mit dem Baby im Arm. Inge und Wolf hasteten hinter ihr her. Wo waren sie überhaupt? Französische Straße. Brennende Papierfetzen flogen durch die Luft. Rahel griff einen davon. Der Giebel eines brennenden Hauses stürzte in sich zusammen. Wolf sprang zur Seite, um nicht erschlagen zu werden. Ein Stein traf ihn an der Schulter, aber das war nichts als eine Bagatelle. Rahel drehte sich um, fasste ihn mit der freien Hand und riss ihn mit sich fort. Sie konnten jetzt kaum noch atmen. In den Hauseingängen links und rechts der Straße lagen Tote. Es konnte nicht mehr lange dauern, dann würden sie auch dort liegen, genauso tot.

Rahel schrie auf. Ein brennendes Holzstück hatte sie zwischen den Schultern getroffen. Wolf versuchte den Brand mit seiner Jacke zu löschen, aber das führte nur dazu, dass seine Jacke jetzt auch brannte. Inge riss den schreienden Ingo an sich und lief weiter. Wolf kümmerte sich um Rahel. Es gelang ihm, das Stück Phosphor-Masse zusammen mit dem gesamten Ärmel herunterzureißen. Rahel brannte nicht mehr. Sie lief weiter.

Da vorn war der Schlossteich. Endlich! Und da stand Inge, zauderte. Wie tief war das Wasser? Wolf sprang als Erster, fand Boden unter den Füßen, jedenfalls am Rande des Teiches. Inge reichte ihm den Säugling, sprang hinterher. Und zuletzt kam Rahel. Endlich Luft! Endlich etwas Abkühlung! Sie waren nicht die Einzigen, die sich in den Teich gerettet hatten. Sie blieben im Wasser, bis es Morgen wurde.

Die Altstadt von Königsberg brannte noch immer; Rahel, Wolf und Inge mit dem Baby hatten sich jetzt bis in die Außenbezirke durchgeschlagen und bei einem besorgten Ehepaar in einem unzerstörten Haus Unterschlupf gefunden.

Rahel schrie, als Wolf ihr das Hemd vom Leib schnitt. Die Brandmasse hatte eine Wunde von der Größe einer Postkarte hinterlassen. Wolf wusch die Verletzung mit Wasser aus und ließ sich von der Frau Vaseline geben, mit der er die hässliche Brandwunde ganz vorsichtig einrieb.

Rahel biss die Zähne zusammen. Als Wolf schließlich fertig war, wischte sie sich die Tränen aus den Augen.

»Jetzt ist es vorbei«, sagte Wolf. »Keine Brandbomben mehr, kein Phosphor.«

»Nein.« Hoffentlich nicht.

»Es tut mir leid, dass ich dich in Gefahr gebracht habe. Ich habe das nicht gewollt …«

Rahel lächelte. »Wir mussten doch dein Kind retten. Und die Mutter deines Kindes.«

»Mein Kind, ja. Ich bin mir bis heute nicht sicher, ob der Ingo wirklich mein Kind ist.«

»Du zweifelst daran? Guck einmal in den Spiegel, dann weißt du es!«

»Wirklich?«

Rahel nickte.

Und jetzt? Was sollte er jetzt tun? Sie hatten Inge und Ingo aus dem brennenden Königsberg gerettet, aber damit waren sie noch lange nicht in Sicherheit. Wenn sie zusammenblieben, waren die beiden nach wie vor in Lebensgefahr. Feindbegünstigung wurde mit dem Tode bestraft. Und wenn sie mit nach England kämen? Nein, Wolf war sich sicher, dass Inge nicht nach England gehen wollte. Sie war hier verheiratet. Sie würde ihren Mann nicht im Stich lassen.

Inge hatte sich inzwischen wieder gefangen. Sie hatte ihr Baby an der Brust und war froh, dass sie beide den Feuersturm überlebt hatten. »Danke«, sagte sie. »Allein hätte ich es nie geschafft. Die Warnung war viel zu kurzfristig. Die Bomben fielen schon, als wir noch auf der Treppe waren. Ich bin die Stufen hinuntergestürzt, unser Kleiner auch. Ich habe wohl einen Moment lang das Bewusstsein verloren, und als ich wieder zu mir kam, lagen wir beide unten vor der Kellertür. Der Kleine schrie, war aber unverletzt. Erst als wir im Keller waren, ist mir klar geworden, dass außer uns niemand mehr da war. Die anderen waren tot. Draußen brannte alles. Ich habe unseren Kleinen in den Arm genommen, ganz fest, und auf das Ende gewartet.«

»Das Ende kommt noch nicht«, sagte Wolf. »Das Ende kommt noch lange nicht.«

»Wolfgang Littke«, sagte Inge, »allmählich habe ich das Gefühl, dass du überall durchkommst. Du hast den Anschlag überlebt, und ...« In diesem Augenblick wurde ihr bewusst, dass sie nicht allein im Zimmer waren. Wolf hatte seinen Finger warnend an die Lippen gelegt, aber es war zu spät.

»Der Anschlag?«, fragte der Mann, der sie ins Haus gelassen hatte. »Meinen Sie den Sprengstoffanschlag auf unseren Führer?«

Wolf schüttelte den Kopf.

31. August 1944

Das Polizeipräsidium Königsbergs in der General-Litzmann-Straße 3–7 hatte den Bombenangriff nahezu unversehrt überstanden. Dasselbe konnte jedoch von der Belegschaft nicht behauptet werden. Als es Walter Schellenberg endlich gelang, eine Telefonverbindung zu bekommen, konnte oder wollte man ihm nicht weiterhelfen. Der zuständige Sachbearbeiter der Gestapo war unerreichbar.

»Hier herrscht Chaos«, sagte der Polizist am anderen

Ende der Leitung. »Es ist im Augenblick vollkommen unmöglich, irgendwelche Festnahmen durchzuführen.«

»Es geht mir zunächst einmal um die Frage, ob heute früh die veranlasste Festnahme eines gewissen Oberleutnants Littke …«

Weiter kam er nicht. »Hier ist heute früh niemand festgenommen worden«, unterbrach ihn der Polizist verärgert. »Und jetzt entschuldigen Sie mich bitte, ich habe Wichtigeres zu tun!«

»Hören Sie«, versuchte es Schellenberg noch einmal, aber zu spät. Der andere hatte schon aufgelegt.

Walter Schellenberg nahm den weißen König vom Schachbrett und feuerte ihn quer durch den Raum. Dann griff er erneut zum Telefon und ließ sich mit Bernd Nitz verbinden. Diesmal hatte er mehr Glück. Nitz wohnte ganz offensichtlich weit genug außerhalb des Stadtzentrums. Er war sofort am Telefon. »Bernd Nitz. Was kann ich für Sie tun?«

»Eine ganze Menge«, sagte Schellenberg. »Ich habe eben mit der Polizei telefoniert. Littke und diese Jüdin sind offenbar noch auf freiem Fuß …«

»Hier herrscht Chaos«, erwiderte Bernd.

»Das interessiert mich nicht!«, rief Schellenberg erregt. »Suchen Sie gefälligst die beiden. Und finden Sie sie! Alle müssen tot sein, verstehen Sie, alle!«

Bernd brach der Schweiß aus. Wo konnten die beiden sein? »Vielleicht sind sie jetzt auf dem Weg nach Pillau«, überlegte er. »Sie könnten versuchen, mit dem Motorboot des Gauleiters auf die Ostsee hinauszufahren. Sie glauben ja, dass dort ein englisches Unterseeboot auf sie wartet. Aber es gibt natürlich kein solches Unterseeboot.«

»Gut. Dann fahren Sie jetzt nach Pillau und sorgen dafür, dass die beiden tatsächlich an Bord dieses Motorbootes gelangen. Fahren Sie mit ihnen nach draußen zu dem vereinbarten Treffpunkt. Erledigen Sie die beiden. Versenken Sie das Schiff, wenn nötig. Ich schicke eines unserer U-Boote. Sie werden abgeholt. Verstanden?«

»Ja, ich habe verstanden.«

Nein, in Wirklichkeit hatte der dicke Nitz nichts verstanden, aber das machte nichts. Jedenfalls würde er ausführen, was Walter Schellenberg angeordnet hatte. Die Falle war aufgebaut. Nun musste er nur noch dafür sorgen, dass sie auch zuschnappte.

Schellenberg ließ sich mit der 22. Unterseeboots-Flottille in Gotenhafen verbinden. Er teilte dem Kommandeur sein Anliegen mit, nannte ihm die Koordinaten des verabredeten Treffpunkts in der Mitte der Ostsee und schärfte dem Mann ein, dass die feindlichen Agenten auf jeden Fall vernichtet werden müssten. Das ging überraschend glatt. Der Flottillenchef hatte keine Einwände.

Walter Schellenberg war zufrieden. Damit war alles geklärt. Einen Moment lang erwog er, sich selbst auf den Weg nach Gotenhafen zu machen, um bei dem großen Finale mit dabei zu sein. Aber das wäre unter seiner Würde. Er hob den weißen König wieder auf und stellte ihn zurück auf das Schachbrett. Dann ordnete er die anderen Figuren neu an, bis er mit der Aufstellung zufrieden war. Schwarz hatte gewonnen. »Schachmatt!«, sagte er.

Wolf und Rahel hatten sich aus dem Staub gemacht, bevor weitere Nachfragen kommen konnten. Inge hatte nicht mitgewollt.

»Warum tun sie das?«, fragte Rahel. »Warum werfen die Engländer Bomben auf diese friedliche Stadt? Warum töten sie Frauen und Kinder?«

»Sie glauben, dass der Krieg dann schneller vorbeigeht«, sagte Wolf. Auch er war von der Katastrophe der brennenden Stadt erschüttert.

»Ich verstehe das nicht«, sagte Rahel. »Sind denn alle Menschen wahnsinnig geworden? Wenn die Engländer Königsberg angreifen können, warum dann nicht Auschwitz? Das wäre ein sinnvolles Ziel.«

»Es gibt Entscheidungen, die ich nicht verstehe«, gab Wolf zu.

Eines stand fest: Die englischen Bomber hatten Königsberg nur erreichen können, weil sie über schwedisches Gebiet geflogen waren. Offenbar rechnete niemand mehr damit, dass Schweden ernsthaft protestieren würde. Wenn es aber möglich war, einen so verheerenden Bombenangriff auf die Hauptstadt Ostpreußens durchzuführen, dann war es selbstverständlich genauso gut möglich, das Führerhauptquartier Wolfsschanze zu bombardieren. Selbst wenn es nicht gelungen wäre, den meterdicken Beton der Bunker zu durchdringen, so hätten doch allein die Brandbomben in dem im Hochsommer völlig ausgetrockneten Waldgebiet der Görlitz ein Höllenfeuer entfacht, schlimmer als in Königsberg, und ob Hitler und seine Gefolgsleute dem hätten entkommen können, war zumindest fraglich.

Oder wollten die Engländer gar nicht, dass Hitler getötet wurde?

Rahel unterbrach seinen Gedankengang. »Was glaubst du, wer sind die Guten in diesem Krieg?«, fragte sie.

»Wir natürlich«, sagte Wolf, ohne zu zögern.

»Ja.« Manchmal war Wolf wie ein Kind, fand sie. Aber das machte ihn nur sympathisch. Ja, er sollte ruhig ein Kind sein. Sie wollte ihn behalten, um jeden Preis.

Wolf und Rahel warteten bis zum späten Nachmittag, bis sie sich auf den Weg nach Pillau machten. Wolf überprüfte noch einmal den Sitz von Rahels Kopftuch, dann schlenderten sie hinunter zum Hafen. Jetzt kam es darauf an. Der Posten war ein älterer Soldat. Er sah harmlos aus. Wolf wies seinen Hafenausweis vor.

»Und die junge Dame?«, fragte der Posten.

»Das ist meine Frau. Ich will ihr den Hafen zeigen. Das geht doch, oder?«

Der Posten schüttelte den Kopf. »Das ist nicht zulässig!«, sagte er. Aber dann ließ er sie doch durch. »Macht keinen Unsinn!«

Das Boot des Gauleiters lag am gewohnten Platz. Wolf hatte befürchtet, dass das Schiff vielleicht bewacht würde, aber das schien nicht der Fall zu sein. Er sah sich noch einmal unauffällig um, dann stiegen die beiden an Bord.

Die Tür zur Kajüte war unverschlossen. In der Kajüte saß Bernd Nitz. Er rauchte eine Zigarre, und vor ihm auf dem Tisch stand ein Glas Weißwein. »Herzlich willkommen an Bord«, sagte er. »Kommt rein, kommt rein! Das ist ein Franzose, ein Chateau irgendwas.« Er wies auf das Weinglas. »Wollt ihr auch welchen? Es ist genug da! – Ja, Wein machen, das können sie, die Franzosen!« Es war ganz offensichtlich, dass er schon reichlich davon probiert hatte.

Wolf lehnte dankend ab, und auch Rahel schüttelte den Kopf.

»Auch keine Zigarre? – Ach, nein, das hatte ich ganz vergessen. Du rauchst ja nicht. Jedenfalls nicht solch ein starkes Zeug. Aber, das lass dir von einem alten Experten gesagt sein, die Zigaretten sind auch nicht gesünder. Nur schmecken sie nicht so gut.« Bernd lachte.

»Du hast also gewusst, dass wir kommen würden?«, fragte Wolf.

Bernd zuckte mit den Achseln. »Allzu viele Möglichkeiten hattet ihr ja nicht«, sagte er. »Nach dem Anschlag auf den Führer musstet ihr verschwinden, so viel war klar. Unabhängig davon, ob die Bombe nun von euch kam oder von den Offizieren der Deutschen Wehrmacht. Die Jagd auf die Attentäter war eröffnet. Allzu viele Menschen wussten, dass ihr die Wolfsschanze in die Luft sprengen wolltet. Du glaubst ja gar nicht, wie viele Denunzianten es auf einmal gibt. Wolf, du hattest ja sogar persönlich Kontakt zu einem der Offiziere, die an dem gescheiterten Staatsstreich beteiligt waren Von Lehndorff ist verhaftet, seine Frau in Sippenhaft, ihre Kinder weggenommen. Die Gestapo wird sehr schnell herausgefunden haben, dass du zum Kreis der Verdächtigen gehörst.«

»Du aber auch«, entgegnete Wolf.

»Ja, ich auch. Das ist ja mein Kummer. Deshalb bin ich hier«, behauptete Bernd. Er sah Wolf forschend an. Würde der ihm das abkaufen? Bernd griff zum Weinglas, aber das war inzwischen leer. Er nahm die Flasche und schenkte sich großzügig nach. »Auch ich hatte einen guten Grund zu verschwinden. Viel zu viele Leute haben mitgekriegt, dass ich mit dir, Wolf, zusammengearbeitet habe. Außerdem habe ich euch eine Wohnung zur Verfügung gestellt.

Die Gestapo hat davon Wind bekommen und versucht, euch in dieser Wohnung festzunehmen. Ganz offensichtlich ist das misslungen. Die Einzelheiten weiß ich natürlich nicht. Aber ich nehme an, ihr habt euch den Weg freigeschossen. Jedenfalls waren am Ende zwei Polizisten tot.«

»Nicht nur zwei Polizisten«, sagte Rahel.

»Jawohl, schöne Frau, nicht nur Polizisten. Auch einer von euren Agenten. Der Igor. Ein Kommunist. Und nach diesem Blutbad war ich natürlich in Schwierigkeiten. Eine Weile habe ich mich durchgemogelt, und der Gauleiter hat schützend seine Hand über mich gehalten. Er wusste natürlich nicht, dass ich für die Engländer arbeite. Aber kurz nach dem Bombenanschlag auf Hitler, da stand ich plötzlich ganz oben auf der Fahndungsliste. Ich bin sofort untergetaucht«, log Bernd.

»Hier, auf diesem Boot in Pillau?«, fragte Wolf.

»Nein. Natürlich nicht. Erst habe ich versucht, euch in Königsberg zu finden, aber das hat nicht geklappt. Und nach den Bombenangriffen waren die Chancen, irgendjemanden in Königsberg zu finden, ohnehin gleich null. Alles kaputt. Selbst der Gutshof des Gauleiters hat ein paar Bomben abgekriegt. Also habe ich überlegt, was meine Freunde wohl machen würden. Und ich war der Meinung, sie würden nach England zurückkehren wollen. SOE holt seine Leute natürlich gern per Flugzeug ab, aber hier in Ostpreußen kommt das nicht in Frage. Die Entfernungen sind einfach zu groß. Das schafft die *Westland Lysander* nicht. Also ging es nur per Schiff. Ich nehme an, die Engländer werden ein Unterseeboot schicken, das euch aufnehmen soll. Da das Boot aber in keinen Hafen einlaufen kann, müsst ihr hinaus auf die Ostsee, zu einem vorher verabredeten Treffpunkt. Und das einzige hochseetaugliche Motorboot, von dem du, Wolf, genau weißt, wo es zu finden ist, das ist nun einmal die *Sturm*. Also bin ich hierher nach Pillau gefahren und habe auf euch gewartet. Ganz einfach. Und nun seid ihr gekommen. Zum Glück. Wir fahren zusammen in die Freiheit. Sturm in die Freiheit – das klingt doch gut, oder?« Bernd lachte. Klang das glaubhaft genug?

»Was ist mit Edda?«, wollte Wolf wissen.

Bernd zuckte mit den Achseln. »Sie ist ausgestiegen«, log er. »Geheimdienstliche Tätigkeiten sind nichts für sie. Ich habe sie beschworen mitzukommen, aber sie wollte nicht. Sie wollte einfach nicht begreifen, dass sie auch gefährdet war. So habe ich ihr schließlich eine Fahrkarte nach Berlin gekauft. Sie sagt, dass sie dort bei Freunden unterkommen kann. Hoffentlich klappt das. Ich wünsche ihr viel Glück. Auf ihr Wohl!« Bernd leerte ein weiteres Glas Wein.

»Du solltest nicht so viel trinken, Bernd«, sagte Wolf. »Wir sind noch lange nicht in Sicherheit. Wir werden um vier Uhr früh von einem Unterseeboot abgeholt. Natürlich kannst du mit nach England kommen.«

»Danke«, sagte Bernd. »Das Angebot nehme ich gern an. Wir Freunde müssen zusammenhalten.«

Er lügt, dachte Rahel. Dies ist eine Falle. Gleich kommt die Gestapo und nimmt uns fest. Aber die Gestapo kam nicht.

»Lass uns losfahren«, drängte Wolf.

Bernd nickte. Er erhob sich, schwankte leicht, und dann machte er sich an die Arbeit.

Jetzt kam der entscheidende Moment. War die *Sturm* vollgetankt? Nicht ganz, aber wahrscheinlich würde der Treibstoff ausreichen. Der Motor sprang sofort an. Rahel hielt sich die Ohren zu. Damals war Wolf das nicht aufgefallen, aber jetzt, wo sie heimlich verschwinden wollten, wummerte die Maschine geradezu unerträglich. Wolf sprang an Land und löste die Leinen. Noch immer interessierte sich niemand für sie. Niemand hielt sie auf. Sie legten ab. Wolf sah mit einiger Besorgnis, dass Bernd Schwierigkeiten hatte, den Kurs zu halten. Als er einen unmotivierten Schlenker zur Steuerbordseite machte und dabei ein Stück weit an der Kaimauer entlangschrammte, sagte Wolf: »Vielleicht ist es besser, wenn ich ans Ruder gehe.«

Bernd hatte keine Einwände. »Wenn das so ist, dann kann ich ja noch eine neue Flasche aufmachen«, sagte er.

Rahel hatte inzwischen die Kajüte durchsucht und in einem der Schränke eine Hakenkreuzflagge gefunden. Bernd lachte, als sie damit nach draußen kam. Wolf setzte die Flagge. Es war ratsam, so deutlich wie möglich zu zeigen, dass es sich bei der *Sturm* um ein deutsches Schiff handelte.

»He, hallo! Was machen Sie denn da?«

Jetzt hatte doch noch jemand ihre Flucht bemerkt. Irgendein offiziell wirkender Mensch mit einer weißen Kapitänsmütze. Wahrscheinlich der Hafenmeister. Wolf und Rahel winkten ihm fröhlich zu, Bernd nahm einen kräftigen Schluck direkt aus der Weinflasche, und dann brausten sie davon in Richtung Ostsee.

»Der Kerl schickt uns die Kriegsmarine auf den Hals«, sagte Wolf besorgt.

Bernd schüttelte den Kopf: »Ach was! Das ist das Boot des Gauleiters, und der Gauleiter kann machen, was er will.«

Als sie an der nördlichen Hafenmole vorbei waren, atmete Wolf auf. Selbst wenn jetzt noch jemand nach ihnen suchen sollte, würde er es schwer haben, sie draußen auf der Ostsee zu finden. Als sie ein Stück weit gefahren waren und die kriegsmäßig gedämpften Lichter der Hafeneinfahrt hinter ihnen nicht mehr zu erkennen waren, verringerte Wolf die Geschwindigkeit. Sie hatten Zeit genug. Den vereinbarten Treffpunkt weit draußen auf der Ostsee würden sie auf jeden Fall rechtzeitig erreichen.

»Wo liegt dieser Treffpunkt eigentlich?«, wollte Rahel wissen.

»Schon beinahe in Schweden«, behauptete Wolf. »Südwestlich von Öland.«

»Warum fahren wir dann nicht direkt nach Schweden?«

»England ist sicherer.« Wolf erzählte ihr, was Aaron ihm über Schwedens Umgang mit deutschen und jüdischen Flüchtlingen erzählt hatte. Aber ob das jetzt immer noch galt, wusste er natürlich nicht.

Bernd Nitz gähnte. »Ich gehe unter Deck«, sagte er. »Ich versuche, noch ein bisschen zu schlafen. Die Aufregungen der letzten Tage haben mich ziemlich mitgenommen. Weckt mich auf, wenn irgendetwas los ist.«

Wolf nickte. Ja, Bernd Nitz sah müde aus. Er selbst war auch müde, aber er hatte jetzt keine Zeit zum Schlafen.

Rahel schien dagegen noch voller Energie. Sie ging nach hinten und riss die Hakenkreuzfahne herunter. Sie spuckte auf das verhasste Symbol des Nazi-Staates und schmiss das schwarz-weiß-rote Tuch in hohem Bogen ins Meer.

»Auf Nimmerwiedersehen!«, rief sie. Auch das Kopftuch mit Inges blonder Locke flog über Bord. »Jetzt sind wir frei!«

1. September 1944

Niemand war frei. Wolf hatte Rahel gezeigt, wie man das Boot steuerte und ihr für einen Moment das Ruder überlassen. Er nahm Inges Foto aus der Brieftasche und betrachtete es. Es hatte Knicke und Schrammen bekommen, genau wie ihre Beziehung, aber das blonde Mädchen, das ihn aus dem Bild anlachte, war immer noch dieselbe Inge.

Rahel warf einen Blick zur Seite und sah, was Wolf tat. »Was hast du vor? Du wirst das Foto doch nicht über Bord werfen?«

Wolf schüttelte den Kopf. Er deutete auf das Bild. »Von ihr habe ich wenigstens das Foto«, sagte er. »Aber von Ingo habe ich gar nichts. Dabei ist er doch mein Sohn …«

Rahel sah, dass er feuchte Augen hatte. Sie legte ihm die Hand auf die Schulter. »Das wird er immer bleiben«, sagte sie sanft.

Wolf sah sie dankbar an.

Wolf sah auf die Uhr. »Jetzt kann es nicht mehr weit sein«, sagte er. Ihre Position war natürlich nur grob geschätzt. Sie hatten die Geschwindigkeit des Bootes, sie hatten die Richtung, in die sie gefahren waren, und sie hatten die Zeit, die seit ihrer Abfahrt in Pillau vergangen war. Das reichte nicht aus, um ihren Standort exakt zu bestimmen. Es würde ihnen nichts anderes übrig bleiben, als im Zielgebiet langsam im Kreis zu fahren und zu hoffen, dass das Unterseeboot sie fand.

»Wie sieht es aus, dieses Unterseeboot?«, wollte Rahel wissen.

»Wahrscheinlich ist es ein Boot der T-Klasse«, sagte Wolf.

»Kannst du es denn von einem deutschen Unterseeboot unterscheiden?«

»Ja, das ist kein Problem.« Hier machte sich tatsächlich das ermüdende Studium der Schiffserkennungsblätter bezahlt. »Ein britisches Unterseeboot der T-Klasse ist größer als unsere deutschen Unterseeboote vom Typ VII. Der wesentliche Unterschied ist aber, dass die englischen U-Boote einen markanten Wulst am Bug haben, in dem zwei externe Torpedorohre untergebracht sind. Daran sind sie leicht zu erkennen.«

Rahel nickte. Sie wollte es Wolf nicht eingestehen, aber sie hatte Angst vor dem Unterseeboot. U-Boote waren für sie ein Teil des Krieges, ein Teil des Schreckens, ein Teil der Vernichtung.

Auch Wolf war nicht so zuversichtlich, wie er sich gab. Nach allem, was er wusste, war während des gesamten Krieges noch kein britisches Unterseeboot in die Ostsee eingedrungen. Aus gutem Grund. Die Eingänge zur Ostsee waren vermint. Und die *Royal Navy* hatte schon Unterseeboote durch Minen verloren. Wolf konnte nur hoffen, dass es dem unbekannten englischen U-Boot-Kommandanten gelungen war, alle Sperren zu überwinden.

Es war leichter Wind aufgekommen, und die See begann sich zu kräuseln. Rahel fror. Sie hätte das Kopftuch nicht wegwerfen sollen. Natürlich hätte sie sich jetzt genau wie Bernd in die Kajüte zurückziehen können. Drinnen war es vermutlich angenehm warm. Stattdessen lehnte sie sich enger an Wolf.

Wolf sah auf die Uhr. 3:30 Uhr. Wenn seine Berechnung stimmte, hatten sie jetzt den vereinbarten Treffpunkt erreicht. Aber es war noch zu früh. Wolf schaltete den Motor aus. Das Boot glitt noch ein Stück weiter und kam schließlich zur Ruhe.

Bernd Nitz wankte an Deck. »Na, wo ist unser U-Boot?«, fragte er. Bernd war froh, dass er noch am Leben war. Er hatte Wolf nichts davon erzählt, aber die *Sturm* hatte auf dem Weg nach Nordwesten haarscharf am Rande des Wartburg-Minenfeldes fahren müssen. 1500 Minen hatte die Kriegsmarine zu Beginn des Russlandfeldzuges zwischen Memel und der Südspitze der schwedischen Insel Öland gelegt. Bernd hatte nicht gewusst, wo die Minen genau lagen. So blieb ihm nichts übrig, als sich zu betrinken und darauf zu vertrauen, dass Wolf intuitiv den richtigen Weg einschlug. Rechnerisch betrug die Lücke zwischen zwei benachbarten Minen etwa 200 Meter. Das war nicht viel. Aber falls es sich um Magnetminen handelte, konnten sie dem Holzboot mit seiner äußeren Hülle aus Rangun-Teak sowieso nichts anhaben.

»Das U-Boot ist noch nicht da«, sagte Wolf.

Bernd sah auf die Uhr. Er war ein kleines bisschen nervös. Er hatte zwar sehr viel Wein getrunken, aber er war dennoch keineswegs betrunken. Zumindest hielt er sich für voll handlungsfähig. Aber Wolf und Rahel waren zu zweit, während er auf sich allein gestellt war. Er hatte zwar die Pistole, und er wusste, wie man damit umging.

Aber er war so entsetzlich unsportlich, und Wolf war nicht nur kräftiger als er, sondern vermutlich durch seine Ausbildung zum Agenten in verschiedenen Nahkampftechniken geschult. Hätte er die beiden gleich im Hafen erschießen sollen? Nein, das hätte unnötig Aufsehen erregt. Was draußen im Meer geschah, das erfuhr niemand. Und das war gut so. Egal. Er zog sich zu seinem Wein in die Kajüte zurück.

Eine Weile geschah gar nichts. Das Motorboot lag sehr ruhig in der leicht bewegten See. Sie hielten Ausschau nach dem U-Boot.

Rahel räusperte sich. »Wolf, ich muss dir etwas sagen.«

Wolf war nervös. »Dann sag es doch einfach.« Das klang ziemlich barsch. Das hatte er nicht beabsichtigt.

Rahel zögerte. »Einfach ist es nicht. Ich habe dich angelogen. Ich habe gesagt, dass ich noch am Leben bin, weil dieser Dr. Mengele feststellen wollte, ob ich auch Selbstmord begehe. Aber das ist nicht richtig. Die Geschichte war ganz anders. Viel, viel schrecklicher.«

Wolf legte ihr die Hand auf die Schulter. »Was auch immer gewesen sein mag, du kannst mir alles erzählen. Einfach alles.«

Rahel lächelte zaghaft. »Ich will es versuchen. Es fing damit an, dass Maria und ich anders waren als die anderen Zwillinge, die Mengele sich aus den Transporten herausgefischt hat. Wir waren viel älter. Und deshalb hatte er uns für ein ganz anderes Projekt vorgesehen, das er mit den Kindern nicht durchführen konnte. Er wollte wissen, was passiert, wenn weibliche Zwillinge von männlichen Zwillingen befruchtet werden. Bekommen sie dann Zwillinge?

Und deshalb hat er uns gezwungen …« Rahel konnte nicht weitersprechen.

Wolf nahm sie in den Arm und streichelte sie ganz sachte. Allmählich beruhigte sie sich.

»Es war absurd. Es war vollkommen absurd. Die beiden Jungen, mit denen wir uns paaren mussten, die waren höchstens sechzehn Jahre alt. Und natürlich hat es nicht sofort funktioniert. Natürlich sind wir nicht sofort schwanger geworden. Also mussten wir es wiederholen, wieder und wieder, und er hat dabei zugesehen, dass wir – dass wir auch alles richtig machen. Am Ende ist dann Maria tatsächlich schwanger geworden. Sie hat es mir nicht erzählt, aber ich habe es gleich gewusst. Die Art, wie sie mich angesehen hat. Aber was ich nicht gewusst habe, ist, dass sie sich umbringen wollte. Natürlich hätte ich versucht, sie davon abzubringen. Aber sie wollte nicht, dass jemand sie davon abbringt. Sie hat sich einfach in den Elektrozaun gestürzt.« Rahel weinte.

Wolf drückte sie an sich. »Es ist alles gut«, sagte er.

Rahel schüttelte den Kopf. »Mengele war außer sich. Aber gegen den Tod war selbst er machtlos. Natürlich hat er Maria eigenhändig aufgeschnitten. Er hat es mir nie gesagt, was er gefunden hat, aber ich bin mir ganz sicher, dass es keine Zwillinge waren. Daraufhin hat er die Anstrengungen verdoppelt. Wir bekamen keine Sonderverpflegung mehr. Wir haben gehungert wie die anderen Häftlinge auch. Und jetzt mussten sich beide Jungen mit mir paaren. Am Anfang habe ich mich gewehrt, aber er hat mir gedroht, es gebe noch viel mehr männliche Zwillinge, die nur darauf warteten, an einem solchen Experiment teilzunehmen. Da habe ich meinen Widerstand aufgegeben. Aber ich bin nicht schwanger geworden. – Nun weißt du es. Nun weißt du, auf welche Weise ich am Leben geblieben bin. Auf welch erbärmliche Weise.«

Wolf schüttelte den Kopf. »Die Hauptsache ist, dass du am Leben geblieben bist. Du bist jetzt hier bei mir. Du bist in Sicherheit. Und ich halte dich im Arm, und ich lasse dich nicht mehr los.«

Wolf sah auf die Uhr. Eine Minute vor vier Uhr. Jetzt musste das U-Boot kommen. Aber das U-Boot kam nicht. Der Himmel hatte sich bewölkt, sodass es relativ dunkel war, doch selbst unter diesen Bedingungen hätte man das Unterseeboot auf große Entfernung sehen müssen. Was jetzt?

Wolf warf den Motor wieder an und begann, in langsamer Fahrt einen großen Kreis zu fahren. Er fuhr erst in nordwestliche Richtung und schwenkte dann nach Nord ein.

Rahel war nervös. »Wenn wir weiter in diese Richtung fahren, dann sind wir vermutlich demnächst in Schweden«, bemerkte sie.

»Noch lange nicht. Zu Schweden gehört nur die übliche Dreimeilenzone. Schweden hat zwar versucht, seine Hoheitsgewässer auf vier Seemeilen auszudehnen, aber das hat Deutschland nicht anerkannt.«

»Woher weißt du das alles?«

»U-Boot-Kommandant«, sagte Wolf.

Eine Weile fuhren sie schweigend durch die Nacht. Plötzlich stieß Rahel Wolf an: »Ein Schiff!«

»Wo?«

»Da drüben!«

Ja, Rahel hatte recht. In großer Entfernung vor ihnen bewegte sich ein Fahrzeug von rechts nach links. Es war kein Unterseeboot, aller Wahrscheinlichkeit nach war es einer dieser umgebauten Fischdampfer, die als Vorpostenboote dienten. Wolf hielt den Motor an. Jetzt, wo es wieder still war, hörte er auch das Motorengeräusch des anderen Schiffes. Die *Sturm* war deutlich kleiner als der Fischdampfer, und Wolf hoffte, dass man sie nicht sehen konnte. Aber sicher war das nicht.

Rahel hatte wieder seine Hand ergriffen. Was mochte sie denken? Er sieht uns nicht. Er darf uns nicht sehen, er kann uns nicht sehen, wir sind klein und unsichtbar, er fährt vorbei.

Der Fischdampfer änderte seinen Kurs. Es hat uns entdeckt, dachte Wolf. Aber dann zeigte sich, dass er nicht auf sie zufuhr, sondern nach Nordosten abdrehte. Wahrscheinlich fuhr er im Zickzack, um möglichen russischen U-Booten kein leichtes Ziel zu bieten. Wolf wusste nicht, ob es hier russische Unterseeboote gab. Davon gehört hatte er jedenfalls bisher nichts.

Wolf und Rahel sahen zu, wie der Fischdampfer langsam im Dunst verschwand. Jetzt hing nur noch seine Rauchwolke in der Ferne in der Luft. Die Gefahr war überstanden. Aber wo blieb das Unterseeboot? Hatte es sich verspätet? Was war, wenn es auf dem Weg zum vereinbarten Treffpunkt auf Grund der deutschen Luftüberwachung bei Tag nur getaucht fahren konnte? Dann betrug die Geschwindigkeit im günstigsten Fall nur etwa 16 km/h. Zwischen Sonnenaufgang und Sonnenuntergang lagen gut zwölf Stunden. Und die maximale Reichweite eines englischen Unterseebootes unter Wasser war 148 km, dann musste das Boot auftauchen. Hatten sie das bei der Planung der Flucht bedacht? Ja, wahrscheinlich.

Es war jetzt fast 4:30 Uhr. Wenn die Engländer wirklich hier waren, dann mussten sie spätestens jetzt auftauchen. Wenn die Engländer wirklich hier waren, dann wurde es allerhöchste Zeit, dass sie das kleine Motorboot entdeckten, denn wenn sie es nicht bald fanden, dann würden sie irgendwann die Suche aufgeben und unverrichteter Dinge verschwinden.

Es gab keine andere Möglichkeit: Wolf schaltete die Positionslichter ein. Er schaltete alle Lichter ein, die es auf dem kleinen Schiff gab. In der Kajüte hing ein Kasten mit der Seenotausrüstung an der Wand. Verschlossen. Bernd hatte den Schlüssel. Er öffnete den Schrank, und Wolf entnahm ihm die Signalpistole. Sie war geladen. Bernd ging mit Wolf zurück an Deck, der richtete die Pistole senkrecht nach oben und drückte ab. Es gab einen lauten Knall, und eine rote Leuchtkugel schoss weit hinauf in den Himmel.

»Das kann man kilometerweit sehen«, sagte Wolf. »Das müssen die Engländer sehen!« Wenn sie überhaupt da sind, dachte er. Aber das sagte er nicht. Doch er spürte, wie plötzlich die Angst von ihm Besitz ergriff. Die Engländer hatten sie geopfert, genau wie den unglücklichen Fallschirmspringer, diesen Schiller, von dem sein Ausbilder in Beaulieu berichtet hatte. Sie waren verloren.

In dem Augenblick tauchte das Unterseeboot auf.

Bernd, Wolf und Rahel starrten gebannt auf das graue Monstrum, das dort an die Wasseroberfläche kam.

»Der Wulst«, sagte Rahel. »Wo ist der Wulst, den die englischen U-Boote …« Sie hielt inne.

Wolf antwortete nicht. Das Unterseeboot, das am vereinbarten Treffpunkt erschienen war, war ganz eindeutig ein deutsches Unterseeboot vom Typ VIIC, dieselbe Sorte von U-Boot, auf der Wolf Littke gefahren war. Sie hatten zunächst die Breitseite des Schiffes gesehen, aber nun drehte es und fuhr auf sie zu.

Rahel schrie auf. Sie deutete auf Bernd. Wolf fuhr herum.

»Tut mir leid, Wolf!«, sagte Bernd. Er hielt eine Pistole in der Hand.

Bernd war Herr der Lage, und er genoss es. »Ich habe euch reingelegt«, sagte er. »Ich habe ein Spiel mit euch gespielt. Ich habe mich in eure Funkbrücke eingeschaltet und bestimmt, welche Nachrichten nach England weitergeleitet wurden und welche nicht. Die Engländer haben nie erfahren, dass sie ein U-Boot schicken sollten. Dein Funkspruch ist über Königsberg nicht hinausgekommen. Deine Bitte um Abholung entsprach nicht meinen Absichten. Ich habe sie daher nicht weitergeleitet.«

Bernd hielt noch immer die Pistole auf Wolf gerichtet. Der Abstand zwischen ihnen beiden war zu groß, als dass er gefahrlos versuchen könnte, ihm die Waffe aus der Hand zu schlagen.

»Du hast falschgespielt«, stellte Wolf fest.

»Ich habe richtig gespielt«, erwiderte Bernd. »Ich habe immer so gespielt, wie es für mich am nützlichsten war. Ich habe die Häuser und das Gold der Juden an mich gebracht und meine Geschäfte damit gemacht. Ich habe für die Nazis gespielt, weil es am meisten eingebracht hat. Wenn die Nazis den Krieg gewonnen hätten, hätte ich auf jeden Fall gewonnen. Aber ich habe mich abgesichert. Wenn der Umsturz gelungen wäre, hätte ich auf der Seite der Attentäter gestanden. Wenn euer Bombenanschlag gelungen wäre, hätte ich auf der Seite der Engländer gestanden. Aber jetzt, wo all diese Pläne gescheitert sind, bleibt mir nur der Rückzug ins Privatleben. Ich habe echte Papiere auf einen falschen Namen. Mein Vermögen habe ich längst in Sicherheit gebracht. Ich werde ein feines Leben führen. Aber euch kann ich dabei nicht gebrauchen …«

»Das Unterseeboot!«, sagte Rahel.

Bernd Nitz lächelte. »Billiger Trick!« Von seiner Position aus konnte er nicht sehen, was das U-Boot tat. Das Unterseeboot hatte seine Lage verändert und stand im Begriff zu tauchen.

»Ihr werdet einsehen«, sagte Bernd, »dass es in meinem neuen Leben keine Zeugen geben darf, die herumerzählen, was ich bisher getrieben habe. Die echten Widerstandskämpfer, die entscheidenden Figuren um Graf Stauffenberg, sind inzwischen tot oder werden in wenigen Wochen tot sein. Die einzigen Leute, die mir jetzt noch gefährlich werden könnten, sind die Personen aus meinem unmittelbaren Bekanntenkreis. Da war zunächst einmal Edda. Die habe ich abgeknipst. Und jetzt knipse ich euch ab.«

Wolf hatte nicht zugehört. Ihm war klar, was im nächsten Moment geschehen würde. Der U-Boot-Kommandant hatte sich vergewissert, dass das Motorboot vor ihm die *Sturm* war. »Er torpediert uns«, sagte Wolf.

»Das ist völlig unmöglich«, behauptete Bernd. »Technisch unmöglich. Ich verstehe nichts von Unterseebooten, aber eines ist selbst mir klar, dass man ein so kleines Ziel mit so geringem Tiefgang nicht auf große Entfernung mit einem Torpedo treffen kann.« Aber auch er hatte auf einmal das Gefühl, dass etwas nicht stimmte. Und plötzlich begriff er: Schellenberg wollte sie alle drei aus dem Weg räumen lassen! Bernd stieß Wolf vom Steuer weg und gab Gas.

»Motor aus!«, schrie Wolf. »Sofort Motor aus!« Die neuen Torpedos, die *Zaunkönige*, orientierten sich an den Schraubengeräuschen. Sie suchten sich ihr Ziel selbst. Ein schnell fahrendes Motorboot würden sie nicht verfehlen.

Bernd schüttelte den Kopf. »Ich denke nicht daran!« Er steuerte mit einer Hand. Mit der anderen Hand hielt er noch immer die Pistole auf Wolf gerichtet.

Das war das Ende. Im nächsten Moment gab es einen gewaltigen Schlag. Alle stürzen zu Boden. Der Torpedo hatte getroffen, aber er war nicht explodiert. Wolf versuchte, sich auf Bernd zu werfen, aber zu spät. Der hatte noch immer die Pistole in der Hand. Er hatte jedoch nicht auf Rahel geachtet. Mit einer blitzschnellen Bewegung riss sie Igors Messer aus ihrem Stiefel und stieß es Bernd Nitz in den Bauch. Nitz schrie auf. Rahel stieß noch einmal zu. Die Pistole polterte zu Boden. Nitz presste beide Hände gegen den Leib, aber damit konnte er das Blut nicht aufhalten. Er brach zusammen.

Wolf hob die Pistole auf und warf sie über Bord. Mit den Augen suchte er die Wasseroberfläche ab. Wo war der zweite Torpedo? Wenn er der Kommandant dieses U-Bootes gewesen wäre, dann hätte er zur Sicherheit mindestens einen zweiten Torpedo abgeschossen. Der eine Torpedo hatte ihre Schraube getroffen und zerstört, aber er war nicht explodiert. Wahrscheinlich war die Entfernung des

U-Boots zu gering gewesen. Die *Zaunkönige* wurden erst nach 400 Meter scharf. Aber wo war der zweite Torpedo?

Im nächsten Moment gab es dort, wo das U-Boot getaucht war, eine gewaltige Explosion. Die Meeresoberfläche wölbte sich auf, dann schoss das Wasser haushoch in die Luft, eine leuchtend weiße Wassersäule, die einen Moment lang schwerelos in der Luft zu stehen schien und dann wieder in sich zusammenfiel. Da die Schraube der *Sturm* zerstört war, hatte der zweite *Zaunkönig* das Schiff nicht mehr finden können. Er war stattdessen im Kreis gelaufen und hatte das nächste Objekt erwischt, das Motorengeräusche von sich gab – das U-Boot selbst. Der Kommandant hatte getaucht, wie es vorgeschrieben war, aber offenbar nicht schnell und nicht tief genug.

Die Druckwelle rüttelte die *Sturm* durch, und ein Schauer von Wassertropfen ergoss sich über das Deck, das war alles. Wolf stieg über Bernd hinweg und holte das Fernglas aus der Kajüte. Er suchte die Wasseroberfläche ab. Gab es Überlebende? Offenbar nicht. Ein Ölfleck breitete sich aus. Trümmer trieben im Meer, aber keine Menschen. Keine Lebenden und keine Toten. Das Unterseeboot war mit der gesamten Besatzung auf den Grund der Ostsee gesunken.

»Ist er tot?«, fragte Rahel. Sie deutete auf Bernd, der reglos am Boden lag.

»Wahrscheinlich nicht.«

Wolf kümmerte sich um den Verletzten. Sie hatten Verbandszeug auf der *Sturm*. Rahel holte es aus der Kajüte. Aber es gab nicht viel, was Wolf tun konnte. Bernd hatte die Knie angezogen. Der lockere Verband, den Wolf ihm anlegte, um die Wunde zu bedecken, hatte eigentlich nur eine optische Wirkung. Bernd stöhnte. Er war bei Bewusstsein.

Wolf brachte ihn in eine sitzende Haltung. »Ich brauch eine Wolldecke«, sagte er.

Rahel brachte die Decke.

Wolf faltete sie zusammen und steckte sie dem Verletzten unter die Knie.

»Ich habe Durst«, murmelte Bernd.

»Mit so einer Verletzung darfst du nichts trinken«, sagte Wolf.

»Wolf, ich bitte dich. Ich bin erledigt, das weißt du genauso gut wie ich. Ob ich etwas trinke oder nicht, das macht überhaupt keinen Unterschied mehr. In der Kajüte gibt es – gibt es einen – einen ziemlich guten Weißwein. Den will ich jetzt haben.«

Wolf zögerte eine Sekunde, dann holte er den Wein.

Bernd setzte die Flasche an und trank einen kräftigen Schluck. »Das tut gut«, murmelte er. Dann sackte er in sich zusammen und verlor das Bewusstsein.

Wolf beugte sich über ihn und fühlte nach seinem Puls. Aber da war kein Puls mehr. Bernd war tot.

Bis zu diesem Moment hatte Rahel tapfer durchgehalten, aber jetzt konnte sie nicht länger. Sie begann hemmungslos zu schluchzen.

Wolf nahm sie in den Arm und streichelte sie ganz zart. »Es ist alles gut«, sagte er, »es ist alles gut.«

Rahel schüttelte den Kopf. Sie deutete auf Bernd. »Ich habe ihn erstochen!«

»Du hattest keine Wahl. Wenn du nicht zugestochen hättest, wären wir jetzt beide tot.«

Rahel schwieg. »Und was machen wir jetzt?«, fragte sie schließlich.

»Die *Sturm* fährt nicht mehr«, erwiderte Wolf. »Der Torpedo, der uns getroffen hat, ist zwar nicht explodiert, aber er hat Schraube und Ruder zerschmettert.«

Rahel erschrak.

»Das ist nicht so schlimm«, versicherte Wolf. »Wir steigen aus. Wir nehmen das Schlauchboot. Bis Schweden ist es nicht mehr weit.«

Rahel wachte davon auf, dass ihr die Sonne ins Gesicht schien. Sie rieb sich die Augen. »Wo sind wir?«

Wolf lächelte. »Dreh dich mal um«, sagte er.

Sie waren an Land. Rahel sah eine flache Küste, Kühe grasten auf grüner Wiese, und im Hintergrund stand ein großer Leuchtturm.

»Das ist Öland«, sagte Wolf. Jedenfalls war er überzeugt davon, dass dies Öland war. Den Leuchtturm hatte er aus großer Entfernung entdeckt und war darauf zugesteuert. Zum Glück war die See ruhig gewesen, und es ging kein Wind. Sie waren an der Südspitze der Insel gelandet. Auf den Klippen noch weiter südlich lagen Seehunde in der Sonne. Sie waren in Sicherheit. Hoffentlich. Wolf sprang ins Wasser und zog das Boot an Land. »Wir werden schon erwartet.«

Rahel sah, dass zwei Männer aus unterschiedlicher Richtung auf sie zukamen. Das eine war ganz offensichtlich der Leuchtturmwärter, zumindest trug er eine Uniform, und er kam aus Richtung des Leuchtturms. Der andere Mann kam aus der Gegenrichtung. Er war deutlich jünger als der Leuchtturmwärter, und er war in Zivil. Die beiden kannten sich ganz offensichtlich. Sie begrüßten sich und kamen dann gemeinsam näher.

»Ich kann ein bisschen Schwedisch«, sagte Rahel.

Aber sie brauchte ihre Schwedischkenntnisse nicht zu bemühen. Der junge Mann rief: »*Welcome to Sweden!*« Wolf begriff, dass dieser Mann Engländer war. »*What happened? Are you shipwrecked?*«

Nein, sie waren keine Schiffbrüchigen im engeren Sinne. »*It's a bit more complicated than that.*«

»Wie dem auch sei – auf jeden Fall seid ihr herzlich willkommen. Ich habe ein kleines Sommerhaus in Ottenby. Kommt mit, dort mache ich euch ein wunderbares Frühstück, und dann trinken wir eine Tasse Tee zusammen, und ihr erzählt mir, was euch auf diese Insel verschlagen hat.«

»Danke für die nette Einladung«, bremste Wolf. »Aber vielleicht sollten wir uns doch zunächst einmal bei der Polizei melden …«

Der Engländer schüttelte den Kopf. »Das hat keine Eile«, sagte er. »Ihr seid sozusagen schon offiziell gemeldet. Unser Freund, der Leuchtturmwärter, der hat euch ja gesehen, und damit ist alles in Ordnung.«

»Frühstück«, bekräftigte der ältere Mann in gebrochenem Englisch.

Das ging alles viel einfacher und unkomplizierter, als Wolf erwartet hatte. Er erinnerte sich sehr gut an all die Schwierigkeiten, von denen Aaron bei ihrer Zwischenlandung auf dem Weg nach Ostpreußen gesprochen hatte. Im günstigsten Fall hatte er mit einer Internierung gerechnet, im ungünstigsten Fall mit einer Ausweisung und einem Rücktransport nach Deutschland. Aber davon war jetzt nicht die Rede.

»Ich bin übrigens kein Deserteur. Ich bin von SOE nach Deutschland geschickt worden«, erläuterte Wolf sicherheitshalber.

Der Engländer lächelte. »Kennen wir uns nicht? Ich glaube, ich hab dich in Beaulieu gesehen. Aber da warst du schon in der *Finishing School*, und ich war erst Anfänger. – Dies hier, das ist mein bescheidenes Domizil.«

Das sogenannte Sommerhaus erwies sich als ein kompletter Bauernhof, den der Engländer zurzeit allein bewohnte. Es stellte sich heraus, dass der Mann vorausgeschickt worden war, um auf Öland die Ankunft einer größeren Gruppe von Spezialisten vorzubereiten, die angeblich das schwedische Militär im Umgang mit Radargeräten unterrichten sollte.

»Angeblich?«

»Mehr darf ich nicht verraten. Aber es steht euch natürlich frei, eure eigenen Schlüsse zu ziehen.« Der Engländer wies auf eine Landkarte, die er an die Wand geheftet hatte. »Hier ist Öland. Und da unten links, das ist Peenemünde auf Usedom, die deutsche Raketen-Versuchsstation. Wir wollen den Schweden zeigen, was man mit dem Radar alles sehen kann.«

»Und das geht?«, forschte Wolf. »Ich meine, Schweden ist doch ein neutrales Land.«

»Ja, das ist völlig in Ordnung«, behauptete der Engländer. »Es ist ja ein schwedisches Radargerät, das wir hier installieren. Wir sind nur die Ausbilder. Wir haben damit sonst gar nichts zu tun. – Wenn ihr beide Lust habt, uns zu helfen, dann seid ihr natürlich herzlich eingeladen.«

Rahel schüttelte den Kopf. Ihr Bedarf an Abenteuern war gedeckt.

»Wir haben sehr viel erlebt in den letzten Monaten«, sagte Wolf. »Wir brauchen jetzt erst einmal Ruhe und Frieden. Es gibt ein kleines Haus in Småland, das auf uns wartet …«

Nachwort

Dieses Buch ist ein Roman. Einige Ereignisse haben sich ungefähr so abgespielt, wie ich sie beschrieben habe, andere sind frei erfunden. Wolfgang Littke, seine Familie und die Agenten, die mit ihm zusammen über Ostpreußen abgesprungen sind, hat es in Wirklichkeit nicht gegeben. Auch seine Freundin Inge und ihre Familie gibt es nicht. Ebenso sind Bernd Nitz, seine Frau Edda und die Jüdin Rahel frei erfunden.

Der englische Geheimdienst SOE ist 1940 gegründet worden. Damals hatte die Deutsche Wehrmacht fast ganz Europa besetzt, und die Situation Englands war nahezu hoffnungslos. In diesem Zusammenhang ist zu verstehen, dass Winston Churchill die Aufgabe seines neuen Geheimdienstes mit den Worten umriss: »Set Europe ablaze!« – »Steckt Europa in Brand!« Als ich begonnen habe, über das vorliegende Buch nachzudenken, wusste ich noch nicht, dass SOE tatsächlich einen Anschlag auf Adolf Hitler geplant hatte. Die Unterlagen über diese »Operation Foxley« sind heute im britischen National Archive frei zugänglich und liegen mir vor. Wesentliche Teile des Materials sind unter dem Titel »Operation Foxley: The British Plan to Kill Hitler« (1998) veröffentlicht. Der Anschlag hatte im Berghof bei Berchtesgaden stattfinden sollen. Aber als die Vorbereitungen abgeschlossen waren, verließ Hitler am 14. Juli 1944 den Berghof und kam nie wieder dorthin zurück. Ob es parallel dazu Bemühungen gegeben hat, Hitler in der Wolfsschanze zu töten, ist mir nicht bekannt. Wahrscheinlich wäre es technisch möglich gewesen. Die Sicherheitsmaßnahmen waren ungefähr so, wie in meinem Buch beschrieben.

Ich habe das SOE-Museum in Beaulieu besucht, das zahlreiche Informationen über die Arbeitsweise von SOE bietet. Die Agentenausbildung hat Pieter Dourlein (1953) in seinem Buch »Inside North Pole« anschaulich beschrieben. Weitere Informationen stammen aus dem Buch von Leo Marks (1998) »Between Silk and Cyanide«.

Meine Informationen über die Wolfsschanze kommen aus dem Buch von Uwe Neumärker, Robert Conrad und Cord Woywodt (2007) »Wolfsschanze – Hitlers Machtzentrale im Zweiten Weltkrieg«. Informationen über das tägliche Leben in der Wolfsschanze enthalten die Biografien von Hitlers Sekretärinnen Christa Schroeder (1985) »Er war mein Chef« und Traudl Junge (2002) »Bis zur letzten Stunde« sowie das sehr informative Buch von Kurt Salterberg (2016) »Als Wachsoldat in der Wolfsschanze«.

Antje Vollmer (2010) hat unter dem Titel »Doppelleben« eine einfühlsame Biografie von Heinrich und Gottliebe von Lehndorff geschrieben, den beiden Personen aus dem Kreis um Stauffenberg, mit denen mein Held mehr oder weniger zwangsläufig in Berührung gekommen ist. Weitere Hintergrundinformationen stammen aus dem Buch von Peter Hoffmann (2007) »Claus Schenk Graf von Stauffenberg«.

Walter Schellenberg, der große Gegenspieler von Wolfgang Littke, ist eine interessante Figur. Eine wichtige, aber keineswegs die einzige Quelle sind seine eigenen Aufzeichnungen, die unter anderem 1979 im Limes-Verlag veröffentlicht worden sind. Autobiografien sind niemals objektiv. In diesem Fall ist es so, dass schon im Vorwort und in der Einleitung erhebliche Zweifel am Wahrheitsgehalt der Darstellungen geäußert werden. Fest steht aber, dass Schellenberg für die Durchführung des Venlo-Zwischenfalls verantwortlich war. Fest steht auch, dass er über Coco Chanel versucht hat, mit Churchill Kontakt aufzunehmen: siehe dazu Hal Vaughan (2011) »Coco Chanel. Der schwarze Engel. Ein Leben als Nazi-Agentin«. Diese Episode fehlt zum Beispiel in Schellenbergs Autobiografie.

Den Obersturmbannführer und SS-Richter Konrad Morgen hat es tatsächlich gegeben. Neben verschiedenen Einträgen im Internet gibt es dazu das Buch von Herlinde Pauer-Studer und J. David Velleman (2015) »Konrad Morgen. The Conscience of a Nazi Judge«.

War es möglich, aus dem Konzentrationslager Auschwitz zu fliehen? Im Prinzip ja. Es hat mehrere erfolgreiche Ausbrüche aus dem KZ gegeben. Die Variante, die ich in meinem Buch gewählt habe, beruht auf den Angaben von Denis Avey und Rob Broomby (2013) »Der Mann, der ins KZ einbrach«. Über die Situation innerhalb von Auschwitz stütze ich mich auf das Buch von Olga Lengyel (1995) »Five Chimneys« und auf die Erzählungen von Tadeusz Borowski (1963) »Bei uns in Auschwitz«. Zusätzliche Informationen über die medizinischen Experimente bot das Buch von Hans-Joachim Lang (2018) »Die Frauen von Block 10 – medizinische Versuche in Auschwitz«. Das Leben des Doktor Mengele ist in dem Buch von Gerald L. Posner und John Ware (2000) beschrieben:

»Mengele – The Complete Story«. Die Wirkungsweise von Strychnin hat die Amerikanerin Lucy Zahay auf der Bouchercon-Tagung 2000 in ihrem Vortrag »Bitter Almonds in My Coffee« sehr anschaulich beschrieben. Hintergrundinformationen zum Judenmord bietet das Buch von Peter Hayes (2017) »Warum? – Eine Geschichte des Holocaust«.

Über die Partisanentätigkeit in Weißrussland bietet neben den persönlichen Aufzeichnungen des Eisenbahners Friedrich Lorbeer, die ich freundlicherweise einsehen durfte, die Dokumentation von Bogdan Musial (2004) einen guten Überblick: »Sowjetische Partisanen in Weißrussland – Innenansichten aus dem Gebiet Baranoviči 1941–1944«. Weitere Informationen über den Partisanenkrieg sowie Unterlagen über die Denunziation Fellgiebels entstammen dem »Deutsch-Russischen Projekt zur Digitalisierung Deutscher Dokumente in Archiven der Russischen Föderation«. Einen umfassenden Überblick über die Kämpfe um Wilna gibt das Buch von Joseph Oevermann (2015) »Wilna 1944 Spurensuche«.

Die Beschreibung des Gauleiters Erich Koch beruht auf dem Buch von Armin Fuhrer und Heinz Schön (2018) »Erich Koch, Hitlers brauner Zar«. Meine Informationen über die Bombenangriffe auf Königsberg stammen aus den Büchern von Gerfried Horst (2014) »Die Zerstörung Königsbergs« und Gudrun Gloth (2015) »Ich dachte, das sei mein Ende«. Einen Überblick über den Seekrieg in der Ostsee bietet das Buch von Poul Grooss (2017) »The Naval War in the Baltic«, in dem unter anderem auch auf die schwierige Lage Schwedens im Zweiten Weltkrieg eingegangen wird. Dieses Buch ist auch meine Quelle bezüglich des Einsatzes von britischem Radar auf Öland.

Personen und Orte

Die Fallschirmagenten

Wolf (Wolfgang) Littke, geb. 1919 in Reimsdorf in Ostpreußen, Oberleutnant, U-Boot-Kommandant, zum Tode verurteilt

Leszek Dolecki, geb. 1919 in der Umgebung von Bydgoszcz im (damals polnischen) Pommern, Elektriker, harmlos, künstlerisch ambitioniert, aber nicht übertrieben begabt

Igor Danilowitsch, geb. 1902 in Radibno, einem Dorf bei Baranoviči, Weißrusse, Kommunist, wortkarg, das Schicksal seiner Familie ist ungeklärt

Aaron Lindenberg, geb. 1912 in Växjö, Schweden, Jude, misstrauisch gegenüber Wolf und seinen Kameraden, seine Schwestern sind verhaftet worden

Craig Nicholls, geb. 1916, Major, ihr Ausbilder bei SOE, zuständig für »Operation Foxley« und für den Anschlag auf die Wolfsschanze (Wolfsley)

Zielpersonen des geplanten Anschlags

Adolf Hitler, geb. 20. April 1889 in Braunau am Inn, Österreich-Ungarn, seit 1933 Führer und Reichskanzler des Deutschen Reiches

Hermann Göring, geb. 12. Januar 1893 in Rosenheim,

Reichsminister ohne Geschäftsbereich, Stellvertreter Adolf Hitlers, Reichsmarschall, Oberbefehlshaber der Luftwaffe

Heinrich Himmler, geb. 7. Oktober 1900 in München, Reichsführer SS und Chef der Deutschen Polizei

Joachim von Ribbentrop, geb. 30. April 1893 in Wesel, Außenminister

Die Gegenspieler der Agenten

Walter Schellenberg, geb. am 16. Januar 1910 in Saarbrücken, jüngster SS-General Himmlers, Leiter der Spionageabwehr, der Gegenspieler der Fallschirmagenten, kühl, berechnend

Erich Koch, geb. am 19. Juni 1896 in Elberfeld (Rheinland), seit 1928 Gauleiter in der Provinz Ostpreußen, korrupt, egoistisch, wohnt im Gut Groß Friedrichsberg bei Königsberg, überschätzt seine Möglichkeiten

Wolf Littkes Verwandte und Bekannte

Else Littke, geb. 1896, Wolfs Mutter

Heinrich Littke, geb. 1883, Wolfs Vater

Friedrich Littke, geb. 1915, Wolfs älterer Bruder, als Eisenbahner in Weißrussland

Inge Nikoleit, geb. 1922 in Rastenburg, Mutter von Ingo, verheiratet mit Michael Stache. Inge behauptet, dass Michael der Vater ihres Babys sei.

Adam Nikoleit, ihr jähzorniger Vater

Michael Stache, geb. 1921 in Rastenburg, Inges naiver Mann, Soldat an der Ostfront

Bernd Nitz, geb. 1919 in Rastenburg, Schulfreund von Wolf, Geschäftsmann und Doppelagent, skrupellos und politisch angepasst, guter Freund des Gauleiters Erich Koch, wohnt in Königsberg-Amalienau, ist verheiratet mit Edda

Edda Nitz, geb. 1920 in Rastenburg, Schulkameradin von Wolf und Bernd, Mathematikerin an der Universität Königsberg, Kommunistin, von Bernd aus dem Gefängnis geholt

Maria Lindenberg, geb. 1919, hat sich im KZ umgebracht. Rahel ist ihre Zwillingsschwester.

Rahel Lindenberg, geb. 1919 in Växjö, in der Umgebung von Berlin aufgewachsen, wie ihre Zwillingsschwester Maria im März 1943 ins KZ Auschwitz eingeliefert, davor in Buchenwald

In der Wolfsschanze und Umgebung

Heinrich Graf von Lehndorff, geb. 22. Juni 1909 in Hannover, wohnt auf Gut Steinort, einer der Verschwörer des 20. Juli, verheiratet, drei Kinder

Traudl Junge, geb. am 16. März 1920 in München, eine der vier Sekretärinnen Adolf Hitlers, gutherzig, naiv

Karl-Jesko von Puttkamer, geb. 24.3.1900 in Frankfurt an der Oder, Konteradmiral und Marineadjutant, wird beim Attentat auf Hitler am 20. Juli 1944 leicht verletzt

Benito Mussolini, geb. am 29. Juli 1883 in Dovia di Predappio, Mitbegründer und Führer (Duce) der faschistischen Partei Italiens, seit 1921 an der Regierung, nach der Landung der Alliierten in Italien am 25. Juli 1943 von oppositionellen Faschisten und Monarchisten gestürzt, am 12. September 1943 von deutschen Fallschirmjägern befreit und am 23. September von den Deutschen wieder als Regierungschef eingesetzt

In Auschwitz

Rudolf Franz Ferdinand Höß, geb. am 25. November 1901 in Baden-Baden, Kommandant in Auschwitz, verheiratet, fünf Kinder

Dr. Josef Mengele, geb. 16. März 1911 in Günzburg, Lagerarzt im KZ Auschwitz, gebildet, umgänglich, überzeugter Nazi mit Forscherleidenschaft in Sachen Anthropologie und Vererbungslehre, verheiratet, ein Sohn

Kurt Damaschke, geb. 1920, Hauptsturmführer. Er führt Wolf Littke und Konrad Morgen bei der Besichtigung des Konzentrationslagers

Konrad Morgen, geb. 8. Juni 1909 in Frankfurt am Main, SS-Richter, eiskalt, von Himmler autorisiert, Unregelmäßigkeiten in Auschwitz zu untersuchen

Die Orte

Arisaig, Schottland, Ausbildungszentrum der SOE an der schottischen Westküste

Auschwitz (Oświęcim), Stadt in Südpolen, etwa 50 km westlich von Krakau. Das Konzentrationslager

Baranoviči, Stadt in Weißrussland, Eisenbahnknotenpunkt

Beaulieu, Ausbildungszentrum für Agenten der SOE (Special Operations Executive) in Südengland, etwa 20 km südlich von Southampton

East Fortune Airfield, Militärflugplatz etwa 35 km östlich von Edinburgh, Schottland

Gotenhafen (Gdynia), moderne Hafenstadt an der Ostsee

Grizedale Hall, Gefangenenlager im Lake District, England

Harmense (Harmęże), das Gut war eines der Außenlager des KZs Auschwitz, etwa 2,5 km südwestlich von Auschwitz-Birkenau

Königsberg (Kaliningrad), Hauptstadt von der Provinz Ostpreußen, Universitätsstadt

Mauerwald, Hauptquartier des Oberkommandos der Wehrmacht am Mauersee, etwa 20 km nordöstlich der Wolfsschanze

Molodečno, Stadt in Weißrussland, Eisenbahnknotenpunkt, im Juli 1944 von der Roten Armee zurückerobert

Pillau, Hafenstadt an der Frischen Nehrung

Rastenburg (Kętrzyn), Stadt in Ostpreußen, damals etwa 17 000 Einwohner, 115 km südöstlich von Königsberg

Rauschen (Swetlogorsk), beliebter Badeort nordwestlich von Königsberg, an der Küste des Samlandes

Reimsdorf (Sławkowo), Domäne etwa 5 km südlich von Rastenburg

Steinort, Gutshof des Grafen von Lehndorff, etwa 27 km nordöstlich von Rastenburg, hier hat sich der Reichsaußenminister von Ribbentrop als unerwünschter Gast eingemietet

Wilna (Vilnius), vor dem Krieg polnisch, heute die Hauptstadt von Litauen

Wolfsschanze, Führerhauptquartier, etwa 9 km östlich von Rastenburg